Forjada en la tormenta

David B. Gil

Forjada en la tormenta

SUMA de letras

Papel certificado por el Forest Stewardship Council®

MIXTO
Papel procedente de fuentes responsables
FSC® C117695

Penguin Random House Grupo Editorial

Primera edición: mayo de 2022
Primera reimpresión: junio de 2022

Printed in Spain – Impreso en España

ISBN: 978-84-9129-700-0
Depósito legal: B-5325-2022

Maquetación: Miguel Ángel Pascual

Impreso en Rodesa,
Villatuerta (Navarra)

SL97000

Para Seiya y Thiago,
que han traído más luz a nuestros días

El sistema horario en el Japón antiguo

1
Una flecha, una vida

Asaemon! —le susurró alguien al oído—. Asaemon, muchacho, ¡despierta!

El aludido se limitó a gruñir, pero un leve zarandeo lo obligó a abrir un ojo y buscar al culpable de tanta desconsideración. Se encontró con el rostro grave de Kasahara, quien fuera mano derecha de su padre mientras este vivía, principal valedor de Asaemon ahora que él ostentaba el puesto de maestro rastreador.

—Es su turno, Hikura-sama —dijo Kasahara a pecho lleno, engolando la voz para que todos supieran que lo trataba con la debida consideración.

Asaemon asintió, y aquel simple gesto le contrajo el cuello y los hombros, consecuencia de haberse quedado dormido de rodillas, sentado a la manera ceremonial. A su alrededor, decenas de miradas —graves, reprobatorias— lo atravesaban con desprecio. Ignorándolas, Asaemon tomó el arco que descansaba junto a él, se puso en pie con la ayuda del veterano samurái y avanzó por el patio empedrado del santuario Izumo Taisha.

Se hallaban en el décimo mes del calendario lunar, cuando los ocho millones de dioses que pueblan el mundo se congregan en la provincia de Izumo para rendir homenaje a Okuninushi, la deidad gobernante de dichas tierras. Durante unos días, Izumo se convertía en el hogar de todos los dioses y, en agradecimiento por este alto honor, los habitantes de la provincia se volcaban en el festival de

Kamiari, cuyo desenlace tenía lugar esa noche en el torneo del arco y la flecha.

Los mejores arqueros de la región se enclaustraban en el gran santuario para competir entre ellos; un representante de cada gran casa samurái y un maestro de cada escuela de arquería, todos pugnando por hacer sonar la campana que pendía a veinte *ken*[*] de distancia. Si la campana cantaba, los dioses se sentirían satisfechos y el nuevo año sería próspero para la gente de Izumo, especialmente para aquel clan que hubiera arrancado el tañido con la punta de su flecha.

Si nadie acertaba, por el contrario, significaba ofender a todos y cada uno de los *kami* de Japón y exponerse a un año aciago.

—Kasahara —musitó Asaemon al hombre que caminaba junto a él—, ¿cuántos han tirado ya?

El viejo guerrero se mesó la barba, un gesto que Asaemon le conocía desde que era un mocoso que correteaba entre sus piernas.

—Solo quedan usted y el caballero Kunitane, del clan Ishikawa.

—¿Trece arqueros y ninguno de esos inútiles ha acertado?

—El caballero Baisetsu estuvo cerca, pero su flecha perdió altura en el último instante.

En otras circunstancias, Asaemon se habría burlado de la impostada solemnidad con la que le hablaba Kasahara, cuando hacía tan solo unas horas estaban trasegando sake junto al resto de su compañía. Ahora, sin embargo, bastante tenía con llegar al puesto de tiro caminando en una digna línea recta.

Mientras se concentraba en poner un pie delante del otro, creyó recordar que el tal Kunitane que lanzaba tras él era un antiguo vasallo de los Ikeda, regentes de Izumo hasta que Sugawara-sama tomó sus tierras. Aquello fue hace tiempo, cuando Asaemon apenas contaba once años y era su padre quien ostentaba el título de maestro cazador; pero el odio hacia los Ikeda se mantenía vivo entre los suyos, y permitir que uno de sus antiguos vasallos se llevara el favor de los dioses provocaría un hondo descontento a su señor.

[*] *Ken:* unidad de medida equivalente a unos 1,8 metros.

Cuando llegaron al punto donde debía colocarse el arquero, Kasahara se plantó ante él y, con una profunda reverencia, le entregó una saeta emplumada con péndola de halcón.

—Toda tu vida en un solo tiro —murmuró el samurái antes de retirarse.

Asaemon torció el gesto mientras lo veía alejarse. Le molestó que Kasahara le recordara las palabras de su padre, como si aún fuera ese niño al que enseñaban a cazar conejos. «Pon todo tu ser en la flecha que sostienes, pues siempre será la definitiva», le susurraba al oído mientras el pequeño Asaemon tensaba el arco, esperando que algún animalillo asomara entre la espesura.

«No eran más que conejos», masculló para sí, al tiempo que sopesaba el proyectil con el que debía lanzar. Lo encontró extraño en su mano, como si fuera la primera flecha que sostenía en su vida. Su padre también solía decirle que si estaba demasiado borracho para enhebrar una aguja, también lo estaba para hilar pensamientos y palabras. «En tal caso debes cerrar la boca y mantenerte al margen». En ese momento a Asaemon le habría costado enhebrar incluso el arco *torii* que daba paso al santuario, cuanto más acertar al pequeño disco que colgaba al otro extremo de la explanada.

Con un suspiro de resignación, se abrió el kimono y se desnudó el brazo izquierdo. Podía sentir sobre su espalda las miradas de sus competidores, de los consejeros y oficiales del clan Sugawara, de los sacerdotes y las *miko*[*] del santuario, todos en silencio, alineados en escrupulosa jerarquía sobre los cojines en el suelo. Frente a él, el extenso empedrado barnizado por el resplandor de las lámparas de papel: dos hileras de luces que iluminaban el largo camino hasta la campana sagrada, suspendida de una cuerda atada a un bastidor.

Colocó la pluma en el enfleche y empujó el arco con delicadeza, hasta alcanzar la máxima tensión a la altura de la mejilla. No necesitaba pensar, era un gesto tan innato como respirar, el problema llegó a la hora de intentar ubicar el blanco. Cualquier punto donde

[*] *Miko:* monjas que asistían a los sacerdotes sintoístas en los ritos y se encargaban de las tareas cotidianas en los templos.

fijara la vista se volvía turbio, esquivo, y el disco de bronce al que debía acertar no dejaba de hundirse en la oscuridad, cada vez más lejano, desdibujado, por completo inalcanzable. Un disparo difícil en plenas facultades, imposible en sus condiciones. ¿De qué preocuparse, entonces?

Allí, bajo la atenta mirada de Okuninushi, Asaemon liberó su única flecha. Esta atravesó la noche en suave parábola, recorriendo el pasillo de luz delimitado por las lámparas. Las llamas cimbrearon a su paso, su sombra se multiplicó en ángulos cruzados, pero su vuelo, grácil y silencioso como el de un ave de presa, no tardó en desvelarse demasiado alto, demasiado apresurado. No bajaría a tiempo, no daría en el blanco, pensaron todos los presentes, hasta que la punta de acero desgarró la cuerda que sostenía la campana. Y esta tañó, sí, al golpear estrepitosamente contra el suelo.

Después solo se escuchó el grito contenido de los sacerdotes, horrorizados por semejante herejía.

Asaemon aguardaba en la sala del consejo, de rodillas sobre el cojín que se había dispuesto para él frente al estrado. La estancia, delimitada por paneles *shōji* decorados con el blasón del clan Sugawara, era amplia y diáfana, concebida para albergar muchas voces, de ahí que la figura del samurái pareciera perdida en la gran penumbra.

Se le había citado de inmediato en la torre del homenaje, antes de que el castillo despertara y el desafortunado incidente en Izumo Taisha comenzara a saltar de boca en boca hasta llegar a oídos del daimio. Sin duda, los consejeros querían ser los primeros en informar a su señoría de la noticia y, al mismo tiempo, comunicarle que el responsable ya había sido castigado. Visto en perspectiva, se dijo Asaemon, quizás no había sido buena idea celebrar el Kamiari con la guarnición antes de acudir al santuario... Aunque, a su entender, todo aquello se estaba sacando de quicio. ¿Qué había hecho, sino fallar como otros trece samuráis antes que él?

Un ayudante de cámara descorrió una de las puertas laterales y se arrodilló junto a la entrada. Tras él entraron cinco de los consejeros del clan, que se fueron acomodando en los cojines sobre el estrado. En el centro se colocó el *karō* Soju Hashiba, mano derecha de su señoría y viejo amigo del padre de Asaemon. Su rostro, no obstante, era el más severo.

—Maese Hikura —comenzó el *karō*—, varios de los presentes hemos sido testigos de su inaceptable comportamiento esta noche en el gran santuario. Hemos debido presentar nuestras disculpas al sumo sacerdote y al caballero Kunitane, que no pudo ejecutar su lanzamiento. Afortunadamente, su señoría no se hallaba en el recinto y no se vio obligado a disculparse en persona. ¿Qué tiene que alegar a esto?

—Lo lamento. Fue mi mano la que disparó la flecha que descolgó la campana. No hay excusa posible a mi error. Acataré cualquier castigo que se me imponga.

Los consejeros intercambiaron miradas de descontento. Parecía que la respuesta no terminaba de agradarles.

—Sabe bien, señor Hikura, que no se le reprueba que fallara el disparo, sino el estado en el que se presentó a la competición ceremonial.

—Es una negligencia intolerable en un samurái sin rango —intervino otro consejero—, máxime en el maestro de caza del clan.

—Quizás sea ese el problema —apostilló un tercero—: el señor Hikura heredó demasiado pronto las responsabilidades de su padre. Puede que haya llegado el momento de considerar a otros candidatos para el puesto.

—¿Por qué habría de hacerse tal cosa? —los interrumpió Asaemon, tratando de controlar su temperamento—. Desde que se me nombró maestro rastreador, ningún criminal ha escapado con vida del feudo; tras la batalla de Nunobeyama, mi partida de rastreo purgó los bosques con éxito y se evitó que el enemigo se reagrupara. Humildemente, creo que no he fallado en mis responsabilidades.

—Atender debidamente el protocolo y las ceremonias también forma parte de sus responsabilidades, señor Hikura.

—Solo aquellos que jamás han pisado el campo de batalla pueden considerar las distracciones de la corte más importantes que el desempeño en la guerra.

La sala estalló en voces reprobatorias y gestos airados contra el jefe de los rastreadores del clan, hasta que Hashiba impuso silencio.

—Cuidado con sus palabras, maese Hikura —le advirtió.

—¿Acaso no dicen los viejos códigos que un samurái debe estar listo para asistir a su señor en cualquier circunstancia? —preguntó Asaemon con suficiencia—. Si lo piensan bien, prestarme a este servicio aun sin estar en plenas facultades, en lugar de buscar una excusa para escabullirme, demuestra mi lealtad hacia su señoría.

—¡Ya basta! —exclamó otro de los consejeros, al tiempo que golpeaba con el abanico la tarima—. ¡No toleraremos las provocaciones de un borracho!

El *karō* levantó la mano para pedir de nuevo calma.

—Señores, por favor, les ruego que me dejen a solas con maese Hikura.

—¿Por qué habríamos de retirarnos, Hashiba? Decidamos aquí y ahora la sanción a este hombre, pongamos fin a sus impertinencias.

—Se lo ruego —insistió Hashiba con una profunda inclinación—. Permítanme un momento a solas con él. —Mantuvo la postura de súplica.

Desatender una petición directa del primer consejero habría sido sumamente descortés, así que el resto comenzó a ponerse en pie para abandonar la sala entre murmullos y miradas soslayadas.

Cuando los dos hombres se quedaron solos, el *karō* volvió a tomar la palabra:

—Tu comportamiento es injustificable. Hace tiempo que se te permite más que al resto, pero esta noche has excedido todos los límites.

—No tienen derecho a amenazar mi posición dentro del clan, he cumplido con mis obligaciones tal como lo habría hecho mi padre.

—Nunca vi a tu padre ebrio mientras lucía el blasón Sugawara en sus ropas, ni le vi ofender a las divinidades y a los sacerdotes del Izumo Taisha. ¿Crees que la diligencia en el cumplimiento de tus obligaciones te exime de la dignidad que se exige a un samurái?

Asaemon desvió la mirada sin atisbo de reconsideración.

—Aceptaré cualquier castigo que se me imponga. Incluso la expulsión.

—Eres muy joven, Asaemon, y la ligereza con la que pronuncias esas palabras lo demuestra. Hablas como si dicho castigo solo te afectara a ti. ¿Acaso no tienes una mujer? ¿No acabas de ser padre?

—Hashiba exhaló, hastiado—. No he decidido aún tu castigo. Sea cual sea, antes deberás cumplir una tarea para mí.

Asaemon levantó una ceja. No era una encomienda personal del *karō* lo que esperaba en ese momento.

—Viajarás hacia el sur, a una aldea llamada Ottara, a orillas del Kamedake. La gente del lugar ha denunciado... ciertos incidentes. Necesito que los investigues y des caza al responsable.

—¿Qué incidentes?

Hashiba se tomó unos instantes para expresar de forma ordenada lo que sabía.

—Hace dos semanas, el jefe de la aldea vino al castillo a presentar una súplica. Según aquel hombre, la montaña próxima al lugar lleva años habitada por un demonio. Uno no muy amigable, al parecer. Habían aprendido a convivir con él, pero en las últimas fechas han tenido problemas. Los lugareños aseguran que cinco muchachas han desaparecido en un mismo día, y que tres hombres que se internaron a buscarlas en el bosque aparecieron muertos a la mañana siguiente.

Asaemon se rascó el mentón, pensativo.

—Supercherías de campesinos —zanjó.

—Es probable, pero el asunto nos preocupa. Llega en un momento delicado. —El *karō* se dejó caer en el reposabrazos colocado junto a su cojín; la noche se estaba alargando más de la cuenta y aquellas cuestiones comenzaban a resultarle engorrosas—. Su señoría quiere avanzar hacia el oeste, hacer la guerra a los aliados del clan Mori. Ya sabes lo que eso significa.

—Más impuestos.

—Y no es sensato apretar a los campesinos cuando las aguas están revueltas. El asunto de Ottara ha saltado a otras aldeas, hay cierta inquietud y el año pasado se produjeron revueltas en feudos vecinos. Es mejor atajarlo rápidamente.

—¿Por qué yo, señor Hashiba? Es un problema que podría haber despachado la guarnición o los *dōshin*[*] locales.

—No estás en disposición de hacer esa pregunta, ¿no crees? —le espetó el *karō*.

---

[*] *Dōshin:* agentes locales de justicia que dependían de la administración del feudo.

Asaemon se inclinó a modo de disculpa.

—En cualquier caso, hace cinco días se enviaron a tres *dōshin* desde Toda, pero en ningún puesto de paso se ha vuelto a tener noticias de ellos, así que ha llegado la hora de que el maestro rastreador se gane su estipendio.

Asaemon apoyó las manos sobre el tatami y bajó la frente hasta el suelo.

—Partiré al alba.

Al abandonar la sala del consejo, Asaemon se encontró con Masahiro Kasahara esperando en la antecámara; caminaba en círculos y se peinaba la espesa barba con los dedos. En cuanto escuchó la puerta descorrerse, el veterano samurái se detuvo en seco y alzó la vista.

—¿Han sido demasiado severos? —preguntó por todo saludo.

—Aún está por ver. Por ahora me mandan a Ottara unos días, a investigar la desaparición de unas campesinas.

—Iré contigo —decidió el otro sobre la marcha.

—No, es un castigo solo para mí, Kasahara. Y alguien tendrá que poner firmes a mis hombres mientras yo no esté, ya sabes que tienden a beber más de la cuenta.

Kasahara rio con desgana.

—Esos malnacidos no respetan a un viejo como yo.

—Esos malnacidos te respetan más a ti que a mí —replicó Asaemon—. Todos lo hacen, en realidad. Muchos de los de ahí dentro te preferirían a ti al mando.

—Escúchame bien, muchacho —lo reprendió con afecto—: eres digno sucesor de tu padre. No hay nadie mejor para comandar la compañía de rastreadores del clan Sugawara.

Asaemon asintió sin convicción.

—Si tan solo aprendieras a tirar con el arco de una maldita vez —agregó Kasahara.

—No habrías acertado a esa campana ni en tus mejores días, viejo —bromeó el otro, adentrándose por el pasillo que conducía a los aposentos.

—Eres bueno con el sable, no lo negaré, pero sigues tirando como cuando te llevábamos a cazar conejos.

—Hay cuatro o cinco arqueros mejores que yo en la compañía, ¿para qué molestarme? —dijo Asaemon con displicencia.

—Nadie te pide que aciertes a un halcón al vuelo, bastaría con que el próximo año no descolgaras la campana del Izumo Taisha.

Descorrió lentamente la puerta y entró en la habitación en penumbra. Su mujer y su hijo dormitaban bajo la colcha, con la criatura de apenas un año abrazada al vientre de la madre. Asaemon se sentó contra la pared y los contempló en silencio, tratando de alcanzar ese mismo sosiego.

—Es tarde —murmuró Sayuri sin abrir los ojos.

—Lo es.

—¿Hiciste sonar la campana?

Él resopló.

—Lo hice, pero no de la manera en la que a ellos les habría gustado.

Sayuri abrió los ojos y observó el rostro de su marido, sus facciones apenas iluminadas por la luz de la luna.

—¿Qué has hecho, Asaemon?

El interpelado amagó media sonrisa.

—Descolgué la campana con la flecha. Un mal augurio, según los sacerdotes. Un tiro entre mil, diría yo.

—¿Has bebido?

—¿Tú también con esas, mujer?

Una fina línea partió el entrecejo de su esposa. Conocía esa mirada y sabía que se la merecía. Como también sabía que ella se contendría para no despertar al niño.

—El viejo Hashiba me ha encomendado una misión a tres días del castillo, en la aldea de Ottara. Ese será mi castigo.

Ella suspiró y volvió a descansar la cabeza sobre la almohada.

—¿Crees que ese es tu castigo? —le preguntó con los ojos cerrados—. Esa es la oportunidad que Hashiba te ha dado, esposo. Procura no echarla a perder.

2
Cambio de estación

Nanami dormitaba plácidamente junto a él: la cabeza apoyada contra su pecho, la mano tendida sobre su vientre, apuntando un abrazo que el sueño no había llegado a deshacer. Ryo¯, despierto con la primera luz que se había filtrado entre las esteras de caña, se incorporó con cuidado y contempló sus dominios: una humilde cabaña de seis tatamis de superficie, su hogar desde hacía algo más de un año. Eran, sin duda alguna, los aposentos más pobres en los que jamás había dormido, pero se le antojaban los más maravillosos por la simple presencia de aquella muchacha.

Aquel despertar temprano le regaló la indiscreción de poder contemplarla a su antojo: la pequeña boca de labios gruesos, entreabiertos en una respiración adormecida; el contorno de su cuerpo menudo insinuado bajo la colcha; la melena negra, larguísima, deshilachada sobre la almohada… Durante el día, cuando recorría los campos, la llevaba recogida bajo el pañuelo; de tanto en tanto, un mechón rebelde se deslizaba sobre su mejilla izquierda, hasta que ella, obstinada, volvía a recogerlo tras la oreja.

La había visto hacer aquel gesto muchas veces mientras él recorría los arrozales a lomos de su caballo, vigilando las tierras que su padre administraba. En aquellos momentos se permitían alguna mirada furtiva, siempre zanjada con una sonrisa tímida. Creían poder ocultárselo a los vecinos de la aldea, pero estos se reían entre cuchicheos del joven samurái enamorado de la hija del herrero.

Una historia tan vieja como el mundo.

Por la noche, Nanami abandonaba la casa de sus padres y se escabullía hasta el lecho de Ryō. Y las miradas que compartían ya no eran esquivas, ni ella se recogía ya el cabello con recato, sino que lo dejaba caer cuan largo era sobre su espalda.

Antes de que la primera luz del alba la despertara, el joven tiró cuidadosamente de la colcha para descubrir la curva de sus pechos. Contempló su piel en la penumbra, tostada por el trabajo junto a la fragua, por las coladas a orillas del río y los baños en la laguna; quizás su tez fuera demasiado morena para los gustos de la corte, pero a él se le antojaba tersa como la más fina seda, cálida como el sol en el invierno. Incluso el sudor de sus recovecos le resultaba dulce y embriagador.

Y mientras la admiraba, volvió a sentir la dentellada de los remordimientos que lo asaltaban cada vez con más frecuencia. Ninguno se engañaba, ambos sabían que un samurái y una *heimin*[*] no podían permanecer juntos; no como matrimonio, al menos. Y a Ryō lo atormentaba lo que pudieran pensar los padres de ella, que soportaban la situación con silencio resignado.

Nanami descendía de una larga estirpe de armeros que llevaba más de un siglo proveyendo al clan Ikeda. Sus hojas eran muy apreciadas, incluso más allá de Izumo, y desde hacía generaciones al taller se le permitía firmar sus creaciones con el nombre del fundador: Kuroda, que había pasado a convertirse en el nombre familiar.

Pese a la dignidad que les otorgaba el poseer apellido y ser una de las armerías oficiales de los Ikeda, la forja nunca se había trasladado a las inmediaciones del castillo. Había permanecido siempre en aquella aldea, próxima a los yacimientos de hierro de la región y a los hornos que trabajaban el mineral. Aquello les garantizaba una estrecha relación con los artesanos fundidores que conocían el secreto del *tamahagane*[**], y permitía a los Kuroda seleccionar para su forja el mejor acero.

---

[*] *Heimin:* casta social mayoritaria en el Japón feudal. A ella pertenecían los campesinos, artesanos y comerciantes.

[**] *Tamahagane:* tipo de acero obtenido a partir de arena de hierro y carbón natural. El proceso era largo y costoso, pero garantizaba un acero de notable calidad, cuyos mejores fragmentos eran destinados a la fabricación de armas samuráis.

Tan larga tradición los había convertido en una de las familias más respetadas de la cuenca del Kamedake, y Yashiro Kuroda, el padre de Nanami, era el orgulloso heredero de dicha reputación. Un hombre de principios firmes y carácter seco, que ahora debía sobrellevar en silencio la relación ilícita de su hija con un samurái.

Y es que Yashiro sabía bien lo que sucedería: el joven Aratani partiría en cuanto fuera llamado de regreso a la capital, dejando atrás a su hija, mancillada y, en el peor de los casos, con un bastardo al que alimentar.

«¡Pero no es esa mi intención!», se decía Ryō insistentemente: la llevaría con él al castillo y le expondría la situación a su padre. Si no como esposa, la tendrían que aceptar como concubina, aunque lo obligaran a desposarse con una mujer de casta samurái para guardar las formas. Su padre montaría en cólera, estaba seguro; su madre trataría de convencerlo de que ninguna joven decente aceptaría el compromiso con un hombre que ya guardaba concubina, pero tendrían que...

—¿Qué haces, por qué me destapas? —ronroneó Nanami, somnolienta.

—Aún es temprano, podemos olvidarnos del mundo un poco más. —Y se deslizó bajo la colcha junto a ella.

La joven se liberó de su abrazo para ponderar la luz que penetraba por la ventana. Se frotó los ojos y señaló los pliegos de papel de arroz que colgaban de la pared. El vuelo de un pincel había trazado sobre ellos una serie de *kanji*[*].

—«Hombre, samurái, niño, mujer...» —comenzó a leer la muchacha, hasta que calló tratando de descifrar la quinta palabra.

—Es... —comenzó él.

—Espera, no seas impaciente. —Sonrió satisfecha porque él la obedeció—. Ese es «ruido».

—Exacto —respondió Ryō, feliz de que su alumna fuera tan aplicada.

—¿Cuándo me enseñarás a escribir el mundo?

—¿El mundo?

[*] *Kanji:* ideogramas utilizados en la escritura japonesa. Constan de un solo carácter que expresa un concepto.

—Ya sabes, la montaña, los árboles, el río…

—A su tiempo. Primero lo más pequeño, luego lo grande.

—¿Cómo de grande es el ruido? —se burló Nanami.

—Depende, tú eres pequeña y no paras de hablar.

La muchacha sonrió sin cubrirse la boca. Luego entrelazó sus dedos con los de él, zalamera.

—Anoche los dos hicimos ruido.

Quiso abrazarla, perderse de nuevo en ella, pero algo interrumpió su impulso. Ryō se incorporó, atento a algún sonido lejano. Poco a poco se hizo evidente el batir de unos cascos sobre el camino de tierra.

—Ayúdame a vestirme —le pidió al tiempo que saltaba fuera del jergón.

Se cubrió con el kimono mientras ella le alcanzaba el pantalón *hakama* y el *haori**. El galope se aproximó por el único camino que cruzaba la aldea hasta que el jinete refrenó al animal. Pudieron escuchar claramente cómo este se encabritaba y piafaba en el exterior, prácticamente a las puertas de la vivienda.

—¡Busco al administrador de la aldea! —gritó el visitante—. ¡Busco al caballero Ryō Aratani!

Ambos intercambiaron una mirada preocupada.

—Es un mensajero del castillo. Algo debe de haber sucedido.

Ryō se cuadró el *haori* y se encaminó hacia la salida. Antes de abrir la puerta, inspiró profundamente para tratar de serenarse: un mensajero al galope no suele portar buenas noticias. Deslizó el panel de madera y, descalzo, bajó los escalones hasta sentir entre los dedos la tierra escarchada. El alba despuntaba ya sobre los tejados de chamizo.

—Yo soy Ryō Aratani —anunció.

El mensajero hizo girar al caballo hasta confrontarlo. Su expresión era adusta, de medida gravedad, pero la inquietud del animal delataba la del jinete.

—Caballero Aratani, estoy aquí para informarle de que el castillo de su señoría fue atacado hace dos noches. Durante la hora del

* *Haori:* abrigo de mangas holgadas que se vestía sobre el kimono.

buey*, tropas del clan Sugawara penetraron en la fortaleza. Solo unos pocos mensajeros hemos podido partir para alertar a los vasallos que se hallaban fuera de la ciudadela.

Ryō sintió un frío helador que le contrajo las vísceras. Buscó la empuñadura de sus sables en un gesto instintivo, pero no los llevaba a la cintura.

—Comprendo —alcanzó a responder—. Armaré levas de inmediato y partiremos hacia el castillo.

—No, no lo ha entendido bien, caballero Aratani. La fortaleza ha caído y el señor Ikeda ha muerto durante el asalto. Los castillos de frontera no han dado señales de vida, con lo que podemos asumir lo peor. El clan Ikeda ya no gobierna Izumo.

Ryō sintió tambalear su compostura. ¿Cómo había podido suceder tal cosa? Era imposible hacer caer la fortaleza de los Ikeda en una sola noche. Ese fue su primer pensamiento. El segundo fue para su familia, que se hallaba en dicha fortaleza.

—¿Qué se espera de mí, entonces?

—¿De usted? No queda servicio que pueda prestar a su señoría, salvo el *seppuku***. O, si lo prefiere, esperar la llegada de los Sugawara con la espada en la mano.

El joven samurái no acertó a articular una respuesta. Su callada, no obstante, podía considerarse una cobardía, así que se obligó a rendir una profunda reverencia.

—Cumpliré con mi deber.

—Lamento ser portador de la peor de las noticias —dijo el mensajero, inclinando a su vez la cabeza—. He de proseguir. Si todo va bien, pronto nos reencontraremos en la otra orilla del Sanzu.

El jinete espoleó a su caballo y prosiguió hacia el norte, en dirección a las aldeas próximas al lago Shinji.

Ryō mantuvo su reverencia hasta que el galope del animal se perdió en la distancia. Cuando se incorporó, vio los rostros espantados que lo contemplaban desde la penumbra de las contraventanas, desde las puertas entreabiertas. Giró para regresar a su cabaña y se

---

* Hora del buey: de la 1.00 a las 3.00 de la madrugada.

** *Seppuku:* suicidio ritual consistente en la evisceración con un sable corto o puñal.

encontró a Nanami bajo el dintel, apenas cubierta por un *nemaki*[*] y con el pelo suelto aún, indiferente al escrutinio de sus vecinos.

—No soy tan estúpida como para pedirte que huyas conmigo —comenzó—, pero te ruego que no te quites la vida en vano.

Se sostuvieron la mirada por primera vez en público, como si fueran marido y mujer, y Ryō halló en sus ojos la misma desesperación que él sentía.

—No lo haré. Aún he de averiguar qué ha sido de mi familia.

Nanami se limitó a asentir. Sabía que sus palabras habían sido inapropiadas, ¿quién era ella para cuestionar lo que debía hacer o no un samurái? Y sin embargo...

—Si mueres, yo también me quitaré la vida. Sé que apenas valgo nada, pero este mundo se me hará insoportable sin ti.

—Nanami... —Estuvo tentado de acariciarle la mejilla, pero contuvo el gesto—. Ambos sabemos que moriré antes que tú. Solo te pido que encuentres razones para vivir sin mí, de lo contrario no podré partir en paz.

Ryō terminó de preparar su bolsa de viaje mientras ella lo observaba desde un rincón de la vivienda, sumida en un silencio lóbrego. Siempre le había parecido alto y distinguido en el porte —de rasgos algo aniñados, quizás—, pero vestido con la armadura samurái, su presencia resultaba imponente, casi intimidante. El joven guerrero se recogió el moño bajo un pañuelo blanco y se cubrió la cabeza con el casco perfumado de incienso. Nanami ni siquiera se había atrevido a ofrecerse para ceñirle las piezas, pues comprendía que aquel al que amaba se hallaba más allá de su alcance, perdido en una oscura bruma que ella no podía penetrar.

Por último, Ryō se ajustó los sables y musitó una breve plegaria a Hachiman.

—He de partir —anunció finalmente.

—Cuidaré de la casa en su ausencia, si no le resulta inoportuno.

---

[*] *Nemaki:* sencillo kimono de algodón vestido tanto por hombres como por mujeres. Solía usarse en el interior del hogar, sobre todo como ropa para dormir.

Le entristeció la súbita formalidad en el trato, pero comprendía que era la manera que tenía Nanami de hacerse a un lado, de liberarlo de cualquier compromiso que pudiera sentir. Habría querido decirle que los sentimientos que albergaba hacia ella, lejos de ser un lastre, eran el último rescoldo en un pecho que sentía yermo.

—No podría dejar mi casa en mejores manos —susurró, alargando los dedos para retirarle el mechón que caía sobre sus ojos.

Le enjugó con el pulgar el brote de una lágrima. El aliento de Nanami le impregnó la muñeca y allí quedó enredado, como una prenda de aquel adiós. Finalmente, Ryō dio un paso atrás y se despidieron con una sencilla reverencia.

Al salir a la calle, se encontró con que el mozo lo esperaba con su caballo debidamente embridado. El samurái cargó las alforjas, colgó la lanza de la percha y montó. Se demoró en mirar a su alrededor: la primavera comenzaba a llegar al valle; pronto revivirían los arroyos, el color volvería a la montaña y florecerían todas aquellas cosas cuyo nombre ya no podría enseñarle a escribir...

Con el ánimo sombrío, azuzó al animal y marchó al paso antes de que lo alcanzara un dolor que lo abatiría como la más certera flecha.

3
Cabeza de Ciervo

Asaemon Hikura se alzó sobre los estribos y contempló el entorno desde la colina. A sus pies, en las profundidades del valle, la villa de Ottara era un charco de lodo entre los pinares agitados por la lluvia y el viento. Pudo contar, además de la aldea principal, otros tres villorrios agazapados entre la espesura; y más allá, junto a la ribera del Kamedake, el extenso bosque de bambú que escalaba monte arriba.

A pesar de la gruesa capa de paja y el sombrero de ala ancha, se sentía empapado y miserable. Aún no había puesto un pie en aquel lugar y ya lo odiaba. Chascó la lengua junto a la oreja de su zaíno.

—¡Vamos, Okoge! —Y tiró de las riendas en busca del camino que descendía hasta la aldea.

Poco a poco la pedregosa vereda fue trocando en una calzada de tierra embarrada; las casas de adobe, madera y chamizo comenzaron a salpicar los márgenes, y pronto lo embargó la sensación de adentrarse en un pueblo habitado tan solo por penumbras.

Detuvo su montura en la encrucijada donde confluían las tres únicas calles, levantó el ala del sombrero y esperó bajo el aguacero. Al poco, se descorrió la puerta de una de las casas próximas; Asaemon desvió la mirada para ver cómo un anciano abandonaba su choza y renqueaba a su encuentro. Se apoyaba sobre un bastón y lo acompañaban dos hombres más jóvenes.

—¿Eres Chosuke, el jefe de la aldea? —preguntó sin desmontar.

—Así es, samurái. Estos son mis hijos, Kengo y Takaharu. Lamento que su visita llegue en un día tan poco propicio.

La voz firme del anciano desmentía su aspecto frágil. Asaemon recorrió con la mirada las viviendas circundantes, pero nadie más parecía dispuesto a sumarse a la bienvenida.

—¿Y tus vecinos?

—La lluvia ha hecho que se recluyan en sus casas.

—¿Dejáis de lado el trabajo por unas cuantas gotas?

—Oh, en absoluto, samurái; también hay mucho que hacer bajo techo.

Asaemon sabía que los aldeanos no asomarían las orejas hasta asegurarse de sus intenciones. Los samuráis no solían ser una buena noticia: servían de avanzadilla al recaudador cuando se preparaba un aumento del diezmo, o venían a llevarse a algún aldeano buscado por la justicia, o pedían a los hombres que formaran frente a sus casas y elegían a los más aptos para marchar a la guerra. Otras veces, simplemente hacían parada y se alojaban durante días, exigiendo que se les alimentara con el sake y el arroz que se guardaba para los festivales.

Desmontó y entregó las riendas a uno de los hijos de Chosuke.

—Soy Asaemon Hikura. Me envía su señoría a averiguar qué hay de cierto en vuestras historias de fantasmas y desapariciones.

—Agradecemos su presencia, caballero Hikura —dijo el anciano con una reverencia—. Acompáñeme bajo techo, por favor. Podrá calentarse al fuego mientras le ponemos al tanto de lo sucedido. —Y dirigiéndose a su hijo, añadió—: Takaharu, lleva el caballo a los establos y abrévalo. Después dile a los demás que acudan a casa.

El más joven asintió, se despidió con una profunda inclinación y se alejó tirando del animal.

Condujeron a Asaemon al interior de la vivienda. El suelo, de tierra prensada, estaba limpio y cubierto con esterillas de junco; un hogar excavado en el centro de la estancia caldeaba el aire y lo impregnaba de olor a leña. Era una casa pobre, pero resultaba un refugio reconfortante en un día lluvioso como aquel. Lo acomodaron en el mejor sitio junto al fuego y le agasajaron con pastelillos de arroz y sake caliente.

Los miembros del consejo fueron llegando. Dejaban sus sandalias embarradas en la entrada y saludaban al samurái con una cohibida reverencia antes de ocupar su lugar. La última en llegar fue una anciana casi ciega a la que otra mujer conducía por el brazo. Siete personas en total, contando al viejo Chosuke.

—Estamos todos —anunció este—. Quisiéramos agradecerle formalmente...

—Ahórrese la pompa, abuelo. Mi intención es poner fin a este asunto cuanto antes —lo interrumpió Asaemon—. En el castillo me han hablado de cinco mujeres desaparecidas y tres hombres muertos. ¿Es así?

—Cinco muchachas, más bien —intervino la anciana—. A algunas la primera sangre les había llegado este mismo año.

—Niñas o mujeres, cinco personas no se desvanecen sin más. ¿Dónde se las vio por última vez?

—Por estas fechas se forma una laguna en el bambusal, junto a la falda de la montaña —explicó uno de los hombres. Era de espaldas anchas y manos callosas, menos moreno que los campesinos que trabajaban en el llano. Probablemente un leñador—. Son aguas que manan calientes de la roca, y las mujeres suelen... —carraspeó—, suelen ir allí algunas noches.

—Lo que quiere decir Tokubei es que las muchachas estaban bañándose cuando desaparecieron —concluyó Chosuke.

—Fueron descuidadas —dijo la mujer que acompañaba a la anciana—. Despertaron la lujuria de Shika no Kōbe y él se las llevó a lo profundo del bosque.

—¿Shika no Kōbe? ¿Quién es «Cabeza de Ciervo»?

—Llamamos así al demonio que habita en la montaña —explicó Chosuke—. El bosque de bambú se encuentra en sus dominios.

—¿También fue Shika no Kōbe quien mató a los hombres que fueron en busca de las crías?

—Sin duda —respondió otro de los campesinos, el miembro más joven del consejo probablemente—. Aparecieron degollados, sus cuerpos empalados en el cañaveral.

—¿De qué modo? ¿Alguien había preparado una trampa con las cañas de bambú?

—No era una trampa. Los tallos habían sido afilados pero no cortados; los habían espetado bien arriba, como un pescado listo para asar. —El campesino torció el gesto al recordar la imagen.

—Quien lo hiciera quería que estuvieran a la vista —masculló Asaemon, y apuró el platillo de sake—. Como un depredador marcando su territorio. —Uno de los campesinos se apresuró a servirle de nuevo—. Decidme, ¿alguno ha visto a esa supuesta criatura?

—Yo la he visto —respondió el leñador, la mirada fija en las llamas—. Fue hace quince años, cuando aún no sabíamos que un *yōkai*[*] se había instalado en nuestra montaña. Una semana antes había aparecido el cadáver destripado del viejo Satoshi... Todos dimos por sentado que se topó con un oso. Poco después dos mujeres se despeñaron recogiendo setas... A veces las desgracias vienen juntas, y eso pensamos hasta que unos cuantos vimos a Shika no Kōbe. Primero fue el hijo de Kazuo, durante una tormenta que le sorprendió mientras cazaba. Después lo vimos mi hermano y yo, volviendo de recoger leña una noche de luna bruna. —Levantó la mirada hacia el samurái—. Le aseguro que no era algo de este mundo.

Asaemon se rascó la incipiente barba con un sonido crepitante. Volvió a beber.

—¿Cómo era?

—Tenía la cabeza de un ciervo y el cuerpo cubierto de la sangre seca de sus presas; los ojos eran rojos, brillantes en la penumbra, y exhalaba cenizas en lugar de aliento.

El samurái gruñó antes de dirigirse al jefe de la aldea:

—¿Y los *dōshin* que debían venir desde Toda? ¿Dónde están?

—Llegaron hace cuatro días —respondió Chosuke—. Se internaron en la montaña esa misma tarde y no hemos vuelto a saber de ellos. —El anciano frunció los labios—. Como ve, es una gran desgracia la que nos aflige. La montaña no devuelve a nadie.

—¿Quién los acompañó?

Los aldeanos intercambiaron miradas, pero ninguno abrió la boca.

---

[*] *Yōkai:* criaturas sobrenaturales del folclore japonés. Los había tanto benévolos como malvados.

—¿Los dejasteis entrar en el bosque sin guía? —preguntó entre dientes.

—Como os ha dicho el anciano, la montaña no devuelve a nadie.

Asaemon escupió al fuego un salivazo espesado por el sake.

—Así que esperáis que yo también entre solo al bosque. —Una carcajada ronca retumbó en su pecho—. Sois unos malditos cobardes.

—Lo lamentamos, samurái —dijo uno de los hombres, postrándose en una reverencia de disculpa—, pero no somos guerreros. Nuestros tres únicos cazadores han muerto tratando de dar con las muchachas.

—Decidme la verdad —les increpó Asaemon—, ¿aún tenéis esperanzas de recuperarlas? ¿O simplemente queréis que alguien os libre del tal Shika no Kōbe? —Los campesinos volvieron a enmudecer—. Ya me lo imaginaba; lo único que os preocupa es dormir tranquilos. Dais a las crías por perdidas. —Y se rellenó el cuenco de sake.

—Eso no es cierto —se atrevió a reprocharle la anciana—. Queremos a las muchachas de vuelta, pero ¿qué sentido tiene seguir mandando hombres contra una criatura del Yomi*? El invierno será duro sin tres cazadores; no podemos permitirnos perder a más hombres, o la aldea no sobrevivirá.

El samurái, sentado con las piernas cruzadas, recorrió con la mirada cada uno de los rostros que aguardaban su reacción. El fuego y las sombras conferían a su tez el rictus de un demonio guardián.

—No sé qué se esconde en esa montaña, pero dudo que sea una criatura del inframundo. Hasta ahora no he visto ser alguno que no sangrara al clavarle una flecha o al cortarle con la espada. Como también dudo de que yo solo pueda acabar el trabajo que no han concluido tres *dōshin*. —Vació el resto del vino en las llamas, que se sacudieron enfebrecidas por el alcohol—. Pero hay algo que juega a vuestro favor: no tengo alternativa. —Recogió los dos sables que descansaban a su izquierda y se puso en pie—. Así que decidme dónde

* Yomi: tierra de los muertos en la religión sintoísta.

he de pasar la noche. Mañana me internaré en esa maldita montaña y, si todos tenemos suerte, volveréis a verme con vida.

Se incorporó con el cuerpo dolorido y lleno de picaduras. Habría sido más sensato dormir en el suelo que en aquel jergón de paja enmohecida, se reprochó. Sin dejar de bostezar, se lavó el rostro y las axilas en el barreño que habían dispuesto para él, y aplastó de un manotazo lo que fuera que le merodeaba por el cuello.

Aún somnoliento, se llenó la boca con un puñado de arroz y lo bajó bebiendo directamente del pitorro de la tetera. Sabía que los campesinos le habían ofrecido lo mejor que tenían, y él estaba lejos de ser un refinado samurái de la corte —consideraba parte de su oficio comer bayas, raíces crudas o pernoctar en una cueva—, pero algo en ese lugar lo repelía. Un hedor a muerte y miseria que le recordaba aquello en lo que podía convertirse su vida.

Se ciñó el kimono bordado con el blasón del clan Sugawara y se cubrió las piernas con el *hakama**. Cuando estuvo listo, se llevó un último puñado de arroz a la boca, escupió el cuerpo duro de un gorgojo y vació lo que quedaba de agua sobre las ascuas del hogar. Recogió sus dos sables y abandonó la cabaña.

El cielo apenas había comenzado a clarear y la luna de otoño era un resplandor brumoso entre las nubes. Ni los perros estaban despiertos aún, se lamentó antes de echar a andar hacia el bosque. La brisa gélida que bajaba de la montaña le arañaba el rostro y la humedad del suelo le calaba las sandalias. «Malditos santurrones del Izumo Taisha y malditos sus rituales sagrados», blasfemó Asaemon, que nunca se había arrepentido tanto de una borrachera como en aquel momento.

Cuando dejó atrás la última casa de la aldea, se detuvo y se echó el aliento en las manos. Fumarolas de vapor se disiparon en el aire nocturno.

* *Hakama:* pantalón muy holgado, hasta el punto de parecer un faldón, utilizado frecuentemente por los samuráis. Mostraba siete pliegues que en la tradición marcial simbolizaban las siete virtudes del guerrero, y en la religiosa, los cinco elementos más la dualidad del yin y el yang.

—¿Quién me sigue? —preguntó alzando la voz.

Todo se mantuvo en silencio durante un instante; hasta los grillos parecieron aguardar una respuesta. Finalmente, una sombra se movió abajo, en el arrozal, y escaló el talud hasta el camino. Asaemon tardó en reconocer las formas de una muchacha bajo las gruesas ropas de montaña. Era alta y enclenque, aunque cargaba al hombro un arco como el que usaría un hombre adulto. Debía de ser fuerte si pretendía tensarlo.

Pero lo que más llamaba la atención eran sus ojos —grandes, expresivos—, que le conferían cierta inocencia a aquel rostro de gesto ceñudo.

—Soy Yumiko —respondió, al tiempo que se arrodillaba frente al samurái.

Pese a la formalidad del gesto, había un matiz desafiante en su actitud.

—¿Qué haces aquí?

—Mi hermana está en la montaña, es una de las que se llevó Shika no Kōbe. Haría cualquier cosa por...

—Vuelve a tu casa —zanjó el samurái, que le dio la espalda y retomó la marcha.

La joven levantó la cabeza, desconcertada por tanta brusquedad, pero de inmediato echó a andar tras él en silencio. Al cabo de unos pasos, Asaemon volvió a detenerse para encararla.

—¿Acaso no entiendes lo que se te dice?

—No volveré sin mi hermana.

Asaemon torció la boca, disgustado.

—Escúchame bien, niña, quizás creas que tus buenas intenciones me importan lo más mínimo. O peor aún, que me veré conmovido por tu valor. No soy de ese tipo de hombres. Soy, más bien, de aquellos que tiran de sable cuando una cría les desobedece. —Y descansó la mano sobre la empuñadura para reforzar sus palabras.

—No va a hacerme daño —lo desafió ella.

El samurái gruñó.

—Quizás yo no, pero la montaña sí. No es lugar para crías.

—Tres hombres han muerto y otros tres han desaparecido, así que tampoco parece lugar para hombres.

La impertinencia de aquella joven era exasperante.

—Te lo plantearé de otra forma —dijo Asaemon—: no iré a ningún sitio con una mocosa que me sigue como un perro hambriento. Vuelve a la aldea o aquí concluye mi labor.

—He recorrido la montaña con mi padre desde que tenía cinco años. Conozco cada cañada y cada vereda, incluso las que quedan cubiertas durante el otoño; sé dónde pernoctar, dónde encontrar agua y alimento. Usted mismo lo dijo, necesita un guía, y no encontrará mejor guía que yo —zanjó Yumiko con suficiencia.

—¿Cómo sabes lo que dije?

—Toda la aldea lo sabe, pero tienen miedo. Yo no, yo haré lo que sea por dar con mi hermana. Solo un estúpido preferiría internarse a ciegas en la montaña.

Asaemon se rascó la barbilla.

—¿Acabas de llamarme estúpido?

—En absoluto —se disculpó ella con una inclinación—. He dicho que lo sería de no aprovechar la oportunidad de tener una guía, pero eso no va a suceder.

El samurái la estudió mientras ella mantenía la reverencia. ¿Cuánto años podía tener? ¿Quince, dieciséis a lo sumo? Adulta para algunas cosas y demasiado niña para otras, una fuente de problemas en cualquier caso. Después miró de reojo la montaña, frondosa y escarpada como pocas en la región. La muchacha tenía razón, era una estupidez aventurarse a ciegas en un lugar así. Pero estaba por ver que no fuera aún más estúpido fiarse de la guía de una cría deslenguada.

Así que optó por no tomar una decisión. Sencillamente, echó a andar y dejó que el karma dispusiera. La respuesta le llegó a los pocos pasos:

—Si busca la laguna donde desaparecieron, ese no es el mejor camino. Conozco una senda que nos llevará directamente, sígame.

Y sin darle tiempo a plantear más objeciones, Yumiko se encaminó hacia un ramal que parecía rodear la ladera oeste.

De repente, volvía a ser él quien tenía que decidir. Podía ignorarla y seguir su camino, pero quizás el karma la había traído hasta él por un motivo. Y no era sabio resistirse a los vientos del karma, solía ser mejor dejarse llevar por ellos. Así que maldijo y fue tras los pasos de aquella mocosa.

4
Tierra y sangre

Ryō detuvo su montura junto al remanso y el animal se apresuró a hundir los belfos en el agua. Aún faltaba para los primeros días de calor, pero el camino estaba siendo largo y dificultoso: se dirigía al norte sin separarse de la pedregosa orilla del Kamedake, al amparo de los densos pinares que flanqueaban el cauce. Los constantes recodos del río, el fango en el que se hundían los cascos, las raíces en las que se enredaban las patas... Todo aquello minaba la resistencia del animal y obligaba al jinete a corregir constantemente el paso. Aun así, prefería evitar las rutas que discurrían entre montes y arrozales, demasiado expuestas al escrutinio del enemigo.

Aunque por momentos se preguntara si dicho enemigo era tal. Llevaba horas montando en soledad, con solo el murmullo del agua en los oídos y la vista constreñida por los altos collados, sin horizonte ni indicios de cuánto había avanzado; así que había terminado por sumirse en una sensación de irrealidad. ¿Y si las noticias traídas por el mensajero eran exageradas? ¿Qué otra referencia tenía de lo sucedido más que las palabras de aquel hombre? Tales pensamientos lo hostigaban cuando el caballo, saciado al fin, cabeceó y reanudó la marcha por sí solo.

Comió sin desmontar, el oído atento a cualquier sonido que pudiera filtrarse entre el roce de las ramas y sobre el arrullo del cauce, pero las horas transcurrieron sin más cambios que la posición del sol en el cielo.

La luz comenzaba a declinar cuando algo captó su atención en la orilla opuesta: una sombra andrajosa enredada entre las raíces que se hundían en el lecho. Ahuecó la mano para protegerse del resplandor de la puesta de sol, pero no llegó a distinguir de qué podía tratarse, así que buscó un vado e internó al animal en el río. La corriente era más fuerte de lo que parecía y el caballo alzaba los corvejones con dificultad, agotado por la larga marcha. Cuando alcanzaron la margen opuesta, Ryō le palmeó el cuello con susurros de elogio.

Echó pie a tierra y descolgó la lanza. Los cantos húmedos chascaron bajo sus pasos; cuando llegó a la altura del fardo enredado entre la raigambre, lo empujó con el extremo de la lanza hasta que la corriente comenzó a arrastrarlo. Fue entonces cuando comprobó que, efectivamente, era lo que se temía.

Se internó en el agua y condujo el cadáver hasta la orilla. Se trataba de un niño de ocho o nueve años; su piel era de una lividez cetrina, pero el cuerpo todavía no había empezado a hincharse, señal de que no llevaba muchas horas muerto.

Embargado por la sensación de haber fallado a aquel crío al que de nada conocía, lo recogió en brazos y se adentró en la arboleda para depositarlo en un lecho de hojas muertas. Con cuidado, apoyó su cabeza desmadejada en el hueco que formaban las raíces de un tocón y le enjugó el rostro con un pañuelo. No había muerto ahogado, comprobó con desazón, pues un profundo corte le había abierto el cuello y quebrado los huesos del hombro. Su ánimo se crispó, consciente de lo que aquello significaba. No lo había matado la lanzada de un *ashigaru*[*] carente de escrúpulos, tampoco una flecha fortuita o la espada herrumbrosa de un bandido. Era un tajo limpio hecho desde arriba, por alguien montado a caballo que empuñaba un acero bien afilado.

Su deber como samurái del clan Ikeda era proteger a los vasallos de su señor, por lo que aquel niño no solo era la constatación de

[*] *Ashigaru:* soldadesca que formaba el grueso de los ejércitos samuráis. La componían, principalmente, levas de campesinos a los que se armaba y se obligaba a acudir a la batalla.

que el enemigo había penetrado hasta el corazón del feudo, sino también un testimonio de su propio fracaso.

Zarandeado por emociones cruzadas, veló el rostro del muchacho con un pañuelo y se tomó su tiempo para darle sepultura. No tenía herramientas para cavar una tumba, así que debió buscar una oquedad donde colocar el cuerpo con la cabeza orientada hacia el norte; lo cubrió con rocas de la orilla y rezó un breve sutra frente al túmulo.

Cuando hubo concluido, se desnudó y se internó en las aguas para purificarse del contacto con la muerte.

Se despertó mucho antes del amanecer, recogió sus cosas y reanudó la marcha. Su intención era seguir remontando el curso hasta su afluencia con el Ibi y, desde allí, alcanzar los arrozales próximos al lago Sakuraorochi, donde se encontraban las aldeas más próximas río arriba. Muy probablemente, la corriente hubiera arrastrado el cuerpo desde aquellas tierras. Tenía que ver con sus propios ojos qué había sucedido, interrogar a los aldeanos; solo entonces podría decidir qué hacer.

En cualquier caso, ya no cabalgaba solo: lo acompañaba la presencia ausente de aquel crío asesinado, una herida en su ánimo que, lejos de cicatrizar, parecía supurar más y más a medida que pasaban las horas. ¿Qué clase de demonio puede dar muerte a un niño que corre por su vida? Pero conocía bien la respuesta: un samurái que cumple órdenes. ¿Acaso no mataría él a niños si así se lo dictara su señor? Cerró los ojos y trató de apartar aquellos pensamientos de su mente. Si seguía atormentándose con tales cuestiones, su espíritu flaquearía y carecería de la determinación necesaria en aquel viaje. Era mejor aceptar lo sucedido, sujetar las riendas con firmeza y mantener la mirada al frente.

Alcanzó la confluencia con el río Ibi hacia el mediodía; a partir de ese punto, las orillas se fueron distanciando y el lecho se elevó hasta discurrir al nivel del resto del paisaje. El cielo se expandió finalmente sobre Ryō, que agradeció aquella claridad cerúlea tras más de una jornada viajando a la sombra del ramaje. Fue al bajar la vista cuando reparó en la columna de humo que se alzaba lejana, tras los macizos cubiertos de pinares que precedían al lago. El humo solía indicar desgracias, así que decidió avanzar con aquella nube de cenizas como guía.

Alcanzó los primeros arrozales al caer la tarde. Los campesinos no habían comenzado aún a drenarlos, y la tierra encharcada reflejaba el rojo del ocaso como si la sangre barbotara bajo el fango.

Los malos presagios continuaron aflorando según se aproximaba a la columna de humo: sombreros de paja pisoteados, azadas abandonadas, cuervos picoteando entre los cultivos... Encontró los primeros cadáveres alineados a ambos lados del camino, flanqueando su marcha como una guardia de honor. Mantuvo su montura al paso, aunque la sangre le galopaba en las sienes al contemplar la muerte de los más humildes, finalmente desposeídos hasta de su último aliento.

Y según recorría sus rostros, comprendió una siniestra verdad: la mayoría eran niños y ancianos, algunas mujeres, muy pocos hombres... Y a su alrededor los campos no ardían, y los pájaros picoteaban porque no se había esparcido sal sobre los cultivos. Los Sugawara no habían optado por una estrategia de tierra quemada, como un ejército invasor que arrasa con inquina cuanto no es suyo, sino que habían preservado el campo y a quien lo trabaja, porque habían llegado para quedarse.

Aquella certeza anidaba en su estómago cuando por fin vislumbró los primeros chamizos recortados contra la amplitud del Sakuraorochi. Sobre el lago se alzaba la nube de humo —negra, densa— de lo que ahora sabía una inmensa pira funeraria. Ya desde la distancia pudo divisar la recua de hombres que, bajo la atenta mirada de un puñado de soldados, iban arrojando los cuerpos al fuego.

Los detalles se hacían más hirientes a cada paso: no había bonzos rezando por los difuntos, ni más dolientes que aquellos desdichados obligados a lanzar a las llamas a sus seres queridos. Cuando alguno desfallecía bajo el peso de los muertos, alguien se acercaba y le golpeaba con el asta en las costillas; o les aguijoneaban los muslos para que siguieran con su inhumana labor, arrebatándoles hasta el consuelo de una despedida digna.

Según presenciaba aquella iniquidad, Ryō aproximaba la mano a la lanza que colgaba del flanco de su montura, hasta que la empuñó con una resolución enajenada y fustigó al animal para lanzarse al galope. Cargó con el ímpetu de un brazo de mar, abalanzándose sobre la soldadesca que vigilaba a los aldeanos.

Al primero en salirle al paso lo arrolló con el caballo, y apenas pudo refrenar la galopada para no precipitarse sobre las llamas. Los campesinos corrieron en desbandada, mientras que los *ashigaru,* sorprendidos, indisciplinados, titubearon lo suficiente para darle tiempo a revolverse. Embistió al más próximo con cuidado de no empalarlo y dejar la lanza atorada; la hoja desgarró el hombro del infeliz y lo arrojó contra el suelo. Tornó grupas manejando a su montura con las piernas y, apoyando el astil contra su cadera, barrió en un arco a quien se aproximara por detrás; el tajo acertó a uno de los que trataban de rodearlo, y fue tal la violencia del impacto que le arrancó la protección de cuero.

El caballo se mantenía firme y respondía a sus órdenes, demostrando que estaba más preparado para la batalla que sus propios adversarios. Ryō alzó la lanza y, sujetándola por el extremo, comenzó a hacerla girar sobre su cabeza, trazando un círculo en el que ninguno de sus enemigos se atrevía a penetrar. A su espalda sentía el calor de la pira alimentada con la carne de las víctimas; frente a él, cinco hombres, más campesinos que guerreros, demasiados en cualquier caso. Había incurrido en una temeridad que probablemente le costara la vida; pero tales dudas no parecían asomar a sus ojos, pues los *ashigaru* lo contemplaban paralizados, las puntas de sus lanzas arracimadas contra él, pero sin dar un paso al frente, como si confrontaran a uno de los demonios guardianes de Sensōji.

—¿Qué hacéis, malditos cobardes? ¡Atacadle! —les espetó un samurái que, atándose la armadura, salía de una de las chozas.

Debía de ser el comandante de la cuadrilla encargada de sanear la aldea, pero ni aun así sus hombres se decidieron a obedecer.

—¡Avanzad o seré yo el que os ensarte por la espalda! —dijo mientras desenvainaba la *katana*.

El siseo del acero fue más convincente que sus palabras, y uno de los *ashigaru* se abalanzó gritando contra Ryō. Este aguardó a que estuviera a la distancia adecuada, sin dejar de voltear la lanza sobre su cabeza, hasta que alargó el brazo para recibirlo con un sesgo empujado por la inercia del giro. La cuchillada fue tan devastadora que lo degolló al paso y a punto estuvo de arrancarle la cabeza.

Los demás no cometieron el mismo error que su compañero y se lanzaron al unísono. Ryō recogió el asta contra el costado e hizo avanzar su caballo al tiempo que descargaba una puntada que perforó el vientre de otro atacante. Sin tiempo para planear sus movimientos, retiró la lanza con fuerza y golpeó con el extremo opuesto hacia atrás, hundiendo el contrapeso de acero en el pecho de otro enemigo.

Hasta ahí llegó su temeraria incursión, pues aprovechando su defensa desesperada, el samurái cortó con su sable los cuartos traseros del caballo. Este se encabritó con gran violencia y, aunque Ryō logró mantenerse sobre la grupa, no pudo impedir que el animal se lanzara al galope hacia los arrozales.

Los cascos batieron la tierra y las casuchas volaron a su alrededor convertidas en un borrón de paja y adobe. El jinete trató de retener la carrera, pero el animal cabeceaba enloquecido sin atender a los tirones del bocado. La calle enfangada pronto quedó atrás y se vio cruzando los arrozales por el camino elevado. Concluyó que era mejor aferrarse a las riendas y aguantar la galopada hasta que el caballo se desquitara, de lo contrario podrían perder pie en el talud y precipitarse pendiente abajo.

Un silbido seco junto a la oreja lo obligó a levantar la vista para descubrir una segunda amenaza: más adelante en el camino, a unos dos *cho*[*] de distancia, un arquero montado le cortaba el paso. El samurái vestía la armadura de los Sugawara, con sus escamas rojas embebidas de la puesta de sol. La serenidad con la que colocaba el segundo proyectil en el punto de enfleche denotaba su maestría.

El arquero tensó la cuerda como si tuviera todo el tiempo del mundo; ni él ni su montura parecían inquietarse por la desbocada carrera del caballo de Ryō, que devoraba por momentos el terreno que los separaba. Si la primera flecha, lanzada a mucha más distancia, había estado a punto de acertarle en la cabeza, aquella segunda no erraría.

Sin poder refrenar o desviar la galopada, se encontraba a merced del enemigo, así que acudió a su encuentro con el sosiego del samurái que por fin conoce su karma. Sujetó la lanza contra el costado y azuzó la cabalgada.

---

[*] *Cho:* unidad de distancia equivalente a unos 109 metros.

Los dedos liberaron la flecha y esta cimbreó en el aire antes de enderezar su trayectoria, la cual terminaba de forma inevitable en la cabeza de su presa. Fue en aquella fracción de eternidad cuando Ryō comprendió que la propia habilidad de su adversario le permitiría salvar la vida; pues de haber apuntado al pecho, como hubiera hecho cualquier otro tirador, no le habría dado la oportunidad de esquivar la muerte con un ligero movimiento. Ladeó la cabeza por puro instinto, y el proyectil impactó en el lateral de su casco arrancándoselo con violencia... Pero jinete y montura mantuvieron su trayectoria invariable.

El arquero apenas tuvo tiempo de revolverse antes de que la lanza le atravesara el rostro; el mástil se quebró y ambos samuráis volaron descabalgados. Atrás quedaron los caballos, trabados en una maraña de relinchos y patas quebradas.

Ryō rodó sobre el polvo del camino hasta quedar tendido, la mirada perdida en aquel cielo que parecía haber oscurecido de repente. Un tambor de guerra martilleaba dentro de su cráneo acallando cualquier pensamiento. Trató de incorporarse, pero la violencia del embate había aflojado todos sus músculos, así que se limitó a arrastrarse mientras escupía sangre y tierra. Poco a poco la percusión dejó de atronar y se convirtió en una palpitación en sus oídos, así que intentó ponerse en pie de nuevo, y esta vez las piernas lograron sujetarlo. Miró a su alrededor, aún desorientado: los caballos pataleaban y cabeceaban, incapaces de levantarse; más allá se hallaba el cuerpo inerte del arquero, cuyo rostro no quiso ver.

Comenzaba a recuperar la compostura cuando escuchó ruido en la distancia, y comprobó que otro samurái a caballo se aproximaba por el ramal seguido de un puñado de hombres a pie. Volvió a mirar a su caballo; sabía que un buen amo le daría muerte antes de abandonarlo, pero no tenía tiempo para ejercer la compasión, y maldijo a los Sugawara por ello.

Más adelante le pesaría abandonar así a un fiel compañero, pero ahora debía centrarse en lo inmediato: primero palpó las empuñaduras de su *daishō*[*] para asegurarse de que los sables seguían allí;

[*] *Daishō:* literalmente, «largo y corto», era el nombre con el que se designaba a la pareja de sables, *katana* y *wakizashi*, que los samuráis portaban a la cintura.

después se lanzó talud abajo, presto a perderse entre los arrozales. Una vez alcanzara la espesura estaría a salvo, pues aquel era su hogar: conocía cada bosque y cada aldea, cada monte y cada valle... Ningún invasor daría con él.

Cuando por fin se encontró al amparo de la arboleda, lo apremió una cuestión que iba más allá de la supervivencia: ¿qué debía hacer? ¿Encontrar la forma de llegar hasta el castillo Ikeda y averiguar qué había sido de su familia? ¿O regresar junto a Nanami y alertar a la aldea de la inminente llegada del enemigo?

5
Bosque adentro, montaña arriba

Yumiko no tardó en desviarse del camino e internarse por una senda aún más angosta, casi invisible bajo la maleza. La vereda serpenteaba por el bosque de bambú durante casi un *ri*[*], ganando pendiente a medida que ceñía la incipiente falda de la montaña. En cierto punto, la muchacha apartó las cañas y le hizo un gesto al samurái.

—Por aquí. Estamos cerca.

Asaemon la siguió a través del cañaveral, abriéndose paso entre los altos tallos que cimbreaban y tableteaban a su paso, hasta que vinieron a desembocar en una laguna horadada en el corazón del bosque. Era poco más que una charca con una orilla angosta, ahogada por las cañas que se le echaban encima. Las huellas cubrían todo el perímetro, lo difícil era encontrar un palmo sin pisotear; algunas estaban secas, la impronta de un instante atrapado en el barro; otras, más frescas, brillaban húmedas en el lodo.

El cazador se acuclilló e intentó descifrarlas: pies descalzos, otros que parecían calzar sandalias, un cuerpo arrastrado, alguien de rodillas, pezuñas borrosas más allá… ¿Animales que habían acudido a saciarse a la laguna? Parecían demasiado profundas para ser de ciervo, ¿quizás las monturas de los *dōshin*? Arrugó la nariz y levantó la

---

[*] *Ri:* unidad de longitud equivalente a unos 3,9 kilómetros.

vista hacia el punto donde parecían encaminarse las pisadas más recientes.

Se puso en pie y avanzó en aquella dirección.

—¿Ha encontrado algo? —lo interrogó Yumiko.

—Hay tantas huellas que es difícil interpretar lo sucedido —respondió mientras apartaba las cañas para volver a sumergirse en el bambusal—, pero quienquiera que hubiera aquí, se adentró aún más en la montaña.

Ascendieron por el bosque durante gran parte de la mañana, utilizando el bambú como asidero allí donde los pies se hundían en el barro. De tanto en tanto, Asaemon creía ver alguna pisada entre los helechos, muy probablemente de caballo, lo que significaba que seguían los pasos de los tres *dōshin* enviados desde Toda.

El sol había superado su cénit cuando la ladera perdió inclinación y el cañaveral comenzó a ralear. El paisaje fue despejándose hasta confrontarlos con la pared desnuda de la montaña: un imponente muro de roca viva arañado por cornisas y veredas que lo surcaban como viejas cicatrices.

Asaemon intentaba elegir la ruta más accesible cuando Yumiko volvió a adelantársele.

—Sígame, hay una cornisa que rodea gran parte de la falda; es más largo que otros caminos, pero más ancho y con menos pendiente.

Apenas hubieron alcanzado la cornisa, la muchacha se detuvo en seco.

—Hikura-sama, hay algo ahí. —Señaló unos bultos en la distancia, esparcidos a los pies del acantilado.

Buscaron la forma de descender entre los peñascos, pisando sobre la grava suelta que se desprendía ladera abajo. Ya antes de alcanzar la hondonada distinguieron que se trataba de los cuerpos de tres hombres y sus monturas, reventados contra las rocas.

—¿Se... se han despeñado por accidente? —preguntó Yumiko, impresionada por la visión de los cadáveres.

—¿Los tres? No lo creo.

—Quizás hubo un desprendimiento.

—Quizás —respondió Asaemon, pero su voz estaba teñida de suspicacia.

Llegaron hasta los cuerpos, separados por varios pasos de distancia. Uno de los jinetes se había enredado en las riendas y el animal lo había aplastado; los otros dos se hallaban descabalgados, quebrados por el impacto. Uno parecía haber caído de cabeza, tenía los brazos astillados y el cráneo abierto como una sandía.

Asaemon los estudió con la calma del que ha visto escenarios mucho peores. Yumiko, sin embargo, debió superar una oleada de náuseas y aprensión antes de acercarse a los cadáveres. No tardó en percatarse del detalle que ya había llamado la atención del cazador.

—Tienen el cuerpo cubierto de cortes... Los caballos también. ¿Se los habrán hecho al caer?

El samurái negó con la cabeza.

—Una caída desde tal altura te destroza por dentro, la sangre se acumula bajo la piel y la amorata. Las únicas heridas abiertas deberían ser las de los huesos rotos que rasgan la carne.

Asaemon se aproximó a uno de los cuerpos y lo volteó, lo que hizo que Yumiko diera un paso atrás. Muchos campesinos consideraban que aquellos que habían perdido la vida de forma violenta contagiaban su desdicha a quienes los tocaban.

—No te apartes —la conminó el samurái—. Tú eres la que ha querido acompañarme. Mira las heridas, ¿no hay nada que te llame la atención?

Yumiko observó las laceraciones que perforaban el cuello, el muslo, el pecho de aquel hombre.

—Todas están en un mismo costado.

—Así es, en el derecho. —Asaemon levantó la vista hacia la cornisa desde la que debían de haber caído. Si ascendían montaña arriba, el costado derecho es el que daba a la pared del acantilado.

—Los que han visto a Shika no Kōbe dicen que tiene una cornamenta de mil puntas. Quizás los embistió hasta hacer que se despeñaran.

Asaemon sonrió al tiempo que abría una de las llagas con los dedos. Era profunda.

—No son heridas de asta, sino de flecha. Alguien tendió una emboscada a los *dōshin*. Esperaron a que estuvieran cruzando la cornisa, sin espacio para hacer girar a sus monturas, y los asaetearon desde arriba. —Negó con gesto reprobatorio—. Los muy idiotas no quisieron dejar atrás a sus caballos, ni siquiera para acometer el ascenso. Si hubieran ido a pie, probablemente aún estarían vivos.

La muchacha miró a su alrededor.

—¿Y las flechas?

—Eso es lo que me pregunto desde hace un rato.

—¿Cree que bajaron a recuperarlas? ¿Por qué alguien haría tal cosa?

—Quizás para alimentar la superstición de unos campesinos que creen que un *yōkai* sanguinario habita esta montaña. —El maestro cazador se puso en pie y se sacudió las manos—. ¿Cómo has dicho? ¡Una cornamenta de mil puntas! —remedó con tono agorero.

Yumiko dedicó una última mirada a los cadáveres. ¿Tendría razón el samurái? ¿Acaso todo lo que estaba ocurriendo era obra de simples hombres que se aprovechaban de su credulidad?

—¡Vamos! —la llamó Asaemon—. Muéstrame el camino para subir.

La cornisa escalaba la montaña a través de la cara este; un paso de apenas un *ken* de ancho que, en sus tramos más angostos, los obligaba a mirar de reojo una larga caída al abismo. Aun así, tal como había dicho Yumiko, la pendiente no se empinaba en demasía y la vereda parecía firme, lo que alejaba el temor de un posible desprendimiento. No podían evitar, eso sí, otear de tanto en tanto las alturas en busca de algún vigía o arquero recortado contra el cielo.

Descansaron a media tarde para beber a la sombra de la pared de roca. Una vez saciados, retomaron el ascenso hasta coronar una primera cumbre poco antes del anochecer; al otro lado se abría un vasto valle de montaña delimitado por cumbres. Allí arriba el invierno parecía llegar con premura, y la nieve ya cuajaba en la umbría y en las ramas de los pinos.

Asaemon oteó el valle formado a partir de la extinta caldera de un volcán: la vegetación lo colmaba como un cuenco a punto de rebosar, y mientras contemplaba su densa urdimbre, se preguntó qué posibilidades tenía de encontrar a alguien allá abajo. La experiencia le decía que aquellos bosques aislados e inaccesibles solían entrañar desgracias para cualquiera que se aventurara en ellos.

—¿Qué es aquello? —preguntó, señalando un gran claro abierto en la linde de la arboleda. Era difícil vislumbrar los detalles ahora que el sol se había puesto, pero el samurái creyó distinguir formas regulares.

Yumiko, en cualquier caso, no necesitó forzar la vista para saber a qué se refería.

—Son las ruinas de un viejo monasterio abandonado. Nadie de la aldea se acerca por allí, dicen que ahora lo habitan los *kodama*[*].

El samurái asintió en silencio, sin apartar la mirada de aquel lugar al abrigo de las tinieblas.

—Si tuviera que ocultarme en la montaña —masculló para sí—, no encontraría mejor refugio que ese. —Y en voz alta, añadió—: Ese arco que llevas al hombro, ¿sabes usarlo?

—Mi padre lo hizo para mí. Así que sí, sé usarlo.

La miró con cierto interés.

—¿Tu padre fabrica arcos?

—Los mejores de Izumo —respondió con orgullo—. También es un gran cazador.

—Si es un gran cazador, ¿por qué no está aquí buscando a su hija?

La mirada de Yumiko se apagó. Tuvo que tomar aire antes de responder.

—Fue uno de los hombres que salió en busca de Shika no Kōbe.

—Ya veo —respondió el samurái.

La muchacha apretó los dientes, tratando de no mostrar sus emociones.

—Soy su hija mayor. Ahora es mi responsabilidad.

Asaemon asintió, pero se preguntaba hasta dónde llegaría realmente su determinación.

—Si queremos dar con tu hermana, hemos de alimentarnos —dijo finalmente—. ¿Serás capaz de cazar la cena mientras yo enciendo un fuego?

---

[*] *Kodama:* criaturas del folclore japonés que se ocultaban en la espesura. De apariencia espectral, podían adoptar forma humana o monstruosa según las circunstancias. Se les atribuía un carácter benévolo, pero se convertían en terribles enemigos de aquellos que dañaban la santidad del bosque.

Sin mediar palabra, Yumiko se descolgó el arco y se internó en la espesura.

La cazadora respiraba profundamente, desde el vientre, donde residía su espíritu y de donde manaba toda su fuerza. Mantenía el arco en el punto justo de tensión, con los brazos estremecidos por el esfuerzo y la pluma rozándole la mejilla. Era una sombra entre la penumbra de una noche sin luna, un animal más del bosque... Hasta que algo se movió a su espalda.

—La hoguera lleva tiempo encendida.

No respondió, concentrada en el vacío que se abría más allá de la punta de la flecha.

—Si mantienes la postura durante tanto tiempo, los músculos se entumecerán y el tiro perderá precisión.

—Quizás le sorprenda, pero no es la primera vez que uso un arco —musitó ella sin inmutar el ademán.

—No deberías tensar hasta que tuvieras el blanco a la vista.

—¿Nunca ha escuchado que el mejor cazador no es el mejor arquero, sino el más paciente?

—Procuraré tenerlo en cuenta —respondió Asaemon—. ¿Y cuál es tu técnica, exactamente? ¿Esperar hasta que tu presa muera de vieja?

—Chis —lo acalló ella, mostrando escaso respeto.

Algo se movió entre los arbustos, imperceptible primero, más evidente después, hasta que un conejo abandonó su escondite y avanzó sobre la hojarasca. Asaemon guardó silencio mientras el animalillo se aproximaba a un fragante tallo de jengibre cortado en dos. Lo olisqueó con desconfianza, pero antes de poder llevárselo, la cuerda tañó y la flecha clavó al conejo contra la corteza de un árbol. Aún pataleaba cuando Yumiko bajó el arco.

Asaemon observó de reojo que la muchacha había tenido tiempo de colocar una segunda flecha en la cuerda; lo había hecho con inusitada rapidez, antes de conocer el resultado de su primer tiro.

—¿Le gusta el conejo al jengibre, Hikura-sama? —preguntó mordaz.

El samurái no pudo evitar sonreír ante tanto descaro. Sacó una daga y se la tendió.

—Despelléjalo y límpialo. Iré afilando un palo para asarlo.

Asaemon hizo el conejo al fuego, lo despiezó con su cuchillo, lo aromatizó con lascas de jengibre y repartió la carne en dos cuencos. Le alargó su parte a Yumiko y se sentó junto a la hoguera.

Pese a lo ralo de la cima, se las había arreglado para encontrar una ubicación al resguardo de las corrientes y de ojos indiscretos, pues no quería anunciar su presencia con un resplandor visible a varios *ri* de distancia. Ladera abajo, en el valle formado entre las cumbres, el extenso pinar se erizaba con la caricia del viento.

El guerrero comió con voracidad hasta dejar los huesecillos limpios. El animal no tenía mucha carne, así que buscó en su alforja algo más que servirse. Mientras registraba esta, levantó la vista hacia Yumiko y la vio masticar los cartílagos; cuando ella reparó en su escrutinio, tragó y apartó la mirada.

—¿No tienes nada más que comer?

—No tengo hambre.

Desoyéndola, Asaemon le lanzó una bola envuelta en hojas de roble.

—Come —le ordenó. Y ante su reticencia, añadió—: Si no te alimentas, no me sirves, así que ya puedes desandar el camino y volverte a la aldea.

Ella le dedicó una mirada hostil antes de deshacer las hojas. En el interior encontró una bola de arroz sazonada con una ciruela *umeboshi*. Empezó a comer, con recato al principio, pero cada vez con más fruición.

—¿Cuánto hace que no pruebas el arroz? —le preguntó el samurái.

—El arroz es para el diezmo; en la aldea nos conformamos con un puñado de mijo.

Asaemon recordó la insinuación del *karō* Hashiba: pronto habría guerra, y eso suponía que los recaudadores hostigarían aún más a los labriegos.

—Quizás podríais administraros mejor, guardar más en las buenas cosechas.

—Si la cosecha es mala, el campesino pasa hambre. Si es buena, el diezmo aumenta y también pasa hambre. —Yumiko lo miró de reojo, encorvada sobre la bola de arroz que iba mordisqueando—. Si el clan entra en guerra, se lleva a los hombres y piden aún más arroz. Entonces, además de pasar hambre, pasamos miedo y pena.

—No tenéis de qué quejaros. Las tierras que trabajáis pertenecen a vuestro señor. Sin ellas no comeríais ni mucho ni poco.

—¿Y de qué le servirían a Sugawara-sama sus tierras sin los campesinos que las trabajan? El arroz no crece solo, y los samuráis no doblan la espalda para plantar esquejes o segar cañas.

La muchacha era irrespetuosa y temeraria en sus afirmaciones, y aquello le podría haber costado un severo castigo —cuando no algo peor— de hallarse ante un samurái más diligente. Asaemon, sin embargo, no tenía ánimos para amonestar a una cría, sobre todo cuando veía mucha verdad en lo que decía. La vida era injusta para todos, aunque para unos más que para otros.

—Nunca había conocido a alguien que, cuando le llenan la boca de arroz, se quejara en lugar de dar las gracias —zanjó el guerrero—. Termina de comer y durmamos.

Pero Yumiko ya no escuchaba sus palabras. Miraba hacia lo más profundo del valle con los labios entreabiertos e impregnados de granos de arroz. Algo había atrapado su atención hasta el punto de acallar su hambre y sus impertinencias; y cuando Asaemon siguió su mirada, se encontró con que allí abajo, en aquel monasterio habitado solo por espectros, la luz de una linterna cruzaba el patio a la intemperie.

6
La hija del forjador de *katanas*

Nanami, gacha la cabeza, juntas las manos, rezaba con devoción frente al altar acunado entre las blancas raíces de un cedro. Dos zorros de piedra protegían el oratorio consagrado a Inari; su guardia duraba ya largo tiempo, pues el paso de las estaciones había erosionado sus formas y cubierto de musgo los largos hocicos. Quien lo hubiese erigido parecía haber decidido su ubicación al azar, pues no se encontraba a orillas de un puente ni en un cruce de caminos, sino perdido en el corazón de la arboleda. Aun así, los aldeanos conocían el lugar y sabían llegar a él cuando era preciso rogar por una buena cosecha o un embarazo saludable.

La muchacha, no obstante, no había ido a rezar por ella. Hacía días que Ryō había partido, y cada hora sin noticias suyas le pesaba en el ánimo como un mal augurio. Frente a ella, sobre el altar de piedra desgastada, había colocado un sobre alargado sellado con el lacre del clan Ikeda. Desconocía su contenido, solo sabía que era de suma importancia que fuera entregado.

—Nanami —dijo una voz a su espalda.

Se volvió para descubrir a su madre entre los árboles. Kanao, tan joven que los desconocidos la creían su hermana, poseía una elegancia melancólica más propia de la corte que de una aldea. A su hija, en cualquier caso, se le antojó cansada y compungida.

—Ha regresado.

El rostro de Nanami se iluminó al tiempo que un gran alivio le colmaba el pecho. Se puso en pie y se sacudió los faldones del kimono. Recogió el sobre, dispuesta a emprender el camino de vuelta, pero su madre la retuvo sujetándola por el brazo.

—Ten cuidado con lo que haces.

Ella asintió en silencio.

—Respeta a tu padre, por lo que más quieras.

—Ambos sabéis que nunca haría nada que pudiera dañar la reputación de nuestra casa, pero Ryō...

—¡No lo llames por su nombre, Nanami! —la corrigió con brusquedad—. Es un samurái, no lo olvides.

—Lo siento, madre. He de marcharme.

Con suavidad, retiró el brazo y apresuró el paso entre los árboles, de regreso a la aldea.

Encontró a Ryō junto a la campana que se utilizaba para convocar a los aldeanos, de pie sobre la estrecha tarima. Aún vestía su armadura, y decenas de personas lo rodeaban atentas a sus palabras; las miradas volaban inquietas entre la muchedumbre.

—... llevad solo lo necesario —clamaba el joven—, trancad las puertas y ocultaos en la montaña. Estarán aquí en dos días a lo sumo.

—¡Si nos marchamos, saquearán los graneros! —protestó uno de los ancianos de la aldea.

—Los saquearán en cualquier caso, pero si os encuentran aquí, antes pasarán a cuchillo a muchos de vosotros.

Un murmullo insatisfecho corrió entre los presentes. ¿Qué era esto? El castillo se llevaba la mayor parte de la cosecha y, cuando llegaba el momento de protegerlos, ¿los abandonaban a su suerte?

—¡Comprendo vuestro descontento! —trató de aplacarlos el samurái—. Pero no se puede razonar con una incursión de saqueo. Es mejor que pasen de largo. Más tarde, los Sugawara enviarán emisarios para establecer los nuevos diezmos y los términos de vasallaje; ellos sí atenderán a razones.

—¿Y qué harás tú, samurái? ¿No deberías permanecer aquí y defendernos ante un invasor? ¿De qué servís, entonces?

El propio Ryō se hacía esa pregunta: ¿de qué servían ahora los samuráis del clan Ikeda, que habían perdido su tierra y a su señor en dos fatídicos días? Durante generaciones se habían alimentado del trabajo del pueblo, y llegado el momento de hacer su parte, habían sido aplastados de forma incomprensible. Los campesinos tenían derecho a faltarle al respeto.

Fue Nanami, sin embargo, quien estalló de forma abrupta:

—¿¡Es que acaso no lo veis!? —Todos los rostros se volvieron hacia ella, también el de Ryō, que no había reparado en su presencia—. ¡Ya os está protegiendo! En lugar de huir o inmolarse por su señor, ha regresado para salvaros la vida.

La concurrencia guardó silencio, y la muchacha se apocó al sentir la mirada de todos sus vecinos sobre ella. Ryō, no obstante, se sintió alentado por aquel inesperado respaldo:

—Os aseguro que los bandidos también permanecerán ocultos mientras las tropas Sugawara recorren el feudo. Puede que perdáis parte de la cosecha, pero menos de lo que teméis, y cuando regreséis de la montaña, podréis retomar vuestras vidas con normalidad.

Las expresiones de enfado y desconfianza devinieron en gestos de resignación, y eso era lo mejor que podría conseguir.

—Nadie se arrepintió jamás de ser prudente —insistió—, poned a salvo a los vuestros y hacedlo ahora. Ya habrá tiempo de preocuparse por el campo.

El gentío comenzó a dispersarse; no estaban convencidos, pero parecían dispuestos a obedecer. Al fin y al cabo, ese era el orden natural de las cosas: los samuráis disponían y el resto obedecía.

Ryō bajó de un salto y caminó hacia ella, obligándose a reprimir la dicha que sentía por volver a verla. Cuando estuvieron uno frente al otro, se saludaron con una queda inclinación.

—Estás herido —musitó Nanami al reparar en los cortes y moratones que le cubrían la cara. Tampoco le pasaron desapercibidas las muescas en el cuero y el metal de su armadura.

—Me encontré con hombres de los Sugawara en Sakuraorochi. Allí presencié lo que hacen en las aldeas.

—¿Y regresaste a advertirnos antes de encontrar a tu familia?

Ryō apartó la mirada, acaso avergonzado, y Nanami comprendió lo inapropiado de su comentario. Parecía cuestionar su decisión.

Peor aún: parecía acusarlo de haber antepuesto sus sentimientos a sus obligaciones filiales.

—Lo siento, no quise...

—Intento ser realista, Nanami. Lo más probable es que mi familia pereciera durante el asalto al castillo. Viniendo aquí, quizás haya salvado algunas vidas.

Quizás hubiera salvado la vida de Nanami. Ese era el verdadero sentido de sus palabras, aunque ninguno se atreviera a verbalizarlo.

—¿Qué harás ahora? —quiso saber ella.

—He de regresar a buscarlos.

—Aunque sepas que de poco servirá y que lo más probable es que te capturen.

—He de hacerlo.

Ella asintió en silencio, sabía que intentar convencerlo de lo contrario estaba fuera de lugar.

—Hace dos días, un extraño llegó a tu casa —dijo entonces—. Buscaba al caballero Ryō Aratani. Al no encontrarte, dejó una carta para ti.

Le tendió el sobre cerrado con el inconfundible lacre del clan Ikeda.

—¿Un mensaje con el sello de los Ikeda? —se sorprendió el samurái—. Ven, hemos de hablar a solas.

Ryō se dirigió hacia su residencia y ella lo siguió con pasos indecisos. A su alrededor, los vecinos se habían entregado a los preparativos para la partida: amontonaban sus enseres más preciados frente a sus casas, y los más precavidos clavaban tablones sobre las contraventanas y las puertas deslizantes. Nadie parecía reparar en ellos; aun así, entrar en la casa del samurái en pleno día, a la vista de toda la aldea, quizás fuera un atrevimiento demasiado ostensible.

Ryō comprendió sus reparos.

—Si no te importa, mantendré puertas y ventanas abiertas —dijo, deteniéndose junto al umbral—. Es bueno ventilar la casa después de un viaje.

Se descalzó y entró en la cabaña. Ella terminó por seguirle.

El joven apartó la mesa baja que se encontraba junto a una ventana y la colocó en el centro de la estancia. A continuación, desenlazó sus sables del *obi*[*] y se sentó con las piernas cruzadas. No sin cierta ceremonia, depositó la carta sobre la mesa e invitó a Nanami a sentarse frente a él. Ella aceptó con renuencia, sabedora de que muchos ojos estarían intentando vislumbrar qué hacían a solas en aquella casa. Si lo que Ryō quería era discreción, habría sido mejor conversar en medio de la calle.

Ajeno a tales preocupaciones, Ryō rompió el lacre y extrajo el papel plegado. Era un mensaje sencillo que lo citaba dentro de dos días en un sitio y a una hora. Aquel que lo había escrito había utilizado su sello personal para garantizar la autoría de la carta. Un escalofrío le acarició la nuca al contemplar la firma del general Kenzaburō Arima, mano derecha de su señoría.

—¿Cómo era el hombre que trajo la carta? —preguntó sin apartar los ojos del papel.

—Era un vendedor de leña ambulante, pero... —titubeó, como si buscara las palabras precisas.

—Continúa.

—Vestía como un leñador, pero me llamó la atención su forma de caminar. No se encorvaba bajo el peso del hato de leña, y no agachaba la cabeza —recordó la muchacha.

Ryō sabía bien que Nanami era perceptiva y rápida de ideas, pero también demasiado prudente como para exponer sus conclusiones.

—Dime claramente cuál fue tu impresión, por favor. ¿Crees que mentía?

—Su actitud, su forma de hablar y de moverse... no eran las de un leñador.

—¿Quieres decir que se comportaba como un samurái?

—Sí, pero no había arrogancia en sus modales. —Nanami sonrió al escuchar tal impertinencia en su propia boca—. Lo cierto es que fue sumamente cortés.

Ryō asintió. Sin duda, tal descripción encajaba con la del general Arima, un hombre tan apreciado entre los suyos como temido

[*] *Obi:* faja ancha de tela (normalmente de seda o algodón) que tanto hombres como mujeres usaban sobre el kimono para ceñir la cintura.

por sus enemigos. Pero ¿cómo podía creer que el propio Arima había acudido en su busca? Lo más probable es que hubiera muerto durante el asedio al castillo, un guerrero así jamás abandonaría a su señor. Y aunque estuviera vivo, ¿por qué habría de recurrir a él? Es más, ¿por qué se expondría recorriendo los caminos? Sería más lógico enviar a un mensajero o un *shinobi*[*].

A no ser que Arima sospechara de todo y de todos... excepto de aquellos que llevaban meses lejos del castillo.

La mente de Ryō giraba de forma vertiginosa cuando Nanami lo interrumpió al sujetarle la mano por encima de la mesa.

—¿Qué dice la carta?

Él levantó la vista del pliego.

—La firma Kenzaburō Arima, uno de los principales generales de su señoría. Me cita pasado mañana en el embarcadero de Hiwa, al otro lado del paso de Azumayama.

Nanami retiró la mano y apretó el puño contra su pecho.

—Puede ser una trampa.

—Es posible —respondió él con voz queda.

—¿Crees que el hombre que vino era un asesino?

—No lo sé. La carta parece legítima, pero los Sugawara bien podrían estar usando el sello del general Arima para hacer salir a quienes aún son leales al clan Ikeda.

—Comprendo —musitó ella—. ¿Se te ocurre alguna razón por la que un samurái de tanta importancia acudiría a ti?

—Ninguna. Mi padre lo conocía bien, pero jamás cruzó una palabra conmigo. Es bastante improbable no solo que haya sobrevivido al asalto, sino que intente ponerse en contacto con alguien como yo.

—Aun así, te planteas acudir —dijo Nanami.

Él abatió los hombros, agotado de tanta incertidumbre, de tantas malas noticias que ni siquiera tenía tiempo de sopesar. Se puso en pie y se aproximó al rincón que hacía las veces de cocina. Tomó un

[*] *Shinobi:* término que se puede traducir como «hombre del sigilo». Era el nombre que recibían aquellos guerreros especializados en la infiltración, el asesinato y el espionaje.

par de tazas y una tetera llena de infusión fría; regresó a la mesa y sirvió un cuenco para cada uno.

—El asalto se produjo hace relativamente poco. Pese a la contundencia con la que se han impuesto, dudo que los Sugawara controlen del todo la corte y la capital. Lo lógico es que estuvieran aún preocupados por las amenazas inmediatas, no buscando a samuráis dispersos por las aldeas.

Nanami asintió al tiempo que bebía de su taza. Los calurosos días de verano habían quedado atrás, pero el fresco amargor le resultó grato en la lengua y la garganta.

—Temes no acudir en auxilio de alguien que puede encontrarse en una situación de verdadera necesidad.

—No solo eso; de tratarse realmente del general Arima, mi obligación es atender su llamada. De no hacerlo, me deshonro a mí y a mi familia. —Ryō alargó la mano y cubrió la de ella—. ¿Qué he de hacer, Nanami?

La muchacha depositó la tisana sobre la mesa y meditó sus palabras antes de responder.

—Si me preguntas por lo más sensato, te diría que vinieras con nosotros a las montañas. Pero no es eso lo que quieres escuchar de mí; en realidad, solo quieres que ratifique la decisión que ya has tomado.

Ryō frunció los labios. Cuán transparente resultaba a sus ojos.

—Te pido tu opinión sincera, no lo más sensato o lo que creas que yo quiero escuchar.

—Entonces, te diré que asumas el riesgo de acudir a esa cita. De no hacerlo, la incertidumbre te corroerá el resto de tu vida.

Le sorprendió la contundencia de su respuesta, y solo le quedó asentir en silencio. La joven hizo a un lado el servicio de té y extendió las manos frente a él.

—Muéstrame tu *daishō*.

El samurái titubeó, pero finalmente tomó los sables que había colocado junto a él y se los entregó. Ella desenvainó la *katana* y la observó con ojo experto. Apoyó la curva interior de la hoja sobre su antebrazo y examinó el filo.

—¿Y tu lanza? —preguntó mientras guardaba el sable largo y tomaba el corto.

—La perdí en Sakuraorochi, junto con mi caballo.

—Lo lamento, eran un buen acero y un buen animal —dijo antes de pasar a estudiar la *wakizashi*[*].

A Ryō siempre le había turbado verla con una espada en la mano. Sabía que, en ocasiones, se encargaba de darle filo a los aceros que su padre y su hermano forjaban, pero la desenvoltura que mostraba con las armas no parecía casar con su carácter sereno y su cuerpo menudo.

Nanami envainó y depositó ambos sables sobre su regazo.

—Descansa —dijo por fin—. Ya habrá tiempo de forjar una nueva lanza, por ahora tendrás que conformarte con que ponga a punto tus espadas.

—No he recurrido a ellas desde la última vez que las limpié, su filo debería estar intacto.

—El día que seas capaz de afilar el acero como la hija de Yashiro Kuroda, quizás mi padre consienta que me hagas tu concubina —zanjó ella con descaro.

---

[*] *Wakizashi:* sable corto que, junto con la *katana*, forma la pareja llamada *daishō*.

7
Mil tallas de Buda

Asaemon y Yumiko contemplaron con fascinación la lejana incandescencia que, como una luciérnaga, flotaba entre las ruinas del monasterio... Hasta que una brusca ráfaga de viento arremolinó las pavesas de la hoguera y ambos debieron protegerse los ojos. Cuando la corriente cesó, la pequeña llama en la distancia se había desvanecido.

Intercambiaron sendas miradas: asombrada la de ella, suspicaz la de él.

—Dijiste que nadie habitaba ese monasterio.

—Quizás sea el fuego fatuo de un espectro que ronda el lugar —respondió Yumiko, aún sobrecogida.

—Esto te sonará extravagante, pero también puede ser alguien que se alumbra con una lámpara —dijo el samurái—. Tiendo a decantarme por la explicación más sencilla.

—Sea lo que sea, hemos de bajar y averiguar de qué se trata.

—No, no hemos de hacer nada. Esperaremos a mañana e investigaremos a la luz del día.

—¡Usted mismo lo dijo! Si tuviera que ocultarse en esta montaña, lo haría en un lugar como ese.

—Si lo dije, fue porque creí que no me escuchabas, niña.

—Puede que mi hermana esté ahí abajo... Puede que todas estén ahí.

—No voy a lanzarme en plena noche a un lugar del que no sé nada. Es la forma más estúpida de caer en una trampa.

—¿De verdad piensa que esa llama puede ser una trampa? —le espetó Yumiko—. Le cuesta creer que un *yōkai* habite aquí, pero ve trampas a cada paso.

—No a cada paso, solo cuando me topo con algo fuera de lugar. Quienquiera que matara a esos *dōshin* se encuentra en esta montaña, quizás en esas ruinas.

—¿No es ese motivo suficiente para acudir cuanto antes? ¿Y si están ahí abajo con un asesino?

—Escúchame, Yumiko —dijo Asaemon con tono apaciguador—. Comprendo cómo te sientes, quieres dar con tu hermana y te lanzas sobre cualquier rastro que pueda conducir a ella, pero no perseguimos a una liebre. Pisamos el territorio de otro cazador, debemos avanzar con cuidado o nos convertiremos en sus presas... ¿No te habría dicho tu padre lo mismo?

Yumiko apretó los puños y resopló con fuerza. Exudaba frustración a cada vaharada.

—¡Haga lo que quiera! —dijo finalmente, al tiempo que recogía el arco y su bolsa de viaje—. Yo voy a buscar a Saya.

Y sin darle oportunidad a retenerla, corrió hasta internarse en la arboleda.

Asaemon la observó atónito. Jamás supo de una *heimin* que se comportara con semejante impertinencia; parecía, más bien, la caprichosa hija de un daimio.

—Maldita cría... —Y clamando por encima del aullido del viento—: ¡No esperes encontrarme ahí cuando te topes con un cuchillo en la garganta!

Pateó la hoguera hasta apagarla. Miró de nuevo hacia la oscuridad del valle: nada parecía moverse en las profundidades.

—¡Por los mil budas de Sanjusangendo! —blasfemó mientras recogía de mala gana sus pertenencias—. Ojalá se tope con sus malditos *yōkai* y la arrastren al otro mundo. Así no tendría que volver a escucharla más.

Y, sin echar la vista atrás, se adentró en el bosque tras los pasos de Yumiko.

La luna parpadeaba entre las copas de los pinos, las agujas secas crujían bajo sus pasos y las ramas le arañaban el rostro y se le enredaban en el *hakama*. Asaemon corría ladera abajo, buscando el rastro de Yumiko en la oscuridad, pero la muchacha sabía moverse. Apenas había arrastrado la hojarasca, tampoco había aplastado plantas o helechos, lo que significaba que avanzaba pisando sobre las raíces, fluyendo por la espesura, deslizándose como una auténtica cazadora. Tuvo que reconocer que su padre, o quien fuera, le había enseñado bien. Lástima que ese adiestramiento no le hubiera inculcado algo de sensatez.

Cinco crías desaparecidas, tres cazadores empalados y tres *dōshin* abatidos a flechazos, recapituló Asaemon; y ahora señales de vida en un monasterio que, según los lugareños, llevaba décadas abandonado. Le costaba creer que no hubiera una relación entre aquella luz misteriosa y los extraños sucesos que acontecían en la montaña.

Quizás se equivocara, quizás solo fuera un peregrino que se había refugiado entre aquellos muros, pero hacía tiempo que había aprendido a ceñirse al peor de los supuestos. Y el supuesto que más inquietaba a Asaemon en ese momento, el que le hacía correr ladera abajo en pos de su indisciplinada guía, era que aquella luz fuera una forma de atraer a las polillas.

Una roca emergió abruptamente de la oscuridad, pero tuvo los suficientes reflejos como para apoyarse sobre ella y saltarla; perdió pie al caer y resbaló por la pendiente, precipitándose contra un roble agazapado entre la fronda. Logró colocarse para chocar con el hombro, y aprovechó el impacto para ponerse en pie y continuar corriendo ladera abajo... Hasta que, de repente, dejó atrás la espesura y el firmamento nocturno se abrió sobre su cabeza.

Asaemon refrenó la carrera mientras miraba a su alrededor. Frente a él, la ladera arbolada había trocado en una pendiente pedregosa donde solo crecían las malas hierbas. Tardó en vislumbrar la figura de Yumiko tendida tras unos peñascos, oteando el monasterio. Este se alzaba al final del largo declive, en los límites del profundo valle de montaña.

—¡Agáchese! —le susurró la muchacha desde la distancia—. ¿O acaso quiere que le vean?

¿De verdad le estaba reprendiendo?, se indignó el samurái mientras se dirigía hacia su posición. Se acuclilló junto a ella.

—Has cruzado el bosque como una manada de jabalíes en desbandada, ¿y ahora me exiges cautela?

Ella lo miró desde el suelo.

—Creí que no vendría.

—¡Tú me has obligado, mocosa! —estalló Asaemon, intentando no alzar la voz—. Si te dejo sola, habrías alertado a quienquiera que se oculte tras esos muros.

Ni siquiera tuvo la deferencia de mostrarse arrepentida. Se limitó a esperar a que amainara la reprimenda antes de señalar el emplazamiento en ruinas.

—Creo que la luz se movía cerca de la entrada, pero el lugar parece completamente abandonado.

Pese a la esquiva luna de otoño y la bruma que anegaba el valle, desde aquella posición elevada se podía distinguir qué había tras los muros: un templo central, no mucho mayor que una ermita, a cuya espalda se levantaban varios pabellones derruidos y un pozo cuyo brocal aparecía quebrado, sus piedras desparramadas sobre el terreno de un viejo huerto.

—No está tan abandonado como crees —respondió él, sin sacudirse aún el enfado de la voz.

—¿Es que ha visto algún movimiento? —preguntó Yumiko, y volvió a otear las edificaciones.

—Nada se mueve, pero deberías saber mirar más allá de lo evidente. Por ejemplo, mira esa barraca elevada sobre pilares. —Señaló un punto en el interior de las ruinas—. El chamizo y el adobe parecen más recientes que el resto de las estructuras, diría que alguien ha reparado la techumbre no hace tanto.

—Quizás se hundiera y los monjes lo repararan cuando aún habitaban el lugar.

—Observa el techo de la ermita —le indicó Asaemon—, una de las esquinas se ha derrumbado y ha arrastrado parte del tejado. Dime qué monjes restaurarían antes un almacén que su propio oratorio.

La arquera guardó silencio. Comenzaba a comprender la manera de pensar de aquel samurái: sospechar de todo se había convertido para él en un mecanismo de supervivencia.

—¿Qué haremos entonces?

—Desde aquí no averiguaremos mucho. Ya que me has obligado a bajar, podemos arriesgarnos con una breve incursión.

Descendieron el último tramo de ladera con la inevitable sensación de encontrarse expuestos, él con la mano sobre la empuñadura de la *katana* y ella acariciando la pluma de una de sus flechas. Finalmente alcanzaron las inmediaciones del muro exterior, que se elevaba sobre un tosco basamento de piedra de un *ken* de alto. Era una buena forma de asentar los cimientos del monasterio y aislarlo de la humedad y las inundaciones, especialmente en una depresión como aquella.

Los lienzos de muralla daban la impresión de ser muy antiguos y, contemplando el enclave a ras de suelo, Asaemon tuvo la certeza de que su ubicación se había elegido para mantenerlo oculto en el corazón de la montaña. Un samurái jamás habría construido una plaza como esa, difícil de defender al hallarse a los pies de una ladera y rodeada por un bosque que podría ocultar a posibles atacantes. Era evidente que sus constructores pensaban más en preservar sus secretos que en defenderse de un asalto. O lo habían hecho en su momento, pues ahora había grietas que resquebrajaban los altos muros.

Indicó a Yumiko que lo siguiera y comenzaron a rodear el perímetro en dirección al pórtico de entrada, ubicado frente a la arboleda que se extendía al otro lado. Mientras caminaban, la muchacha no pudo evitar rozar con los dedos el musgo que crecía entre las grandes piedras de la base; parecían llevar allí mil años, sus formas suavizadas por el tiempo y el impacto de la lluvia contra sus cantos. En comparación, los lienzos encalados que se elevaban sobre ellas daban la impresión de ser frágiles, tan translúcidos como paneles *shōji*.

Según se aproximaban al pórtico, el bosque iba rodeándolos. Yumiko sintió las primeras gotas sobre las mejillas, y apenas tuvo tiempo de levantar la vista antes de que la llovizna comenzara a precipitarse sobre el valle. El tamborileo de las gotas sobre las hojas los envolvió de inmediato.

Empezaban a estar empapados cuando alcanzaron el acceso al monasterio. Una angosta escalera, de peldaños torcidos y desgastados, partía de las profundidades del bosque y escalaba hasta la gran puerta de madera que tenían frente a ellos. La pesada hoja permanecía encajada en los viejos goznes, pero se encontraba abierta de par en par, como si no tuviera sentido vedar el paso a los fantasmas.

Al cruzar bajo la arcada, la lluvia les dio tregua por un instante, solo para arreciar cuando abandonaron su resguardo y se internaron en el patio desierto. Aún quedaban vestigios del antiguo empedrado, pero la mayor parte de la explanada era una superficie de tierra cada vez más embarrada por la lluvia. Pese a hallarse expuestos al temporal, Asaemon se arrodilló un instante y tocó el suelo con los dedos.

—¿Qué sucede? —quiso saber Yumiko.

—Hay alguien ahí dentro —respondió el samurái, señalando con la barbilla el interior de la capilla—. Sabían que vendríamos.

La muchacha miró en la dirección que le indicaba: un difuso reverbero escapaba entre los desvencijados paneles de madera. Sintió cómo se le contraía el estómago y se le secaba la boca. De inmediato, colocó una flecha en la cuerda.

—Calma —le susurró Asaemon bajo el ruido del aguacero—. Mantente atrás.

Se puso en pie y se dirigió hacia la entrada. Ella lo siguió a un par de pasos de distancia, tan concentrada en la oscuridad que se extendía más allá de la puerta que ni siquiera sentía el temporal azotándole el rostro.

Ascendieron por la escalinata de piedra hasta pisar sobre la tarima, cuyos tablones chirriaron bajo sus pasos, y se detuvieron en la entrada, la mirada prendida del tenue resplandor de un brasero al fondo de la capilla. Sus ascuas eran la única fuente de luz en un mar de tinieblas.

Junto al hornillo de bronce, sentado a los pies de lo que una vez debió de ser el altar, un viejo eremita tallaba un pedazo de madera. A su espalda, una porción hundida del techo dejaba entrar una cortina de lluvia que salpicaba cientos de tallas de Buda. Los intrusos miraron a su alrededor y, a medida que sus ojos se adaptaron a la penumbra, fueron descubriendo que se encontraban rodeados por un sinfín de aquellas efigies de madera. Se amontonaban por el suelo, se acumulaban sobre los altares, los contemplaban por cientos desde hornacinas y baldas en las paredes, como un siniestro corifeo. Algunas se hallaban ennegrecidas, la madera enferma de humedad; otras conservaban la blancura del palo recién cortado; todas parecían talladas en madera de cedro, muy probablemente obtenida del mismo bosque que se extendía frente al monasterio.

—Bienvenidos, viajeros —los saludó el eremita, con la voz resquebrajada de aquellos que solo la usan para musitar sutras—. Soy Daizembo, abad del Ryūji. Podéis refugiaros aquí mientras amaina la tormenta.

El hombre tenía las piernas cruzadas, acunando sobre su regazo la pieza de madera a la que iba dando forma con una gubia. Vestía un sencillo *samue** negro y su nervuda delgadez dificultaba aventurar su edad. Solo al aproximarse pudo Asaemon distinguir mejor sus rasgos: las mejillas descarnadas, la boca desdentada, los ojos hundidos bajo unas cejas tan lampiñas como su cabeza.

—Nos habían dicho que este monasterio se encontraba abandonado desde hacía tiempo.

—Así es —corroboró el bonzo—. Mis hermanos lo abandonaron hace más de quince años, aunque yo decidí permanecer aquí. Puede que ni siquiera ellos se percataran de que me dejaban atrás —añadió con una serena sonrisa.

El samurái contempló las funestas figuras que llenaban la estancia, luego intercambió una mirada con su joven guía. Ambos parecían coincidir en que aquello no era fruto de una mente sana, aunque uno nunca sabía a qué atenerse con los monjes de las montañas.

—¿Ha tallado usted todos estos *hotoke***?

El viejo levantó la vista y recorrió la marea de estatuillas que se extendía a su alrededor, como si nunca antes hubiera reparado en ellas. Solo la lluvia que repicaba a su espalda, procedente del techo derruido, llenó aquel silencio.

—Dicen que quien talle mil veces el rostro de Buda alcanzará la iluminación.

—¿Y cuántas tallas hay aquí? —quiso saber Asaemon.

—No lo sé. ¿Qué sentido tendría contarlas? —preguntó a su vez el bonzo.

---

* *Samue:* túnica de uso cotidiano vestida habitualmente por los monjes budistas zen.

** *Hotoke:* un buda, una persona que ha alcanzado la iluminación.

Yumiko, impaciente, se atrevió a dar un paso y colocarse frente al último monje del Ryūji.

—Venerable maestro —saludó con una profunda reverencia—, hemos venido hasta aquí buscando a cinco muchachas desaparecidas. En mi aldea se cree que una criatura llamada Shika no Kōbe habita la montaña, y que fue ella quien las raptó.

—Hace tiempo que ningún ciervo entra en mi templo, niña. Tampoco yo abandono estos muros, así que de poca ayuda puedo seros —se disculpó el bonzo—. Solo puedo rezar por su bienestar allá donde estén, y ofreceros techo durante la tormenta.

—Le agradecemos el refugio —respondió Asaemon—, pero hemos de seguir con nuestra búsqueda. Suerte con la suya.

Y tras una queda inclinación, dio la espalda a su anfitrión y se encaminó hacia la salida. Yumiko, desconcertada, se despidió con una solemne reverencia y se apresuró tras sus pasos. Aguardó hasta que se encontraron en el exterior, de nuevo bajo el aguacero, antes de dirigirle la palabra.

—¿Por qué no ha aceptado la invitación? No es la mejor noche para deambular a la intemperie.

—Abandonemos este lugar antes de hablar.

Cruzaron el patio barrido por la lluvia hasta dejar atrás los terrenos del monasterio. Solo cuando descendían por la empinada escalera de piedra, internándose en las profundidades del bosque, Asaemon volvió a abrir la boca:

—Salgamos cuanto antes de los caminos. Hemos de encontrar un refugio donde pasar la noche.

—¡Aguarde un momento! —lo retuvo Yumiko—. ¿Por qué tanta prisa por marcharnos? No tenemos dónde ir, no sabemos qué buscar… ¿No deberíamos quedarnos y recorrer el monasterio por la mañana? Quizás el bonzo nos haya ocultado algo.

—Ten por seguro que el bonzo nos oculta algo, por eso hemos de alejarnos del templo.

Ella tardó en reaccionar. ¿Acaso estaban huyendo?

—Cree que es un lugar peligroso… —comprendió—. Cree que ese hombre tiene algo que ver con la desaparición de mi hermana, ¿no es así? —Y se dispuso a girar en redondo, de regreso al monasterio.

Asaemon la retuvo por la muñeca.

—No sabemos nada, apenas tenemos un hilo del que comenzar a tirar. Debemos ser más astutos que nuestros rivales, quienesquiera que sean.

—¡No es su hermana! —clamó ella sobre el aguacero—. ¡Si está muerta, he de saberlo! Si está viva... —Se le quebró la voz.

Yumiko se acuclilló sobre los escalones, con el pelo empapado y las lágrimas diluyéndose en la lluvia.

Asaemon quiso compadecerse de ella, pero solo lograba mirar escaleras arribas, inquieto por si algún peligro surgía del lugar que dejaban atrás.

—Escúchame, Yumiko: no regresaré a Izumo hasta que demos con ellas. —La obligó a mirarle a los ojos—. Pero ahora hemos de buscar refugio. Como has dicho, esta no es noche para permanecer al raso.

Ella asintió al tiempo que se enjugaba la cara con los puños. Fue en vano, pues la lluvia continuaba azotándole el rostro. Se maldijo por mostrarse así, desesperada y abatida, y se conminó a atender las razones del samurái. Al menos por el momento.

—Sígame —le indicó con la voz aún ronca. Se echó el arco a la espalda y reanudó el descenso—. Encontraré un refugio.

Asaemon echó un último vistazo a su espalda antes de seguirla.

La escalinata fue perdiendo pendiente hasta hundirse bajo el serpenteante camino que se internaba en el valle. Allí, al amparo de la espesura, la lluvia caía decantada por las hojas de los cedros.

—Antes ha dicho que debíamos ser más astutos que nuestros rivales —dijo entonces Yumiko, su ánimo más calmado ahora que no se hallaba zarandeada por la tormenta.

—¿Eso he dicho?

—También dijo que sabían que vendríamos.

No obtuvo respuesta.

—¿A quiénes se refiere? —preguntó finalmente—. Solo hay un Shika no Kōbe, y solo hemos visto a un bonzo allá arriba.

El samurái amagó una sonrisa. Debía reconocer que la muchacha era despierta.

—En el patio del monasterio había pisadas de varios hombres, siete al menos, quizás más. También había marcas de cascos de caballos.

—¿Pudo distinguirlas bajo el aguacero?

—Precisamente la lluvia las reveló. Alguien las había cubierto antes de que llegáramos, pero el agua arrastró la tierra sin apelmazar y descubrió las huellas secas en el barro.

Yumiko lo miró por encima del hombro. Aquello no tenía sentido.

—No hay forma de que tantos hombres entren en la montaña sin que nadie de la aldea se percate.

—Entonces, solo hay dos opciones —respondió el samurái—: o ya estaban aquí, o en la aldea alguien lo sabía y decidió ocultármelo.

8
El paso entre montañas

A la mañana siguiente, bien temprano, Nanami remontó el Kamedake hasta más allá del recodo donde las mujeres hacían la colada. Necesitaba agua fresca y limpia para la labor que se había propuesto, así que acarreó con paciencia un cubo rebosante hasta la aldea. De regreso, se encontró con que las calles bullían ya de actividad, atestadas de vecinos que ultimaban los preparativos para partir hacia la montaña.

Sorteó miradas y conversaciones indiscretas hasta llegar a la residencia familiar, y descorrió con cuidado la puerta que daba acceso al jardín, intentando no hacer sonar la campanilla *fūrin*[*] que colgaba junto a la entrada.

La casa de los Kuroda era la única de Ottara que gozaba de jardín; humilde en cuanto a tamaño, pues no superaba los ocho tatamis de superficie distribuidos alrededor de la vivienda, pero cultivado con delicadeza. Era una forma de agasajar a los clientes que debían apartarse de las rutas principales para visitar al herrero. Nanami, que había ayudado durante años a cuidarlo y darle forma, era capaz de ubicar con precisión cada flor y cada planta.

---

[*] *Fūrin:* pequeña campana de la que pende una tira de papel inscrita con una plegaria. Solían colgarse en los sitios de paso para que las corrientes las hicieran tintinear, espantando así a los malos espíritus.

Se encaminó hacia la parte posterior de la casa, donde se alzaba el taller de su padre entre lirios y azaleas. La grava blanca del suelo crujió bajo sus pasos anunciando su llegada, pero no había nadie para darle la bienvenida. Se descalzó junto a la fuente de bambú y descorrió la puerta. Halló la fragua dormida y en penumbras, frías sus cenizas, señal de que su padre y su hermano no habían trabajado esa mañana, algo que denotaba lo excepcional de las circunstancias. Debían de encontrarse en la casa, preparando la marcha junto a su madre. Era preferible así, pues se ahorraría explicaciones.

Dejó el cubo sobre el suelo de piedra y abrió las contraventanas para que la luz invadiera el taller. La mañana flameó sobre las hojas desnudas que su padre exhibía en la gran pared del fondo. No eran sus mejores aceros, pero sí eran representativos de la calidad de su trabajo. Nanami se permitió un instante para contemplarlos, hasta que una brisa fresca penetró en la sala ungiéndole la piel y despertando los aromas de la fragua: leña, ceniza, tizón... Incluso en ausencia de su padre, aquellos olores evocaban su presencia con tal viveza que a Nanami no le costó verlo inclinado sobre el yunque, martilleando un bloque de acero al blanco vivo. La imagen la reconfortaba, pero también dejaba en ella un poso de amargura, pues no podía negar que su reciente comportamiento había alzado entre ambos un muro de silenciosa decepción.

Cerró los ojos y suspiró, obligándose a apartar tales pensamientos. Cuando los abrió, estaba centrada en la labor que tenía por delante.

Sacó a la terraza un barreño y llenó el fondo con el agua que había traído desde el río. Se dirigió a una estantería donde se alineaban seis bloques de piedra ordenados desde el más áspero al más fino. Los usaban para ir desbastando la hoja recién forjada, puliendo su superficie hasta revelar la sinuosa línea de templado que recorría el filo. Tomó la piedra *uchigumori,* la más blanda y fina de todas ellas. Era pesada, pero estaba acostumbrada a manejarla, así que la cargó sin problemas hasta depositarla en el interior del barreño. Después, arrastró desde debajo de una mesa un pequeño cofre lacado; guardaba allí las únicas herramientas del taller que se le permitía manejar, aquellas que empleaba en el afilado del acero.

Cuando Nanami cumplió los nueve años, su padre consideró oportuno instruirla en aquel aspecto del negocio familiar. Tras comprobar que la pequeña se desempeñaba bien y sin demasiados cortes, quedó al cargo de dicha labor en las hojas menos valiosas. Durante siete años solo se dedicó a la cuchillería y las herramientas de trabajo —hoces, tijeras y hachas principalmente—, tan útiles como mundanas. El acero destinado a los samuráis, sin embargo, era llevado a un experto pulidor de Izumo, que se encargaba de completar el bruñido y dar filo a las hojas forjadas por Kuroda-sensei.

Con el paso del tiempo, no obstante, los delgados dedos de Nanami ganaron pericia y seguridad, y Yashiro Kuroda supo ver que su hija podía llegar a convertirse en una afiladora decente. Así que, tras consultarlo con su esposa, decidió enviarla durante una larga temporada al taller de Saburo, en Izumo. Habían pasado dos años desde aquello; la formación no fue barata, pero Nanami supo aprovechar el tiempo y la inversión de su padre, y regresó como una de los pocos artesanos de Izumo capaces de revelar el carácter de una hoja samurái.

Desde entonces, la joven se había ocupado de afilar los sables, dagas y las hojas de lanza forjadas por su padre y por su hermano, excepto aquellas que se hacían por encargo directo del clan Ikeda, cuya terminación se seguía encargando al mismo maestro pulidor.

Nanami llevó el cofre junto al barreño y se arrodilló. Se recogió las mangas del kimono con una cinta de algodón antes de levantar la tapa; dentro no solo se hallaban sus herramientas de afilar, sino también el largo hatillo que había ocultado allí el día anterior. Con suma delicadeza, lo depositó en el suelo y descubrió los sables de Ryō. Tomó la *katana* y tiró de la vaina para examinar la hoja a la luz del día.

Su padre solía decir que un sable revelaba mucho del samurái que lo empuñaba. ¿Qué decía aquel acero sobre Ryō Aratani? El filo se veía nítido, apenas había perdido perfil por el rozamiento contra la vaina, señal de una buena técnica de desenvainado. No era necesario enderezar la hoja, lo que denotaba una esgrima fluida, cuidadosa, más dada a la esquiva que al entrechocar de metales; y aunque el acero había perdido lustre, no presentaba puntos de herrumbre, síntoma de que se limpiaba con frecuencia. Solo encontró una pequeña muesca en el lado derecho, próxima a la guarda. ¿Un golpe a la cabeza desviado en el último momento? Aquella posibilidad la estremeció.

Tomó del cofre un pequeño martillo de metal y lo usó para extraer los pasadores ocultos bajo el cordaje de la empuñadura. A continuación, sujetó la *katana* con la punta hacia arriba y, con la mano libre, dio un golpe seco contra su muñeca. Desencajó así la espiga[*] y pudo extraer la hoja desnuda.

A partir de ese punto era fácil cortarse; un riesgo con cualquier filo, pero un auténtico peligro cuando se manejaba un acero samurái. Recordaba vívidamente su primera lección, cuando el pulidor Saburo le hizo contar las cicatrices que jalonaban sus dedos: «Lo importante es no cortarte aquí, aquí y aquí —dijo, señalándole los tendones de las manos—. Todo lo demás sanará».

Nanami ahuecó la mano para recoger un poco de agua del fondo del barreño y la vertió sobre la piedra y la hoja. Después se sirvió de un pañuelo para sujetar la espiga y apoyó el acero contra la parte plana de la piedra. Comenzó a trabajar el filo con movimientos cortos y firmes, siempre a lo largo de la hoja, cuidando la inclinación con la que esta incidía sobre la piedra.

De tanto en tanto se detenía para volver a humedecer la roca y el acero, y retomaba la labor con cautela: con la diestra sujetaba la espiga; con la zurda deslizaba el filo sobre la piedra, aguzando su perfil hasta hacerlo tan cortante como una hebra de viento.

Cuando estuvo satisfecha con el resultado, se humedeció el pulgar y lo impregnó en un cuenco que contenía fragmentos de piedra *hazuya*. Con todos los sentidos puestos en lo que hacía, aplicó el mineral con la yema del dedo. Era en ese punto del proceso donde muchos artesanos se cortaban, a menudo gravemente; aun así, Nanami lo acometió con devoción, sin rehuir el peligroso perfil, recorriendo su superficie como recorrería las facciones de la persona amada. Poco a poco consiguió aclarar la hoja y hacer resaltar los matices del metal templado, que se revelaron como ondulaciones cristalizadas en un estanque de hielo.

Remató su trabajo con el pulido del *kissaki*[**]. Para ello, envolvió el cuerpo de la hoja en papel y arpillera, y dejó el extremo al descu-

---

[*] La espiga es la parte de la hoja más estrecha y sin bruñir que encaja dentro de la empuñadura.

[**] *Kissaki:* punta en la que se remata un sable japonés.

bierto. Pulió la punta hasta darle un reflejo casi especular, valiéndose de más fragmentos de piedra *hazuya* y finalizando el proceso con mineral de *jizuya*. «La punta del sable es la parte que el samurái muestra al enemigo durante el combate —solía explicarle Saburo-sensei—; por ello, su pulido debe ser impecable, más incluso que el del resto de la hoja, pues es una muestra de respeto hacia el adversario».

—¿Qué estás haciendo, Nanami? —la interrumpió una voz severa.

Nanami se volvió para encontrarse con la mirada de su padre. El rostro del herrero, enjuto y de cortantes pómulos, conservaba el ímpetu de su juventud, por más que el pelo raleara sobre las sienes y su tez apareciera quemada por el calor de la fragua.

—¿Son esos los sables del hijo de Aratani-sama?

La muchacha se postró en un gesto de disculpa.

—Lamento usar sus herramientas con una hoja que no se ha forjado en este taller.

—Mis herramientas no son lo único que has puesto a disposición de ese hombre —le espetó con frialdad.

—Discúlpeme, padre —respondió ella, bajando aún más la cabeza.

—¿Cómo disculparte cuando no hay arrepentimiento en tu voz?

—Tiene razón, no me arrepiento de lo que he hecho… —Habló sin levantar la vista—. Pero sí lamento cómo se siente.

Yashiro asintió lentamente, como si se ratificara en las palabras que estaba a punto de pronunciar:

—Cuando un espadero presenta a su daimio un arma verdaderamente excepcional, es tradición que su señor le recompense permitiéndole unir su linaje con el de alguno de sus samuráis. Es el mayor honor al que puede aspirar alguien que ha consagrado su vida al oficio de hacer espadas. Pero ¿cómo podría yo ofrecer a un samurái el arma que ya ha empuñado otro hombre?

Nanami alzó la cabeza para mirarle, dolida. No reconocía a su padre en aquellas palabras crueles. ¿Tanto le había herido?

—Termina lo que estás haciendo y reúnete con tu madre. Debéis partir hacia la montaña cuanto antes.

—¿Debemos? —preguntó Nanami—. ¿Acaso usted no vendrá?

—Lo he hablado con tu hermano y hemos decidido permanecer aquí.

—Padre, se lo ruego...

—Nuestros antepasados no han abandonado esta forja durante generaciones, no seré yo quien lo haga ahora.

—¡Padre, Ryō ha visto lo que los Sugawara están haciendo en las aldeas! No será distinto aquí.

—¿Ryō? —repitió Yashiro con desprecio, y Nanami comprendió que había sido un error mencionarlo, máxime por su nombre—. No sé qué ha visto el administrador Aratani, pero no me hará cambiar de opinión.

Nanami negó con incredulidad, abrumada por la certeza de perder a su padre y a su hermano, de perderlos por los errores que ella había cometido. Si hubiera sido más prudente, si hubiera sido más obediente, quizás su padre estaría dispuesto a atender sus razones. El primer sollozo escapó de su pecho como un pájaro enjaulado. No pudo hacer nada por evitar los siguientes, más que encorvarse con las manos en el suelo.

El herrero contempló el silencioso llanto de su hija, y estuvo tentado de inclinarse junto a ella...

—Tranquilízate o alterarás también a tu madre.

Ella asintió, sin poder contener las lágrimas.

—Nada nos sucederá. Los Sugawara seguirán necesitando azadas y sables, al igual que los necesitaban los Ikeda. —Atemperando su voz, el herrero añadió—: Reponte y devuélvele sus armas a ese samurái. Será la última vez que lo veas.

Y ese fue todo el consuelo que supo darle a su hija.

Nanami cruzaba la calle abrazada al fardo en el que había envuelto los sables; sus *geta*[*] de madera repicaban sobre la calzada mientras ráfagas de tierra le fustigaban el cuerpo. El viento parecía haberse llevado consigo todas las voces y sonidos de la aldea, todo rastro de vida. La mayoría de los vecinos habían abandonado ya sus hogares, que ahora aparecían tapiados con tablones cruzados, y solo los últi-

[*] *Geta:* sandalias con suela de madera elevada sobre dos cuñas. Evitaban que los pies se ensuciaran al pisar el barro o la nieve.

mos rezagados, como su propia familia, continuaban cargando enseres por las calles de Ottara.

Se descalzó junto a la entrada de la residencia de Ryō y anunció su presencia. Sin esperar respuesta, descorrió la puerta de madera y se deslizó al interior. Se encontró al joven samurái caminando en círculos con las manos a la espalda, evidentemente impaciente.

—Lamento la tardanza —se disculpó.

—No, soy yo el que ha de disculparse. No os habéis marchado aún porque, de forma egoísta, he aceptado que me hagas este favor.

Nanami obvió la discusión con su padre. Se limitó a deshacer los nudos del hato de tela para ofrecer a Ryō las empuñaduras de su *daishō*. Este recibió los sables con ambas manos, inclinándose en muestra de agradecimiento. Se los ciñó a la cadera, ajustándolos al *obi* con una cinta de seda.

—¿No vas a comprobar el filo?

—Sería descortés revisar el trabajo de un artesano en su presencia.

—No pretendas ser protocolario conmigo —le reprochó—. No muchos samuráis confiarían sus espadas a una mujer.

—Tengo entendido que eres la afiladora oficial de Yashiro Kuroda —dijo Ryō con buen humor—. ¿Cómo podría yo dudar del criterio de un armero tan reputado?

—Solo afilo las hojas que nos encargan samuráis de baja estofa —bromeó ella con malicia—, las de aquellos que no pueden permitirse los mejores aceros de mi padre.

—Aunque solo te permitieran afilar las hoces de segar arroz, no hay nadie en quien pudiera confiar más.

Ella amagó una sonrisa triste antes de entregarle un pequeño paquete envuelto en un paño.

—Es un fragmento de piedra *uchigumori,* de muy buena calidad. Úsalo para afilar la hoja solo en el caso de que hayas tenido que cortar con ella.

Ryō lo recogió con solemnidad.

—Espero poder devolvértelo intacto.

Nanami asintió al tiempo que alargaba la mano para colocarle un mechón tras la oreja. Fue un gesto espontáneo, que a ambos les recordó su costumbre de recogerse con los dedos el pelo que le caía sobre los ojos. Se permitieron sonreír por un instante. Hacía tiempo que ella le había pedido que no se afeitara el cráneo, y Ryō llevaba ahora la melena más larga que cualquier samurái cortesano.

En ese momento, peinándolo con los dedos, se dio cuenta de que era poco más que un muchacho.

—Así que viajarás como un samurái sin señor —observó ella, renuente a despedirse aún.

Ryō miró sus propias ropas, humildes como las de un labriego salvo por el *hakama* y el *obi* que ceñía sus sables. No había rastro del blasón Ikeda.

—¿Qué soy, sino un *rōnin*[*] sin amo al que servir?

—No eres un *rōnin*. —Le entristecía que Ryō se entregara a la fatalidad, que renunciara a su orgullo—. Inicias un viaje al servicio de tu señor.

—No sé qué se espera de mí, pero, de un modo u otro, este será mi último servicio al clan Ikeda. —Su voz adquirió gravedad—. Cuando lo concluya, mi vida como samurái ya no tendrá propósito. Entonces volveré junto a ti.

Ella se sobresaltó ante esas palabras; deberían haberla colmado de esperanzas, pero en su lugar sintió miedo. Miedo por un imposible que ahora temía perder.

—No necesito promesas, Ryō —dijo, apartando la mirada—, hace tiempo que no soy una chiquilla.

Él le levantó la barbilla con ternura.

—Te prometo que volveré. Si no lo hago en los próximos días, prende una luz la noche de O-Bon[**], así regresaré a ti.

---

[*] *Rōnin:* samurái sin señor y, por tanto, sin residencia estable ni estipendio asignado. Solían malvivir empleándose como sicarios o guardaespaldas.

[**] En la noche de O-Bon (festividad japonesa de los difuntos), los fallecidos regresan para convivir con sus seres queridos durante tres días. Es tradición encender una linterna o una hoguera a la entrada del hogar para que encuentren el camino desde el mundo de los muertos.

Ryō abandonó la aldea de Ottara antes de que cayera la tarde. Lo hizo solo y en silencio, sin que nadie reparara en su partida. Su intención era viajar hasta bien entrada la noche, dormir algunas horas al raso y reanudar el camino al alba. Si conseguía avanzar sin demoras, llegaría al paso de Azumayama antes del ocaso del día siguiente.

Nunca había visitado aquel paraje, pero sabía que el paso entre el monte Hiba y el Azumayama era célebre porque no se cruzaba a pie, sino que se navegaba en una barcaza. El río Omaki enhebraba la cordillera con un canal de agua clara, y aquello permitía navegar el puerto de montaña, ahorrando un día de camino al viajero apresurado. Al otro extremo de la travesía, en el embarcadero de Hiwa, debía esperarle Kenzaburō Arima... O una muerte traicionera, aún estaba por ver.

Aquella primera jornada de marcha transcurrió con tranquilidad, quizás para sorpresa de Ryō, que solo se cruzó con un grupo de monjes que viajaban en sentido contrario. Se saludaron con una somera inclinación de cabeza y continuaron su camino en silencio. Durante el resto del día solo lo acompañó el viento que se enredaba entre las ramas y le restallaba en los oídos.

Durmió a la sombra de un promontorio que se alzaba junto al cauce del Omaki, y despertó justo cuando el sol descollaba sobre los cedros de la orilla opuesta. Arropado en su manta de viaje, se permitió un instante para disfrutar de aquel amanecer que teñía el cielo lentamente, como una mancha de tinta derramada sobre un lienzo.

Se bañó en las frías aguas y reanudó la marcha. Tardó en encontrarse con los primeros viajeros, escasos para tratarse de una de las principales rutas comerciales que conectaban con la provincia de Hōki. La mayoría caminaban en el mismo sentido que Ryō, alejándose de la capital de Izumo, y lo hacían con la cabeza gacha. Ni siquiera los que transitaban en grupo se atrevían a abrir la boca, temerosos de inhalar aquel aire que hedía a miedo e incertidumbre.

Todos compartían una misma preocupación: cruzarse con una partida de guerreros Sugawara. Los samuráis son peligrosos durante los primeros días de una ocupación, matan al azar en los caminos y en las postas, una forma habitual de imponer respeto entre una población hostil. Aunque, con solo echar un vistazo a aquellos rostros, resultaba evidente que los Sugawara no tenían por qué temer una revuelta. Su crueldad los precedía, y la mayoría de los habitantes de Izumo se habían recluido en sus casas o habían huido a zonas inaccesibles. Solo aquellos obligados a viajar —ya fuera por negocios, asuntos familiares o promesas religiosas— recorrían esos días las veredas.

Alcanzó las inmediaciones de Azumayama cuando el sol comenzaba a declinar. En la lejanía, más allá del bosque de abetos que el samurái atravesaba, pudo divisar la cordillera que formaban ambos montes, su anguloso perfil difuminado por la distancia. Una densa bruma cubría las laderas altas, y se sintió aliviado de no tener que adentrarse en aquellos páramos para cruzar al otro lado.

Llegó al embarcadero con la luz del ocaso. Sobre la endeble estructura se alineaban trece personas, entre las que Ryō pudo contar un par de porteadores sentados en una carreta, un puñado de mercaderes, una anciana asistida por un familiar, un monje vagabundo y un vendedor de *soba* que cargaba sus aperos a la espalda. No había ningún samurái a la vista, y no supo si aquello era verdadero motivo de alivio, pues quizás fuera mejor un enemigo evidente a otro que se confunde con la multitud.

Consideró más sensato mantenerse alejado del abigarrado pasaje, así que se resguardó a la sombra de un abeto y se sentó con los sables sobre el regazo. A nadie extrañó su actitud, pues raro es el samurái que gusta de mezclarse con los *heimin,* y aquello le permitió estudiar con detenimiento a los que aguardaban para embarcar. Ninguno le pareció más sospechoso que otro, lo que no hizo sino alimentar su suspicacia.

Concluía la hora del gallo* cuando la barcaza apareció remontando el Omaki. Ryō no sabía qué tipo de embarcación esperar, y le sorprendió descubrir una gabarra bastante amplia que ocupaba buena parte del cauce del río. La cubierta se elevaba tres palmos sobre la superficie y estaba rodeada por una balaustrada de madera tan alta que impedía ver el interior.

Dos hombres con pértigas bogaban en la proa de la barcaza, y un tercero manejaba el remo largo atado a la parte trasera. En cuan-

* Hora del gallo: de las 17.00 a las 19.00 horas.

to se aproximaron al embarcadero, lanzaron dos cabos a los que esperaban en tierra. La pareja de porteadores recogió las sogas y ayudó a bajar el portón de proa, que también hacía las veces de pasarela de embarque.

Los primeros en subir fueron los estibadores, que cargaron en su carreta los fajos y barriles que llegaban de Hiwa. Solo cuando hubieron desembarcado toda la mercancía, se permitió al pasaje acceder a bordo. Ryō fue el último en embarcar, y no le pasó desapercibida la mirada inquieta de los remeros al ver su *daishō*. Malos tiempos para encerrarse con un *rōnin,* creyó leer en sus rostros. En cualquier caso, lo saludaron con ostensible deferencia y le dieron la bienvenida.

El samurái se sentó al fondo de la gabarra, la espalda apoyada contra una bala de heno, e hizo todo lo posible por no llamar la atención. Aunque en un primer momento su presencia había puesto sordina a las conversaciones, el rumor de las voces pronto volvió a entreverarse con el murmullo del agua. Y es que la vivificadora brisa ribereña y aquel atardecer de cielos claros parecían levantar hasta el ánimo más sombrío.

Por fin, el tripulante de popa dio la señal, y los dos que se encontraban junto al portón comenzaron a tirar de las sogas para cerrarlo.

—¡Deteneos! —ordenó una voz desde tierra firme.

Los dos remeros intercambiaron una mirada dubitativa con el que parecía hacer las veces de capitán. Este les indicó con la cabeza que volvieran a bajar la pasarela y, por la seriedad de su expresión, Ryō comprendió que algo no iba bien. Cuando el portón volvió a apoyarse sobre el embarcadero, todos pudieron ver a cuatro samuráis que ostentaban el blasón Sugawara en sus *haori*.

—¿Es este el último transporte? —preguntó el que parecía liderarlos, un hombre delgado y nervudo, con un moño samurái largo como la cola de un caballo.

—Así es, samurái-sama.

El oficial miró con gesto inquisitivo a los otros tres.

—¡No pienso esperar a Hirama hasta mañana! —protestó uno de ellos.

El resto parecía compartir su opinión.

—Iremos con vosotros —dijo el jefe.

El timonel asintió con una reverencia, y los cuatro samuráis embarcaron sin darse mayor prisa.

Apoyaban la zurda sobre la empuñadura de sus *katanas,* y su presencia enrareció el ambiente de inmediato. Uno de ellos paseaba la mirada, provocador, sobre el resto del pasaje, que se apartó de los cuatro guerreros cuanto le fue posible. Cuando aquellos ojos se detuvieron sobre Ryō, este bajó la cabeza y se caló el *sugegasa,* como si tratara de conciliar el sueño. Satisfecho por tan sumisa actitud, el samurái exclamó:

—Aprended de ese apestoso *rōnin* que agacha las orejas. Si alguno se atreve a mirarnos, yo mismo me encargaré de castigarle.

Y con una sonrisa bravucona, se sentó en el centro de la cubierta junto con sus camaradas.

La barcaza soltó amarras y se internó en la corriente, y los Sugawara sacaron platillos y jarros de sake de sus alforjas. Comenzaron a servirse unos a otros y a beber de forma despreocupada, mientras aquellos que los rodeaban guardaban silencio y apartaban la vista, pues sabían que el más mínimo descuido podía tomarse por una ofensa.

—¿Cuándo creéis que podremos volver a casa? —preguntó uno de ellos tras el primer trago.

—No antes de un año. Queda trabajo por hacer aquí —respondió el de la cola de caballo.

—¿Trabajo? Estos cobardes se han dejado arrebatar su feudo en unos pocos días —dijo el de la mirada desafiante, un veterano que trataba de disimular sus muchas cicatrices con una espesa barba—. Dicen que la defensa del castillo Ikeda fue calamitosa, cayó en una sola noche. Tomar un burdel habría llevado más tiempo —zanjó con una carcajada.

Ryō se obligó a mantener la cabeza gacha, no podía dejarse arrastrar por la rabia que se le agolpaba en la garganta.

—Nunca se está más cerca de la derrota que cuando se tiene la victoria al alcance de la mano —advirtió el oficial.

—Eso está bien para los manuales militares, pero lo cierto es que hemos pasado a cuchillo a esos perros en una sola noche. Nos merecemos descansar unos días en los barrios de placer —dijo el que llevaba un parche sobre el ojo izquierdo, buscando a codazos la complicidad del que se sentaba junto a él.

—Al parecer, las prostitutas de Izumo son más refinadas que las de Iwami —asintió el interpelado, atusándose una barba de chivo.

—¿Por qué gastar el dinero en rameras cuando tienes a todas las mujeres de Izumo a tu disposición? —preguntó entre risas el barbudo pendenciero, y el sake se le derramó por las comisuras y le empapó la barbilla.

—Os veo demasiado confiados. Aún hay hombres de los Ikeda pululando por estas tierras. Si se organizan, pueden complicarnos las cosas.

—¿Creéis lo que dicen? —preguntó el tuerto, inclinándose hacia el centro del corrillo—. ¿Será verdad que el general Arima consiguió escapar con el hijo menor de los Ikeda?

Ryō se sobresaltó al escuchar ese nombre. ¿Era aquello cierto? Hizo un esfuerzo por no mirar hacia los samuráis, que departían como si solo los escucharan los peces de la corriente.

—Hay tantos cadáveres en ese castillo que es imposible saberlo —zanjó el oficial, a la vista de la inquietud que el comentario había despertado entre sus hombres—. Lo más probable es que sus cuerpos estén calcinados entre los escombros.

En ese momento, la barcaza se adentró en el canal que cruzaba entre las dos montañas. A la izquierda se elevaba el Hiba; a la derecha, el Azumayama; ambos de laderas tan verticales y afiladas que parecían cortadas a cincel. Y en la cresta del desfiladero, obligándolos a doblar el cuello para otear las alturas, un bosque de un verde profundo cuyas raíces se hundían en la negra roca.

Aquellos que no eran habituales de la ruta contemplaron con asombro la garganta de piedra que los engullía, y por un momento solo se escuchó el retumbo del agua entre las paredes. Los barqueros prendieron lámparas de aceite para iluminar la travesía, pues desde allí abajo el cielo no era más que un retazo de tela oscura tensado sobre los picos de montaña.

—¿Qué estás mirando? —preguntó una voz.

Ryō alzó la vista pensando que volvían a increparle, pero el samurái de la cara rajada señalaba con el mentón a una niña. Esta lo observaba entre la multitud, con una expresión a medio camino entre el miedo y la fascinación. La pequeña se abrazó a su abuela y escondió el rostro en su regazo.

—Vieja, tráeme a esa cría.

—Samurái-sama, no ha querido ofenderle. Es solo una niña —suplicó la anciana—, yo me encargaré de castigarla.

—¡He dicho que la traigas!

Los camaradas del barbudo intercambiaron miradas inquietas, pero guardaron silencio. Era evidente que estaban acostumbrados a tales arrebatos.

La anciana cerró los ojos, musitó una breve plegaria y, tomando a su nieta de la mano, se aproximó al samurái. Este se puso en pie para mirarlas desde arriba.

—Vuelve a tu sitio, abuela —le ordenó.

La mujer apartó la mirada, pero no retrocedió ni soltó la mano de la niña. El espadachín castigó la desobediencia lanzando un golpe contra la sien de la anciana, que se tambaleó y cayó sentada. Un hombre que debía de viajar con ellas se apresuró a arrodillarse para auxiliarla; en el cabello blanco de la mujer había florecido una mancha de un rojo ignominioso.

Ryō, sin moverse de la posición en la que permanecía sentado, vislumbraba la escena entre la muchedumbre. Le sorprendió la impune brutalidad del samurái y, de inmediato, le asaltó la imagen del pequeño cuerpo varado entre las raíces, cerca de Sakuraorochi. Se obligó a tragar la bilis que le quemaba la garganta, recordándose que su obligación era llegar con vida al embarcadero de Hiwa... Pero una cosa es honrar el *giri*[*] cuando el sacrificio exigido es personal, y otra cuando se debe sacrificar a un inocente.

—¿Escuchaste lo que dije cuando embarcamos? —preguntó el barbudo a la pequeña.

Esta asintió en silencio.

—¿Qué dije?

—Que no miráramos a los samuráis.

—Porque de hacerlo...

La niña bajó la cabeza.

---

[*] *Giri:* concepto intrínseco a los valores tradicionales japoneses que se puede traducir como «deber» u «obligación»; pero es un deber que compromete al individuo por encima de cualquier otra cosa, incluso de su propia vida.

—Veo que lo has comprendido. He de castigarte, pues si no lo hiciera, estaría faltando a mi palabra.

El samurái desenfundó un puñal que hizo bailar entre los dedos.

—Himura... —le advirtió su oficial.

—No se preocupe, jefe. No soy un animal. Le dolerá poco.

Ryō comenzaba a ponerse en pie cuando una voz se alzó de entre la multitud.

—¿Qué distingue a una persona de un mono? —preguntó la voz, que sonó vibrante entre las paredes del acantilado.

Las miradas buscaron al que había hablado. Poco a poco, la muchedumbre se apartó hasta dejar sola a una figura encorvada sobre un cayado de cerezo. El bonzo dio un paso al frente. Un amplio sombrero de paja velaba sus ojos y vestía un sayo largo sobre el *samue*.

—Yo os lo diré —prosiguió—: el mono está sometido al dictado de sus instintos, mientras que una persona es capaz de discernir lo que está bien de lo que está mal, lo justo de lo injusto.

El barbudo se volvió para confrontar al monje, la zurda bajo la guarda de la *katana*.

—¿Quién te ha pedido que hables, bonzo?

—¿Y qué distingue a un hombre común de un samurái? —dijo el monje, ignorando la advertencia—. Yo os lo diré: el samurái no solo conoce lo que es justo, sino que está obligado a conducirse de forma justa. Debe ser ejemplo para el resto —afirmó, y su voz creció en fuerza y autoridad—, magnánimo con aquellos que dependen de él y respetuoso con sus enemigos.

—Si dices una palabra más... —le amenazó el otro, y levantó la guarda del sable con el pulgar.

—Por eso, un samurái que obra de forma abyecta, o que no muestra el debido respeto por el enemigo caído, no solo es menos que un hombre común. Es menos que un mono.

Con el rostro congestionado por la rabia, ultrajado por un vagabundo que se permitía aleccionarlo, el espadachín de los Sugawara avanzó al tiempo que desenvainaba su sable.

—¡Despídete de este mundo! —bramó, y se abalanzó sobre su nueva víctima.

El bonzo no dio un paso atrás, ni apartó la mirada ante la muerte que le sobrevenía. En su lugar, dejó caer el cayado y abrió el sayo con un movimiento amplio del brazo. Sobre su cadera asomaron las empuñaduras de una *daishō*. Si el barbudo se percató, no pareció importarle, pues alzó el sable dispuesto a hendir el cráneo de su adversario. El vagabundo aguardó impasible y, cuando la distancia fue inevitable, su *katana* relampagueó desde la vaina hasta el cuello de su enemigo.

La cabeza rodó sobre los hombros y golpeó de forma macabra la cubierta; el cuerpo aún dio un par de pasos impulsado por la inercia, y el bonzo se apartó lo justo para que se desplomara a sus pies.

Los tres compañeros del difunto Himura desquiciaron la mirada, aturdidos por lo que acababa de suceder. Ryō se quedó sobrecogido por la pericia del inesperado guerrero: jamás había visto una técnica de desenvainado tan sublime, ejecutada con tal potencia y precisión.

Mientras los samuráis se incorporaban a toda prisa, el bonzo se quitó el sombrero *sugegasa** y lo lanzó a un lado. Ciertamente llevaba la cabeza tonsurada como un clérigo, pero la mirada bajo sus espesas cejas estaba templada en la batalla y afilada por las piedras del camino. Su cuerpo ya no se encogía sobre el cayado, sino que se erguía en toda su altura, demostrando la fuerza y el vigor de un guerrero devoto de su arte.

Ryō lo reconoció de inmediato, y una ola de orgullo y admiración rompió en su pecho. Sus adversarios, sin embargo, ignoraban aún a qué clase de hombre se enfrentaban.

—Has matado a nuestro compañero con un ardid —dijo el de la cola de caballo—. Di tu nombre, samurái, para que quede registrado cuando entreguemos tu cabeza.

—Soy Kenzaburō Arima —proclamó el otro—, y hoy aprenderéis que no es tan fácil matar a un guerrero de los Ikeda cuando lo confrontáis cara a cara.

* *Sugegasa:* sombrero de ala muy ancha fabricado con caña de arroz, de uso común entre los viajeros.

9
Oculto entre las hojas

El temporal zarandeaba árboles y emborronaba veredas, pero Yumiko demostró conocer bien la montaña y encontró refugio antes de que despuntara la mañana. Condujo a Asaemon hasta unas cuevas horadadas en terreno calizo, próximas a la vaguada que partía en dos el valle boscoso.

La muchacha no dudó al entrar en una de las grutas en concreto.

—Los cazadores suelen refugiarse aquí. Está seco y el viento no rebufa.

Asaemon se descolgó el morral y estiró la espalda.

—¿Tienes mantas?

Yumiko asintió.

—Quítate la ropa y envuélvete en ellas. Yo iré a buscar algo de comer y leña seca. —Miró hacia la oscuridad que se abría más allá de la boca de piedra—. Si es que tal cosa es posible en una noche como esta.

—Debería ir yo, conozco mejor…

—No me cabe duda de que eres capaz de hacerlo, pero estás agotada y empapada. No le devolveré una hija enferma a tu madre, bastante tiene esa mujer con soportarte sana.

Antes de que Yumiko pudiera rezongar su desacuerdo, el samurái se caló el *sugegasa* y se internó en el aguacero.

La muchacha se quedó a solas con el retumbo de la tormenta. Ciertamente estaba agotada y la ropa se le pegaba a la piel; aun así, desoyó las indicaciones de Asaemon y salió al exterior. La recibieron ráfagas de viento y cortinas de agua helada. No se alejó mucho: buscaba una zona donde espesara la hojarasca que cubría el suelo. Cuando la encontró, hundió las manos entre las hojas muertas y buscó aquellas que estaban a resguardo de la lluvia y la humedad. Metió varios puñados en su alforja y regresó a la cueva.

Llevaba consigo pedernal, así que no le costó prender una pequeña hoguera con la hojarasca. Si el samurái no tardaba, podría mantenerla viva hasta alimentarla con leña. Después se desnudó y exprimió sus prendas empapadas. Los hilachos de agua salpicaron el suelo como si se hubiera sumergido en un estanque. Por último, se envolvió en una manta y aproximó al fuego los tocones dejados allí por los cazadores a modo de asiento. Extendió las ropas sobre uno de ellos y se sentó en otro. Se distrajo en remover las ascuas con un cuchillo e ir añadiéndole hojas y piñas de pino que encontró esparcidas por el suelo.

Asaemon no tardó en irrumpir en la gruta mojado como una lechuza. Hilos de agua caían de su sombrero de paja mientras abrazaba un hato de ramas.

—Creo que prenderán —anunció, entregándole la chasca a Yumiko—. También he encontrado setas. Las asaremos y las añadiremos al arroz.

Yumiko recogió el fardo y se apresuró a alimentar las llamas. El samurái se quitó la ropa y también la extendió junto al fuego, quedando cubierto solo con el *fundoshi*[*]. Se dedicó a enjuagar las setas con el agua de su cantimplora y a espetarlas en una rama afilada.

—¿Qué haremos a partir de ahora? —quiso saber ella.

Él suspiró antes de contestar, anticipando que la respuesta no le gustaría.

—Hemos de volver a la aldea.

—¿Por qué? —preguntó Yumiko, pero lo hizo con una calma que resultaba inquietante.

—Hemos de informar de la muerte de los tres *dōshin*. Es necesario que alguien vaya a recoger los cadáveres, no podemos dejarlos a merced de las alimañas.

---

[*] *Fundoshi:* pieza de tela que se ataba entre las piernas y alrededor de la cintura, haciendo las veces de ropa interior o taparrabos.

—Esos hombres ya están muertos, pero mi hermana y las demás quizás sigan con vida. Que no nos demoremos puede ser la diferencia entre hallarlas vivas o muertas.

—Si estuvieran extraviadas, te daría la razón. Pero no es el caso. Alguien se las llevó, y si esa persona las hubiera querido muertas, las habría asesinado en la propia laguna. No tiene sentido atravesar la montaña con cinco muchachas si no es para mantenerlas con vida. —Asaemon desmenuzó una bola de arroz en el cuenco mientras asentía con la cabeza, reafirmándose en sus palabras—. Aún están vivas, estoy seguro.

Mezcló las setas asadas con el arroz y se permitió el lujo de sazonarlas con una pizca de sal. Le tendió el cuenco a Yumiko.

—Si es cierto lo que dice —razonó la hija del cazador—, dejarlas durante más tiempo con quien las mantiene cautivas es cruel. Quién sabe qué agonía pueden estar sufriendo.

Asaemon se sorprendió del sosiego con el que argumentaba la muchacha. Parecía haber comprendido al fin que la desesperación que sentía no la ayudaría a salvar a su hermana.

—Deberán ser fuertes y aguantar. Esta montaña está habitada por algo más que un *yōkai,* si es que tal demonio existe. Deambular sin saber a qué nos enfrentamos nos coloca en una posición muy peligrosa —dijo Asaemon mientras se servía su propia ración—. Volveremos al pueblo, avisaremos de la muerte de los *dōshin* e interrogaré al jefe de tu aldea. Me cuesta creer que nadie supiera de la presencia de ese monje y de sus extraños visitantes.

Yumiko comprendió que no haría cambiar de opinión al samurái, así que se limitó a comer en silencio. Cuando hubieron concluido la cena, Asaemon se tendió junto al fuego y se cubrió con una manta.

—Duerme mientras la ropa se seca —le aconsejó—. Te despertaré cuando la lluvia haya amainado y podamos desandar el camino.

Ella asintió con mirada ausente; tomó una segunda manta y se recostó junto a la lumbre. Por un momento, Asaemon creyó que la muchacha sería capaz de dormir, hasta que la escuchó sollozar en la oscuridad.

Era temprano, pero el sol tibio del otoño ya quemaba la nuca de los campesinos, inclinados desde muy temprano sobre las espigas de arroz. Segaban sin descanso; con cada golpe de hoz, un nuevo puñado de mieses que echar al cesto que cargaban a la espalda. Y aunque la estación obligaba a apurar desde el primer hasta el último rayo de luz, todos alzaron la cabeza al ver bajar de la montaña al samurái y a la muchacha que lo acompañaba. «¿No es esa Yumiko? Así que es cierto, ha subido a la montaña junto al enviado de Izumo. ¿Y cómo es que regresan tan pronto...? Y sin las desaparecidas. ¿Significa eso que hay que darlas por perdidas?». Las preguntas recorrían el arrozal como un viento desapacible.

Alguien agarró a un crío del brazo para darle instrucciones, y Yumiko vio cómo el niño escalaba con agilidad el talud y corría muy por delante de ellos en dirección a la aldea.

Cuando dejaron atrás los cultivos y alcanzaron la calle principal, un puñado de curiosos acudía ya a su encuentro, con el anciano Chosuke a la cabeza.

—Yumiko, ve directamente a tu casa —le dijo Asaemon sin alzar la voz—. Te avisaré cuando vuelva a necesitar de ti.

La joven cazadora lo miró con desconfianza, reacia a obedecer.

—¿Qué temes? ¿Crees que si me dejas solo huiré de regreso a Izumo?

—No. Temo más bien que me deje atrás y vuelva a la montaña sin mí.

Asaemon rio en silencio.

—Lo haría si no supiera que me perseguirías montaña arriba. —Y apartándola con un gesto de la mano, insistió—: Vuelve a tu casa y no salgas. Los vecinos querrán saber qué hemos visto o dejado de ver, no le digas nada a nadie. Yo les contaré lo que crea conveniente.

Una vez más, se obligó a confiar en aquel extraño samurái. Antes de que los aldeanos pudieran abordarlos, Yumiko se ajustó las alforjas sobre el hombro y se separó para enfilar el camino a casa.

—¡Anciano! —exclamó Asaemon, llamando la atención sobre sí—. Me has mentido y ahora me vas a explicar por qué.

La acusación del samurái heló la expresión de aquellos que se habían congregado para recibirle.

—¿A... a qué se refiere, Hikura-sama?

Asaemon tomó al jefe de la aldea por el brazo y lo apartó del grupo.

—Vayamos a tu casa, Chosuke. Seré yo quien haga las preguntas.

El anciano asintió, ciertamente amedrentado, y con una mirada indicó al resto que los dejaran solos. Condujo al guerrero hasta su casa y le hizo pasar. Dentro se encontraba uno de los hijos del viejo —Takaharu, si mal no recordaba Asaemon—, descascarillando arroz en un cubo.

—Padre, ¿sucede algo?

—Déjanos a solas, muchacho. Tengo asuntos que tratar con Hikura-sama.

Takaharu obedeció, pero no con premura. Había percibido la preocupación en la voz de su padre.

—Estaré en el cobertizo. Llámeme si necesita algo.

Asaemon sonrió ante aquella velada advertencia.

—Vete donde quieras —le dijo con desdén—, pero asegúrate de no husmear.

Chosuke esperó a que su hijo se hubiera retirado antes de hablar:

—Llegó cuando mi difunta esposa ya no lo esperaba, pero es un muchacho espabilado. Nunca le oculto nada, así que tanto da que escuche o no.

—Si de verdad es espabilado, se asegurará de no espiar a un samurái de su señoría —dijo Asaemon mientras colocaba los sables a su izquierda y se sentaba con las piernas cruzadas.

Chosuke se sentó sobre los talones en actitud formal.

—Ponte cómodo, anciano. Al fin y al cabo, estamos en tu casa.

—Me cuesta estar cómodo ante un samurái que cree que le he mentido.

Una risa lúgubre retumbó desde el estómago de Asaemon.

—Me dijiste que no había nadie en la montaña, nadie salvo esa criatura vuestra, Shika no Kōbe.

El viejo aguardó a que el samurái prosiguiera, pero este no dijo más. Titubeó al preguntar:

—¿Acaso ha encontrado a alguien más?

—Bajamos hasta el monasterio abandonado, allí nos topamos con un siniestro bonzo que parece no tener más ocupación que tallar efigies de Buda.

Chosuke asintió como si por fin comprendiera.

—Se refiere a Daizembo, el viejo abad del Ryūji.

—Eso es, un hombre oculto en la misma montaña que se ha tragado a vuestras niñas. ¿O me dirás que fue un fantasma con quien estuve conversando?

—No... No lo creo, al menos. Daizembo-sensei permaneció en la montaña después de que su congregación abandonara el monasterio, pero hacía tiempo que no sabíamos de él. Dimos por hecho que se había ido de este mundo en soledad.

—Te aseguro que aún sigue entre nosotros.

—Es un alivio saberlo —dijo Chosuke, aunque parecía más aliviado por sí mismo que por el bonzo revivido.

—Así que alguien más habitaba la montaña, pero no consideraste que pudiera tener relación con la desaparición de las muchachas, ni creíste oportuno informarme.

—Lamento la confusión, samurái —se disculpó el anciano, alzando las manos en gesto conciliador—, pero si pregunta a la gente del lugar, todos le dirán que el viejo Daizembo murió hace varios inviernos. Es una sorpresa saber que está vivo, y aunque era un hombre reservado, estricto en sus obligaciones, jamás habría dañado a la gente del valle.

—No sería el primer eremita que pierde la cabeza y mata a alguien.

—Si lo ha visto, usted mismo habrá podido comprobar que no hay más fuerza en él que la de la compasión y su apego a las cuatro nobles verdades. Es imposible que hiciera daño a las muchachas, mucho menos a los cazadores.

Asaemon escrutó el rostro del viejo, intentando descifrar cuánto sabía y cuánto callaba. ¿Por qué no le habían hablado del monasterio y del monje? ¿De verdad podían haberlo considerado irrelevante? No, Chosuke estaba lejos de ser un incompetente. Decidió no comentar nada de las huellas que había encontrado en el patio del monasterio; si le ocultaban algo, era mejor que no supieran cuánto había averiguado.

—Encontramos los cuerpos de los tres *dōshin* —anunció, cambiando el paso de la conversación—. Se habían despeñado por una quebrada.

—Rezaremos por sus almas inmortales —dijo Chosuke con gran piedad, y unió las manos en una plegaria. Aunque de inmediato le asaltaron dudas más terrenales—: ¿Cree que se trató de un accidente?

—Los habían asaeteado.

—Shika no Kōbe —maldijo el viejo.

—¿Crees que un *yōkai* los cosió a flechazos como a una bandada de perdices?

—Shika no Kōbe caza en la montaña. Antes se conformaba con los animales, pero ahora también da caza a las personas.

—Salvo a ese bonzo solitario, al parecer.

—Los demonios rehúyen a los hombres santos.

Asaemon se rascó la barba rasposa con gesto cansado.

—Manda a los tuyos a recoger los cadáveres, están poco más allá del bosque de bambú. Y dad aviso en Toda.

—Así lo haremos —dijo Chosuke, inclinándose con gran solemnidad.

El samurái recogió la *daishō* y se dirigió a la salida. Cuando hubo descorrido la puerta, añadió:

—Esta noche descansaré en la aldea. Procúrame un catre decente, y no ese montón de paja masticada por bueyes.

—Lamento nuestra indigna hospitalidad, Hikura-sama —concluyó, agachando aún más la cabeza.

Asaemon salió a la calle disgustado, preguntándose por qué aquellos a los que pretendía ayudar le ocultarían algo. Los campesinos no eran de fiar, sobre todo cuando la necesidad les aguzaba los instintos más mezquinos, pero ¿qué embuste o secreto podía ser más importante que recuperar a sus propias hijas?

Decidió que solo había una persona en aquel charco de lodo en quien podía confiar, la única que se había mostrado dispuesta a sacrificar cuanto fuera necesario por recuperar a su hermana.

La mujer se sirvió de la azada para liberar la raíz de la planta; terminó de desenterrarla con las manos y, con sumo cuidado, la trasladó al parterre que había preparado para trasplantarla. La flor de *asagao* es caprichosa: demasiado sol y se quemará como la piel de una cortesana;

demasiada humedad y sus capullos se abrirán lánguidos y desganados en verano. Solo esperaba que aquella nueva ubicación fuera la idónea, aunque últimamente se había equivocado en tantas cosas...

La campanilla tintineó al descorrerse la puerta, y se sobresaltó como si un trueno hubiera golpeado a su espalda, tal era la tensión que barbotaba bajo la aparente rutina. Al volverse, descubrió a su hija en la entrada. Cargaba el arco al hombro, tenía sucios el pelo y la ropa, y costaba reconocerla tras aquel rostro desdichado, carente de su habitual arrojo. Era una expresión impropia de una muchacha, con su edad solo se debería saber sonreír.

—Yumiko... —musitó la madre, y la hija levantó la vista.

Había mil preguntas y una sola en aquella palabra. La muchacha negó antes de responder:

—Aún no sé nada de Saya. Pronto volveremos a la montaña.

La mujer asintió. Solo se permitió un momento de congoja antes de limpiarse las manos en el mandil y aproximarse a su hija. La peinó con los dedos, desprendiéndole el barro enredado en el pelo; le limpió la mejilla con el pulgar y la estrechó entre sus brazos. La escuchó sollozar contra su hombro y ella misma debió fruncir el entrecejo para retener las lágrimas. No tenía derecho a mostrarse débil ante su hija. Yumiko había perdido a su hermana y a su padre en pocos días, y aun así se había lanzado a la montaña con la esperanza de encontrar a Saya. Era tan fuerte..., y ella tan egoísta. Una buena madre no permitiría a su hija asumir tales riesgos, debería haberla retenido a su lado. Pero sabía que no podía encadenar a Yumiko. Si se la hubiesen llevado a ella, quizás habría tenido más posibilidades de sobrevivir. Su hermana, sin embargo...

Aquel pensamiento fue barrido de inmediato por un torrente de culpabilidad. ¿Cómo podía albergar un sentimiento tan mezquino? ¿Cómo poner a una hija por delante de otra?, se reprochó, estrechando aún más el abrazo.

La muchacha se apartó al percibir el llanto de su madre. Encontró en sus ojos vergüenza y desespero.

—No es culpa suya, madre —trató de consolarla—. Traeré a Saya de vuelta, se lo prometo.

—Antes me arrojaré yo a esa montaña que permitir que regreses allí.

—Ya lo hemos discutido. Nadie conoce esos parajes mejor que yo, soy la única que puede dar con ellas. Y no estaré sola, el samurái... —Dudó, buscando las palabras adecuadas—. Confío en él. Es imprevisible y sacaría de quicio a cualquiera, pero creo que realmente quiere ayudarnos.

—Jamás confíes en un servidor de los Sugawara, Yumiko —le advirtió su madre.

Y como si sus palabras lo hubieran invocado, la puerta que daba acceso al jardín volvió a descorrerse, esta vez con ímpetu y escándalo, y Asaemon Hikura apareció bajo el dintel.

El recién llegado miró a su alrededor, sorprendido quizás de la fragancia y delicadeza de aquel jardín más propio de la capital que de una aldeúcha ribereña. Satisfecha su curiosidad, se centró en la mujer que lo apuñalaba con la mirada. Sin duda era la madre de Yumiko, aunque la hija era más alta y desgarbada, carente de la serena belleza de su progenitora.

—He de hablar con Yumiko —dijo por todo saludo.

—Así que usted es Asaemon Hikura —respondió la mujer, dando un paso al frente para encararlo. Este intentó responder, pero su interlocutora no le dio la oportunidad—: Usted es el hombre al que han enviado para aplacar el ánimo de los campesinos.

Asaemon arrugó el ceño, sorprendido por el tono irrespetuoso. No es así como se comporta la gente labriega, de natural servil con los que ceñían la *daishō*. Ya sabía de quién había aprendido la hija sus modales.

—¿Aplacar los ánimos? No soy un burócrata, soy el maestro rastreador del castillo de Hamayama —respondió el samurái, pero no le gustó la pueril reivindicación que escuchó de su propia boca.

—Y dígame, maestro rastreador, ¿cuáles son sus órdenes? ¿Esclarecer lo que ha sucedido? ¿O certificar la desgracia y volver al castillo cuanto antes? ¿Creen en Izumo que nos resignaremos a perder a nuestras hijas si un samurái asegura haber hecho todo lo posible? —La mujer dio otro paso al frente—. ¿Creen que así agacharemos la cabeza la próxima vez que nos exijan más diezmo?

Asaemon se obligó a tragar las imprecaciones que se le agolpaban en la boca. ¿Quién se creía esa mujer para faltarle al respeto de tal forma? Y, sobre todo, ¿cómo podía leer la situación con tanta clarividencia? Si hubiera decidido retornar ese mismo día a Izumo, probablemente el asunto se habría dado por zanjado. La corte no se ha desentendido, dirían los funcionarios, se ha enviado a tres *dōshin* y al jefe de los rastreadores del clan, un esfuerzo más que generoso para dar con cinco campesinas. Pero la mujer intuía que tras ese despliegue se ocultaba una exigencia posterior, y solo hay dos cosas que los samuráis quieren de los campesinos: más arroz y más hombres en tiempos de guerra.

Lo que ella no podía saber, claro, era la comprometida situación de Asaemon dentro de la corte, que lo obligaba a no cerrar aquella investigación en falso.

—No regresaré a Izumo sin haber aclarado este asunto. Le arrancaré esas cinco crías a la montaña, ya sean vivas o muertas.

La mujer estudió a aquel samurái de aspecto desaliñado: vestía las ropas de un oficial, pero su barba llevaba días sin rasurarse y el pelo le crecía salvaje, sin el protocolario *chonmage** que se exigía al servidor de un daimio. Olía a sake, era brusco en sus modales y sin duda adolecía de un carácter pendenciero... Pero halló verdad en sus ojos, más que en la mayoría de los samuráis que había tratado a lo largo de los años.

—Si es cierto lo que dice, más vale que este año sea buena la cosecha. Me temo que los Sugawara nos harán pagar caro el regreso de nuestras hijas.

«Los Sugawara...», repitió para sí Asaemon. Tal desprecio al mencionar el nombre del clan regente revelaba que la mujer era una nostálgica de los Ikeda, antiguos gobernantes de la provincia. Quizás una cortesana caída en desgracia, obligada a retirarse al campo y malvivir como una *heimin* cuando desaparecieron aquellos que la favorecían.

—Su señoría puede exigir lo que crea conveniente sin tener que ofrecer nada a cambio, harías bien en recordarlo —le espetó Asaemon, que quiso zanjar así la discusión. Y dirigiéndose a Yumiko, añadió—: Te necesito, he de hablar con quien encontró los cadáveres

* *Chonmage:* corte de pelo consistente en afeitarse la parte frontal y superior del cráneo, recogiéndose el moño sobre la parte tonsurada. Era el corte protocolario entre los samuráis castellanos, aquellos que residían en las cortes de los daimios.

de los cazadores. Hay algo extraño en esa historia y quiero ver el lugar con mis propios ojos.

—Los encontró Hachiro, el cortador de bambú —respondió la madre de Yumiko—. Hable con él, pero mi hija no le acompañará al lugar donde hallaron muerto a su padre.

—La lengua se afloja más fácilmente en presencia de alguien conocido —dijo el samurái—, pero no te obligaré a un trago tan amargo.

—Iré —decidió ella—. Haré cualquier cosa que pueda ayudarnos a recuperar a Saya.

Y se disculpó ante su madre con una reverencia.

—Por aquí, este es el camino —les indicaba, solícito, el cortador de bambú.

Las cañas crujían a su alrededor, prietas y frondosas, agitadas por la brisa que bajaba desde la montaña. Sobre ellos, el sol del mediodía parpadeaba entre las hojas de bambú, proyectando retazos de luz sobre la vereda.

—Estamos cerca del río —comentó Asaemon, que escuchaba el rumor del agua a su izquierda.

—La orilla no está lejos, pero no podríamos alcanzarla desde aquí. En esta zona el cañaveral es demasiado tupido como para abrirse camino.

Yumiko caminaba tras los dos hombres. Se esforzaba por mantener la frente alta y la mirada decidida, pero un único pensamiento martilleaba entre sus ojos: ese era el lugar donde había muerto su padre. ¿Recorrió esa misma senda por su propio pie? ¿Fue el murmullo del río lo último que escuchó en esta vida? ¿Tuvo miedo? ¿Sufrió? A cada pregunta y cada paso, una soga le constreñía más y más el cuello, como si ella misma tirara del nudo al adentrarse en el bosque.

No tardó en sentir cómo se asfixiaba. Jadeó, incapaz de respirar el aire denso y húmedo del cañaveral... Hasta que se obligó a pensar en Saya. Cruzaría voluntariamente las puertas del Yomi si aquello le permitía recuperar a su hermana, devolvérsela a su madre.

—¿Te encuentras bien? —preguntó Asaemon, buscándola por encima del hombro.

—Sí.

—Tu madre tenía razón —gruñó—. No deberías haber venido.

—Mi madre quiere protegerme, pero también quiere recuperar a su hija pequeña. Ambas cosas no son posibles.

El samurái conocía ese sentimiento: la exigencia silenciosa de los que te quieren, el callado reproche si no cumples con la carga que han puesto sobre tus hombros. Era evidente que la madre de Yumiko sufría por ella, pero no era menos cierto que le había permitido partir; consideraba aceptable que la mayor se pusiera en peligro con tal de recuperar a la pequeña. ¿Cuántas decisiones tomamos creyendo nuestras, cuando en realidad solo buscamos la aceptación de nuestros padres?

—Eres fuerte y tu madre lo sabe. Te ve como la última esperanza de tu hermana —dijo Asaemon mientras arrancaba una hoja de bambú al paso.

Yumiko levantó la vista, sorprendida por unas palabras que sonaban a consuelo.

—Lo sé —acertó a responder.

—En cualquier caso, recuerda que estás aquí por voluntad propia. —Se colocó la hoja entre los dientes—. Quizás me equivoque, pero tengo la impresión de que te habrías lanzado a la montaña aunque tu madre te hubiera atado a un yugo.

Ella se permitió sonreír, y sintió cómo la cuerda cedía alrededor de su cuello.

—Mi madre sabe que no puede impedirme ir en busca de mi hermana, pero jamás me habría permitido partir sola. De no estar usted, no me extrañaría que hubiera resuelto acompañarme ella misma a la montaña.

Asaemon la miró por encima del hombro. Apenas había cruzado unas palabras con aquella mujer, pero era evidente que tenía un pasado.

—¿Cómo acabó tu madre en esta aldea? —quiso saber, pero le interrumpió la voz del cortador de bambú.

—¡Es aquí, Hikura-sama! —anunció Hachiro desde la distancia, llamándolos con la mano.

Llegaron a un terreno elevado donde el bambusal clareaba. Desde allí se oteaba el cauce del Kamedake, calmo y resplandeciente bajo el cielo otoñal.

—Este es el lugar. Colgó de allí a los tres infelices. —El leñador les indicó un puñado de tallos cortados a la altura de la cintura—. Estaban bien arriba, para que se los pudiera ver incluso desde el río.

Asaemon miró de reojo a Yumiko, pero la muchacha mantenía el gesto impasible. Suspiró y se aproximó a las cañas segadas. Había sangre seca en la base y sobre los helechos que cubrían el suelo.

—La sangre resbaló por todo el tallo hasta regar el suelo —corroboró Hachiro—. Habían desbrozado el bambú y afilado la punta para clavarlos en lo alto. Los encontré ensartados por las axilas y las ingles, como jabalíes a la brasa. Los cuervos ya les habían vaciado los ojos y picoteado la garganta, y debimos talar las cañas para poder bajarlos.

Asaemon maldijo entre dientes la falta de tacto de aquel idiota.

—¿Las cañas eran tan altas como las que están alrededor? —preguntó, con la esperanza de que olvidara los detalles escabrosos.

—Tanto o más. No cabe duda de que Shika no Kōbe quería señalar su territorio.

—Shika no Kōbe... —repitió Asaemon con desdén—. No hay manera de que uno solo, hombre o demonio, suba hasta tan arriba tres cadáveres —zanjó.

Aquello no hacía sino corroborar lo que creía haber descubierto en el monasterio en ruinas: eran varios los que se ocultaban en esa montaña.

—He encontrado algo —dijo de repente Yumiko, y los dos hombres se volvieron hacia ella.

Se había arrodillado entre el mar de helechos que crecía a la sombra del bambusal. Cuando se incorporó, sujetaba una bolsa de arpillera en la mano.

—No la vimos cuando bajamos los cuerpos —dijo Hachiro.

Yumiko abrió la bolsa y se asomó a su interior, como quien contempla el abismo desde un acantilado.

—¿Qué sucede? —preguntó Asaemon.

Por toda respuesta, la muchacha hundió la mano en el saco y extrajo algo de su interior: pesado, alargado, tallado en madera. Levantó la vista hacia Asaemon y le mostró una figura de Buda, como aquellas que colmaban la capilla del Ryūji.

10
Un último servicio al clan Ikeda

Kenzaburō Arima confrontó a los tres samuráis que quedaban con vida sobre la barcaza. En sus ojos no ardía la rabia ni el odio, sino una oscura determinación que empequeñecía a sus rivales. «¿De verdad era aquel el temido general de los Ikeda —parecían preguntarse—, el hombre cuya destreza con el sable había sido alabada por el mismísimo Rey Demonio?». Kenzaburō respondió a esa pregunta al avanzar sobre ellos como si un ejército lo respaldara. Los Sugawara echaron mano a los sables, pero no pudieron evitar retroceder, intimidados ante el ímpetu de su único adversario. Ryō, que observaba la escena entre la multitud, comprendió que no solo les impresionaba el hecho de enfrentarse a un guerrero legendario: era su aplastante voluntad lo que le daba ventaja, un fuego abrasador que ardía voraz, ansioso por consumir a sus enemigos.

El líder, aquel al que llamaban Yoshitaka, fue el primero en salirle al paso. Armó una guardia débil, desprovista de fe, que fue desarbolada por el brutal mandoble de su adversario. Las muñecas de Yoshitaka cedieron y la hoja de Kenzaburō le hizo un corte en el hombro izquierdo.

El guerrero Sugawara gritó de dolor, pero pudo retirarse al cubrirle uno de sus compañeros con una estocada que buscaba el costado derecho de Kenzaburō. Este la desvió de un golpe de muñeca y retrocedió hacia la izquierda para recomponer su defensa. En aquel flanco, sin embargo, se hallaba el tercer samurái, que le había rodeado para sorprenderlo por la espalda.

—¡General Arima! —le advirtió Ryō a voz en grito, al tiempo que desenvainaba y se lanzaba a la batalla.

La multitud, convertida en público involuntario de aquella refriega, se apretó para abrirle paso. Los barqueros mantenían un ojo en el canal, usando las pértigas para mantener la gabarra lejos de las rocas, y el otro atento a cuanto sucedía en su cubierta.

Kenzaburō vio llegar la acometida por el rabillo del ojo, y tuvo tiempo de revolverse para bloquear la hoja que buscaba su espalda. En ese instante, Ryō cayó sobre el traicionero atacante y lo empujó con el hombro; ambos rodaron sobre la cubierta y aprovecharon el impulso para ponerse en pie. Cuando se incorporó, Ryō se encontró frente a frente con el samurái tuerto.

Con la percepción a flor de piel, le asaltaron mil detalles: podía oler el sake en el sudor de su adversario, percibía su respiración acelerada, reparó en que el tajo que le había arrancado el ojo había dejado una larga cicatriz que le bajaba hasta el labio. Su enemigo la relamió con un rictus feroz, confiado ahora que se enfrentaba a ese joven *rōnin* que con tanta torpeza había irrumpido en el combate.

En un esfuerzo por serenarse, Ryō exhaló al tiempo que colocaba la punta de su sable a media altura, marcando la distancia entre ambos. Le sorprendió el fulgor de su propio acero, que reflejaba con destellos rojizos la puesta de sol que caía desde los acantilados. Nanami estaba allí con él, su mano había preparado la hoja que ahora empuñaba, y aquello le recordó que no solo luchaba por su vida, también lo hacía por mantener viva la esperanza de reencontrarse con ella. Se estremeció ante la idea de no volver a verla, y pugnó por apartar de sí tales temores. «Entregarse a la batalla con la intención de sobrevivir solo conduce a la muerte», se repitió como un mantra.

Su adversario, por el contrario, no parecía hostigado por tales tribulaciones. Comenzó a rodear a Ryō lentamente, manteniéndolo siempre a su derecha, dentro del campo de visión de su único ojo. De improviso, cambió el paso y tentó un tajo al cuello del *rōnin*. Ryō tuvo tiempo de levantar el sable y desviar la dentellada, pero cuando intentó lanzar un contraataque, el tuerto ya había retrocedido a una distancia segura.

Ryō comprendió de inmediato el peligro que entrañaba el duelo; quizás su contrincante fuera más lento que él, pero también era más avezado y escondía más recursos. Deseó haberse encontrado en campo abierto y empuñando su lanza, no en el constreñido espacio de aquella barcaza, rodeado de inocentes y sin apenas sitio para maniobrar. Un pensamiento vano que solo lo conduciría a la muerte, se reprendió.

A su espalda escuchaba el tañer de los aceros y los gritos de los samuráis que se enfrentaban a Kenzaburō. Cuanto más se dilatara su propio duelo, más tiempo debería combatir el general Arima en desventaja. Espoleado por esa urgencia, avanzó sobre su enemigo y encadenó una sucesión de cortes mil veces practicada. Los ejecutó con rapidez, pero no consiguió superar la guardia de su rival, que logró eludir o desviar cada acometida.

Paciente, el tuerto aguardó a que el joven samurái perdiera el resuello para, de inmediato, lanzar su contraataque: un tajo oblicuo escondido dentro de una finta. De algún modo, Ryō logró ver la hoja que se deslizaba bajo su guardia buscándole el vientre. En un intento desesperado por evitar la estocada, pivotó sobre el pie atrasado y descargó un golpe contra el sable de su enemigo. Este no consiguió abrirle el estómago, pero la punta desviada le alcanzó bajo la cadera.

Ryō se alejó con pasos trastabillados. Sentía nítidamente el calor del corte, la sangre derramándose por el muslo; quedaba por ver si el desgarro había sido superficial o había cortado el músculo en profundidad. Probó a apoyarse y la pierna lo sostuvo, pero la punzada de dolor le advirtió de que le costaría moverse cuando la herida se enfriara.

Se obligó a enderezarse y armar de nuevo la guardia; lo hizo arriba, a la altura del hombro, preparado para esquivar y cortar. El samurái tuerto, que avanzaba hacia él con la expresión del depredador que ya ha olido sangre, renunció a todo amago y lanzó un mandoble que buscaba el codo que Ryō mantenía separado del cuerpo, más expuesto por la posición de su guardia.

Logró evitarlo pegando el brazo contra el costado, pero aquel gesto instintivo desbarató su defensa. Consciente de que había caído en la trampa de su rival, poco pudo hacer cuando este encadenó un potente tajo lateral de dentro afuera. Ryō levantó su acero y, a duras penas, logró protegerse, pero la violencia del impacto le arrancó la empuñadura de las manos.

Un grito contenido corrió entre la multitud, que anticipaba ya el fatal desenlace. Ryō se supo muerto: aquel río desembocaba de forma inexorable en el Sanzu*, y las dos montañas que se cernían sobre él serían su tumba. Al mismo tiempo, lo embargó la resolución de llevarse consigo al samurái tuerto. No incurriría en la deshonra de no librar al general Arima de, al menos, uno de sus enemigos.

Con esa idea en mente, comenzó a retroceder hacia los límites de la cubierta, arrinconándose poco a poco ante el avance de su adversario. Este, creyendo a su joven enemigo abrumado, se permitió sonreír mientras empujaba a los pasajeros para que se apartaran de su camino.

En el último instante, Ryō miró hacia Kenzaburō Arima: el oficial Sugawara yacía muerto a sus pies y el general confrontaba ahora a un solo adversario. Había algo en su manera de moverse, no obstante, que evidenciaba que le habían herido, y Ryō tuvo tiempo de ver un largo trazo de sangre que le manchaba la espalda del kimono.

El grito de su rival, en cualquier caso, lo obligó a volver la vista al frente. Con un movimiento aparentemente desesperado, el joven guerrero desenvainó la *wakizashi* y la arrojó contra el samurái que cargaba sobre él. El ataque era imprevisible, pero torpe y condenado al fracaso; el tuerto desvió la hoja con un simple giro de muñecas y el acero repicó, inerme, contra la cubierta de madera. Cuando volvió a centrarse en su oponente, descubrió que este se había encaramado a la balaustrada y le había arrebatado la pértiga a uno de los barqueros.

Desconcertado, el samurái detuvo su avance y esperó la siguiente acción de aquel muchacho desquiciado. Ryō, con la mirada encendida y la respiración agitada, lo contempló desde la altura del pretil... Hasta que saltó sobre él con un alarido salvaje, empuñando la pértiga en violenta parábola contra la cabeza de su rival.

---

* En la tradición japonesa, el río Sanzu es aquel que separa el mundo de los vivos del de los muertos.

El tuerto intentó desviar el golpe con su sable, pero el bastón le arrancó el arma de las manos antes de estrellarse contra su hombro. El samurái cayó de rodillas, con el hombro desencajado y presa de un dolor que anulaba todo pensamiento racional. Consciente de que no debía darle ninguna oportunidad, Ryō avanzó haciendo girar la larguísima pértiga sobre su cabeza; cuando logró equilibrarla, descargó toda la inercia del giro contra el samurái. El golpe lo alcanzó por encima del cuello, derribándolo con el cráneo quebrado.

El vencedor no pudo tomarse un instante para recuperar el aliento; con el corazón martilleándole el pecho, buscó con la mirada a los dos contendientes que quedaban en pie. Kenzaburō Arima plantaba cara al último guerrero Sugawara, aquel que lucía la barba de chivo. A su alrededor, la concurrencia observaba en tensión a los dos samuráis, alejándose cuanto les era posible de sus filos, pero sin apartar la vista del lance que intuían inminente. Los barqueros habían dejado de remar y la barcaza se deslizaba arrastrada por la corriente.

En condiciones normales, Ryō sabía que aquel guerrero no sería rival para el general Arima; pero este parecía notablemente cansado, la espalda contraída por el dolor de la herida, la respiración desacompasada… Poco a poco, para no romper la tensión que existía entre aquellos hombres, dejó la pértiga en el suelo y echó mano al puñal que llevaba a la cintura. Le dolía el corte en la cadera, pero aún podía rodear a su último enemigo y apuñalarlo por la espalda, tal como ellos habían intentado hacer con el propio Kenzaburō. Sabía que era lo más sensato, las circunstancias lo obligaban a ser implacable, pero le detenía la consideración que le merecía el general Arima. No podía usarlo como mero señuelo para un ataque sorpresivo; sin duda aquello le habría granjeado la enemistad del mejor de los Ikeda.

Indeciso, con el cuchillo en las manos, fue testigo de cómo el general bajaba poco a poco la guardia hasta prácticamente tocar el suelo con la punta de la *katana*. Las fuerzas le fallaban, comprendió Ryō espantado. Aquel hombre estaba herido, agotado, había perdido a su familia y a su señor… No sería de extrañar que hubiera decidido morir en combate.

Esa misma conclusión pareció espolear a su adversario, pues se abalanzó sobre Kenzaburō empuñando el sable sobre la cabeza, presto a partir en dos a un enemigo que parecía entregado. El general no hizo ademán de bloquear o eludir el mandoble; esperó como hizo ante su primer oponente, y cuando ya parecía demasiado tarde, un relámpago quemó el pecho de su rival. La rapidez con la que ejecutó aquel movimiento lo dejó de nuevo sin aliento. Cuando hubo completado el primer corte, Arima alzó la espada con ambas manos y, sin la menor premura, descargó su filo cercenando cuello y clavícula.

Ryō observó al espadachín mientras se precipitaba contra el suelo, y alcanzó a captar la perplejidad de aquella mirada que se extinguía. Cuando levantó la vista hacia Kenzaburō, este sacudía ya la sangre de su sable con un golpe seco de muñeca.

Después, como un ritual que le sirviera para desprenderse de todo impulso violento, limpió la hoja con un pliego de papel. Cuando se hubo asegurado de que no quedaba mácula ni en el acero ni en su mente, entregó al viento el papel ensangrentado, que remontó el desfiladero como un pájaro herido. Por fin, Kenzaburō Arima envainó y su mirada retornó a este mundo.

—¡Samurái-sama! —exclamó la anciana, echándose a sus pies—, gracias por salvar la vida de mi nieta.

Kenzaburō se inclinó y la obligó a incorporarse.

—Solo he hecho lo que se espera de mí, abuela.

—Okuninushi nos protege, por eso aún quedan auténticos samuráis recorriendo estos caminos —insistió la mujer, inclinándose también frente a Ryō.

El general Arima guardó silencio ante las palabras de la anciana. Aquel agradecimiento llevaba una triste verdad implícita: la tierra de Izumo ya no pertenecía al clan Ikeda. Pronto los samuráis de su señoría serían proscritos, quizás denunciados por aquella misma gente que ahora les daba las gracias. El sol de los Ikeda se había puesto y llegaba la larga noche del clan Sugawara.

—Akiyama Ikeda solía decir que solo hay una lealtad mayor que la de un samurái hacia su señor —dijo Kenzaburō con voz ausente—, y es la de un señor hacia su pueblo. —Miró a todos aquellos que ahora lo contemplaban en silencio—. Pronto el nombre de su señoría será borrado de los registros, se quemará su estandarte y se perseguirá hasta al último miembro de su familia. Solo espero que, llegado el momento, su pueblo no le olvide.

La gabarra atracó en el embarcadero de Hiwa poco después de la puesta de sol. Cuando bajó el portón, solo dos samuráis desembarcaron, para extrañeza de los que aguardaban en tierra. El resto del pasaje permaneció a bordo, contemplando cómo ambos guerreros se alejaban sobre las tablas del espigón.

—¿Qué sucede? —preguntó un estibador.

—Uno de esos hombres es el general Arima —respondió el barquero que se hallaba en proa.

Los estibadores se volvieron para echarles un segundo vistazo. Los samuráis habían dejado el muelle atrás.

—Dicen que es uno de los mejores espadachines de Japón —murmuró otro de los cargadores—, un auténtico *kensei**.

—¿Ese viejo? —se interesó el primero—. Tampoco me ha parecido tan temible.

—¡Dejaos de cháchara y subid a bordo! —los llamó el timonel—. Hay cuatro cadáveres que descargar.

Ryō y Kenzaburō recorrían la calle que partía del embarcadero, formada por un puñado de casas, un almacén y una humilde hospedería donde pernoctaban la mayoría de los viajeros. Más allá solo estaba el árido camino que se adentraba en la provincia de Bingo.

—¿No haremos noche aquí? —preguntó Ryō al ver que dejaban atrás la casa de postas.

—No es prudente, hemos llamado demasiado la atención. Conozco a alguien que nos acogerá.

—Pero está herido…

Ryō observó la mancha de sangre que se extendía por la espalda de Kenzaburō. El *haori,* sin embargo, no se encontraba rasgado.

—Es una herida reciente. Quien me la curó puso empeño, pero no es precisamente un médico. Nada que no pueda arreglarse con un

* *Kensei:* literalmente, «santo de la espada», sobrenombre que se daba a aquellos guerreros que habían alcanzado la iluminación a través de la vía de la espada.

chorro de licor y vendas nuevas. —Y sin dejar de caminar, añadió—: A ti, sin embargo, te acaban de cortar. ¿Podrás andar un poco más?

—Toda la noche de ser necesario.

Kenzaburō sonrió. El joven Ryō había heredado el ímpetu de su padre.

—Te has desenvuelto bien con esos samuráis. Dime, ¿es la primera vez que luchas pie a tierra?

—Combatí en Yaeyama junto a mi padre, pero siempre desde el caballo —añadió, como si aquello denotara falta de valía.

—Eso significa que el enemigo no logró descabalgarte. Tu comandante estaría satisfecho.

Ryō asintió, aunque sabía que las hazañas que se cantaban eran las de aquellos que se batían en combate singular. Al fin y al cabo, en el *buntori*[*] se consigna cuántas cabezas has cortado, no a cuántos enemigos has ensartado desde el caballo.

—Eres joven —dijo Kenzaburō, que leía claramente sus sentimientos—, aún buscas gloria en la batalla. Pero aprenderás que se sirve mejor a tu señor manteniendo el ánimo templado y el sable en la vaina. Un samurái no debe buscar más satisfacción que la de haber cumplido con su deber de la forma más discreta posible.

La puesta de sol los alcanzó en el camino, y aún siguieron avanzando con la única compañía del ocaso y la arboleda. Kenzaburō se apoyaba cada vez más en el cayado; era evidente que la herida de la espalda le dificultaba el paso, pero no mostró el menor desánimo. Ryō, por su parte, se ató sobre el corte un pañuelo que no tardó en teñirse de un intenso carmesí. La sangre, en cualquier caso, no resbalaba pierna abajo, lo que significaba que la compresión era suficiente para detener la hemorragia. Al menos por el momento.

Debía de concluir la hora del perro[**] cuando Kenzaburō indicó una senda que se apartaba de la ruta principal.

---

[*] *Buntori:* costumbre de cercenar la cabeza de los enemigos en el campo de batalla. Después quedaba registrado el número y el rango de las cabezas presentadas. Esta práctica, recogida por primera vez en el *Gunbōryō* (un estatuto militar del siglo VII), tenía como finalidad acreditar los logros de un samurái durante la contienda.

[**] Hora del perro: de las 19.00 a las 21.00 horas.

—Estamos cerca —anunció, y enfiló aquella vereda que descendía en suave pendiente entre cerezos pelados.

El camino los llevó hasta un lago cuyo nombre Ryō desconocía, probablemente formado por alguna ramificación del Hiwa.

El lugar se encontraba rodeado por un bosque de viejos arces. Las hojas, inflamadas de un rojo otoñal, giraban sobre el viento hasta posarse en las aguas calmas.

Junto a la orilla se alzaba una choza de tablas bien colocadas y tupido chamizo. Había luz en el interior.

—¿Quién vive aquí?

—Katsuro y su esposa. Son criadores de carpas.

Ryō trató de escrutar las profundidades de la laguna. El agua se impregnaba de la oscuridad del firmamento, pero creyó intuir el aleteo de los peces bajo la superficie.

—Al menos cenaremos pescado.

—Son carpas ornamentales. Las pesca para alimentar los estanques de castillos y santuarios, no nuestros estómagos —lo corrigió Kenzaburō con una sonrisa—. Así que, con suerte, comeremos algo de arroz.

La choza estaba rodeada de pequeñas balsas de madera embreada. En su interior nadaban en círculo hermosos ejemplares, y Ryō contó hasta cinco carpas blancas.

—¡Katsuro! —llamó Kenzaburō, golpeando el marco de la puerta con el extremo del cayado—. ¡Necesitamos refugio!

Se escucharon pasos apresurados. La puerta se abrió un palmo y un ojo suspicaz asomó por la rendija.

—¡General Arima! —se sorprendió el pescador, y la puerta se descorrió del todo—. ¡Pasen, rápido!

Se hizo a un lado y cerró la puerta en cuanto estuvieron dentro. Ryō observó que la cabaña se encontraba limpia y ordenada; aparejos de pesca colgaban de las paredes y un fuego ardía en las entrañas del cubículo excavado en el suelo.

—Bienvenidos, samuráis —saludó una mujer joven desde las sombras.

Se encontraba en un rincón oscuro, inclinada sobre un cesto que parecía remendar con hilo de cáñamo.

—Miyuki, trae licor de batatas y vendas —la conminó su marido—. Necesitan curas. —Y dirigiéndose a Kenzaburō—: ¿Cuán profundos son los cortes?

—Me has salvado de heridas peores, Katsuro.

El pescador les ayudó a desvestirse y su esposa se apresuró a limpiar las heridas con paños empapados. Arrastró las costras de sangre y suciedad sin contemplaciones, obviando los gruñidos y los gestos de dolor. Cuando consideró que era suficiente, cubrió los cortes con emplastos y los fijó con apósitos y un firme vendaje.

Ryō se maravilló de las diestras atenciones de la joven, y no pudo evitar el fugaz recuerdo de Nanami. ¿Qué no daría por poder vivir con ella en un lugar así, apartados de la guerra y el mundo?

Concluidas sus atenciones, el matrimonio se arrodilló junto a la puerta.

—¿En qué más podemos servirle, general? —preguntó el anfitrión.

—Habéis hecho más que suficiente. Solo necesitaremos cobijo durante esta noche, partiremos al alba.

—Por favor, dispongan de nuestra cena —dijo Miyuki—. Volveremos una vez haya amanecido.

—No queremos echaros de vuestra casa —se apresuró a intervenir Ryō.

Por toda respuesta, el matrimonio saludó con una reverencia y abandonó la cabaña. El joven contempló la puerta cerrada durante un instante, antes de volver a hablar:

—Estamos en los dominios del clan Urakami.

—Así es —corroboró Kenzaburō, uniendo las manos para dar las gracias por la comida que acababa de servirse.

—¿Hay *shinobis* al servicio de los Ikeda en territorio Urakami?

—Es un clan poderoso que linda con nuestras fronteras.

—Pero son aliados.

—Solo de los aliados se puede esperar una traición —respondió Kenzaburō, llevándose arroz a la boca.

—Sin embargo, ha sido nuestro más viejo enemigo quien nos ha derrotado.

A Ryō le sorprendió la crudeza de su propia afirmación, la amargura que sintió en su lengua al pronunciar tales palabras.

—La victoria de los Sugawara está cruzada de mentiras y traiciones. —Kenzaburō sujetaba el cuenco en la mano, pero la mirada se le perdía en las llamas del hogar—. Si hubiéramos sido derrotados en el campo de batalla, si hubiéramos rendido la fortaleza en un asedio, solo nos quedaría morir en combate o la honra del *seppuku*... Pero las traiciones exigen venganza, por más larga y costosa que esta sea.

La determinación con la que hablaba aquel hombre era incontestable, tanto como su espada durante un enfrentamiento.

—¿Cómo... cómo sucedió? —Ryō apenas se atrevía a preguntar, pues temía confirmar lo que ya sabía.

—Fue de noche, la ciudadela dormía y los guardias no dieron la alarma. Cuando por fin tañeron las campanas, el enemigo ya estaba en el anillo interior de la fortaleza. La única explicación es que alguien de dentro acabara con los centinelas y les abriera los portones. —Kenzaburō miró al joven, cuya frente se mantenía gacha, esquivando la mirada del general—. Nadie sobrevivió, Ryō. Mi esposa y mi hija, tus padres, el señor Ikeda... Todos perecieron bajo el acero o las llamas.

El joven asintió con el mentón hundido en el pecho, incapaz de afrontar las palabras de aquel viejo guerrero. Palabras dolorosas, ardientes, que pretendían cauterizar el dolor que supura de una vana esperanza. Pero ningún fuego restañaría aquella herida, aún sangraría durante mucho tiempo.

Ryō se secó las lágrimas con el dorso de la mano y esperó a sosegarse antes de volver a hablar. No quería que se le rompiera la voz.

—¿Es cierto lo que dijeron esos samuráis? ¿Logró poner a salvo al hijo menor de su señoría?

Kenzaburō no respondió de inmediato, reacio a desvelar nada sobre ese asunto.

—Fue la última orden de mi señor... La última petición de un amigo.

—Entonces, Seizō Ikeda permanece con vida —corroboró Ryō, y su voz se iluminó por un instante—. Él es ahora el legítimo señor de Izumo... ¿Dónde se encuentra?

El rostro de Kenzaburō se ensombreció, y en esas sombras Ryō vio arder el mismo fuego que calcinaba a sus enemigos.

—Mataría a cualquier otro que me hiciera esa pregunta.

—Lo siento, general. —Clavó los puños en el suelo y se disculpó con una profunda reverencia—. En esta situación solo me corresponde preguntarle qué necesita de mí.

El veterano samurái cuadró los hombros y enderezó la espalda. Aquel hombre se sentaba como si aún llevara la armadura de batalla, se dijo Ryō, incluso cuando solo vestía las ropas de un monje mendicante.

—El enemigo nos odia, hasta el punto de deshonrarse a sí mismo —dijo Kenzaburō con expresión torva—. Han clavado la cabeza de su señoría en una pica, también la de su hijo y la de cualquier otro samurái que hayan encontrado entre los restos. Un ejército macabro que exhiben en el patio de la fortaleza, a la vista de cualquiera que acuda al lugar. Solo espantan a los cuervos para evitar que descarnen los rostros y los dejen irreconocibles.

Ryō crispó los puños. ¿Cómo era posible tal indecencia?

—Mi deber es averiguar el nombre de los traidores, proteger al joven Seizō de aquellos que han exterminado su casa; pero al mismo tiempo he de impedir que profanen los restos de nuestro señor. De no hacerlo, incurriríamos en una vergüenza que nos perseguiría más allá de la tumba. Por eso te pido que recuperes la cabeza de Akiyama Ikeda. —Kenzaburō lo miró a los ojos para asegurarse de que era consciente del compromiso que le pedía—. Has de convertirte en el último guardián de nuestro señor, no tendrás otro cometido hasta tu muerte. Si Seizō Ikeda ha de reclamar algún día su derecho sobre el dominio de Izumo, deberá demostrar que es el hijo de Akiyama, y no habrá prueba más irrefutable que devolver los restos de su padre al panteón familiar.

—No fallaré —le aseguró Ryō Aratani, y se postró de nuevo con las manos en el suelo—. Juro por la memoria de mi padre que prestaré este último servicio al clan Ikeda.

11
El crisantemo robado

¿Estás segura de querer entrar? —preguntó Asaemon antes de abrir la puerta.

Apoyaba un pie en el escalón de acceso a la vivienda: un chamizo apartado de la aldea, a unos pasos de la orilla de aguas raudas y cantos rodados. Había pertenecido a un anciano fallecido pocos meses atrás; el lugar continuaba vacío, así que lo habían acondicionado como residencia del samurái. Para Asaemon, la hospitalidad de los aldeanos olía a muerte y senectud.

—¿Por qué no habría de entrar? —respondió Yumiko con otra pregunta.

—Soy un hombre, por si no te has dado cuenta. Te expones a habladurías.

—Hemos pernoctado en la montaña, hay leña más que suficiente para quien quiera prender ese fuego —dijo ella, despreocupada—. Aunque me sorprendería que alguien alimentara tales chismorreos. Lo que las malas lenguas dicen de mí suele ir en otro sentido.

Asaemon concluyó que si a la muchacha no le importunaban los comentarios, a él menos.

—Pasa. —Descorrió la puerta y se internó en la densa penumbra.

—Huele a cerrado y tierra húmeda —dijo Yumiko a su espalda—. Debería abrir las contraventanas.

—Si lo hago, los mosquitos se darán un festín a mi costa esta noche. Este agujero está demasiado cerca del río.

Desoyéndolo, la muchacha descorrió contraventanas y paneles para ventilar la estancia. Él la dejó hacer mientras colocaba los sables sobre el mueble que servía de alacena. Observó con satisfacción que habían dispuesto un jergón de paja mullida y colchas limpias. Quizás esa noche lograra pegar ojo.

Arrastró una mesa baja con el pie y colocó sobre ella una tetera y dos tazas desportilladas, guiso frío y soja hervida.

—Siéntate y come. No sé quién me trae la comida, pero está mejor que la que sirven en muchas posadas.

Ella se arrodilló frente a la mesa y, tras rebuscar en la talega, colocó entre ambos la talla de madera.

—¿Cree que procede del Ryūji?

El samurái tomó la figura del santo con una mano y la hizo girar sobre la palma.

—Está tallada en madera de cedro, como las que llenaban la capilla... Como la que estaba tallando aquel bonzo.

—Eso significaría que mi padre y sus compañeros también llegaron al monasterio. Pero ¿por qué llevarse una de las tallas? —se preguntó Yumiko en voz alta.

—No parece de gran valor. No creo que pretendieran sacar mucho por ella.

—Mi padre no era un ladrón —dijo fulminándolo con la mirada.

—Quizás pensaron que les traería suerte, o que protegería a las desaparecidas, como un *jizō**.

Asaemon le devolvió la efigie y se puso en pie.

—Necesito sake. ¿Beberás conmigo?

Ella no respondió, abstraída en la pequeña escultura, y él se encogió de hombros. «Más para mí», se dijo mientras rebuscaba en la alacena alguna de las jarras que había traído desde Izumo. Hasta que un crujido largo, como el de una rama al desprenderse, le hizo volver la cabeza.

—¿Qué has hecho, muchacha?

---

* *Jizō:* pequeñas figuras, generalmente de piedra, que representan al santo budista Jizō Bosatsu, protector de los niños perdidos y los viajeros. En Japón es frecuente encontrarlas a orilla de los caminos.

Yumiko levantó la vista. Sostenía el cuchillo de caza en una mano y la figura resquebrajada en la otra.

—Había una hendidura en la base. Pensé que podría ocultar algo, así que introduje la hoja e intenté ensancharla. —Le mostró un pequeño pliego de papel entre los dedos—. Esto estaba dentro.

Asaemon volvió a la mesa. Antes de que le quitara el papel de las manos, ella lo desplegó y leyó la única palabra escrita:

—*«Kiku»*[*].

Le entregó la hojilla al samurái.

—¿Acaso sabes leer? —preguntó sorprendido.

—Mi madre me enseñó.

Asaemon devolvió la mirada al trazo de pincel.

—¿Qué sentido tiene esto? ¿Por qué ocultar el nombre de una flor dentro de un buda de madera?

—También podría ser un nombre de mujer —apuntó Yumiko.

El samurái asintió mientras se rascaba la nuca. La muchacha tenía razón.

—¿Alguna de las crías desaparecidas se llama Kiku?

Ella negó en silencio.

—Dejaremos el sake para más tarde —dijo con fastidio—. Necesito que me lleves hasta la persona más anciana de la aldea.

La viuda Tamayo, de rodillas sobre una gruesa estera de cáñamo, se inclinaba sobre el cauce del Kamedake. Sumergía la ropa varias veces en el agua helada, antes de doblarla empapada y colocarla en un cesto.

Cuando Yumiko se aproximó con el samurái, las mujeres que lavaban junto a Tamayo recogieron sus cosas y se retiraron con una reverencia. La anciana, no obstante, continuó con la colada, ignorando a los recién llegados.

—Abuela Tamayo —saludó la joven, pero la mujer no se dio por enterada. Se acuclilló junto a ella y le puso la mano en el hombro con delicadeza—. Abuela Tamayo, queremos hablar con usted.

---

[*] *Kiku:* flor de crisantemo.

La anciana, que contaba más de ochenta inviernos según se decía, giró levemente el rostro hacia ella sin dejar de frotar las ropas dentro del agua.

—Si quieres que te entienda, háblame al otro oído, pequeña Yumiko.

—Este samurái quiere hablar con usted, abuela —dijo la muchacha, alzando la voz.

Tamayo miró atrás y se encontró con el rostro impaciente de Asaemon. No pareció impresionarla ni la *daishō* ni el ceño fruncido.

—No lo conozco, no tengo nada que hablar con él.

—¡Anciana, debe respondernos unas preguntas! —intervino el guerrero, usando el tono autoritario con el que solía dirigirse a sus hombres.

La mujer no se inmutó.

—No puede oírle si le habla a la espalda —la disculpó Yumiko.

—Creo que esta abuela escucha lo que le conviene —zanjó Asaemon, cruzando los brazos bajo el *haori*.

La joven se colocó al otro lado y volvió a inclinarse junto a la anciana. Tomó una de las prendas que estaban por lavar y se sumó a la labor.

—Abuela Tamayo, estamos buscando a las cinco desaparecidas. El samurái ha venido desde Izumo para ayudarnos.

La mujer miró de soslayo a Yumiko antes de devolver la vista al río. Sus manos, huesudas y manchadas por la edad, sumergieron en el cauce un pañuelo de tela basta.

—Pobre Saya. Pobres todas.

—¿Recuerda si esto ha pasado antes? ¿Alguna vez han desaparecido mujeres de la aldea?

La anciana sonrió con amargura.

—Las mujeres siempre desaparecen, niña. Se las llevan los soldados, mueren al parir un hijo, o mueren de hambre con tal de alimentarlo. Las mujeres hemos venido al mundo para desaparecer de la noche a la mañana, como nieve fina que no cuaja.

—La anciana ha perdido el tino, no sacaremos nada en claro de ella —rezongó Asaemon, hasta que Yumiko lo atravesó con la mirada.

«Habría hecho sonar la campana del Izumo Taisha con esa mirada», pensó el samurái, enfurruñado.

—Abuela —insistió la joven—, ¿recuerda si en Ottara vivió una mujer llamada Kiku?

Tamayo suspiró.

—No una mujer, una niña. Vivía al otro lado del valle. La montaña se la llevó hace tiempo, cuando no debía de tener ni tu edad.

Yumiko y Asaemon intercambiaron un gesto grave.

—¿Recuerda cuándo sucedió?

—El tiempo se confunde a mi edad, muchacha —respondió Tamayo, un tanto abstraída—. Dejas de contar el paso de las estaciones y empiezas a contar otras cosas: el nacimiento de un nieto, una hambruna o el año en el que enviudaste.

—¿Puede recordar si fue antes de que yo naciera?

La mujer apartó la vista del vacío para mirar a Yumiko a los ojos. Le acarició la mejilla con los dedos mojados.

—Fue al poco de que tú nacieras, después de que tu padre abandonara la aldea.

La joven frunció el ceño, desconcertada por aquella respuesta, pero terminó por sonreír.

—Gracias, abuela Tamayo. Nos ha ayudado.

Se despidió con una inclinación de cabeza y se incorporó. El resto de las mujeres la observaban desde la distancia, cuchicheando entre sí.

—Caminemos —dijo Asaemon—. Vayamos a un lugar tranquilo.

Yumiko lo siguió por la orilla de cantos blancos. El cauce, amplio y de poca profundidad en esa época del año, invitaba a remojar los pies pese a que ya caía la tarde. Anduvieron río abajo hasta que Asaemon decidió detenerse junto a un remanso sobre el que colgaban las luciérnagas.

—Tengo la impresión de que, a cada paso, tenemos cien ojos y cien oídos puestos sobre nosotros —dijo el samurái mientras se inclinaba en la orilla para enjuagarse la cara y el pelo.

—Están preocupados y no les cuenta nada.

—Los de tu aldea han sido los primeros en ocultarme cosas —respondió Asaemon.

Yumiko creía que comenzaba a conocer a aquel hombre: era de natural suspicaz, pero estaba dispuesto a cambiar de opinión si los hechos le llevaban la contraria. Cosa rara en un samurái, más proclives a adaptar la verdad a sus ideas que viceversa. En cualquier caso, parecía confiar en ella pese a su carácter cínico y descreído. Y ella se sorprendió confiando en él.

—¿Qué opina de lo que nos ha dicho la señora Tamayo?

Asaemon, aún acuclillado junto a la corriente, extrajo el cuchillo que guardaba a la espalda, lo remojó en el agua y comenzó a rasurarse la barba que ya le oscurecía el rostro. Se tomó su tiempo antes de responder.

—¿Y qué habría de opinar? Solo nos ha dicho que una cría llamada Kiku desapareció en la montaña.

Yumiko torció el gesto con impaciencia. Decidió reformular su pregunta:

—¿Por qué cree que alguien ocultaría un nombre de mujer en una talla de madera?

—Quizás sea un simple crisantemo, no lo sabemos.

—No es posible que piense así. Mi padre guardó esa figura por algún motivo, ese nombre debe de significar algo.

Asaemon apuró una larga pasada que hizo crepitar la pelambre. La piel afeitada aparecía inflamada por la caricia del filo.

—¿No debería calentar agua para hacer eso?

—Sí, sería lo propio —respondió el samurái.

Pero se limitó a refrescarse la piel con un poco de agua y volvió a aplicarse la hoja.

—¿Es que no va a decirme lo que piensa? —insistió Yumiko.

Él detuvo el gesto, fastidiado, y la señaló con la punta del cuchillo.

—Te diré lo que quieres escuchar: que el nombre que encontramos en el interior de la talla corresponde a la Kiku desaparecida tiempo atrás. Y que, por cada niña desaparecida durante el transcurso de los años, ya fuera en Ottara o en las regiones próximas, alguien escribió su nombre en un papel y lo puso dentro de una de esas figuras. Cientos de muchachas desaparecidas como tu hermana, olvidadas salvo por aquel que decidió tallar una reliquia de madera por cada una de ellas.

Yumiko rememoró el sinfín de budas que llenaban la capilla, que desbordaban las hornacinas, que inundaban el suelo... Recordó al abad dando forma a una nueva efigie, y un estremecimiento le contrajo las tripas.

—¿Cree... cree que tal cosa es posible?

Asaemon aproximó de nuevo la hoja a su yugular.

—Qué más da lo que yo crea. Pregúntate, más bien, qué nos dirá ese bonzo cuando volvamos al monasterio para interrogarlo.

Asaemon se secó los labios con el dorso de la mano y se sirvió más sake. Volvía a hundirse en aquel mar turbulento que cabía en un cuenco de cerámica. Agitó el platillo e hizo oscilar el vino contra el fondo negro. La única linterna prendida en la cabaña arrojaba más sombras que luz, y estas comenzaban a filtrarse en los pensamientos del samurái.

Como cada vez que se quedaba a solas, pensaba en su mujer, en ese pequeño tormento cotidiano que es permanecer junto a quien te desprecia. Creyó que con el nacimiento de Danjuro algo cambiaría, pero no fue así. Ella solo continuaba a su lado por la posición que él le procuraba en la corte. Quiso pensar que con el tiempo aprendería a quererlo... O que él sabría hacerse querer. Qué necio fue, se reprochó antes de apurar el cuenco.

Hizo ademán de servirse más, pero estaba a un par de tragos de sumirse en el más profundo de sus infiernos, aquel en el que le aguardaba su padre entre un mar de hierbas altas. No tenía fuerzas para confrontar a ese demonio, no esa noche, así que apartó la jarra con mano temblorosa. Se apoyó en la mesa para incorporarse y esta se volcó desperdigando los restos de la cena por el suelo. Gruñó, enfadado consigo mismo, y se obligó a ponerse en pie para tambalearse hasta el lecho. Se negaba a caminar a cuatro patas como un vulgar borracho.

En cuanto cayó sobre el jergón, lo acosaron malos sueños. El sake siempre había agitado sus pesadillas. De tanto en tanto se despertaba manoteando, hostigado por el zumbido de los mosquitos. «Le dije que no abriera las ventanas», maldecía con la lengua trabada, solo para volver a hundirse en el sopor etílico.

La noche era clara y la luz de la luna se filtraba entre las lamas de bambú. Incluso aquella pátina iridiscente le molestaba en los ojos y lo mantenía al filo del duermevela. Se agitó al escuchar un nuevo zumbido junto a la oreja y, por un instante, la estancia se oscureció; una nube debía de haber cubierto el astro… No, se corrigió, el paso de una nube no es tan fugaz.

Y bastó aquel pensamiento para arrastrarlo a la vigilia. Aun sin abrir los ojos, notó la presencia junto a él. No necesitó más: agarró el extremo del jergón y rodó echándoselo encima, justo en el momento en el que una hoja caía sobre su corazón.

La primera puñalada se perdió en el relleno de paja; la segunda lo atravesó, pero apenas llegó a cortarle el hombro. Con el jergón como escudo, súbitamente sobrio por la proximidad de la muerte, se puso en pie y empujó al intruso hasta aplastarlo contra la pared. Las cuchilladas volaban buscando sus órganos vitales, pero el samurái supo evitar la hoja y mantener su improvisado escudo entre ambos.

Sin dejar de maldecir su estupidez, Asaemon empujó con el antebrazo allí donde debía de encontrarse el cuello de su atacante. Este no cejaba en su intento de apuñalarlo, y logró alcanzarle un par de veces en las piernas. Furioso, el samurái golpeó repetidamente con el puño a través del jergón, tratando de acertar en la cabeza.

Debió de lograrlo, pues las cuchilladas cesaron por un instante. No tendría otra oportunidad de recuperar sus sables, así que dejó de empujar y se precipitó hacia la alacena. Pudo alcanzar la *daishō* y giró al tiempo que desenvainaba la *wakizashi.*

Estaba solo. Una ventana abierta de par en par se asomaba a la calle polvorienta. Se abalanzó hacia la puerta y hacia la noche con el sable por delante. Lo recibió la brisa nocturna, nada más. Giró sobre sí, pero tampoco había movimiento en los alrededores de la cabaña. El asesino no parecía dispuesto a arriesgarse a una confrontación en igualdad de condiciones.

Reacio a darse por vencido, Asaemon se apoyó en un barril de lluvia y se encaramó al tejado de chamizo. Desde allí oteó la oscuridad, y tuvo tiempo de vislumbrar una sombra en la distancia que corría hacia la orilla del Kamedake. Blasfemó en voz baja cuando esta se zambulló para desaparecer en la corriente.

Derrotado, se sentó sobre la techumbre de paja y contempló la luna. Respiraba entrecortado y apestaba a sake. Trató de sosegarse, pero ya sentía bullir la rabia en su interior, una marea de reproches y desdén contra sí mismo que crecía hasta rebosar. Esta vez se había librado, pero se sabía un desgraciado, un borracho al que los compañeros invitaban a sake para reírse a su costa. Su mujer lo despreciaba y también lo haría su padre de seguir vivo...

Apretó los dientes y trató de ahogar aquella voz interior que tan mal lo quería. No le ayudaría en ese momento —nunca lo hacía—. Mejor sería escuchar lo que el viejo le decía: «Los pecados solo se expían cumpliendo con tu deber».

Se tumbó sobre el chamizo y dejó que la brisa nocturna le enfriara la cabeza y los músculos. Fue entonces cuando los cortes comenzaron a doler. Cerró los ojos y se dispuso a dormir bajo las estrellas. Mientras aguardaba a que el sueño le alcanzara, lo asaltó una sonrisa. Hacía tiempo que no disfrutaba de la caza.

12
La fragua extinta

Yashiro Kuroda ajustó la faja de seda que rodeaba la cintura de su hijo y le sacudió con la mano las últimas arrugas del *haori.* Ambos vestían kimono blanco y calaban un sombrero *eboshi,* como hacían durante la ceremonia del fuego a principios de año, o como cuando acudía al taller un samurái de rango para contemplar la forja de su nuevo sable.

Después se dirigió al pequeño altar consagrado a Kagutsuchi[*], instalado en la pared frente a la fragua, y dio dos palmadas para llamar la atención del *kami.* Ambos herreros se inclinaron para agradecerle su protección durante tantos años de oficio. Concluyeron la oración convencidos de que la divinidad los contemplaba. Así que padre e hijo empuñaron martillo y cincel y dieron comienzo a la ingrata labor que tenían por delante.

Shigenori Kitamaru, oficial del clan Sugawara, tiró de las riendas antes de adentrarse más en la aldea. Contempló las calles desiertas desde su montura y terminó por chascar la lengua, hastiado de su labor aun antes de comenzarla. Miró por encima del hombro hacia los cinco samuráis que lo acompañaban: buenos guerreros, veteranos que

---

[*] Kagutsuchi: divinidad del fuego en el panteón sintoísta y patrono de los herreros.

dormían más cómodos enfundados en sus armaduras que envueltos en fina seda, y lamentó que el mando los desperdiciara en tales menesteres.

—Os preguntaréis qué hacemos aquí, pacificando una aldea como vulgares *ashigaru*. —Apoyó el antebrazo sobre la empuñadura de la *katana*—. Al parecer, en este villorrio se asienta un herrero de cierto renombre llamado Yashiro Kuroda. Debemos dar con él y llevarlo ante el administrador Tanizawa.

—No creo que quede ni un alma en este lodazal —repuso uno de los samuráis.

—Si no está en su taller, cogeremos lo que haya y lo llevaremos a Izumo. Y si el administrador juzga que el acero es de tan buena factura como se dice, quizás nos envíe a buscar a Kuroda por las montañas.

—Sinceramente, espero que ese herrero haga unos sables de mierda —dijo otro de los guerreros, y el resto rio su ocurrencia.

—¡Silencio! —ordenó Shigenori, tajante pero incapaz de disimular una sonrisa—. Buscad casa por casa. Si encontráis a alguien, matadlo solo si opone resistencia, y no sin antes preguntarle por el tal Kuroda.

Los samuráis desmontaron y se desplegaron por las calles de Ottara. Shigenori esperó sobre su caballo, escuchando el sonido de las puertas al descorrerse con brusquedad, el retumbo de los muebles al volcarse y el chasquido de la cerámica rota. El viento barría la calle levantando nubes de polvo a su alrededor.

—Señor Kitamaru —lo llamó uno de sus hombres—, creo que hemos dado con la herrería.

Shigenori azuzó a su animal y lo hizo avanzar en la dirección indicada. Pronto se halló ante una casa que parecía más digna que el resto, rodeada por un murete que contenía un pequeño jardín. En la parte trasera de la finca se elevaba una corta chimenea de piedra que bien podía pertenecer a una forja.

El oficial desmontó y se encaminó hacia la entrada.

—Akashi, Tsugomo —llamó—, conmigo. Mantened los sables en las vainas y los ojos atentos.

Abrió la puerta que daba acceso al jardín y un pequeño *fūrin* tintineó sobre sus cabezas. En el interior nada se movía, ni un sonido ni una sombra fuera de lugar. Los cojines de la terraza se hallaban apilados, los paneles *shōji* cerrados, todo cuidadosamente recogido.

Shigenori miró de reojo a sus hombres y les indicó que entraran en la vivienda; él, por su parte, la rodeó por el jardín. Vinieron a coincidir en la parte posterior. El lugar parecía tan desierto como el resto de la aldea. El oficial hizo un gesto con la cabeza para que le siguieran mientras se internaba por un sendero empedrado.

Este conducía al jardín posterior, y allí, rodeado de lirios y azaleas, encontraron el taller, erigido en una estructura independiente a la residencia. Los paneles se hallaban abiertos de par en par y la mañana inundaba la estancia. En el interior, tan blancos como la luz que los imbuía, dos hombres aguardaban de rodillas, las espaldas rectas y la cabeza alzada. Resultaba evidente que eran padre e hijo, pues, además de la semblanza, compartían la misma resolución en la mirada.

—Bienvenidos a mi forja —dijo el padre.

Shigenori Kitamaru no respondió. En su lugar, bajó la vista para contemplar los sables dispuestos sobre el suelo, cuidadosamente ordenados sobre esteras de tatami, todos ellos quebrados por la mitad.

—¿Eres Yashiro Kuroda? —preguntó con disgusto.

—Lo soy. Este es mi hijo, Hashiro.

Volvió a mirar las espadas rotas, inservibles.

—¿Has hecho tú esto?

—Así es —respondió Yashiro con voz calma.

—¿Por qué?

—Estos sables fueron forjados para la familia Ikeda. Sería indigno por mi parte que cayeran en manos de sus enemigos.

Los dos samuráis a espaldas de Shigenori hicieron ademán de avanzar, pero este los retuvo con un gesto de la mano.

—Dime, herrero, ¿servirás con igual devoción al nuevo señor de estas tierras?

—Desde hace generaciones los Kuroda han forjado sables para los Ikeda. Cuando un samurái de otra familia deseaba hacernos un encargo, enviábamos mensaje a Izumo, pues solo accedíamos a trabajar para otras casas con el permiso expreso de su señoría. Puesto que el señor Ikeda ya no puede darnos ese permiso, los Kuroda no fabricarán más acero samurái. Los Sugawara solo pueden esperar de esta forja azadas, hoces y desprecio.

—Eso me temía —lamentó Shigenori.

—¡Samuráis! ¡Samuráis en la aldea! —gritaba la pequeña Taki, corriendo pinar arriba.

Las cabezas se alzaron y las manos detuvieron sus quehaceres. El campamento se encontraba en la ladera más tupida de la montaña, rodeado de cuevas en las que pernoctar y al amparo de peñascos y arboledas que enclaustraban el lugar. Aunque no estaba muy alejado de la aldea, el enclave resultaba inaccesible para cualquiera que no conociera bien aquellos parajes.

Nanami, que amasaba pasta de alforfón con otras mujeres, se apresuró a sacudirse las manos mientras buscaba con la vista a la inesperada mensajera. Varios adultos rodeaban ya a la niña abrumándola a preguntas, pero nadie pudo refrenar el ímpetu de la hija de Yashiro, que se abrió paso hasta acuclillarse frente a la pequeña.

—¡Mírame! —le impelió, sacudiéndola por los hombros—. ¿Siguen allí?

—No, ya se han ido —respondió Taki, intimidada por la angustia de quien le preguntaba.

—¿Han incendiado las casas o los campos?

La niña negó con la cabeza.

—¿Viste cuántos eran?

—Conté seis. Todos a caballo.

«A caballo —se dijo Nanami—. Así que todos eran samuráis, ni un *ashigaru*». ¿Por qué enviarían a seis samuráis a una humilde aldea río arriba? ¿Y por qué no habían arrasado todo a su paso? La respuesta era evidente: buscaban algo en concreto.

—¿Se llevaron a alguien consigo?

La niña volvió a negar y, para sorpresa de Nanami, aquella respuesta le causó aún más desazón. Se sacó el mandil y se apresuró por la senda por la que había llegado Taki.

«¡Nanami!», la llamó su madre, pero escuchar su nombre solo sirvió para espolearla. Pronto se encontró corriendo montaña abajo, lanzada entre la arboleda sin más consideración que la de poner un pie delante de otro. Varias veces se enredó con las raíces y trastabilló, pero se las arregló para apoyarse con las manos en el suelo y no detener una carrera que se desbocaba por momentos.

Solo se detuvo cuando divisó la aldea entre la espesura. El pecho le ardía, las sandalias le habían abierto llagas entre los dedos y tenía cortes en manos y piernas... Aun así, sacó fuerzas para reanudar una marcha que temía abocada a la tragedia.

Atravesó los arrozales y las calles de la aldea como un espectro en volandas del viento. Cuando por fin se detuvo frente a la entrada de su casa, la halló abierta de par en par. Un mal augurio le rozó la cerviz.

Entró con pasos temblorosos, débiles las piernas por el largo esfuerzo, y cruzó el jardín apoyándose en todo lo que tuviera al alcance de la mano. Tras cada esquina temía ver una mancha de sangre, una mano tendida en el suelo, y embargada por aquella desazón llegó hasta el taller de su padre.

Cuando los vio, una calma fría, casi inhumana, se alojó tras sus ojos. La sangre encharcaba el suelo de la forja, se derramaba por los escalones de madera. Su padre se había desplomado bocabajo, esparciendo en su caída los sables que él mismo había quebrado. Su hermano había muerto de rodillas, con el peso del cuerpo en equilibrio sobre las piernas; la cabeza caída sobre el pecho; el rojo manando de su cuello hasta teñir los prístinos ropajes.

Nanami subió a la tarima y se arrodilló junto a su hermano. El primer sollozo escapó de su pecho como un pájaro enjaulado. Lo abrazó y se empapó con su sangre, le olió la cabeza y lo ungió con sus lágrimas. Y mientras lloraba, contemplaba a su padre muerto: quebrado como sus espadas, investido con las ropas ceremoniales, presidiendo la escena que él mismo había ideado para su muerte, para la muerte de su hijo. Y Nanami lo consideró egoísta y vanidoso. ¿Qué derecho tenía a decidir sobre la vida de su hijo, a dejarlas desamparadas, a extinguir con él la fragua de los Kuroda?

Debió de permanecer así mucho tiempo, perdida en su abrazo a Hashiro, pues fue el grito ahogado de su madre lo que le hizo regresar a este mundo. Kanao se arrodilló junto a su marido y lo cubrió con su cuerpo y con su llanto. Fuera de la fragua prendía el ocaso. Dentro se apagaba la luz del mundo.

Ryō despertó desorientado, sin saber dónde se hallaba, pero con la certeza de haber soñado con Nanami. Alargó la mano para tantear el lecho, pues pensó que quizás dormían juntos, pero sus dedos se posaron en el vacío y la realidad comenzó a filtrarse entre las brumas del sueño. Nanami estaba lejos, inalcanzable, y él, en una cabaña de pescadores perdida en tierra extraña.

—Aún no ha amanecido —dijo una voz.

Ryō giró la cabeza y descubrió a Kenzaburō Arima al otro extremo de la choza. Estaba sentado con las piernas cruzadas, entregado al cuidado de sus sables. Le dirigió una breve mirada antes de volver a deslizar una piedra sobre el filo de la *katana,* con tanta delicadeza que el acero apenas siseó.

—¿Acaso no ha dormido? —preguntó Ryō, somnoliento.

—Los viejos no necesitamos dormir tanto como los jóvenes.

Kenzaburō alzó el sable para estudiar su perfil y, por un instante, la hoja se embebió de la luz de la luna. Satisfecho, tomó la vaina y el destello se extinguió con el roce de la madera.

—¿Tienes miedo? —preguntó entonces el general, dedicándole toda su atención.

Ryō se incorporó sobre el futón, dudando de su respuesta. Recordaba el enfrentamiento del día anterior tan vívidamente como si estuviera sucediendo frente a sus ojos: la inquebrantable voluntad del general Arima, su arrojo en el combate, y le avergonzó confesar sus muchos temores.

—Nuestros miedos no deben avergonzarnos —dijo Kenzaburō, que creyó entender sus titubeos—, hasta los dioses temen. Pero, como samuráis, vivimos nuestras vidas entregados a la muerte, y eso nos libera a la hora de encarar nuestra obligación última.

Ryō asintió, incapaz de confesar que no era la muerte lo que más temía, sino verse condenado a una vida sin la compañía de Nanami.

—Viajarás de regreso a Izumo haciéndote pasar por un samurái vagabundo. Habrá muchos *rōnin* intentando pescar alguna migaja del nuevo gobierno, así que serás uno entre tantos. Una vez allí, deberás dirigirte al barrio de los toneleros y buscar la casa de Kojirō. Él te ayudará a entrar en el castillo.

—¿Un *shinobi?* —preguntó el muchacho.

—Un hombre de muchos recursos, leal a los Ikeda.

El samurái separó las lamas de bambú para observar el cielo. Este comenzaba a clarear por el este, así que recogió sus sables y se puso en pie.

—Es hora de despedirnos, Ryō Aratani —dijo, echándose la bolsa sobre el hombro.

—Ha sido un honor combatir junto a usted, general Arima.

Kenzaburō lo contempló con expresión valorativa antes de asentir.

—Tu padre ha sido uno de los mejores samuráis que he conocido, y veo que deja en este mundo a alguien digno de su nombre. Saberlo debió de ser motivo de sosiego en sus últimos momentos.

Ryō se inclinó hasta apoyar las manos en el suelo.

—Gracias, general.

La sombra de Kenzaburō pasó junto a él. Escuchó cómo la puerta se descorría, y el aire empapado de rocío penetró en la cabaña.

—¡General! —lo llamó antes de que se marchara—. Cuide de él. Ahora es nuestro señor —le rogó sin alzar la cabeza.

—Hasta mi último aliento —respondió.

Y cerró la puerta tras de sí.

13
Noche de luna y brumas

La mañana cubrió con una luz mortecina los arrozales, mientras que, desde el Kamedake, se extendía un vaho húmedo que difuminaba formas y sonidos. Un día horrible para viajar, a juicio de Asaemon Hikura, que aguardaba sentado sobre una roca a orilla de los sembrados. Escrutaba el rostro de todos los campesinos que pasaban frente a él. Los labriegos, intimidados, bajaban la cabeza y apretaban el paso, poniendo distancia con aquel samurái de aspecto belicoso.

—Eh, tú, enséñame la cara —le espetó a uno que calzaba un amplio *sugegasa* bajo cuya ala solo asomaba el mentón.

El interpelado cargaba una pértiga sobre los hombros; se envaró y levantó el rostro para que el samurái pudiera verlo bien. Ni la nariz rota ni hematomas en la piel, comprobó Asaemon con fastidio.

—Vamos, sigue tu camino, ¿a qué esperas?

El samurái se caló su propio sombrero y rumió como un oso huraño sus suspicacias.

—¿Qué está haciendo?

Asaemon levantó la vista y se encontró con la mirada inquisitiva de Yumiko.

—Esperar a una mocosa que se retrasa.

—¿Por qué interroga a todo el que pasa por delante?

—Te dije que si abrías las contraventanas, se colarían los mosquitos. —Se recogió el *hakama* para mostrarle los pinchazos en el muslo—. Anoche se coló uno bien grande.

La muchacha sacudió ligeramente la cabeza.

—¿Quiere decir que anoche le atacaron?

—Mientras dormía.

Yumiko se descolgó el arco y se acuclilló para observar las heridas. Apenas manchaban el improvisado vendaje, pero podrían haber sido graves.

—¿Cree que fue alguien de la aldea? —preguntó, consternada.

—O de alguna villa vecina. Alguien que sabía dónde se aloja el forastero, en cualquier caso.

—Quizás nos siguieran desde la montaña —dijo la muchacha.

—Quizás.

—Pudo ser Shika no Kōbe…

—Por última vez, no existe tal criatura. El que anoche intentó cortarme el gaznate no era un demonio, y quienquiera que se haya llevado a esas crías, tampoco.

Asaemon se puso en pie y pateó el suelo con la pierna herida.

—¿Podrá caminar?

—Incluso correr si me cruzo con ese demonio tuyo.

Yumiko sonrió mientras el samurái se ceñía el morral y se ajustaba los sables. Después echaron a andar por el camino elevado, sus siluetas recortadas contra un horizonte gris de tormenta.

—¿Por qué le molesta tanto la simple mención de Shika no Kōbe? —preguntó ella de improviso.

—¿Has visto alguna vez a un demonio o a cualquier otra criatura del inframundo?

—Soy joven, aún no he visto muchas cosas. Pero varios de la aldea se han encontrado con Shika no Kōbe.

—Han visto lo que quieren ver, o lo que temen ver —respondió Asaemon—. Hasta la fecha no he encontrado crimen que no explicara la lujuria, la envidia o cualquier otra de las bajas pasiones humanas. Si los seres del inframundo verdaderamente cruzan a este lado, sin duda rehúyen a las personas.

—El mundo es grande y usted no es tan viejo —se burló Yumiko—. Es mejor no dar nada por sentado y estar preparado para cualquier cosa. ¿No es eso lo que me enseñaba el otro día?

El samurái rio ante la impertinencia de su guía. Comenzaba a caerle bien aquella mocosa.

—Vamos, muéstrame otro camino hacia el monasterio. Cuanto más imprevisible, mejor. No quiero que nos sorprendan en una emboscada.

—Le llevaré por uno que ni los mejores rastreadores de Izumo podrían encontrar.

Yumiko lo condujo por un camino que se alejaba del río y escalaba la montaña por su vertiente más agreste. Una vereda sepultada bajo la maleza que se volvía intransitable por momentos; tan empinada en algunos puntos, que se veían obligados a apoyarse en los troncos y agarrarse a las ramas bajas para no perder pie.

El día avanzaba rápido y ellos lentos, y atardecía cuando llegaron a un claro abierto en la misma pared de la montaña. Una cascada caía desde las alturas horadando una poza en la roca viva; allí remansaba el caudal antes de deshilacharse en mil arroyos que se escurrían ladera abajo entre los árboles.

Asaemon se sintió vivificado por el incesante trueno de la catarata y el agua en suspensión que le lamía la piel. La humedad del lugar había cubierto de un suave musgo la roca gris, y flores silvestres asomaban entre las grietas. No había mejor jardinero que la propia naturaleza, se dijo el samurái mientras giraba para contemplar el trecho que habían cubierto. Se asombró de las vistas, pues desde aquel claro se contemplaba la falda arbolada a sus pies, cayendo en larga pendiente hasta el valle de Ottara.

—Ciertamente, la ruta es ardua, pero ofrece sus compensaciones.

Y mientras pronunciaba aquellas palabras, le llamó la atención el suave oscilar de los pinos en el valle. No se inclinaban gentilmente en la dirección del viento, sino que bailaban de lado a lado, en un movimiento acompasado y antinatural. Esta oscilación se fue propagando ladera arriba, como si acudiera a su encuentro, hasta que los bosques que acababan de atravesar comenzaron a agitarse como la mar picada. Una nube de pájaros alzó el vuelo en desbandada y pronto el mismo suelo comenzó a retumbar bajo sus pies.

—¡Un temblor! —gritó Asaemon, al tiempo que se volvía para buscar con la mirada a Yumiko.

Esta soltó los fardos y corrió hacia la linde del claro, alejándose de la pared rocosa. Asaemon la siguió de inmediato, con dificultades para no tropezar, y ambos se agacharon entre las raíces del árbol más robusto que encontraron. El suelo saltaba bajo sus pies, las ramas se agitaban enfebrecidas y las piñas caían a su alrededor. Por un instante, como ocurre con cada temblor que se prolonga demasiado, temieron que este nunca cesara, que Namazu* no dejara de agitarse hasta hundir las islas en el mar.

Asaemon cubrió a Yumiko con el brazo y esta se refugió en su pecho. El samurái miró hacia arriba, temeroso de que una rama se desprendiera y se les viniera encima, pero fue en ese instante cuando el seísmo comenzó a remitir. Aún los sacudió durante unos instantes antes de apaciguarse por completo.

Yumiko levantó la cabeza y miró a su alrededor, como si no se fiara de que todo hubiera terminado. El espanto en su rostro iba más allá del temor natural a ese tipo de temblores, era evidente que la aterrorizaban.

—Ya ha pasado —quiso tranquilizarla el samurái.

Le sorprendía verla vulnerable, de común tan resuelta y decidida. Ella asintió tratando de recuperar la compostura. Se apartó de Asaemon y se puso en pie.

—Deberíamos seguir subiendo.

—No es sensato. Namazu puede agitarse de nuevo bajo su lecho de piedras antes de volver a dormir. Si nos sorprende un desprendimiento, podríamos despeñarnos.

Yumiko asintió, consciente de que no pensaba con claridad.

—Montaré el campamento, entonces.

—Será mejor que descanses, yo me ocuparé…

—¡No! No soy ninguna niña. Haré lo que me toca —zanjó, y se alejó para recoger ramas del suelo.

Asaemon la contempló por un momento, antes de decidir que era mejor dejarla sola. Se dirigió de regreso al claro y comenzó a reunir los fardos junto a la laguna. Creía entender la actitud de la

* En la mitología japonesa, los terremotos están ocasionados por los coletazos de Namazu, un pez gigante que habita en las profundidades terrestres.

muchacha. Tras la muerte de su padre, él también sintió la necesidad de saberse capaz, de demostrar que podía cuidar a los que habían quedado atrás... De demostrar que podía ocupar el lugar de su padre, en definitiva. Aquello le había llevado a cometer no pocos errores.

Se adentró en la poza de aguas cristalinas y recogió del lecho unas cuantas piedras rodadas. Cuando hubo reunido las suficientes, cavó un agujero junto a la orilla y puso los cantos alrededor. No tardaron mucho en tener la fogata chisporroteando y suficiente leña para alimentarla hasta el día siguiente.

—Cenaremos arroz con castañas —anunció Asaemon mientras abría una bolsa llena de erizos de castaña que había ido recogiendo durante el ascenso.

—¿Por qué tanto entusiasmo? —replicó Yumiko, taciturna—. No parece comida digna de un samurái.

—¿Por quién me tomas? He pasado más tiempo en caminos de montaña que en los pasillos de la corte. —Tomó uno de los erizos y lo abrió de un tajo certero—. Además, este es uno de los manjares del otoño.

—Podría internarme en la espesura y tratar de cazar algo.

—Será mejor que descanses. Aprovecharemos la laguna para lavarnos y la cascada para llenar las cantimploras. La jornada de mañana será larga.

Dicho esto, se volvió para darle algo de intimidad durante el baño.

Yumiko no se sentía con ánimos de discutir, así que se aproximó a la orilla y sumergió la mano para probar el agua. «Helada», suspiró con desgana. Se desnudó y dobló sobre una roca el basto kimono de algodón, los pantalones de viaje y el grueso abrigo que llevaba sobre el resto de las prendas. Se soltó el pelo y se adentró poco a poco en la laguna.

Asaemon la escuchó chapotear mientras removía las castañas que asaba entre las ascuas. Por un momento, la escena le resultó reconfortante: la libertad de la montaña, el descanso privilegiado de los que se adentran en la naturaleza... Hasta que escuchó a Yumiko bracear con ímpetu en el agua.

Preocupado, se giró a tiempo de ver cómo la muchacha se erguía en la orilla y corría hacia los bártulos. Tomó el arco y montó una flecha. Con un movimiento fluido, de espontánea elegancia, tensó y liberó la saeta que se perdió en la fronda. Asaemon ni siquiera tuvo tiempo de admirar la maestría del lanzamiento —hubiera o no acertado en el blanco—, pues la cazadora empuñó su cuchillo y corrió hacia la espesura.

El samurái aguardó con gesto expectante mientras escuchaba el frufrú de la maleza y el ramaje. Al poco, Yumiko emergió del bosque, desnuda y radiante, con un faisán degollado colgando de la mano.

Se lo arrojó al guerrero.

—Para su guiso de castañas —dijo con tono exultante. Y volvió a adentrarse en el agua para enjuagarse la sangre.

Asaemon sonrió y comenzó a preparar el ave. Le alegró ver en los ojos de Yumiko la satisfacción por la presa cobrada. La íntima certeza de todo cazador de que, mientras fuera bueno en su oficio, ni él ni los suyos pasarían hambre.

Cenaron en silencio, inclinados sobre sus cuencos de arroz con castañas y faisán. El samurái observaba de tanto en tanto a la joven, que comía con la mirada perdida, el pelo húmedo y envuelta en sus mantas. Según viajaba con ella, encontraba más parecidos consigo mismo. O con el muchacho que había sido apenas diez años atrás.

—La vida no será fácil sin tu padre —dijo de repente, y Yumiko apartó la vista del fuego para mirarle—. Pero procura que su ausencia no condicione el resto de tus días. Debes tomar tus decisiones por convencimiento propio, no por lo que creas que él habría esperado de ti. O te arrepentirás tarde o temprano.

Ella guardó un silencio grave, valorativo, antes de preguntar:

—¿También perdió a su padre?

—Cuando tenía un par de años más que tú.

—¿Cómo era? —quiso saber, y dejó a un lado el cuenco vacío.

—Severo… pero justo. Podía ser inflexible conmigo, pero cada vez que me veía, aunque intentara disimularlo, sonreía. —Asaemon sonrió a su vez, con los ojos vueltos al pasado—. Y el orgullo de esa sonrisa me enseñó más que cualquiera de sus lecciones.

—Ojalá mi padre hubiera estado orgulloso de mí.

Asaemon la contempló de hito en hito, acaso sorprendido.

—No conocí a tu padre, pero te conozco a ti. Si no era un necio, seguro que estaba orgulloso de su hija.

Ella no encontró palabras para darle las gracias, y él tampoco le dio la oportunidad de buscarlas. Se puso en pie y comenzó a desvestirse.

—Duerme. No te molestes en avivar las llamas. Yo lo haré después del baño.

Yumiko ovilló sus ropas a guisa de almohada y se tendió junto al fuego, cubierta por las mantas con las que se había secado. Observó al samurái mientras se adentraba en aquellas aguas de plata helada, bruñidas con la luz de la luna.

No se parecía a los hombres que había conocido hasta entonces. No solo por su aspecto, cubierto de cortes y cicatrices que hablaban de una vida peligrosa. Era, sobre todo, su talante desinhibido. Hablaba siempre con franqueza, sin calcular las consecuencias de decir lo que pensaba. Quizás era la despreocupación propia de la casta samurái, que no debía responder ante nadie más que su señor, pero Asaemon Hikura no usaba ese privilegio de forma mezquina, sino que le servía para mostrar una extraña nobleza de carácter.

Sintiéndose observado, Asaemon se volvió para encontrarse con los ojos de Yumiko. Sabía qué había tras aquella mirada, así que apartó el rostro y se internó aún más en la laguna hasta colocarse bajo la cascada. Esta le golpeó la cabeza y los hombros, obligándolo a encorvarse y tensar los músculos, y allí se entretuvo largo tiempo. Cuando no pudo resistir más la gelidez del agua, salió de la poza y recogió el paño raído que usaba para secarse.

Se esforzó por no mirar hacia Yumiko con la esperanza de que esta se hubiera dormido.

—Ven —escuchó que lo llamaba—, el agua está fría. Durmamos juntos.

Asaemon levantó la vista y vio cómo Yumiko apartaba las mantas para ofrecerle su lecho. Contempló de nuevo su desnudez, la frondosidad de su sexo, sus pechos jóvenes… Era una mujer hermosa, aunque su carácter descarado y las ropas de montañera no permitieran intuirlo.

El samurái se apartó de la laguna, no para acudir a su llamada, sino para acuclillarse junto a las llamas. Estuvo tentado de sonreír con su cinismo habitual, pero no quiso ofenderla.

—Por la mañana te arrepentirás —dijo, evitando mirarla de nuevo.

—No lo haré.

—Puede que yo lo haga.

—¿Por qué habrías de hacerlo? —insistió ella, renunciando a la formalidad en el trato—. Soy una mujer libre, no tengo compromiso alguno, puedo hacer lo que me plazca, al igual que un samurái.

—No sé por qué quieres pasar la noche conmigo —dijo Asaemon, extendiendo las manos hacia el fuego—. Quizás pienses que así me sentiré íntimamente comprometido, que me implicaré más en la búsqueda de tu hermana. De ser así, estarías ofendiéndome, pues ya he dado mi palabra de que encontraría a esas muchachas, y dudar de ella sería un insulto. —Miró de soslayo a Yumiko, y no halló más gesto en su rostro que el de las sombras agitadas por la hoguera—. O puede que veas en mí un medio para conseguir una vida mejor para tu familia. Si ese es el caso, lamento decirte que mi estipendio no me permite mantener concubina además de esposa. Estaría aprovechándome de ti a cambio de nada. —Devolvió la mirada al fuego—. La otra razón que se me ocurre es que yo te atraiga como hombre... Y, sinceramente, me parecería la peor razón de todas. No se me conoce por hacer felices a las mujeres.

Yumiko volvió a cubrirse con la manta. Asaemon creyó ver lágrimas en sus ojos y rogó a todos los *kami* del cielo por que no fuera así.

—Los samuráis sois seres despreciables —le espetó finalmente la joven—. Os creéis los mejores entre los hombres, pero solo os interesa aquello que podéis tomar por la fuerza. Cuando os lo ofrecen voluntariamente, lo despreciáis como fruta podrida.

Dicho esto, se tendió dándole la espalda.

Asaemon suspiró y sacudió la cabeza. Si pretendía no ofenderla, había fracasado por completo. Se sentó con las piernas cruzadas y contempló el valle nocturno a sus pies.

—Ya te lo he dicho —murmuró para sí—: solo sé hacer infelices a las mujeres.

Desayunaron sin dirigirse una palabra o una mirada. El silencio de Yumiko le clavaba alfileres de culpabilidad, pero ¿qué podría haber hecho él? Tenía esposa y un hijo recién nacido, y estaba seguro de que la muchacha buscaba respuestas, no un amante. Respuestas que él no podría darle.

Rellenaron los tubos de bambú con el agua de la cascada y reemprendieron el camino. Este volvía a discurrir por angostas veredas de difícil pendiente; una ruta que les drenaba las fuerzas y el resuello, lo que no hacía sino empeorar aquel incómodo mutismo.

En cierto punto, Asaemon arrancó dos ramas enhiestas y las limpió con su cuchillo. Le tendió una a Yumiko y las usaron a modo de apoyo, como hacían los peregrinos. Inclinados sobre los improvisados cayados, atravesaron un bosque de arces sobre el que había caído el manto rojo del otoño. Hasta que la arboleda se interrumpió de forma abrupta y, a sus pies, se abrió el gran valle interior en el que se ocultaba el monasterio.

—¡Por fin! —resolló Asaemon mientras oteaba las profundidades en busca de la pagoda semiderruida del Ryūji.

No era visible desde aquella posición, pero sí creyó divisar la ladera por la que habían bajado tres días atrás. Estaban lejos. Aún debían descender al valle interior y atravesar el bosque que cubría la caldera montañosa.

Cansado, se dejó caer al suelo y bebió un largo trago de la cantimplora de bambú. Le pasó el recipiente a Yumiko, que bebió sin siquiera cruzar una mirada con el samurái.

—¿Es que no piensas dirigirme la palabra en todo el día?

Ella le devolvió la cantimplora antes de responder.

—Mi trabajo es guiarle, no darle conversación.

—Tu trabajo es ayudarme a dar con tu hermana.

La joven apartó la mirada y Asaemon lamentó de inmediato el reproche.

—Yumiko, no puedes obligarme a compartir el lecho contigo.

Ella negó con la cabeza, sin mirarlo. Parecía avergonzada.

—Nunca escuché de un hombre que rechazara pasar la noche con una mujer.

—¿Con cuántos hombres has estado para asegurar algo así?

—Con ninguno de la corte. Lamento que mis maneras de aldeana no hayan resultado de su agrado.

Él sonrió sin un ápice de cinismo.

—No creas que en la corte de un daimio las cosas son muy diferentes. —Dio otro trago de agua—. Las damas dicen cosas como «Esta noche el rocío cubrirá mi jardín, quizás el caballero desee visitarlo», pero a lo que se refieren...

—Me imagino a qué se refieren.

Asaemon rio para sí.

—No hago ascos a los juegos de placer, pero no permito que me distraigan de mis obligaciones.

—Había escuchado que algunos samuráis yacen antes de la batalla, incluso entre ellos. No lo consideran una distracción, sino una forma de alentar su virilidad.

—Algunos lo hacen. También hay maestros que yacen con sus discípulos y aseguran que así se alcanza un mayor entendimiento mutuo. «Que el maestro sea aguja y el discípulo sea hilo». —Selló el tubo de bambú y se puso en pie—. Yo creo que son excusas para entregarse al placer.

—¿Es eso malo? —le preguntó Yumiko—. ¿Acaso la vida es solo sufrimiento como dicen los bonzos?

—¿Te parezco un bonzo? —respondió con sarcasmo—. Además, muchos tonsurados son los mayores devotos del mundo flotante*. No creas que solo hay santidad tras los muros de un monasterio. —Asaemon se sacudió el *hakama* y se cruzó el morral a la espalda—. Vamos, pronto caerá la tarde.

—Antes me ha preguntado con cuántos hombres he estado —dijo Yumiko, desoyendo sus apremios. Bajó la voz antes de proseguir—: Con ninguno. Nunca he deseado estar con un hombre, en realidad. Anoche pensé que quizás podría descubrir el porqué.

Asaemon sopesó sus palabras antes de responder.

—No puedes obligarte a sentir algo que no sientes. Mi esposa y yo lo hemos comprendido con el paso del tiempo. Cuando lo asumes, puedes aprender a vivir la vida que te ha tocado... O puedes buscar tu propio camino al margen del mundo.

---

* El mundo flotante (浮世, leído «ukiyo») es la manera elusiva de referirse a la vida bohemia y hedonista. A menudo era un simple eufemismo para referirse al mundo de la noche y la prostitución.

—No pienso recluirme como una *miko,* si es a lo que se refiere.

—Tienes razón, serías una pésima *miko* —dijo el samurái con buen humor—. En cambio, eres una buena cazadora. Podrás valerte por ti misma, y podrás alimentar a quien comparta el lecho contigo.

Dando por zanjado el asunto, Asaemon se internó en la vereda que conducía ladera abajo.

Cuando los primeros cedros comenzaron a salpicar el pinar, Yumiko anunció que el bosque sagrado no debía de estar muy lejos.

Asaemon levantó la vista hacia un cielo de ramas entrelazadas: el sol comenzaba a declinar, la noche los alcanzaría en pleno bosque. Bajó la vista y contempló a su guía, que avanzaba incansable. La muchacha estaba de mejor humor después de la conversación de esa tarde; parecía que los espíritus de aquel lugar le habían ayudado a elegir las palabras adecuadas. Aun así, con el paso de las horas y la proximidad del monasterio, había comenzado a mostrarse más inquieta. Él quizás lo disimulara mejor, pero también estaba preocupado por lo que hubieran de encontrar entre aquellos muros.

—Es extraño —comentó de repente Yumiko—, hace rato que los pájaros no cantan.

Asaemon se detuvo y las hojas dejaron de crujir bajo sus pies. Era cierto, ¿cómo no había reparado antes en ello?

—Para.

Yumiko obedeció y el silencio se hizo aún más evidente. No solo los pájaros callaban, tampoco se escuchaba a los monos en la distancia, ni a los roedores saltar entre la maleza. Solo el viento entre las hojas y su propia respiración. Asaemon giró sobre sí mismo, sospechando de una emboscada, pero no halló sombras en la espesura ni hojarasca revuelta en el camino, ni escuchó el canto fingido de un pájaro alertando de que se habían detenido.

Buscó entonces en el cielo, hasta que divisó al halcón que los sobrevolaba desde las alturas. Le hizo un gesto a Yumiko para que saliera del camino, y ambos apoyaron la espalda contra el tronco blanco de un cedro.

—¿Qué sucede? Es un simple halcón, no va a atacarnos.

—Es un halcón amaestrado —dijo Asaemon—, está marcando nuestra posición. Puede que lleve haciéndolo toda la tarde.

La muchacha levantó la cabeza para buscarlo entre las copas de los árboles. Cuando el vuelo circular de la rapaz volvió a colocarla a la vista, dio un paso al frente y empuñó el arco.

—Espera. —Asaemon la retuvo por el hombro.

—Puedo abatirlo.

—Está demasiado alto. Si nos mantenemos ocultos el suficiente tiempo, acabará alejándose.

Yumiko retrocedió, pero dejó la flecha sobre la guita, la punta orientada hacia el suelo.

—No parece que se aleje —observó al cabo de un rato—. Al contrario, está volando más bajo. Sabe que estamos entre estos árboles.

—Debes aprender a ser paciente.

—Estamos perdiendo el tiempo —zanjó la muchacha, y salió de su escondite en cuanto volvió a tener el ave a tiro.

Avanzó hasta el centro de la senda, alzó el arco al tiempo que tensaba, y contuvo la respiración mientras se habituaba al vuelo del halcón. Liberó la flecha justo cuando parecía que comenzaba a remontar hacia el cielo.

El proyectil voló fugaz, sin apenas parábola, hasta alcanzar a la rapaz cuando maniobraba para evadirse. El pájaro aleteó mientras caía, su elegancia deshecha entre plumas y espasmos.

—Le dije que podía abatirlo.

—Has tenido suerte.

—Eso suelen decir los que tienen mala puntería —respondió la muchacha con insidia, colgándose el arco al hombro.

—El mejor arquero no es el que tiene más puntería, sino el que nunca desperdicia una flecha —dijo Asaemon mientras retomaba la marcha—. ¿Eso no te lo enseñaron?

—¿Desperdiciar? —preguntó Yumiko, echando a andar tras él—. He cazado un halcón a la primera.

—No lo has cazado. Ha caído en el bosque, donde no podrás encontrarlo. Así que has desperdiciado una flecha.

—Dijo que estaba señalando nuestra posición.

—Lo hacía. Y tu proeza no ha hecho sino confirmarla.

—Vaya, verdaderamente le ha fastidiado que haya acertado ese tiro —se burló ella.

—¿Eso crees? Estás hablando con alguien capaz de descolgar una campana de un solo flechazo, mocosa.

—Ese no es el camino —lo interrumpió Yumiko—, es por aquí.

Señaló una vereda angosta, poco más que una hendidura en la foresta que se separaba del sendero.

—¿Estás segura?

La joven se internó entre los árboles y barrió el suelo con los pies, hasta dejar al descubierto un escalón sepultado bajo el mantillo de hojas rojas. Asaemon suspiró, cansado de que el camino más agreste e inclinado fuera siempre el que debían tomar.

Anocheció mientras cruzaban la espesura, buscando una y otra vez los peldaños semienterrados que les indicaban que no se habían extraviado. La serpenteante subida desembocó en la escalinata que precedía al monasterio.

Asaemon miró hacia abajo, hacia los largos escalones que se perdían en la negrura del bosque. Después se volvió para encarar el pórtico que daba acceso a las ruinas.

—Al menos, esta vez no llueve —masculló el samurái.

—¿Cree que ese monje envió al halcón? —preguntó Yumiko, sin apartar la vista de los altos muros.

—De ser así, no se trataría de un simple bonzo. Son argucias propias de *yamabushi*[*].

Comenzaron a subir los escalones. Se encontraban agotados, pero la incertidumbre los mantenía despiertos. Sobre sus cabezas, las nubes velaban luna y estrellas, arrojando un manto de oscuridad sobre el mundo.

—¿Qué nos aguarda ahí dentro? —preguntó la muchacha con voz queda.

---

[*] *Yamabushi:* se puede traducir como «guerrero de la montaña» o «el que se postra en la montaña». Se llamaba así a los monjes ascetas que se recluían en zonas aisladas y de difícil acceso. Pertenecían a sectas practicantes del budismo esotérico, y consideraban el aislamiento y las privaciones una vía para alcanzar la iluminación. Al vivir retirados del mundo y envueltos de un gran misterio, la imaginación popular les atribuyó poderes místicos y extrañas técnicas de lucha.

—¿Acaso importa? Todos los pasos que hemos dado nos conducen aquí, ya veremos para qué.

Impelidos por la sensación de confrontar lo inevitable, se adentraron bajo la arcada custodiada por dos demonios guardianes. Las enormes tallas, que flanqueaban el gran vano techado, aparecían consumidas por el tiempo y la carcoma; aun así, sus formas resultaban imponentes en la penumbra. Como en la ocasión anterior, las pesadas hojas estaban abiertas de par en par, pero esta vez había sendas antorchas prendidas junto a la entrada.

Se detuvieron allí donde comenzaba el pavimento de tierra prensada, enmarcados en el círculo de luz que arrojaban las llamas. Frente a ellos se abría un mar de tinieblas insondables.

—No me gusta —susurró Yumiko.

Asaemon asintió. Conocía bien el ardid: colocas a alguien junto a la luz e impides que sus ojos se adapten a la oscuridad que lo rodea.

—No ofrezcas un blanco fácil —le indicó Asaemon mientras se aproximaba lentamente a la pesada hoja de su izquierda.

Apoyó la espalda contra el canto de madera y entornó el portón lentamente, sin dejar de otear la noche. Pese al resplandor que los rodeaba, sus ojos comenzaron a distinguir las formas ruinosas del monasterio.

—Así que habéis regresado al Ryūji —los saludó una voz desde la oscuridad.

Una lámpara se prendió y, frente a ellos, a no menos de siete *ken* de distancia, emergió la figura del abad Daizembo. Se apoyaba en un báculo anillado del que colgaba la linterna que ahora le iluminaba el rostro. Sus ropajes se diluían en la oscuridad circundante dotándolo de un aspecto lúgubre, como uno de esos aparecidos que regresan las noches de luna brumosa.

—Entiendo que si estáis de nuevo en mi templo, es porque aún no habéis encontrado a esas que buscáis.

Por la altura a la que se hallaba, Asaemon dedujo que les hablaba desde la tarima que daba acceso a la ermita. Antes de responder miró de reojo a Yumiko, y le tranquilizó comprobar que su joven guía no se centraba en el abad, sino en la negrura que los rodeaba. «Eso es, muchacha, ese viejo bonzo solo es la distracción, no la amenaza».

—Tiene razón, las niñas siguen perdidas —respondió el samurái—. Y parece que aquellos que salen en su busca encuentran antes la muerte. Como los tres cazadores que aparecieron junto al río.

—Lamento la pérdida de esos hombres. —El abad adelantó la mano libre y musitó unos versos del sutra de la Vida Infinita—. Ruego por que Amida los ilumine en su misericordia y los guíe en el camino hacia la Tierra Pura.

—Precisamente, uno de ellos guardaba un *hotoke* de madera de cedro. Como esos que usted talla en busca de la iluminación.

El monje abandonó el gesto piadoso, molesto por la insinuación que encerraban las palabras del samurái.

—Hace tiempo que no salgo de esta montaña, pero diría que se pueden encontrar budas de madera por todo el país.

—El sarcasmo es impropio de un hombre que se guía por las cuatro nobles verdades, Daizembo-sensei —respondió Asaemon—. Además, este buda en concreto ocultaba el nombre de una mujer escrito en un papel. Se me ocurre que la mejor forma de saber si procedía del Ryūji, es comprobar si las tallas que atestan el santuario también ocultan algo en su interior. —Asaemon se inclinó con solemnidad—. Se lo ruego por el bien de esas niñas.

—¡Basta! —exclamó el abad—. Arroja insidias sobre un lugar santo y ahora pretende profanar las tallas consagradas a Amida Buda. ¡Fuera de aquí!

—No puedes echarnos, bonzo —dijo Asaemon, perdiendo la paciencia—. Este lugar fue abandonado por la secta que lo construyó, eres abad de unas ruinas sobre las que no tienes potestad alguna. —Y apoyando la mano en la empuñadura de la *katana*, añadió—: Así que apártate, o estarás interfiriendo en una investigación oficial del clan Sugawara.

Daizembo alzó el mentón con gesto soberbio, y sus facciones angulosas se agitaron a la luz de la lámpara.

—Eres un necio si crees que el blasón Sugawara te inviste de autoridad aquí, samurái. —Y golpeó el suelo de madera con la punta del báculo.

Los anillos se sacudieron y su tintineo llenó la noche. Oculto bajo el reverbero metálico, un tañido. Seco, vibrante. «La cuerda de un arco», comprendió Asaemon, que flexionó las piernas, inclinó la vaina del sable y se orientó hacia el lugar de donde procedía el sonido.

Al instante, una punta acerada surgió de la oscuridad. Apenas pudo distinguirla en su vertiginosa parábola, pero reaccionó a tiempo de desenvainar. El filo alcanzó al proyectil en pleno vuelo y a sus pies cayó una flecha astillada, tintada de negro desde la pluma hasta la punta.

—¡Corre! —le dijo a Yumiko, pero esta ya se había puesto en pie con una saeta entre los dedos.

Antes de que Asaemon llegara hasta ella, la cazadora tiró contra la oscuridad, hacia la posición desde la que había llegado la flecha negra. Sin detenerse, su mano batió de la aljaba a la cuerda, y aún tuvo tiempo de volver a lanzar antes de que el samurái la agarrara por la muñeca.

La segunda flecha voló hacia Daizembo, le susurró una promesa de muerte al oído y se clavó a su espalda. El bonzo, asustado, estrelló su linterna contra el suelo y quedó de inmediato al amparo de las sombras. A continuación, se escuchó cómo golpeaba dos veces con el cayado, y decenas de cuerdas tañeron en respuesta.

«¿Cuántos? —se preguntó Asaemon, al tiempo que tiraba de Yumiko—. ¡No es posible que sean tantos!», y se abalanzó tras el portón que había tenido la prudencia de entornar.

Protegió a la muchacha con su cuerpo mientras una lluvia de flechas tableteaba contra la hoja de madera. ¿Dieciséis?, ¿dieciocho?, ¿más de veinte...? Cuando el aguacero cesó, rugió a su compañera:

—Cuando te digo que corras, ¡corre!

Y volvió a tirar de ella hasta ponerla en pie. Salieron de su parapeto y se apresuraron por las escalinatas, hacia el bosque en tinieblas que debía servirles de resguardo.

A su espalda los arcos volvieron a entonar su canto monocorde; al instante, flechas prendidas en llamas volaron sobre sus cabezas. La lluvia repicó contra los peldaños de piedra y se enredó en las copas de los árboles, salpicando de ascuas el ramaje. La humedad del otoño impediría un incendio, pero aunque el fuego no prendiera, era suficiente para iluminar la pendiente y dejarlos expuestos a sus perseguidores.

—¡Hay que abandonar el camino! ¡Vayamos campo a través!

—¡No! —gritó Yumiko sin dejar de correr—. ¡Nos despeñaremos en la oscuridad! Debemos llegar al nivel del valle.

Decidió que la muchacha tenía razón, así que se puso en manos de una Yumiko que volaba escalones abajo, imprimiendo un ritmo a la huida que al samurái le costaba mantener.

Una segunda andanada iluminó el firmamento, pero la mayoría de las flechas cayeron a sus espaldas. Fue al mirar atrás cuando se percataron de que habían soltado perros para darles caza. «No ladran ni aúllan», se dijo Asaemon, ¿cómo era posible?

Los animales saltaban entre las llamas esparcidas por la escalera; detrás se escuchaban las voces de sus amos azuzando a la jauría, y algo más... «¿Cascos de caballos?». Era como si las puertas del infierno se hubieran abierto para vomitar a sus huestes. ¿Cómo no se había percatado de la presencia de tantos hombres y bestias en el monasterio?, se preguntaba en el desenfreno de la huida, ¿cómo podían haberse ocultado a la vista de todos durante tanto tiempo?

Y entonces lo comprendió: bajo tierra. Los muros y edificios derruidos no eran más que el biombo colocado ante el ojo inoportuno; el verdadero bastión se hallaba en las entrañas de la colina que ahora descendían a la carrera.

—¡Falta poco! —gritó Yumiko con el poco resuello que le quedaba.

Los perros estaban cerca, ya podían escuchar sus patas raspando contra la piedra. Asaemon volvió a mirar atrás y vislumbró a los dos jinetes: descendían al paso, pero en cuanto pisaran suelo firme, se lanzarían al galope y los alcanzarían en un instante. Si es que los perros no les habían arrancado antes el cuello.

«Así que esto es lo que se siente cuando te dan caza», pensó Asaemon, justo antes de que sus pies tocaran la tierra del camino. Continuó corriendo a la zaga de Yumiko, el pecho constreñido por el esfuerzo. Tenían a aquellas bestias encima —¿por qué no ladraban?—, los alcanzarían antes de que pudieran cruzar el claro que se intuía más adelante.

—¡Debemos salir del camino! —gritó cuando fue capaz de reunir aliento.

Pero sabía que estaban condenados. Quizás pudieran despistar a los jinetes campo a través, pero nunca a una jauría.

La oscuridad aflojó su mortaja y Asaemon levantó la vista hacia el incipiente claro de luna. Si el cielo se abría, quizás tuviera luz suficiente para adentrarse en la espesura y confrontar a los perros espada en mano. Pero al mirar de nuevo al frente, vio cómo Yumiko frenaba bruscamente, trastabillaba y caía de rodillas. ¿Había tropezado? Ya no importaba. Asaemon desenvainó la *katana* y giró en redondo para enfrentarse a las fauces que los perseguían, solo para hallar que los perros también refrenaban su carrera.

Clavaban las zarpas en el suelo y resbalaban amontonándose unos sobre otros, desesperados por no seguir adelante, como si ante ellos se hubiera abierto un abismo por el que temieran precipitarse. Para asombro del guerrero, los animales se desbandaron cuando le tenían a pocas zancadas, gachas las orejas y sumisa la actitud.

No era momento de desentrañar misterios, pues los jinetes ya cubrían el último tramo de escaleras y se disponían a abalanzarse sobre ellos. Asaemon recogió el arco de Yumiko, que permanecía de rodillas, incomprensiblemente ajena a la situación. Montó una flecha y tensó. Se obligó a controlar la respiración. Aquel tiro era más importante que el que falló en el Izumo Taisha. Si lograba abatir al primer jinete, tendría una oportunidad de esquivar la embestida del segundo… Pero todo dependía de aquella flecha, no tendría otra.

Aguardó con el arco en tensión, la pluma contra la mejilla, y el tiempo pareció coagularse cuando el caballo pisó el camino. Pudo percibir cómo se tensaban los músculos al arrancar la cabalgada, cómo los cascos levantaban la tierra húmeda, cómo el jinete desenvainaba su sable… Exhaló largamente, pero antes de poder liberar la saeta, algo atravesó de lado a lado el cuello de aquel hombre, con tal violencia que estuvo a punto de arrancarle la cabeza de los hombros. El cuerpo se descolgó lentamente hasta desplomarse desde la montura.

Asaemon bajó el arco, atónito. ¿Qué había sucedido? La misma estupefacción parecía embargar al otro jinete, que trataba de refrenar su carrera. Fue en ese instante cuando una flecha larga y pesada, como las usadas para disparar desde las aspilleras, le alcanzó en el pecho. Tan brutal fue el impacto que lo descabalgó al paso.

Asaemon giró sobre sí para buscar al misterioso arquero, y entonces lo vio. Vio lo que Yumiko había visto antes que él, lo que había espantado a los perros. Alzado sobre dos patas, cubierto por una piel de escamas tan rojas como la sangre de sus presas, se erguía una criatura de gran altura. Sus facciones eran animalescas, exhalaba un aliento de cenizas y lo coronaban cien puntas de asta. En su mano sujetaba un arco más alto que un hombre.

—Shika no Kōbe —murmuró Yumiko.

«Shika no Kōbe —repitió Asaemon, estupefacta la mirada, incapaz de apartarla de aquel ser que se movía entre la niebla—. El demonio con cabeza de ciervo».

14
No queda hogar al que regresar

Ryō salió de la choza y el relente de la madrugada le empapó la piel. Cerró la puerta con cuidado, como si no quisiera romper la quietud del alba, y se tomó un instante para contemplar la laguna donde chapoteaban las carpas. En las aguas se reflejaba ya el primer arrebol de las nubes, pero ni siquiera la inminencia del nuevo día era capaz de expulsar a los fantasmas que habían anidado en su pecho. Exhaló una gélida vaharada y se puso en camino.

Regresaba a Izumo, la tierra de sus antepasados, su único hogar, pero allí solo le aguardaban enemigos y añoranzas. La certeza de que no habría reencuentros lastraba cada uno de sus pasos, ni siquiera hallaría tumbas sobre las que llorar. El único refugio que le quedaba era el abrazo de Nanami, un anhelo que lo impulsaba durante el día y lo atormentaba al caer la noche. ¿No debería estar llorando la pérdida de sus padres? ¿Qué clase de hijo prefiere refugiarse en los brazos de una amante antes que en el llanto?

Lo cierto es que era incapaz de concebir el exterminio de su casa. Cómo hacerlo cuando no había visto sus cuerpos exánimes ni celebrado funerales en su honor. Solo tenía las funestas noticias que arrastraba el viento.

Viajó con la única compañía de aquellos pensamientos tormentosos. Fue al alcanzar la ondulada llanura de Shobara, bien entrada la mañana, cuando debió compartir la senda con mercaderes, labriegos y peregrinos. Todos lo saludaban con respeto pero sin excesiva reverencia —al fin y al cabo, era un *rōnin* sin blasón alguno—, pero Ryō no devolvía la cortesía. Su mirada se perdía en los campos de té que anegaban la llanura hasta romper contra las lejanas laderas boscosas. De tanto en tanto, una ráfaga de viento barría las plantaciones y despertaba los aromas de aquel mar glauco.

Mientras avanzaba entre lomas de suaves formas, Ryō observaba a las cultivadoras que, aquí y allá, se inclinaban entre las plantas. Campesinos o viajeros, todos se entregaban al día a día como si nada hubiera sucedido, ajenos a la desgracia del clan Ikeda. Aquello le provocó una rabia fugaz que amainó pronto, dejando solo un poso de resignación y tristeza.

Kenzaburō Arima parecía creer que la caída de su señor suponía la ruptura de un orden natural: los ríos se secarían, la primavera no regresaría y la gente de Izumo lloraría a Ikeda-sama durante cuarenta y nueve generaciones. Pero Ryō sabía bien que el mundo de los samuráis no era el de los campesinos. Ikeda o Sugawara, ¿qué diferencia había para los habitantes de Izumo? A los campesinos solo les preocupaba reunir el diezmo cada cosecha, no a quién debían pagárselo.

Cerró los ojos y caminó a ciegas, intentando ahuyentar aquel cinismo que le oscurecía la mirada. ¿De verdad al pueblo le era indiferente quién lo gobernara? ¿Acaso no había presenciado la crueldad de los Sugawara junto al lago Sakuraorochi o en la barcaza de Azumayama? Eran mezquinos y despiadados, cierto, pero ¿no lo serían también los samuráis de Akiyama Ikeda al ocupar el territorio de su eterno enemigo?

Abrió los ojos e inspiró con fuerza. Puede que también hubiera hombres así entre las filas del clan Ikeda, pero no mostrarían tan abiertamente su crueldad. De hacerlo, el general Arima los descabezaría en el acto.

El dominio de Izumo ocupaba la llanura entre los ríos Hii y Kando: una amplia extensión de fértiles cultivos y profundas arboledas bendecidas por los *kodama*. Recorrer los parajes que le eran tan familiares le aligeró el corazón. Quizás no todo fuera malo en su regreso, ¿acaso no permanecía cada árbol, cada riachuelo y cada peñasco en el mismo sitio que antes? ¿No seguían allí las aldeas y las gentes de Izumo? Puede que aún hubiera tiempo para la esperanza.

Pero aquella fabulación se deshizo al cruzarse con la primera patrulla Sugawara. Atravesaba una senda a la umbría de un robledal cuando se topó con la columna de samuráis: marchaban con el mentón alto y actitud marcial, y cuantos se hallaban en su camino se apresuraban a hacerse a un lado e inclinarse al paso de los guerreros.

Ryō también se apartó, pero se resistía a ofrecer la cerviz a los invasores. En su lugar, la zurda sujetó de forma inconsciente la vaina del sable. Aquel gesto hostil, temerario dadas las circunstancias, no pasó desapercibido al oficial a caballo que encabezaba el grupo. Este rezagó a su montura y clavó la mirada en el *rōnin,* convencido de que sería suficiente para apocar su arrogancia; se encontró, sin embargo, con un rictus carente del menor respeto. Ambos se sostuvieron la mirada, y solo cuando el oficial colocó el pulgar bajo la guarda, accedió el *rōnin* a inclinar la cabeza. Lo hizo lentamente, como si una mano le aferrara por la nuca. El desafío había sido llevado más allá de lo prudente, pero el oficial miró de reojo al regimiento que se alejaba y quiso dar el asunto por zanjado.

Ryō mantuvo la reverencia hasta escuchar cómo el resto de los viajeros reanudaban la marcha. Alzó la vista cuando la patrulla desaparecía tras un recodo. Lejos de sentirse aliviado, regresó a la senda con ánimo lúgubre. Estaba allí para cumplir con la misión que le había encomendado su general, no para morir en un camino apartado, víctima de su propia impertinencia.

Caía la tarde cuando por fin divisó en la distancia el castillo de Izumo, encaramado sobre el monte Hamayama. La fortaleza de los Ikeda dominaba el extenso valle ribereño, con sus torres y pabellones recortados contra la inmensa cordillera que albergaba el santuario Izumo Taisha. Alrededor de sus murallas se concentraba un puñado de villas, templos y latifundios que habían ido aglutinándose hasta conformar una urbe populosa.

Ryō la conocía bien: era capaz de recorrer sus barrios y vadear sus canales con los ojos cerrados, y su experiencia le decía que la entrada más discreta era por el puente de Gokuraku. Este cruzaba el río Kando por la parte más meridional de la ciudad y daba acceso al barrio del placer, donde aquellos que regentaban los prostíbulos y las casas de apuestas se encargaban de mantener el orden sin injerencia de los samuráis.

Sin embargo, al llegar a dicho acceso, descubrió un puesto de control que vedaba el paso. Los viajeros se agolpaban frente a la gran puerta y la fila se extendía más de tres *cho* hasta ocupar el propio puente. Intentar eludir el control hubiera sido en vano, pues la situación sería la misma en cada entrada a la ciudad. Así que se armó de paciencia e intentó convencerse de que le permitirían pasar. Era, al fin y al cabo, un vagabundo en busca de fortuna, como tantos otros.

Comenzaba a anochecer cuando por fin llegó al puesto de los centinelas. Pocos quedaban ya guardando fila a su espalda, pues según había escuchado durante la larga espera, los Sugawara habían decretado el cierre de la ciudad concluida la hora del perro.

El oficial al frente de la guardia era un samurái anciano de pelo ralo, boca dentuda y expresión hastiada. Se sentaba en una silla de tijera y, frente a él, se había dispuesto una mesa estrecha de la que colgaba un rollo de papel anotado con trazos apretados. Cuatro hombres armados con lanzas respaldaban su autoridad.

—¿Oficio? —preguntó el samurái sin despegar la vista del papel.

—No he venido a vender cerámicas.

El anciano alzó los ojos y contempló al hombre que se plantaba ante él.

—Otro *rōnin* —mascculló con desdén, y fue eso lo que su pincel garabateó—. Nombre y razón de tu llegada a Izumo.

—Soy Hachiro Kazurayama, vengo de Toda. Allí escuché que los Sugawara buscan guerreros para asegurar los caminos y apaciguar posibles revueltas.

—Muéstrame la hoja de tu sable.

Desenvainó un palmo y el oficial se incorporó para estudiar el filo. Después anotó que, a la hora del perro, un *rōnin* llamado Hachiro Kazurayama, armado con *daishō,* había accedido a la ciudad por la puerta de Gokuraku.

—Traed el *sashimono*[*].

Uno de los guardias arrojó a los pies de Ryō un trapo desgarrado. Logró distinguir entre la suciedad el blasón del clan Ikeda.

—Písalo —le ordenó el oficial.

Ryō contempló la enseña ovillada sobre el barro, más trapo que estandarte.

—¿Por qué habría de hacerlo? —preguntó.

—Si quieres entrar, písalo.

—No tengo por qué. En nada me incumben las cuitas entre clanes samuráis.

—Dices ser un perro sin amo, pero bien podrías ser un samurái de los Ikeda que vuelve a husmear. —El viejo le señaló con el pincel empapado en tinta—. Si realmente eres un *rōnin,* no deberías tener problemas en orinar sobre este blasón de ser necesario. —Sus labios descubrieron una sonrisa torcida—. Así que písalo.

Ryō alzó la vista hacia las aspilleras abiertas en la parte alta de la empalizada, preguntándose si habría arqueros al otro lado. Después estudió a los cuatro lanceros frente a él. No había forma de abrirse paso; tampoco podía retirarse, pues sería como corroborar toda sospecha sobre sus intenciones.

Volvió a contemplar el *sashimono* a sus pies. La elección era simple: desenvainar para morir o cargar con aquella deshonra el resto de su vida, una herida que jamás dejaría de rezumar. ¿Qué habría hecho su padre? ¿Qué haría el general Arima?

—¿Por qué dudas, *rōnin?*

Una mueca contrajo el rostro de Ryō, la sonrisa de quien se sabe atrapado en un callejón sin salida. Percibió claramente cómo los guardias aprestaban sus lanzas, listos para atravesarlo. Lo que hubieran hecho su padre o Kenzaburō Arima poco importaba, era él a quien el karma había conducido hasta aquella encrucijada.

En ese instante comprendió que jamás conocería la gloria de la batalla, que su nombre no figuraría en crónica alguna. Su guerra

---

[*] *Sashimono:* bandera alargada que lucía el blasón familiar de un ejército. Eran utilizadas en el campo de batalla para identificar a las tropas, y los soldados solían llevarlas sujetas a la espalda.

sería la del olvido y la ignominia, la de aquellos que sirven desde las sombras, capaces de renunciar a su misma humanidad para cumplir con su deber.

Aceptando aquella verdad, alzó el pie y apoyó la suela embarrada sobre el blasón del clan Ikeda.

Deambuló por las calles con la mirada ausente, ajeno a las voces que lo llamaban desde las terrazas, a la desnudez sugerida tras los paneles, a las carantoñas y susurros de las mujeres que le salían al paso. De ser un auténtico samurái, se decía, habría pagado alojamiento, se habría encerrado a solas para escribir su *jisei*[*] y se habría abierto el vientre. Pero ya no era un samurái, pese a que aún debía un último servicio a su señor.

Más allá del distrito del placer, la ciudad se mostraba temerosa, tímida ante la presencia de un nuevo amo. Avenidas que otrora eran bulliciosas, más vivas incluso al caer la noche, eran transitadas solo por los gatos callejeros y las patrullas carmesí. Ryō caminaba con mirada torva, la mano descansando sobre la empuñadura, casi como si deseara un encontronazo. Nadie quiso complacerlo, pues llegó al barrio de los toneleros sin ningún percance.

Preguntó por el taller de Kojirō a un borracho que vagaba sin rumbo, y el hombre alcanzó a balbucearle unas indicaciones. Las siguió con escasa fe, perdiéndose entre callejas de olor a serrín y faroles apagados. Alcanzó finalmente un camino despoblado en la linde del distrito; había unos cuantos talleres flanqueando la vía, casi todos con una vivienda anexa donde debía de residir el artesano con su familia.

Fue leyendo los nombres claveteados junto a las puertas, hasta que encontró un cartel que rezaba: «Kojirō, carpintero y tonelero». Se aproximó, sorprendido de que el borracho hubiera atinado con la dirección, y comprobó que un leve resplandor se filtraba entre

[*] *Jisei:* poema de despedida escrito justo antes de la muerte de su autor. Esta forma de expresión poética tiene su origen en la corte imperial japonesa, aunque sería la casta samurái la que la cultivaría con más asiduidad.

los resquicios de la madera. También se escuchaba cierto trasiego en el interior, como si alguien trabajara hasta tarde. Apoyó la mano en el *fusuma*[*] y echó un último vistazo a la calle en penumbras. Finalmente, descorrió la puerta y pasó al interior.

Solo le saludó el olor a madera de cedro. Kojirō permanecía sentado en el centro del taller, abstraído en su labor. Una lámpara de aceite le iluminaba el rostro y proyectaba sombras a su alrededor; vestía ropas holgadas, con pantalones que le cubrían media pantorrilla y una chaqueta que le dejaba los brazos al descubierto. Su piel era correosa como el cuero viejo, pero por debajo se contraían músculos aún impetuosos. Trabajaba el bambú doblegando su forma, entrelazando sus hebras para trenzar un gran anillo de caña.

Ryō cerró la puerta a su espalda y guardó silencio, sin querer interrumpir el trabajo de aquel hombre. El artesano elegía con precisión las hebras de las que tirar y cuáles aflojar, conformando un anillo cada vez más compacto y cerrado. Cuando lo dio por completado, se puso en pie, recogió un mazo y colocó el aro alrededor de unas tablas de madera a medio ensamblar. Estas apenas adoptaban la forma deslavazada de un tonel, pero cuando las ciñó con el anillo recién trenzado, la estructura comenzó a cobrar sentido.

Se sirvió del mazo para ir bajando la corona de bambú alrededor de los tablones; asestaba golpes medidos y precisos, decidiendo dónde debía ejercer la presión para que los listones fueran encajando hasta no quedar intersticio entre ellos.

Cuando el anillo no pudo bajar más, el hombre se enderezó y observó el tonel que iba ganando forma. Se secó la frente, satisfecho, y por fin se dirigió al extraño que había entrado en su taller:

—Gracias por su paciencia.

—No he querido interrumpir a un artesano entregado a su oficio.

Kojirō se acuclilló junto a su obra y estudió la unión de los tablones.

---

[*] *Fusuma:* panel deslizante de madera (u otro material opaco) que servía como puerta o separador de ambientes. Su función era similar a la de los *shōji,* aunque estos últimos eran de factura más refinada y solían reservarse para zonas nobles.

—Esta barrica se usará para fermentar salsa de soja. Es importante que no quede separación entre la madera, así que aún deberé trenzar dos anillos más para encajar bien la estructura.

—Nunca había presenciado la fabricación de un tonel. No creí que fuera tan complejo.

El artesano se puso en pie y sonrió.

—Fabricar un tonel es relativamente sencillo, la mayoría cumplen su labor durante unos años antes de tener las primeras fugas. Construir un tonel perfecto, sin embargo, requiere dedicación. La madera debe elegirse con cuidado, se debe cepillar de forma que los tablones ensamblen sin fisuras; la caña de bambú debe deshilacharse cuando aún está verde y trenzarse cuando comienza a secarse, justo antes de que pierda su flexibilidad... A la larga, es una batalla contra el calor y el frío, que hace que las junturas se separen y la estructura se torne quebradiza.

Ryō asintió. Hasta el más sencillo de los oficios podía ocultar un sinfín de sutilezas.

—Debe de ser un buen tonelero —observó el samurái—, cobrará caro cada encargo.

—Los cobro como cualquier otro artesano del barrio. —Recogió la lámpara del suelo y se aproximó a Ryō—. Si le soy sincero, dudo que mis clientes aprecien mi trabajo. Podría decirse, incluso, que construir toneles duraderos va contra mis intereses.

—¿Por qué tanto empeño, entonces?

—Porque una vida dedicada a fabricar toneles es una vida mediocre. —El hombre asintió, reafirmándose en una íntima certeza—. Pero una vida consagrada a la búsqueda de la perfección es una que merece la pena vivirse.

Ryō se recreó en el gorgoteo del té caliente, en el aroma humeante que ascendía desde la tisana. Cuando su anfitrión también se hubo servido, el samurái recogió el cuenco y lo elevó brevemente en señal de agradecimiento. La cerámica caliente le resultó reconfortante entre las manos.

—Entiendo que no ha venido a comprar uno de mis toneles —dijo Kojirō, acomodándose sobre la estera de juncos.

Se hallaban en la sala de estar del artesano: un espacio austero, vacío, impregnado del olor a madera y barnices que llegaba desde el taller.

—Alguien me dijo que buscara a Kojirō, del barrio de los toneleros. Que él podría ayudarme.

—¿Ayudarle a qué?

Ryō dio el primer sorbo al té; en su lengua se mezclaron el amargor de la infusión y la cautela de su respuesta.

—A entrar en el castillo.

Kojirō también se llevó el cuenco a los labios. Antes de beber, examinó a su invitado a través del vapor de la infusión.

—¿Quién le ha hablado de mí?

—El general Arima.

—Kenzaburō Arima está muerto, cayó durante la toma del castillo.

Ryō guardó silencio, cauto. No quería exponer a su general, pero había sido el propio Arima quien le había dicho que podía confiar en aquel hombre.

—Eso es lo que quieren hacer creer los Sugawara. Pero sigue con vida.

—Un samurái como Arima no permanecería en este mundo tras la muerte de su señor. Se habría inmolado en la batalla, o se habría abierto el vientre.

Ryō sostuvo el té sobre su regazo. Tardó en responder.

—Sin duda, así sería de haber perdido a su señor. Pero Ikeda-sama sigue vivo.

Kojirō frunció el ceño, tratando de comprender aquel sinsentido.

—Seizō Ikeda... —musitó al fin, y una alegría salvaje afloró a sus ojos—. Así que Arima protege al hijo menor.

Ryō ni siquiera se atrevió a asentir.

—Permanecerá aquí, sin salir del taller, hasta la próxima luna nueva. Esa noche le ayudaré a entrar en el castillo de Izumo. Lo que haga una vez dentro ya no es de mi incumbencia.

15
Ofrenda a Kagutsuchi

Nanami caminaba junto a los bueyes, conduciéndolos con una rama de enebro para evitar los lodazales que salpicaban la vereda. Sobre la carreta yacían los cuerpos amortajados de Yashiro y Hashiro Kuroda, tronco y rama quebrados por el mismo rayo. Kanao cerraba la triste marcha: gacha la cabeza, embarrados los bajos del *mofuku*[*], interminable el llanto. Nadie más procesionaba tras los difuntos, tal era el miedo de sus vecinos a recorrer los caminos.

Llegaron al cementerio de Yuno poco después del mediodía. Los monjes leyeron los sutras y se encargaron de alimentar la pila funeraria, que ardió durante todo el día y gran parte de la noche. Al romper el alba, consumidos ya los cuerpos del padre y el hijo, ambas mujeres recogieron las cenizas y los últimos huesecillos en una vasija. Pagaron a los monjes e iniciaron el camino de regreso.

Caía la noche cuando todo estuvo hecho. A solas, sentadas en el salón principal, parecía inconcebible que los dos hombres con los que habían compartido sus vidas ya no estuvieran. Nanami sentía tristeza, sí, pero también un poso de rabia que se esforzaba por no remover. Su padre siempre había albergado un orgullo que ella intuía

[*] *Mofuku:* kimono ceremonial de tonos oscuros, sin ornamentos, utilizado en funerales y conmemoraciones luctuosas.

peligroso, más propio de un samurái que de un herrero, y era ese orgullo lo que le había llevado a inmolarse en un gesto de lealtad que nadie le había demandado. Ni siquiera le había importado arrastrar a su hijo con él, algo que Nanami jamás le perdonaría.

Como si tales pensamientos pudieran adivinarse en sus ojos, rehuyó durante toda la velada la mirada de su madre, entregada por lo demás a un llanto apenas contenido. Las lágrimas no las alimentarían, ni ese día ni los siguientes, así que Nanami se dirigió a la cocina y calentó un caldo al que añadió tofu y encurtidos.

Depositó el cuenco junto a su madre y se sentó frente a ella, a la espera de verla comer.

—Debemos hacer los preparativos para viajar a Iwami —dijo de repente Kanao, alzando un rostro transido por la pena—. Mi hermano se hará cargo de nosotras.

Nanami sostuvo aquella mirada cargada de razones. Sabía lo que dictaba la piedad filial, sin embargo...

—No —respondió.

Su madre separó los labios con intención de reprenderla, pero se descubrió muda.

—No rogaré para que me mantengan. Tampoco abandonaré la forja familiar.

Kanao agachó la cabeza y cerró los ojos, fatigada, sin fuerzas para luchar también contra su hija.

—No hagas esto, no puedo más...

—Nadie le impide marchar, madre. Todos entenderían que lo hiciera.

—¿¡Qué nos queda aquí, Nanami!? Acabaremos mendigando la comida, prostituyéndonos para no morir de hambre.

—Trabajaremos en la forja —respondió su hija, con una fría resolución que la estremeció.

—Una mujer no puede trabajar el acero, lo sabes tan bien como yo.

Nanami la confrontó con una mirada impasible.

—Desde los cinco años he ayudado en el taller, hace tiempo que fabrico cuchillos con Hashiro y padre me confiaba el filo de sus aceros. —Alargó la mano hacia su madre—. Sé que cometeré errores y estos pesarán el doble que los de un hombre, pero me levantaré otras tantas veces. Yo también soy una Kuroda, madre. Mi deber es mantener la forja y alimentar con ella a esta casa.

Nanami colocó en el altar consagrado a Kagutsuchi la vasija que contenía las cenizas. Dio dos palmadas para invocar la atención del *kami*, de su padre y de su hermano. A continuación, se inclinó en profunda reverencia:

—Sé que desaprobáis lo que estoy a punto de hacer, solo espero que mis actos os hagan cambiar de opinión.

Se irguió y se puso manos a la obra.

Llenó de carbón el horno de la fragua y se arrodilló junto al yunque. Prendió el papel *washi* martilleando una lámina de hierro hasta calentarla para luego aplicarla sobre el fino pliego. Cuando las llamas comenzaron a devorar el papel, lo introdujo entre las piedras de carbón y abanicó hasta que las ascuas se inflamaron. La fragua estaba fría, pero Nanami no desesperó. Se había mentalizado para avanzar con pasos lentos.

Le costó que las llamas se alzaran, pero una vez lo hicieron, supo alimentarlas poco a poco para alcanzar la temperatura necesaria. Solo entonces introdujo el acero *tamahagane* en el horno. Había elegido el fragmento más impuro de cuantos guardaba su padre, pues no podía permitirse el lujo de desperdiciar la mena más valiosa. Aun así, el acero no tardó en adquirir el blanco vivo previo al fundido, prueba de que incluso el fragmento más pobre era de calidad.

Lo extrajo con las tenazas y comenzó a martillearlo sobre el yunque. Normalmente su hermano marcaba el primer golpe con el martillo pequeño y ella seguía el ritmo con el grande, pero esta vez tendría que hacerlo sola. El tañido metálico llenó la fragua, obstinado, incesante, y Nanami sentía el mazo un poco más pesado cada vez que lo alzaba sobre su cabeza. El hombro empezó a arderle, tan incandescente como el acero que martilleaba, pero no podía permitir que el bloque se enfriara; debía golpear y golpear hasta haber aplanado la pieza.

A cada descarga la escoria saltaba y el acero se iba depurando, eso era lo único que importaba. El dolor en el hombro y el antebrazo se tornó lacerante, pero Nanami aguantó hasta que hubo conformado una lámina del grosor adecuado. Por fin, apartó el acero del yunque y lo sumergió en agua. Mientras las fumarolas de vapor se elevaban del balde, Nanami se encogió con un gemido. Tenía entumecido el brazo que sujetaba el martillo, pero aún quedaba trabajo por delante.

Extrajo del agua el metal endurecido y lo quebró sobre el yunque. Amontonó cuidadosamente las pequeñas piezas laminadas y las envolvió con papel de arroz. Cubrió el pesado paquete con paja y cenizas para compactarlo, y derramó por encima un cucharón de lodo aguado. No sabía el porqué de cada paso que daba, pero los había presenciado en innumerables ocasiones y ella los repetía con pulcritud ceremonial. Antes de que la arcilla se secara, introdujo en la fragua el acero envuelto, como una ofrenda a Kagutsuchi.

El fuego devoró la envoltura y compactó las láminas de metal quebrado; al cabo, estas volvieron al yunque para ser martilleadas, y de nuevo a la fragua y de nuevo al yunque, dando forma a un lingote de acero cada vez más puro y homogéneo, cada vez menos quebradizo. Un proceso largo y laborioso que Nanami conocía bien, no muy distinto en sus primeros pasos al forjado de un acero samurái.

Trabajó hasta el anochecer en aquella primera hoja. Cuando extinguió la fragua, aún repicaban las descargas del martillo en sus oídos, aún las sentía en las muñecas y en los hombros. Tenía las ampollas de las manos cubiertas de hollín y el cabello apelmazado. Había trabajado tan abstraída que ni siquiera sabía si su madre había consentido en visitarla. Quizás lo hubiera hecho y ella no se había percatado de su presencia.

Exhausta, apagó los faroles que daban luz al taller y salió al jardín. Cerró los ojos cuando el aire nocturno le enfrió la piel y le enjugó el sudor. Al abrirlos, reparó en el reverbero que escapaba de la sala de baño. Se aproximó a la caseta y comprobó que las brasas alimentaban la caldera bajo la estructura. Descorrió la puerta y encontró a su madre arrodillada junto al *ofuro**, removiendo el agua limpia para comprobar la temperatura. Levantó la vista hacia ella:

---

* *Ofuro:* bañera tradicional de madera, similar a un barreño alto, destinada al aseo diario. En la antigüedad era habitual entre las clases pudientes, que podían permitirse una sala de baño en la vivienda. El pueblo llano solía acudir a los baños comunitarios llamados *sentō*.

—Es tarde y llevas todo el día trabajando. No iba a permitir que te lavaras con agua fría del pozo.

Nanami asintió, calladamente agradecida. Dejó que la ayudara a desnudarse y se sentó en la pequeña banqueta. Quiso lavarse ella misma, pero Kanao le azotó la mano para que se estuviera quieta.

—Tienes el cabello empapado —le dijo mientras vertía sobre su cabeza un cuenco de *yu-su-ru*[*]—. Si sigues así, habrá que lavarlo un par de veces a la semana.

Se sintió reconfortada por la aprobación tácita que se desprendía de tales palabras. Aquello la animó a hablar:

—He forjado la primera hoja de un juego de cinco cuchillos. Mañana la bruñiré y, si el resultado es óptimo, le daré filo.

Su madre siguió lavándola en silencio. Cuando hubo terminado con el cabello, le refregó una toalla húmeda por el cuerpo. Nanami calló y se dejó hacer, pues comprendía que no obtendría de ella ningún comentario sobre su nueva labor.

Por fin, echó el paño al cubo y se puso en pie para marcharse.

—No te entretengas demasiado en el *ofuro,* te estaré esperando para cenar.

Nanami asintió. Quiso mantener la compostura, pero no pudo evitar formular la pregunta que llevaba todo el día en su cabeza:

—Madre, ¿aprobará algún día lo que estoy haciendo?

Kanao se detuvo bajo el dintel, con la puerta entreabierta. Una ráfaga de aire frío penetró desde el exterior.

—Mañana funde esa hoja y vuelve a forjarla. Dudo que el primer cuchillo que haces por ti misma esté a la altura. —No volvió el rostro, como si le hablara a la noche—. Fórjala tantas veces como sea necesario, hasta que sea digna de un artesano Kuroda. Solo entonces, llévasela al maestro Saburo.

Nanami pasó las semanas a solas en la forja, desde el amanecer hasta la puesta de sol, con el yunque y el martillo marcando el nuevo

---

[*] *Yu-su-ru:* agua de arroz fermentada. Solía utilizarse como afeite para lavarse el cuerpo y el cabello.

ritmo de sus días. La reiteración fue revelando sus defectos de carácter, le ayudó a comprender el porqué de sus errores y sus aciertos, afiló su rostro y endureció sus músculos. Cada golpe de martillo desprendía sus inseguridades como las impurezas del acero, hasta que las hojas que forjaba se tornaron tan resistentes como sus propias certezas.

Había caído la primera nevada del año cuando llegó al taller de Saburo-sensei. Su antiguo maestro vivía a las afueras de Izumo, demasiado lejos de los barrios gremiales; a cambio, su residencia gozaba de ciertas comodidades, como el amplio jardín que rodeaba su hogar. Aquel gusto por aislarse del bullicio de la capital y de las rencillas del gremio lo hermanaba en cierto modo con los Kuroda.

Nanami cruzó el empedrado que serpenteaba entre rocas musgosas y hortensias, y se detuvo frente a la campanilla de la entrada. Tomó aire, más nerviosa de lo que le habría gustado reconocer, y tiró del cordel. El badajo tintineó y un puñado de nieve se desprendió del metal. Aguardó con paciencia, consciente de que el maestro afilador bien podía ignorar una visita si estaba dedicado a su oficio.

Mientras esperaba, fumarolas de vapor escapaban de su boca. Se ajustó el *kosode*[*] para abrigarse y abrazó el paquete envuelto en tela que llevaba consigo. Al cabo, la puerta se descorrió.

—Saburo-sensei. —Nanami se inclinó con una profunda reverencia—. Lamento importunarle en la tranquilidad de su hogar.

El maestro sonrió. Estaba bastante más envejecido: el pelo, escaso ya, había encanecido del todo, y las profundas ojeras le conferían un aspecto cansado. En cierto modo, aquello la entristeció.

—Nanami de Kuroda —la saludó—, ¿qué clase de maestro sería si me molestaran mis alumnos? Pasa, por favor.

Nanami se descalzó en la tarima y lo siguió al interior. La casa del viejo artesano conservaba su peculiar aroma a tierra y metal. No pudo evitar echar un vistazo a través de la puerta que conducía al taller, donde ella había pasado tantas horas aprendiendo el secreto de las piedras de afilar. Todo parecía tal como lo recordaba.

[*] *Kosode:* pieza de ropa más holgada y con mangas más cortas que el kimono. Era habitual vestirlo sobre el resto de las prendas.

—Siéntate, por favor. —Saburo le indicó un cojín junto a una mesa baja.

Se sentó de rodillas y colocó el fardo de tela entre ambos.

—Imagino qué te trae por aquí. Hace unas semanas supe de la muerte de tu padre y tu hermano, una auténtica desgracia.

—El asesinato. —Nanami no pudo evitar corregirlo.

El anciano asintió.

—Son tiempos difíciles. ¿Cómo estáis tu madre y tú?

—Intentamos sobreponernos. Los soldados se lo llevaron todo, no ha quedado ninguna hoja de mi padre que pudiéramos vender. Solo tenemos el acero *tamahagane* que quedaba en el taller.

—Entiendo —respondió Saburo, tratando de mostrar la debida consternación—. Así que me traes el *tamahagane* para que lo tase. —Miró el hato de tela que Nanami había colocado sobre la mesa—. Te pagaré un buen precio por él. Los de este gremio somos como una familia, os ayudaré en lo que esté en mi mano.

Nanami deshizo el nudo y desenrolló la tela. Las cinco hojas, engastadas en empuñaduras de magnolio, brillaron en la penumbra de la sala de estar. El anciano las contempló con curiosidad.

—¿Son de tu hermano?

—Las he forjado yo, maestro.

Saburo arrugó el ceño y volvió a bajar la mirada hacia los cuchillos.

—¿Cómo? ¿Tú sola?

—Así es, maestro.

Nanami tomó la hoja más ancha —un cuchillo *nata* destinado a trabajos de herboristería— y se la tendió con ambas manos al anciano. Este la recogió con desconfianza, como si lo invitaran a sujetar una víbora.

—Le rogaría que me ofreciera el precio que considere justo. Me avergonzaría aceptar más dinero del que valen.

El afilador no se molestó en descorrer las contraventanas para estudiar el acero; se limitó a inclinarlo bajo la escasa luz filtrada por el papel de arroz. Los matices del templado se revelaron con un efecto tornasolado. Frunciendo los labios, Saburo deslizó un dedo encallecido por el filo; de inmediato, un hilo de sangre sajó la yema. El viejo maestro se apresuró a limpiarse el corte sobre el regazo.

—Se percibe a simple vista que no la ha hecho un hombre. Al *hada*[*] le falta carácter.

—Comprendo —dijo ella, impasible—. ¿Estaría dispuesto, aun así, a comprarlos?

—Podría pagarte un *monme* de plata por ellos, aunque no sé si recuperaré ese dinero al venderlos.

Nanami guardó silencio, ni el menor estremecimiento se adivinó en sus facciones. La dilación en su respuesta, no obstante, era tan atronadora como un aldabonazo.

—Le agradezco su ofrecimiento, Saburo-sensei. Como he dicho, no quisiera que me pagara por estos cuchillos más de lo que valen. Para los Kuroda sería una vergüenza que usted tuviera que venderlos por menos de lo que le han costado.

Colocó el *nata* junto al resto de los aceros y enrolló el hato.

—Gracias por recibirme, maestro. —Se puso en pie y se sacudió las arrugas con la mano—. Me alegro de haberle encontrado tan bien de salud.

Tras una reverencia, salió de la casa con calma, consciente de que, al rechazar la oferta de su maestro, había roto de forma definitiva la relación entre ambos. Poco le importaba, pues aquel encuentro le había servido para despertar de su propia ingenuidad: una cosa era afilar un cuchillo, ayudar a mantener la fragua encendida o tallar las empuñaduras, y otra muy distinta forjar el acero. Parecía que aquel era el umbral que una mujer no podía traspasar.

La nieve del jardín crujió bajo sus pisadas; salió a la calle y cerró la puerta de Saburo-sensei por última vez. Debía conocer los límites, se dijo mientras se alejaba, era necesario si se disponía a rebasarlos.

Llegó a Ottara de noche. Muchas de las casas continuaban vacías, pues no todos los habitantes de la aldea habían regresado de las montañas. Aún temían una nueva batida de los Sugawara. Ella y su madre, sin embargo, se habían instalado desde el mismo día de la desgracia.

---

[*] *Hada:* en la forja tradicional japonesa, trama que subyace bajo la superficie del acero.

¿Qué más podían arrebatarles? ¿Sus miserables vidas? Que lo hicieran, así les ahorrarían muchas penurias.

Encontró a Kanao en la forja, de rodillas frente al altar que guardaba las cenizas de su esposo y de su hijo. Continuó rezando aun cuando la había escuchado entrar. Al cabo de un rato, abrió los ojos y miró a Nanami, inquisitiva. Esta negó con la cabeza.

—Solo nos queda un pedazo de *tamahagane* en el taller y un puñado de arroz en la despensa —le advirtió su madre—. ¿Qué haremos cuando se acaben?

—Comeremos mijo, como los campesinos.

—El mijo también ha de pagarse, nadie lo regala.

Nanami desvió la mirada. Sabía que su obstinación las empujaba hacia el abismo.

—Hija, mírame.

Obedeció y descubrió que su madre apoyaba la mano sobre un hatillo alargado. La tela, de rica seda azul con brocados dorados, denotaba el gran valor de aquello que envolvía.

—Tu padre guardaba esto en nuestro dormitorio.

Nanami avanzó con expresión casi reverencial.

—¿Una *daishō*?

Kanao asintió.

—Creí que los Sugawara se habían llevado cualquier cosa de valor.

—Estaban junto a su lecho, en un compartimento bajo el tatami.

—¿Por qué guardar dos de sus sables fuera del taller?

—Porque aún pasarían años antes de ser entregados a su dueño. Los forjó para regalárselos al señor Seizō Ikeda el día de su mayoría de edad. —Kanao apartó la tela y descubrió las vainas lacadas en patrones azules y dorados, como el paño que las envolvía—. Su legítimo propietario ya no podrá recibirlos, es justo que ahora sirvan para alimentarnos.

Nanami se sobresaltó al escuchar aquello.

—No podemos deshacernos de la última creación de padre.

—En otras circunstancias no tendríamos por qué hacerlo.

Las palabras de su madre la fustigaron sin piedad. El reproche implícito era demasiado cruel, demasiado certero.

—Deme dos días. Si no consigo el suficiente dinero, viajaremos a Iwami. Yo misma me postraré ante mi tío para rogarle que se haga cargo de nosotras.

Nanami se levantó antes de que concluyera la hora del tigre*, cuando aún no había despuntado el alba. Se envolvió los pies con varios calcetines y se calzó sus sandalias de suela más gruesa; vistió ropas de viaje pesadas y su *kosode* de invierno.

Se disponía a ir mucho más lejos que el día anterior, hasta la región que lindaba con la provincia de Hoki. Se decía que allí, en los arrabales de la ciudad fronteriza de Yonago, un estraperlista compraba acero de Izumo para venderlo en las provincias vecinas. Era un negocio arriesgado, pues los daimios se cuidaban bien de que el acero de sus feudos no sirviera para armar ejércitos rivales, pero la ganancia suele ir de la mano del riesgo.

Optó por la ruta que bordeaba los lagos Shinji y Nakaumi, alejándose cada vez más de la capital. Aquello explicaba la ausencia de patrullas Sugawara, lo que infundía un alivio equívoco al viajero, pues allí donde no hay samuráis, hay bandidos al acecho. En cualquier caso, eran malos tiempos para andar por los caminos, como demostraba lo poco concurrida que se hallaba una ruta tan importante como aquella.

La soledad fue la principal compañera de viaje de Nanami, que tuvo, por primera vez en muchos días, tiempo para pensar y recordar. Mientras sus pies recorrían un mar de espigas de *susuki,* con la inmensidad de los lagos a un lado y los montes en lontananza, su mente deambulaba por los parajes de la memoria, allí donde aún podía jugar al sol con su hermano y agarrar la mano encallecida de su padre. Rememoró aquellos dedos siempre manchados de hollín y se miró sus propias manos: las uñas quebradas, la ceniza indeleble bajo la piel... ¿Qué hombre la querría así? ¿Qué diría él al verla?

Las lágrimas la asaltaron por sorpresa, súbitamente desbordada por una realidad que había insistido en ignorar: Ryō era un samurái solitario en una guerra perdida, ¿qué posibilidades tenía de sobrevivir? Hacía tanto que no sabía de él... De estar vivo, ¿no habría regresado ya junto a ella?

---

* Hora del tigre: de las 3.00 a las 5.00 de la madrugada.

Esas preguntas, que durante semanas habían sido un murmullo sordo, comenzaron a restallar en su mente como la descarga del martillo. Y a cada golpe, la verdad se hacía más evidente, más atronadora: no habría más momento que el de aquella despedida, no habría más caricias que las de esa última vez.

16
Un muerto no puede cargar con el corazón de un vivo

Kojirō azuzaba al caballo desde el pescante. El animal era viejo y la cuesta empinada; si no se andaba con tiento, bien podía doblar las patas y no volver a levantarse. Así que, más que fustigarlo, el tonelero parecía acariciarlo con la vara, como si el recuerdo de aquel contacto fuera suficiente para que la bestia cabeceara con más brío. Tras el tiro, la carreta crujía a punto de desmontarse contra la próxima piedra. De tanto en tanto, Kojirō miraba por encima del hombro hacia los toneles alineados sobre la tabla: oscilaban con un traqueteo precario, pero por el momento todos seguían en su sitio.

Llegó al castillo que coronaba el monte Hamayama poco antes de la puesta de sol. Los guardias del pórtico —cuatro lanceros ataviados con el carmesí Sugawara— tomaron posiciones en cuanto lo vieron llegar.

—¿Qué haces aquí? —le espetó uno de ellos, al tiempo que se adelantaba y lo obligaba a tirar de las riendas—. Las puertas se cierran al caer el sol. Es tarde para visitas.

—Me encargo de vaciar los pozos negros un par de veces por semana. —Kojirō hablaba con la mirada baja y un tono servil—. El caballero quizás no me conozca aún, pero ya se acostumbrará a verme.

—Nunca vienes tan tarde —dijo otro de los centinelas.

—La última vez, uno de los castellanos se ofendió por el hedor de los toneles llenos —explicó Kojirō, rascándose la nuca—. Me ordenó sacarlos a última hora, cuando ya se hubiera retirado la gente de bien.

El guardia que le había cortado el paso se aproximó a él y le plantó la lanza frente a la cara.

—Baja de ahí y abre los barriles.

El tonelero asintió, nervioso, y saltó a tierra sin dejar de mirar la hoja que continuaba amenazándolo. Corrió a rodear la carreta, pero se detuvo antes de destapar la primera cuba.

—Quizás desee alejarse.

—¡Ábrelos de una vez! —ordenó el guardia, al tiempo que golpeaba uno de los toneles con el extremo de la lanza.

Kojirō, asustado por la vehemencia del golpe, se apresuró a obedecer. En cuanto retiró la tapa, un penetrante hedor empantanó el aire. El guardia dio un paso atrás, cubriéndose nariz y boca con la mano.

—¿Cómo es posible este olor si está vacío?

—Los excrementos humanos hieden más que el estiércol e impregnan la madera durante años —dijo Kojirō mirando directamente a su interlocutor, como si todo el temor que este le infundía se hubiera desvanecido—. Los que debemos mancharnos con lo que otros cagan y mean lo sabemos bien.

El soldado contempló al *eta**, sorprendido de que no se viera flagelado por aquella fetidez que movía a la náusea.

—¡Por todos los demonios del Naraku! —gritó alguien desde el puesto de entrada—, ¿es que pretendes apestar todo el castillo, Yayoi?

El guardia se envaró al escuchar su nombre. Quien había alzado la voz parecía ser el de más rango de todos ellos, quizás un samurái.

—Tapa eso y continúa. Pero date prisa, no queremos que dejes tu hedor por todas partes.

Kojirō asintió con sucesivas reverencias y regresó al pescante. Agitó las riendas para que el animal reemprendiera la marcha y, al instante, los lanceros se apartaron para franquearle el acceso. Todos giraron el rostro y arrugaron la nariz a su paso.

---

* *Eta:* en el Japón feudal, la clase social más baja, formada por aquellos que trabajaban con cadáveres e inmundicias.

Cuando hubo cruzado el pórtico, el tonelero se permitió una sonrisa furtiva, pues el simple fermentado de la ciruela de *ginkyō* había logrado lo que no habría conseguido un batallón de samuráis: penetrar en la antigua fortaleza de los Ikeda.

La carreta traqueteaba sobre el empedrado del primer patio cuando el sol desapareció tras las murallas occidentales. Las sombras se alargaron, inundando los fosos y callejones que comunicaban los sucesivos anillos fortificados. Kojirō, cabeceando al compás de su caballo, miraba de reojo los adarves y las atalayas. Aún había demasiado movimiento, pero según avanzara la noche, el reino de los hombres daría paso al reino de los gatos, donde habitan los que se sirven del engaño y el sigilo.

Se internó por la calle que discurría junto al enorme basamento de piedra, una montaña de tierra y rocas apiladas sobre la que se asentaban los niveles superiores de la fortaleza. A mitad del ascenso, antes de tener a la vista el siguiente pórtico, se alzaba un solitario pozo de agua junto a unos abrevaderos. Kojirō ni siquiera aminoró la marcha, se limitó a golpear con los nudillos en el tonel que tenía a su espalda.

De repente, la tapa se descorrió y una figura saltó de la carreta, corrió hacia el pozo y se dejó caer en el interior. Un ligero chapoteo retumbó al fondo, apenas perceptible bajo el constante repiqueteo de las ruedas. Después la noche quedó en calma.

Ryō abrazó la cuerda que colgaba de la viga del pozo y se encogió sobre sí mismo, tal como le había enseñado Kojirō. Se mentalizó para pasar varias horas en aquella garganta de piedra, flotando en aguas heladas. Vestía capas y capas de ropa con puñados de paja entre ellas, a fin de mantener la temperatura corporal el mayor tiempo posible. A su espalda flotaba una tripa de ciervo cosida por ambos extremos.

La noche fue avanzando y el retazo de firmamento sobre su cabeza quedó cubierto por nubes de lluvia. Las primeras gotas no tardaron en pellizcar el agua a su alrededor; cuando levantó la vista, le salpicaron la frente y los labios, primero con gentileza, después con pertinaz desdén. Agachó la cabeza y siguió abrazado a la soga.

Para entonces sus dientes no dejaban de repicar y violentos temblores le sacudían el cuerpo.

«Se acerca un temporal; si tenemos suerte, descargará a lo largo de la noche —le había dicho Kojirō—, eso significará que los *kami* de Hamayama están de su parte». A Ryō no le cabía duda de que el viejo tonelero era uno de los *shinobi* del clan Ikeda, quizás el líder de sus agentes secretos. Se preguntó qué sería ahora de aquel hombre de sonrisa afable y mirada astuta. ¿Qué hacía un *shinobi* cuando se quedaba sin señor al que servir? Probablemente nada. Un samurái se abriría el vientre, pero el viejo Kojirō se limitaría a vivir el resto de sus días fabricando toneles, convirtiendo aquel subterfugio en su auténtico oficio.

Trató de mantener la cabeza ocupada con tales divagaciones, hasta que se sintió a punto de perder el conocimiento. Quizás aún fuera pronto para abandonar su escondite, pero si permanecía allí por más tiempo, con toda seguridad no saldría jamás.

Empezó a golpearse los hombros y las piernas con puños torpes. Los músculos estaban tan entumecidos que, por un momento, temió que no llegaran a responderle. Se obligó a colocar una mano sobre otra, paso a paso, hasta que las piernas fueron detrás. Trepó despacio, como un gusano que se abre camino a través de la tierra, y emergió a la noche y la tormenta.

Rodó sobre el brocal y cayó al fango. El aguacero le azotó el cuerpo y, durante un instante, la lluvia le pareció tibia, casi reconfortante. Debía moverse si quería infundir calor a sus músculos, así que se incorporó con un gruñido y caminó apoyándose contra la muralla de rocas apiladas. De tanto en tanto levantaba la vista hacia la cima rematada con un murete blanco. Debía llegar hasta allí, al siguiente anillo de la fortaleza, pero no lo haría trepando ni atravesando el pórtico al final del camino, lo haría arrastrándose.

Poco a poco, sus piernas recuperaron movilidad y pudo preocuparse de cuanto le rodeaba: no había vigías haciendo rondas entre los patios, tampoco nadie se movía sobre los adarves. La tormenta les había hecho buscar refugio; mantendrían sus posiciones, pero sin exponerse a las ráfagas de viento, tan traicioneras para quienes patrullan una muralla.

Llegado a cierto punto, Ryō vislumbró ante sí el fulgor de las antorchas que iluminaban el final de la calzada. Pegó la espalda contra la pared y avanzó con cautela hasta divisar el pórtico techado. Cinco samuráis lo guardaban, armados con lanzas y ataviados con armaduras ligeras. Las llamas flameaban a ambos lados de la gran puerta, iluminando el primer tramo de la escalinata que conducía al siguiente patio.

Cruzar por allí era imposible, ni el mismísimo Kenzaburō Arima habría logrado tal proeza, pero Ryō tenía una ventaja sobre sus enemigos: se había criado en aquella fortaleza y conocía pasadizos y recovecos que los Sugawara aún tardarían meses en descubrir. Uno de ellos se encontraba en la misma muralla contra la que se apoyaba, pues poco más adelante, a medio camino entre el pórtico y su posición, se abría una boca de desagüe que vomitaba agua y fango a borbotones.

El canal atravesaba la muralla y una sección de la ladera que esta apuntalaba, hasta desembocar en una plaza rodeada de barracones para la servidumbre. Ryō había recorrido aquel angosto pasaje en infinidad de ocasiones, siempre perseguido o persiguiendo a otros niños. Todo su plan radicaba en que pudiera cruzarlo y llegar a la plaza, pues en ella se levantaba una de las cinco torres antiincendios del castillo, la más exterior de todas ellas. Desde aquella altura creía poder alcanzar el patio superior.

Pero todo dependía de que fuera capaz de llegar a la boca de desagüe sin que los guardias lo descubrieran. «No titubee —le había dicho Kojirō—. Cuando vea la oportunidad, comience a moverse; pero no dude una vez esté al descubierto». La cuestión era saber identificar esa oportunidad, maldecía Ryō, acuclillado junto a la muralla sin apartar la vista de los centinelas. Estos se protegían bajo el voladizo y se calentaban junto a las antorchas; en ocasiones intercambiaban algunas palabras, ininteligibles bajo el redoble de la lluvia, pero ninguno parecía dispuesto a abandonar su guardia.

Ryō desesperó en su posición, aterido a merced de la tormenta, hasta que un rayo barrió la oscuridad del mundo. En ese instante, sin que mediara la menor vacilación, se puso en pie y comenzó a correr. Los centinelas miraban al cielo asustados por la proximidad del relámpago; de inmediato, el trueno conmocionó la tierra e hizo vibrar el aire. Cuando el estruendo cesó, el sonido de la lluvia volvió a llenarlo todo. Ni una sombra se movía en la calle.

Ryō avanzaba ya por el interior del desagüe. La corriente le sacudía las piernas y arrastraba piedras y ramas. Una rata se enredó entre sus ropas y comenzó a treparle por la pierna para ponerse a salvo; él se la sacudió con asco y continuó avanzando en la oscuridad. Se consolaba pensando que al menos el túnel no estaba obstruido, pues eso habría puesto fin a su desmañado intento de infiltración.

Emergió al otro lado embarrado y sacudido por escalofríos. No había nadie a la intemperie y las luces de los barracones permanecían apagadas, pero al alzar la vista hacia la torre, descubrió que los Sugawara habían desmontado la campana para apostar a un vigía en la plataforma superior. Este se hallaba acuclillado, al resguardo de la tempestad bajo el tejadillo de madera; llevaba un arco al hombro y extendía las manos frente a un brasero que le iluminaba el rostro.

Ryō maldijo en silencio. Se encontraba débil y le temblaban las manos, no sabía si sería capaz de combatir. Aunque de poco le servían sus dudas. No tenía más alternativa que seguir adelante, así que abandonó la boca de desagüe y corrió hasta la base de la torre. Se detuvo entre los pilares, en el ángulo ciego del vigía, y aprovechó que se encontraba al amparo de la lluvia para descolgarse la tripa de ciervo que cargaba a la espalda. Cortó los nudos y la desplegó: dentro llevaba trapos para secarse, un grueso kimono de tonos oscuros, su *daishō* y una daga de hoja curva.

Se desnudó y se secó el cuerpo lo mejor que pudo. Cuando se hubo vestido con las ropas que le procuró el tonelero, musitó un agradecimiento a Hachiman. Sin tiempo para más, se aseguró de que no hubiera nadie en las inmediaciones y se encaramó a la escalerilla.

Subió los peldaños por el lado opuesto, manteniéndose siempre bajo la estructura, de tal forma que si el vigía se asomaba, no pudiera verlo. Aún se encontraba a mitad del ascenso cuando las ráfagas de viento comenzaron a zarandearlo. Tuvo que detenerse y abrazarse a los escalones. Sobre su cabeza no se escuchaba el menor movimiento; el arquero debía de permanecer en su posición, encogido junto a las ascuas. Ryō se sacudió los nervios y continuó escalando hasta tocar la parte inferior de la plataforma. Había llegado el momento. Empuñó el cuchillo, cerró los ojos y respiró hondo; por último, golpeó tres veces la madera.

Aun sin verlo, pudo percibir la perplejidad de su inadvertido enemigo. Al cabo, los tablones crujieron sobre su cabeza. Escuchó los pasos cautos, el peso del cuerpo moviéndose hasta el extremo de la cubierta. Cuando supo que el hombre se había asomado, Ryō rodeó la escalerilla y, antes de que el otro pudiera reaccionar, le clavó el puñal en la ingle.

Durante un instante ambos se miraron a los ojos, hasta que el vigía trató de retroceder. Fue entonces cuando descubrió que había hundido la hoja más profundamente de lo que creía. Dio un fuerte tirón para desencajarla de la pelvis, el soldado retrocedió y vino a caer de espaldas. Ryō miró la mano con la que sujetaba el cuchillo, empapada de sangre hasta el codo; después contempló a su enemigo, que se arrastraba para alejarse de él. Debía terminar lo que había empezado, así que se encaramó a la plataforma y se colocó sobre el vigía. Este intentó apartarlo empujándole por el pecho, por la cara... Ryō apretó los dientes y le sajó la garganta. El otro dejó de golpearle y se llevó las manos al cuello en un vano intento de detener la hemorragia. Cuando comprendió que su suerte estaba echada, comenzó a retorcerse con rabia, intentando sacudirse de encima a su asesino. Ryō aguantó sobre él, aplastándole el pecho con la mano para que no se levantara. Sintió bajo sus dedos el corazón que se ralentizaba, sostuvo aquella mirada que se iba apagando, hasta que su enemigo por fin dejó de moverse.

Aliviado y algo aturdido, se hizo a un lado y apoyó la espalda contra el antepecho de la plataforma. Se tomó un instante para observar el cadáver del guerrero Sugawara. Aquella no era forma de morir..., tampoco de matar. Lo habían criado como guerrero, pero, al parecer, su karma era el de un asesino. Negó con la cabeza mientras limpiaba la hoja en la manga de su *haori*. Enfundó el cuchillo y se puso en pie.

A su espalda, los tejados de las casas y barracones se perdían en la oscuridad. Desde aquella altura descubrió que varias torres y pabellones habían desaparecido, calcinados hasta los cimientos por los incendios que se debieron de originar durante el asalto. Frente a él, tan cerca que parecía al alcance de la mano, se extendía el segundo nivel de la fortaleza, donde se encontraban la armería, las cuadras y las viviendas de los samuráis.

Se aproximó al extremo de la plataforma y calculó el salto: si conseguía coger impulso y llegar al otro lado, caería entre los árboles que ajardinaban el extremo sur del patio superior. Pero si no rebasaba la muralla, se reventaría como una sandía madura junto a la base de la torre.

Apartó el cadáver para hacerse hueco. La plataforma no tenía mucho recorrido y el pretil de madera dificultaba el salto. Contempló la arboleda que se extendía ante él... ¿De verdad iba a cometer tal insensatez? En su estómago se formó un bloque de hielo que irradió frío por todo su ser. Era el miedo a una muerte inminente. Inhaló y se golpeó el pecho para infundirse valor. Después, corrió.

Con los dos primeros pasos ya había cubierto el espacio para tomar impulso; con el tercero, se apoyó en el antepecho y saltó hacia delante. Lo recibió el viento vertiginoso, la lluvia en el rostro. Abajo la oscuridad abría sus fauces, ansiosa por engullirlo; frente a él, la muralla de piedras en su infinita verticalidad; más allá, la arboleda que prometía acogerlo y darle amparo... Pero en cuanto saltó supo que sus piernas estaban débiles, que el hielo en su estómago lo lastraba, que el abismo estaba cada vez más cerca y la salvación más lejos. Supo, en definitiva, que no rebasaría la muralla.

Lo aceptó y quiso refugiarse en los brazos de Nanami, en su calor y en su recuerdo. Quiso que fuera su última imagen de este mundo.

El impacto lo dejó sin aliento y oscureció su mente. Para su sorpresa, no se había precipitado contra el suelo de la plaza, sino que había caído sobre el murete encalado que coronaba la muralla. Las tejas se desprendieron bajo su peso y salieron despedidas junto a su cuerpo, cayendo a su alrededor sobre la hierba del jardín. Aún tardó un instante en ser consciente de lo que había sucedido, solo era capaz de asimilar el dolor que había estallado en su vientre dejándolo sin respiración. Se retorció en el suelo, maltrecho y empapado, pero una extraña risa le llenó la boca y le sacudió el pecho: ¡estaba vivo!

Se sentó mientras trataba de serenarse. La lluvia tamborileaba sobre la arboleda y erizaba el estanque artificial oculto en su interior. El jardín se hallaba entre las viviendas de los samuráis de bajo rango, aquellos que no habitaban junto al daimio en la ciudadela interior. En el extremo opuesto del inmenso patio se erigían las caballerizas, la armería y otras dependencias militares. Y entre ambos extremos, en la explanada central, se hallaba lo que había ido a buscar.

Cuando hubo recuperado el resuello, se incorporó y avanzó entre arces, cerezos y rocas cubiertas de musgo. Parecía que no se había roto ningún hueso, pero cada paso que lo acercaba a los límites de la arboleda le costaba un poco más. Le aterrorizaba lo que estaba a punto de descubrir, lo que Kojirō ya le había advertido. Al llegar a la linde, se dejó caer contra el último árbol. Apoyó la sien contra la áspera corteza y negó con amargura.

Frente a él, a la vista de cuantos visitantes recorrieran la fortaleza, una lúgubre cohorte: decenas de cabezas empaladas en picas, cada una cubierta con su yelmo.

Haciendo acopio de entereza, se internó bajo la lluvia y cruzó la explanada al encuentro de los comandantes del clan Ikeda. Caminó entre sus filas, bajo el atento examen de aquellas miradas huecas: la momificación había grabado en sus rasgos expresiones antinaturales, más propias de demonios que de hombres. A algunos pudo identificarlos por sus facciones, otros solo eran reconocibles por sus característicos cascos o por la tablilla con su nombre que les colgaba del cuello.

Al fondo de la macabra formación despuntaban dos cabezas elevadas sobre una tarima: la de Akiyama Ikeda y la de su primogénito, Seibei, más una tercera pica que permanecía vacía, de cuyo extremo colgaba una tabla con el nombre de Seizō Ikeda. Y a los pies de la tarima, guardando a sus señores, cuatro de los cinco generales del clan Ikeda. Entre ellos, Tadaoki Aratani.

Ryō se postró frente a la cabeza de su padre. Poco le importaba que pudieran descubrirlo o que la lluvia lo calara hasta la misma médula. Bajó la mirada, clavó los dedos en los muslos y se entregó a un lamento desconsolado. No solo lloraba la muerte de su padre, también la humillación de sus restos, que no tuviera más tumba que la lanza de sus enemigos. Los rostros de los samuráis muertos lo contemplaban, y todos parecían formularle la misma pregunta: ¿por qué lloras cuando tú aún puedes servir a tu señor? Ryō asintió y levantó la vista hacia su padre.

—Siento no haber sido el hijo que merecía. Ahora que sé que me contempla desde la otra vida, haré lo posible por que se sienta orgulloso.

Se puso en pie, se arrancó las lágrimas con el dorso de la mano y se despidió con una profunda reverencia. Después subió a la tarima preparado para cumplir con su misión. Contempló la cabeza de Akiyama Ikeda, cubierta con su característico yelmo astado.

—Soy el hijo de Tadaoki Aratani. Me presento ante vos para prestaros un último servicio, *tono*[*].

Dicho esto, retiró el yelmo y se lo colgó de la cintura. A continuación, cubrió la cabeza con un paño blanco y tiró hasta desencajarla de la pica. La envolvió con suma ceremonia y se la ató a la espalda. Por fin, descendió de la tarima y cruzó el patio hacia las caballerizas.

Caminaba erguido contra la tempestad, como si el castillo le perteneciera y nadie pudiera negarle el derecho a recorrerlo a su antojo. Se dirigió directo a la entrada de los establos y halló el portón de doble hoja cerrado desde dentro. Habían cruzado el madero que servía de cerrojo, probablemente para que una ráfaga de viento no hiciera batir las puertas.

Estuvo tentado de irrumpir por sorpresa, pero en el último instante le embargó la prudencia. Confundir valor con temeridad era un atajo hacia la tumba, así que optó por un proceder más discreto: deslizó el cuchillo en la rendija que quedaba entre ambas hojas y empujó hacia arriba hasta desencajar el madero.

Abrió la puerta de par en par y la tempestad irrumpió desbocada en el establo, agitando las antorchas y encharcando el suelo. Nadie se alzaba en el umbral, pues Ryō ya había pegado la espalda contra la pared exterior. Escuchó el piafar nervioso de los animales en las caballerizas y las maldiciones de los hombres. ¿Cuántas voces? Parecían dos, pero no podía estar seguro.

Esperó hasta que los guardias se acercaron para cerrar el portón. Ambas hojas se movieron al mismo tiempo: dos hombres junto a la entrada, uno a cada lado. Con sus enemigos ubicados, se separó de la fachada y se precipitó al interior. Apareció de improviso frente al primero de ellos, aquel que empujaba la hoja más próxima. Este

---

[*] *Tono:* fórmula de cortesía empleada con los daimios. Equivaldría a «mi señor» o «milord».

apenas pudo retroceder un paso antes de que Ryō le encajara el cuchillo bajo la mandíbula, hundiéndolo hasta la guarda. No intentó recuperarlo, sino que se giró hacia su segundo adversario al tiempo que echaba mano a la *katana*. Cuando el otro intentó hacer lo propio, Ryō ya había desenvainado cortándole el pecho con un tajo ascendente. Su rival ni siquiera tuvo tiempo de tambalearse, pues Ryō empuñó el sable en alto y descargó un segundo mandoble opuesto al anterior. El filo partió la clavícula y quedó encajado en el esternón. Debió completar el corte con un fuerte tirón que liberó la hoja e hizo que su enemigo se desplomara a sus pies.

Le habría gustado saberse en calma mientras daba muerte, pero lo cierto es que la sangre le rebullía en las sienes y miraba a su alrededor con ojos enfebrecidos. Parecía que no había nadie más con él, así que se apresuró a cerrar las puertas. Los caballos, asustados por el hedor de la violencia, relinchaban y pateaban el suelo. Ryō pasó junto a las caballerizas en dirección al *fusuma* que cerraba el fondo de la estancia. Sabía que daba acceso a una pequeña armería donde se guardaban las insignias y las armaduras de los *tsukaiban*[*].

Tomó una linterna de mano y descorrió el panel de madera. En el interior se guardaban sillas de montar, tres armaduras pintadas con el blasón Sugawara, algunas banderolas para acoplar a las corazas y un puñado de armas. Colgó la lámpara junto a la entrada y se enfundó con manos nerviosas la coraza que mejor se adecuaba a su inusual estatura. Aseguró las correas como pudo, tomó una silla de montar ribeteada con faldones que lo identificaban como mensajero y se echó una lanza al hombro.

No conocía a los caballos, así que se decidió por un alazán que se le antojó el más veloz. Lo quiso tranquilizar palmeándole el cuello, aunque el propio jinete estaba nervioso y el animal lo percibía. Aguardó a que dejara de agitarse para ensillarlo; después abrió la puerta de la caballeriza y lo condujo fuera del cubículo. Montó sin abandonar el establo. Cuando se hubo afianzado sobre la mon-

---

[*] *Tsukaiban:* samuráis que actuaban como mensajeros para transmitir las órdenes en el campo de batalla. En periodos de paz, se les confiaba aquellos correos que eran de gran importancia para el clan.

tura, se inclinó sobre el cuello del animal y, peinándole la crin, le susurró:

—Lo siento mucho.

Desenvainó la *wakizashi* y golpeó al animal en los cuartos traseros. Este se encabritó y agitó las manos en el aire antes de lanzarse contra el portón de madera. Abrió las hojas con la testa y se zambulló al galope en la noche tormentosa. Ryō debió usar toda su pericia para controlar al animal: usó las piernas y tiró de las riendas para encauzarlo por el camino que descendía hacia el patio inferior.

De aquella guisa, vestido con la armadura del enemigo y a lomos de un animal desquiciado, se abalanzó sobre el pórtico. Los guardias le vieron llegar y titubearon ante su carrera desbocada.

—¡¡Abrid paso!! ¡¡Llevo un mensaje urgente!! —gritó por encima del aguacero.

Nunca supo si los centinelas le creyeron, pues pasó entre ellos como un vendaval que agita la arboleda. Se inclinó sobre su montura y se entregó a la cabalgada, al repicar de los cascos sobre el empedrado. Dejó atrás el pozo en el que se había ocultado y serpenteó por las calles que descendían hacia el anillo más exterior.

Cuando desembocó en la gran explanada del primer nivel, los soldados que guardaban la entrada se volvieron alertados. Tras la sorpresa inicial, cerraron filas y levantaron sus lanzas contra él. Ryō no refrenó a su montura: aquella era la única salida posible, así que azuzó al animal contra los hombres que le cortaban el paso. Vio la duda en sus ojos; probablemente nunca hubieran afrontado una carga de caballería, aunque aquel batallón lo compusiera un único jinete. Ryō, por el contrario, sabía desenvolverse con un caballo entre las piernas y una lanza bajo el brazo.

Le pareció digno de elogio el que no se desbandaran. Siguieron lo que dictaban los manuales: apoyaron el extremo de las picas en el suelo y echaron el pie atrás para contener la acometida. Lamentablemente para ellos, cuatro centinelas no era lo mismo que una fila de lanceros, y en el último instante el jinete se descolgó de la silla para desviar abruptamente a su montura. El *ashigaru* que se hallaba en aquel flanco logró reorientarse, pero sus compañeros quedaron descolocados. Ryō volvió a bascular sobre la silla y enderezó la galopada. Cargó con todo el ímpetu del animal sobre aquel hombre, con su propia lanza por delante. La punta empaló al guardia y chocó contra el suelo; Ryō soltó de inmediato el asta para que la fuerza del impacto no lo descabalgara.

Una vez rebasado el gran pórtico de entrada, voló hacia la oscuridad de la noche como un demonio, con el corazón batiéndole en el pecho y la tempestad rugiéndole al oído.

Ryō espoleó a su montura colina arriba, exigiéndole un último esfuerzo antes de dejarla descansar. El sol despuntaba ya sobre la cumbre y vertía el arrebol de la mañana por la ladera. Allí arriba debía encontrarse con Kojirō. Al alcanzar la cima, sin embargo, no halló más compañía que la del viento agitando la hierba y el amanecer sobre las aguas del Kando.

Hizo girar al animal sobre sí mismo, buscando al viejo tonelero. Temió que lo hubieran capturado, que no le hubiesen permitido abandonar el castillo... Hasta que reparó en un recipiente de madera colocado sobre una roca. Desmontó y se aproximó para descubrir que se trataba de un pequeño tonel, como los utilizados para transportar sake. Habían atado una soga alrededor de la que pendían tiras de papel inscritas con sutras protectores. Sobre la tapadera se leía una plegaria por la memoria de Akiyama Ikeda. La abrió y descubrió que la cuba estaba llena de sal.

Consciente de lo que debía hacer, desató el fardo que llevaba a la espalda y colocó la cabeza de su señoría en el interior. Encajó la tapa y se inclinó en profunda reverencia.

—Desde ahora, yo velaré su descanso, *tono* —juró con Amaterasu* por testigo—. Cuando se encuentre con mi padre, tenga a bien decirle que su hijo mantuvo esta promesa.

Días después Ryō alcanzó las inmediaciones del valle de Ottara. Desmontó sobre un crestón cubierto de hierba y ató al caballo con mucha cuerda para permitirle pastar. Después se aproximó al filo y se

* *Amaterasu:* diosa del sol en la religión sintoísta.

acuclilló para contemplar el valle a sus pies. No le costó dar con la casa de los Kuroda: «Nanami está allí —se dijo—, al alcance de mi mano», y lo poseyó el impulso de olvidarlo todo y bajar a su encuentro. Pero aquel era un anhelo ingenuo. No podía permanecer en Ottara, todos allí le conocían y sería cuestión de tiempo que los Sugawara llamaran a su puerta. Tampoco podía llevársela consigo, apartarla de su familia para condenarla a una vida de exilio y miserias, por más que ella estuviera dispuesta a acompañarlo.

Para él solo quedaba la senda del olvido. Un muerto no debía cargar con el corazón de un vivo, era un lastre inútil. Se secó las lágrimas y se puso en pie. Vaciló una última vez, pero finalmente apretó los puños y le dio la espalda a sus recuerdos.

17
La firma de una herrera

La ciudad de Yonago, antaño un puñado de aldeas pesqueras, había crecido hasta copar el largo istmo que separaba el lago Nakaumi del mar abierto. Aquella urbe constreñida entre dos costas poseía el carácter dicotómico que le daban sus puertos. Uno miraba hacia la seguridad del lago, cuyas aguas interiores seguían alimentando a las familias de pescadores y de recolectores de algas. El otro se abría a la azarosa bahía de Miho, azotada por piratas *wakō* y por tempestades. Era la Yonago preferida por quienes buscaban una vida menos sosegada pero más lucrativa.

Nanami llegó a uno de los dos barrios portuarios cuando el sol aún estaba alto, y de inmediato supo qué cara de la ciudad confrontaba. Los marineros se giraban para decirle obscenidades, los borrachos se tambaleaban de esquina a esquina y las «casas de té» proliferaban más que cualquier otro negocio. Parecía lógico que fuera en esas calles donde se ocultara un estraperlista.

Buscaba a un hombre llamado Daigoro, y así se lo hizo saber a los tenderos y a sus clientes, a los cocineros de los puestos de comida, a los transeúntes que parecían más respetables o, simplemente, más sobrios... Pero ninguno supo o quiso darle más indicaciones. Pronto el sol comenzó a declinar a la par que su paciencia.

Agotada, se sentó a orillas de uno de los canales que atravesaban la ciudad. Las aguas comenzaban a reflejar el rojo de los faroles que prendían en las terrazas y ventanas. A su espalda el bullicio no cesaba, pero las voces cambiaban de acento: el jolgorio desinhibido del día daba paso a los susurros, las confidencias y las risas perversas. Nanami se abrazó las rodillas y miró sus sandalias embarradas. Solo ansiaba un buen baño y un lugar donde dormir, pero sabía que por la mañana todo sería aún peor: al despertar se sentiría ridícula y derrotada, incapaz de conseguir nada por sí sola. Debía perseverar, al menos hasta que se pusiera el sol.

Siguió con la vista el cauce del canal. Quizás, si se dirigía al puerto pesquero, encontrara una cuchillería dispuesta a comprarle sus hojas. Los pescadores necesitan buenos filos capaces de destripar, desescamar y descabezar. Allí no la conocían, probablemente nadie hubiera escuchado hablar siquiera de los Kuroda, podría vender los aceros asegurando que los había forjado algún hombre de su familia... Pero la idea la entristeció de inmediato. ¿Había ido tan lejos para mentir? Eso lo podría haber hecho en Izumo; el propio maestro Saburo habría estado encantado de pagarle bien si hubiera dicho que los cuchillos eran obra de su hermano. No, su orgullo y su obstinación la habían conducido hasta allí, y ahora debía ser consecuente. Si había de vender aquel acero, lo haría sin ocultar la verdad.

—¿Eres tú la que anda preguntando por Daigoro?

Nanami levantó la vista, sorprendida de que alguien le dirigiera la palabra. Descubrió a un crío desharrapado, de no más de nueve años. Había visto ratas mejor alimentadas rondando el canal.

El niño se rascaba la nariz mientras aguardaba su respuesta.

—¿Por qué lo preguntas?

—Yo sé dónde encontrarlo. Te lo diré por cinco *mon* de cobre.

Nanami lo observó con suspicacia al tiempo que se retiraba un poco. Desprendía un denso olor a roña y sudor seco.

—¿Cómo sé que no me mientes?

El crío se encogió de hombros.

—Te daré siete monedas si me acompañas al lugar. Pero si me engañas... —Dejó la amenaza flotando en el aire.

—Iré contigo, pero antes págame. —Y extendió una mano churretosa.

La muchacha suspiró resignada. Se descolgó una cuerda que ensartaba un rosario de monedas de cobre, deshizo el nudo que cerraba la guita y contó cinco piezas. Antes de entregárselas, se puso en pie, dispuesta a perseguir al raposillo si salía corriendo en cuanto le pagara.

—Aquí tienes. Te daré las otras dos cuando estemos allí.

El crío hizo desaparecer las monedas entre sus andrajos y le indicó que lo siguiera. La condujo entre el gentío, hacia zonas del barrio cada vez más apartadas y despobladas. Las calles eran lodazales que hedían a orín, y los hombres que se congregaban bajo los voladizos guardaban silencio al verlos pasar, siguiendo a Nanami con miradas torvas.

Nada de aquello parecía amedrentar al muchacho, que callejeaba con total despreocupación. Al cabo de un rato, Nanami se encontraba tan desorientada que no le quedaba más remedio que seguir los pasos de su guía.

—Es en esta calle —anunció el niño, internándose por un miserable callejón apenas iluminado por la puesta de sol.

Nanami se vio obligada a apretar el paso, pues el crío caminaba cada vez más rápido. Hasta que echó a correr.

—¡Espera! —exclamó ella, justo antes de que una puerta se descorriera y dos hombres le cerraran el paso.

Se detuvo en seco, al tiempo que la carrera del granujilla se perdía al fondo del callejón, a espaldas de los recién aparecidos.

—¿Qué nos ha traído el crío? —dijo uno de ellos, contemplándola con lascivia—. Una ciruela jugosa.

—Te dije que era más barato pagar a una rata callejera que a una puta.

La muchacha retrocedió dos pasos antes de girar en redondo, dispuesta a huir. Fue entonces cuando descubrió al que se aproximaba por su espalda. Un miedo súbito, helador, le mordió las entrañas. Quiso pedir ayuda, pero no halló la voz. El ocaso teñía el callejón de un rojo aciago.

—No llores, niña. Si te dejas hacer, te dolerá menos —dijo el otro mientras comenzaba a deshacerse el nudo del pantalón.

—¿Quién sabe? Puede que incluso lo disfrutes —soltó entre risas el que se aproximaba por su espalda, abriendo los brazos para no dejarle un resquicio por el que huir.

Cuando volvió la vista al frente, el primero en hablar ya se sujetaba el miembro en la mano. Lo sacudía buscando una erección que no llegaba.

—¿Por qué habría de disfrutarlo? —preguntó su compañero, alargando unos dedos nervudos—. Cuanto peor lo pase ella, mejor lo pasaré yo.

Apresó a Nanami por la muñeca. Ella tiró, tratando de desembarazarse, pero él le clavó las uñas con fuerza. El contacto de aquellas garras le laceró la piel y la mente, le anticipó el dolor que estaba por venir, obligándola a encogerse como una niña. Se llevó la mano libre al pecho para impedir que le abrieran el kimono, fue entonces cuando halló uno de los cuchillos que ocultaba bajo las ropas. ¿Fue instinto o casualidad? No lo sabría decir, pero tiró de la empuñadura sin dudarlo y la hoja cortó la tela que la envolvía, desgarró la pechera de su propio kimono y cortó con saña el antebrazo de quien la agarraba.

Nanami se sorprendió de la facilidad y profundidad del tajo. La sangre comenzó a manar... Despacio primero, profusamente al instante.

—¡Puta! —gimió el hombre, retirando la mano y ovillándose sobre el brazo.

Hubo un momento de extraño silencio, de desconcierto. Nanami fue la primera en reaccionar: pasó entre los dos que le cerraban el paso y se lanzó a una carrera desesperada. De inmediato, las pisadas de los perseguidores llenaron el callejón.

—¡Esperad! ¡No me dejéis así! —gritó el que se desangraba.

Los pasos se volvieron titubeantes. Los escuchó discutir. Mientras tanto, ella seguía corriendo, corriendo... Cuando se atrevió a mirar atrás, comprobó que uno de los hombres clavaba en ella unos ojos rabiosos, como los de un perro ansioso por que le suelten la correa. El contacto visual fue suficiente para espolearlo tras ella.

Nanami miró al frente y se recogió los vuelos del kimono. Corrió como lo hacía de niña: salvaje, sin decoro ni mesura, respirando desbocada. Resbaló al girar en la esquina, se golpeó contra una pared y siguió adelante. Quebró tras dos esquinas más. Seguía escuchando las pisadas del perro rabioso. Se internó por una calle larga y angosta a la que se asomaban un sinfín de jardines traseros, lóbregos bajo el incipiente anochecer. Sintió que perdía el resuello, que la oscuridad le llenaba los ojos, pero aun así reparó en una puerta entreabierta a su izquierda. Sin dudarlo, se deslizó por el resquicio y cerró.

Apoyó la espalda contra la madera y contuvo el aliento. El pecho le exigía bocanadas de aire y el corazón le batía furioso, pero ella solo escuchaba los pasos que se aproximaban. Cerró los ojos, atemorizada mientras las pisadas resonaban al otro lado de la puerta. Solo cuando estas se perdieron en la distancia fue capaz de respirar.

Aliviada, miró por fin a su alrededor para descubrir que se hallaba en un jardín miserable, tomado por las malas hierbas y la hojarasca. Frente a ella, tendida en la terraza con actitud lánguida, una mujer la observaba. Era joven, pero no una muchacha; vestía un florido kimono azul y fumaba en una larga pipa de hierro.

Se retiró la boquilla de los labios para sonreír con malicia.

—¿Un amante despechado?

Nanami la miró en silencio, demasiado agitada aún. La mujer reparó entonces en el kimono desgarrado y creyó comprender.

—Tranquila, ningún hombre puede entrar aquí sin mi permiso.

La muchacha asintió, insegura.

—¿Tienes dónde ir?

—Estoy de paso. Mi intención era marcharme cuanto antes..., mañana a ser posible.

La mujer pareció compadecerse de ella, pues tras contemplarla con lástima, terminó por cerrar la cazoleta y dejar la pipa sobre una bandejita de metal.

—Ven conmigo, te zurciré eso. De lo contrario los hombres pensarán que te andas ofreciendo.

Nanami se miró el pecho. El desgarrón dejaba a la vista el *nemaki* blanco que usaba como ropa interior.

—Gracias por tu ayuda —dijo con una reverencia—. Me llamo Nanami. No era mi intención irrumpir de esta forma.

—Ya lo imagino. —Su anfitriona descorrió el panel que daba paso al interior de la vivienda—. Yo soy Satomi.

Nanami la siguió con indecisión.

—Con permiso —musitó al entrar, y observó las paredes desvencijadas, el tatami deshilachado, los techos altos de vigas combadas—. ¿Vives sola?

—Comparto la casa con Momohime. —Tomó una caja de madera y se sentó junto al hogar—. No la verás por aquí, es una gata tímida. Se esconde en cuanto vienen los clientes —dijo mientras rebuscaba hilo y aguja en el costurero.

—¿Recibes aquí a tus clientes? ¿A qué te dedicas?

Satomi le lanzó una mirada que concluyó en media sonrisa.

—Se nota que has visto poco mundo. ¿De dónde dices que vienes?

—De Izumo —respondió, azorada por su propia ingenuidad.

—Dame el kimono —le indicó Satomi, al tiempo que le mostraba el hilo que había escogido. Ciertamente se parecía al ocre de sus ropas de viaje.

Nanami se desprendió del *kosode,* se desanudó el *obi* y le entregó el kimono desgarrado. Vestida solo con su *nemaki,* se sentó frente a su anfitriona y apoyó las manos sobre el regazo. Guardó silencio mientras la mujer trabajaba al resplandor de las ascuas. De tanto en tanto, miraba a su alrededor con indisimulada curiosidad.

—Noto que quieres hacerme una pregunta —comentó Satomi sin levantar la vista del zurcido—. Escúpela antes de que te atragantes.

—No quisiera ser indiscreta...

—A estas alturas, no creo que la curiosidad de una chiquilla pueda ofenderme.

—No soy una chiquilla —protestó Nanami—. De hecho, no creo que nos llevemos tantos años.

La otra volvió a mirarla de soslayo.

—No pesan los años, sino lo vivido. Por tu ropa se ve que has tenido una vida fácil. —Rio para sí y tiró del hilo—. Pero te agradezco que me veas joven.

«Una vida fácil», se dijo Nanami, puede que así fuera hasta hace poco.

—Creí que las mujeres como tú... —Calló al instante, sin saber cómo seguir.

—¿Las que damos placer?

Nanami se sonrojó antes de proseguir.

—Creí que vivíais juntas en..., bueno, en casas de té o de baño.

—En burdeles, quieres decir. —La incomodidad de su invitada parecía divertir a Satomi—. Empecé como dices; mis padres me vendieron al burdel de Kinu-san cuando cumplí doce años. Pero supe callar, hice bien el trabajo y gasté poco. Hace unos años pagué por mi libertad y me instalé en esta casa. Estaba abandonada y hasta hoy nadie ha venido a echarme.

—¿No es peligroso vivir sola?

Satomi se encogió de hombros.

—Pago protección a la banda de Heizo, como todas. —Mordió el hilo y tiró con los dientes hasta romperlo—. Sé que habrá noches malas, pero prefiero correr el riesgo si así soy libre de elegir quién visita mi cama. —Le tendió la prenda por encima de las brasas—. ¿Por qué preguntas tanto? ¿Acaso el negocio te interesa?

—¡No, no! —se apresuró a aclarar Nanami, al tiempo que recogía el kimono e inclinaba la cabeza para mostrar agradecimiento—. Era simple curiosidad.

Observó el remiendo, sorprendida por la delicadeza del trabajo. Aquella mujer tenía buenos dedos para la costura.

—Ahora mismo no puedo pagártelo, pero…

—¿Acaso te he pedido dinero? Aquí solemos ayudarnos unas a otras, así los inviernos no se hacen tan largos.

Nanami asintió, agradecida.

—Si no es molestia, me gustaría preguntarte algo más. ¿Conoces a un hombre llamado Daigoro?

Por primera vez, Satomi endureció la expresión.

—Todas las prostitutas de Yonago lo conocen. ¿Qué quieres de él?

Nanami tomó el fardo que llevaba consigo y lo depositó junto al hogar. Con un gesto de la mano, destapó los cinco cuchillos, que palpitaron a la luz de las brasas.

—Tengo entendido que paga bien por el acero de Izumo.

Una arruga partió el ceño de Satomi, incapaz de comprender.

—¿Has venido desde Izumo para vender unos cuchillos?

—Allí no podría venderlos —se limitó a decir.

—¿Acaso los has robado?

Nanami observó el acero que ella misma había forjado.

—Me encargo del taller de mi familia desde hace poco. —Habló sin retirar la mirada—. Conozco el oficio, pero de nada me sirve si nadie compra lo que forjo.

Satomi observó las cinco hojas con mayor interés.

—Y crees que Daigoro estará dispuesto a comprar aquello que no quieren en Izumo.

—En Izumo no lo quieren porque lo ha fabricado la hija de un herrero, no porque mi trabajo carezca de valor.

—Sigue pareciéndome un viaje demasiado largo por cinco cuchillos.

—No se trata solo de estos cuchillos, se trata de los que vendrán. Un estraperlista como Daigoro podría comprar toda mi producción y darle salida a través del puerto de Yonago.

Satomi asintió. Ahora veía aquel acero con los mismos ojos que Nanami.

—Te llevaré hasta Daigoro. A cambio me darás lo que saques por uno de esos cuchillos.

—Me parece justo.

Evaluó a Nanami con una larga mirada que terminó por estremecer a la muchacha.

—¿Hasta dónde estás dispuesta a llegar para conseguir ese trato?

—¿Qué quieres decir?

Satomi negó con resignación.

—Vamos, no conviene que se nos haga más tarde.

La vivienda de Daigoro no se hallaba en el barrio portuario como Nanami habría creído evidente, sino en el altozano que remataba el cabo de Miho, muy cerca del santuario consagrado a Ebisu. Según le había explicado Satomi, desde aquel cabo, en los días despejados, se divisaban las embarcaciones mucho antes de que llegaran a puerto; una importante ventaja si se quería tomar posiciones en los muelles y pujar por los cargamentos más codiciados.

Esa noche, sin embargo, Nanami no veía más que la opresiva arboleda a su alrededor, cerrada sobre la senda que recorría el cabo ganando altura poco a poco. Podía oler el salitre en el aire y escuchar el rumor de las olas, pero nada más indicaba que avanzaran mar adentro, hasta que la pendiente descolló sobre las copas de los árboles y la bahía de Miho se abrió a sus pies. Aquella visión la sustrajo, por un momento, de su realidad inmediata: el reflejo de la luna sobre las aguas serenas, las luces de Yonago diluyéndose en ambas orillas, la inmensa negrura que confundía el mar con el firmamento... Cosas, todas ellas, que no había presenciado en su vida y que aquel extraño viaje había puesto ante sus ojos. «Hay belleza incluso en las horas más oscuras», se maravilló.

—No te detengas —la llamó Satomi, que caminaba varios pasos por delante—. Si nos demoramos más, puede que no nos atiendan hasta por la mañana.

La muchacha se apresuró tras la mujer que, aquella noche, se había convertido en su inesperada compañera. Cuando se puso a la par, Satomi la miró de reojo.

—¿Estás segura de esto?

—Mi padre y mi hermano ya no están. Hago lo que debo para salir adelante.

—¿Y no sería todo más sencillo si te casaras con alguien del gremio? Eres joven y bonita, seguro que no te faltan pretendientes.

—En otras circunstancias, mi hermano se habría hecho cargo del negocio o me habrían casado con un herrero al que mi padre habría adoptado como discípulo. Nada de eso es posible ya.

Satomi torció el gesto.

—Quieres dedicarte a un oficio de hombres, pero solo hay un negocio que nos esté permitido a las mujeres. En él, al menos, somos nosotras las que ponemos las normas.

Nanami no respondió. Se limitó a ceñirse aún más el *kosode* para protegerse de las ráfagas de viento que barrían la vereda.

—¿Alguna vez has amasado arroz? —preguntó de repente Satomi.

La muchacha la miró con extrañeza. Por toda explicación, la mujer cerró los dedos en torno a un mortero imaginario e hizo un delicado movimiento pendular, de arriba abajo.

—A Daigoro le gusta que amasen arroz para él. Puede que eso te ayude a cerrar un acuerdo.

Nanami calló y bajó la vista. No porque se sintiera turbada, sino porque cada paso que daba parecía exigirle otro más, uno cada vez más peligroso o despreciable. Tenía miedo de seguir internándose en aquellas aguas y que, cuando quisiera regresar, ya hubiera perdido de vista la orilla.

Con pájaros tan oscuros revoloteándole en la cabeza, alcanzaron la casa del estraperlista: una abigarrada vivienda de tres plantas en la cima del altozano, expuesta a los vientos y a las frecuentes tormentas de aquellas costas.

—No parece la casa de un hombre acomodado —observó Nanami, plantada frente a los tres peldaños que conducían a la puerta principal.

La estructura se hallaba rodeada por un puñado de arbustos y unos cuantos parterres deslucidos, como si el jardinero hubiera fiado su labor a las flores silvestres y las malas hierbas. El farol de piedra ubicado junto a la entrada estaba apagado, pero una lucerna aún titilaba en la segunda planta.

—Daigoro no es de los que les guste hacer ostentación. Tampoco acumula riquezas. Dice que es la mejor forma de dormir tranquilo.

—¿Qué hace con lo que gana, entonces?

—Compra y presta. Eso hace que los ladrones no puedan robarle y le permite ganarse el favor de los poderosos.

—Parece que lo conozcas bien.

—Cualquiera del barrio portuario te podría decir lo mismo.

Satomi subió los escalones y agitó la campanilla que hacía las veces de llamador. Aguardaron en balde, hasta que la mujer se impacientó y volvió a tocar. Al cabo, la puerta se descorrió un palmo. El rostro de un viejo enjuto asomó por la rendija.

—No son horas para venir a molestar —las reprendió por todo saludo.

—Dile a tu amo que Satomi, la de la cuesta de Tomimasu, ha venido a ofrecerle un negocio.

—¿Qué negocio puedes ofrecerle tú al señor Daigoro? —le espetó—. Márchate y no vuelvas a importunar por aquí.

—Si él no nos atiende, iremos a hablar con Ryuzo. Puede que él sí esté interesado en conseguir acero de Izumo a buen precio. —A la vista de que el sirviente titubeaba, Satomi insistió—: Ya sabes que a tu amo no le gusta dejar pasar ningún negocio, sea grande o pequeño.

—El señor duerme. Vuelve mañana y ya veremos.

—No me mientas, viejo. Hay luz en la segunda planta. —Y dando un paso atrás, alzó la cabeza y comenzó a gritar—: ¡Daigoro-sama, soy Satomi, la de Tomimasu! ¡Tengo una propuesta que hacerle!

—¡Deja de gritar como una loca! —dijo el viejo criado, abriendo la puerta para hacerla callar.

La mujer se zafó de la mano que intentaba taparle la boca y continuó vociferando. Mientras los otros dos pugnaban, Nanami escuchó los pasos que bajaban por la escalera.

—Está bien, Yahei —dijo una voz desde el interior—. Hazla pasar o no nos dejará descansar.

La puerta se abrió de par en par y Daigoro apareció en el umbral. Vestía un sencillo kimono de dormir y sonreía con despreocupación. Nanami había esperado al típico mercader pagado de sí mismo, probablemente orondo y desmejorado por los excesos; el tal Daigoro, sin embargo, pese a rondar los cincuenta, tenía un vientre magro y una mirada despierta, como la de un joven que aún tiene mucho por hacer. En cuanto reparó en la presencia de Nanami, la sonrisa del mercader cobró un cariz lobuno.

—Te dije que querría hablar con nosotras —se burló Satomi, librándose del criado para sacudirse el kimono.

—Siempre es un placer recibir a la bella Satomi —respondió Daigoro con zalamería.

—No es su galantería lo que nos ha traído aquí, sino una oferta de negocio.

El estraperlista adoptó una expresión de fingida sorpresa.

—Pocas veces la fortuna se presenta directamente en mi puerta, normalmente tengo que salir a buscarla —ironizó—. Y, desde luego, nunca llega encarnada por dos hermosas mujeres. —Saludó con una reverencia a Nanami—. Pasad, por favor.

Satomi siguió a su anfitrión con paso decidido; Nanami, con mayor reticencia.

—Yahei, calienta un poco de sake —ordenó el dueño de la casa, al tiempo que las invitaba a sentarse junto a una mesa baja.

Después prendió un par de lámparas antes de acomodarse frente a ellas.

—¿Y bien? ¿Qué es ese asunto que no puede esperar a mañana?

—Lamentamos importunarle tan tarde —dijo Nanami, tomando la palabra por primera vez—, pero he venido desde Izumo expresamente para verle. Es mi deseo alcanzar un acuerdo comercial con usted.

—¿Cuántos años tienes, muchacha? —la interrumpió Daigoro.

—Pronto cumpliré veinte.

El hombre sonrió con franca fascinación.

—¿Cómo es que una chiquilla anda por ahí tratando con contrabandistas? ¿Saben tu padre o tus hermanos que estás aquí, en compañía tan deplorable como la nuestra?

—No tengo a nadie que pueda hacer esto por mí.

—Ya veo —asintió Daigoro, y el lobo volvió a asomar a sus ojos.

—Soy hija del difunto Yashiro Kuroda, herrero oficial del clan Ikeda...

—¡Ah! —murmuró su interlocutor, como si aquello explicara muchas cosas—. Una auténtica desgracia.

—La desgracia de los Ikeda ha arrastrado a muchos en Izumo; entre ellos, a mi familia. —Nanami tomó aire, mentalizada para exponer los hechos de forma llana—. Mi padre y mi hermano han sido asesinados por los Sugawara, no quedan hombres para trabajar en la forja familiar...

Yahei entró en la estancia interrumpiendo la explicación de Nanami. Depositó sobre la mesa una bandeja elevada que contenía pastelillos y un servicio de sake. Sirvió tres platillos —no sin cierto desdén el de las invitadas—, removió las ascuas del brasero y se retiró tan silenciosamente como había llegado.

—Se trata de una situación desdichada, sin duda —dijo Daigoro, dando el primer sorbo al sake—. Entiendo que buscas a alguien que compre el taller de tu padre.

—No. Busco a alguien que compre lo que produzcamos en la herrería para distribuirlo fuera de Izumo.

Daigoro se apartó el platillo de los labios para escrutar a Nanami.

—Has dicho que no queda quien trabaje en la fragua.

—He dicho que no quedan hombres, pero yo conozco bien el oficio. He ayudado en el taller desde que era capaz de sujetar un tizón.

El contrabandista sonrió, descreído.

—¿Pretendes hacerte cargo de la forja? Una muchacha tan menuda ni siquiera podría sostener el martillo.

Ignorando el menosprecio, Nanami colocó sobre la mesa las cinco hojas de acero.

—Estos cuchillos son mi primer trabajo como responsable de la herrería Kuroda. —Se inclinó en una reverencia—. Le ruego que los valore usted mismo.

Daigoro tomó el más largo y lo sopesó con detenimiento. No era ningún advenedizo, según observó Nanami. El contrabandista evaluó el *hada,* el grosor y las posibles desviaciones de la hoja, el encastre en la empuñadura... Hasta que, de improviso, alzó el cuchillo contra el techo y lo descargó sobre el plato de los pastelillos.

Satomi contuvo un grito cuando el filo partió el plato en dos, atravesó la bandeja y se clavó profundamente en la mesa.

Daigoro levantó los ojos hacia Nanami; la muchacha no halló esta vez la menor condescendencia en su mirada. Cuando intentó desclavar el cuchillo, debió apoyar una mano en la mesa y dar un tirón seco para desencajar la hoja. Escrutó el filo y no atisbó mella alguna.

—¿Dices que tú has hecho esta hoja?

—He forjado el acero, tallado las empuñaduras y afilado las hojas.

El hombre asintió al tiempo que se rascaba el mentón.

—Tanto me da quién las haga si mantienes este nivel de calidad. Te pagaré un *monme* por cada cuchillo.

Nanami se inclinó en señal de agradecimiento. La satisfacción brillaba en sus ojos.

—El nivel se mantendrá, lo contrario sería deshonrar el nombre Kuroda. —Y miró de reojo a Satomi, dedicándole una sonrisa de agradecimiento.

—Me alegro de que te parezca un acuerdo favorable —dijo Daigoro, apurando el sake—. Estoy dispuesto a mejorarlo y pagarte seis piezas de plata por todo si lo cerramos de forma amistosa. —Y alargó la mano sobre la mesa para acariciarle la mejilla.

La sonrisa de Nanami se congeló.

—Cinco piezas me parecen un precio justo. Dejémoslo así.

—No seas impertinente, niña. Has venido a proponerme algo y yo lo he aceptado. Es justo que tú aceptes también mi propuesta.

Satomi observó el rostro lívido de Nanami, sus hombros crispados y su mirada hundida en el suelo... «Chiquilla estúpida», le reprochó mentalmente.

—Observe bien sus manos, señor Daigoro —intervino entonces la mujer—. Tiene los dedos encallecidos y las uñas rotas. Son las manos ásperas de una herrera, no las de una amante. —Satomi se inclinó sobre la mesa, dejando que la curva blanca de sus senos se intuyera en la penumbra—. Mis dedos, sin embargo, son pequeños y suaves. —Apartó con ellos la mano que sujetaba la mejilla de Nanami—. Son dedos que conocen el placer de la intimidad.

Daigoro miró de soslayo a la mujer que se le ofrecía antes de volver a contemplar a Nanami.

—Es un buen negocio para usted, señor Daigoro —insistió Satomi—. Y lo cerrará de forma más gratificante que con esos marineros del puerto.

El hombre gruñó con fastidio antes de ponerse en pie.

—Acompáñame —dijo, y se dirigió a la habitación contigua.

Cuando Satomi se incorporó para seguirlo, Nanami apoyó su mano sobre la de ella. La mujer sonrió para tranquilizarla y se liberó. Entró en la habitación donde Daigoro ya aguardaba y cerró el *shōji* con delicadeza cortesana.

Nanami se quedó a solas en el salón, con la mirada perdida en la penumbra. Escuchó los primeros susurros, el crujir de la madera y el frufrú de la ropa al deslizarse. No mucho después, le llegaron los primeros gemidos. Lastimeros al principio..., como si le hicieran daño después.

Bajó la cabeza y cerró los ojos, tratando de escapar así de cuanto sucedía. Los gritos contenidos de Satomi, sin embargo, llegaban claramente a través del papel de arroz. Pronto sus sollozos se convirtieron en súplicas que se alternaban con quejidos de placer, como si la estuvieran sometiendo a un castigo del que no quisiera liberarse. Nanami se sentía desconcertada. Para ella, la intimidad con Ryō nunca le había producido más dolor que el de aquellas primeras ocasiones; y pronto, a medida que ambos aprendían, sus encuentros se tornaron fuente de muchos deleites y ninguna desdicha. ¿Cómo era posible que una mujer experimentada pudiera sentir dolor? ¿Era ese el precio de yacer con alguien a quien no se amaba?

Se sentía una cobarde por permitir aquel castigo. Pero antes de que pudiera decidirse a intervenir, escuchó a Daigoro gruñir y rezongar como un jabalí hasta quedar del todo satisfecho.

No debió esperar mucho antes de que Satomi descorriera la puerta para salir a la estancia principal. Iba recomponiéndose las ropas y, para alivio de Nanami, no tenía marcas en la cara ni se averiguaba padecimiento alguno en su expresión.

—Vámonos, niña —le ordenó con diligencia.

Nanami echó un último vistazo a los cuchillos sobre la mesa, después se puso en pie y la siguió al exterior.

Una vez fuera, bajando ya por la vereda que conducía a la ciudad, Satomi se acuclilló entre los árboles, orinó y se limpió el semen que se derramaba entre sus muslos. Nanami la observaba con preocupación, pese a que la prostituta se manejaba con una naturalidad cotidiana.

Al volver al camino, le dijo:

—Hemos cerrado un buen trato. —Y le entregó cuatro piezas de plata—. La quinta moneda me la quedo yo, como acordamos.

—¿Te... te ha hecho mucho daño? —se atrevió a preguntar.

—¿Daño? No seas tonta.

—Parecía que te doliera.

La miró con esa sonrisa maliciosa que Nanami empezaba a reconocer como habitual en ella.

—Les hago creer que tienen un miembro tan grande que me hacen daño, que están abriéndose camino hasta donde otros no llegan, pero sus pollas son tan ridículas como cualquier otra. Cuanto más pequeñas son, más grito. —Satomi volvió a reír—. Así los muy idiotas siempre vuelven.

Nanami asintió sin ningún alivio. Tras meditarlo un rato, volvió a hablar:

—Tengo una propuesta también para ti.

Satomi le dirigió una mirada inquisitiva.

—Quiero que seas mi enlace en Yonago. Te encargarás de recibir lo que yo produzca y de la transacción con Daigoro. Te llevarás una quinta parte, como esta noche.

—¿Estás segura? No me conoces de nada.

—No conozco a nadie más en esta ciudad.

La mujer alzó la mirada. La noche estaba despejada y no encontró señal alguna de malos augurios.

—Está bien. Podemos intentarlo.

Cuando Nanami llegó a su aldea, la halló tan silenciosa como antes de partir, si bien creyó distinguir que algunas casas volvían a estar habitadas. Pronto las necesidades del campo se impondrían al miedo, y sus vecinos irían regresando poco a poco a sus hogares y sus quehaceres.

Encontró a su madre en el jardín que rodeaba la fragua, removiendo la tierra de las azaleas para airearla. Al verla llegar, Kanao se limpió las manos en el mandil y abrazó a su hija con alivio.

—No vuelvas a dejarme sola —le rogó al oído.

Nanami se apartó con una sonrisa.

—Ha merecido la pena. —Y le mostró las cuatro monedas de plata.

Su madre se llevó una mano al pecho y se sentó en la tarima que daba acceso al taller.

—Por fin tenemos un respiro.

—No solo eso. He alcanzado un acuerdo con un mercader de Yonago, comprará lo que produzcamos a partir de ahora.

Kanao sacudió levemente la cabeza, aunque ya nada la sorprendía.

—Eres obstinada como tu padre. —No se sentía con fuerzas para oponerse a la impetuosa voluntad de su hija—. ¿Cuál es tu intención, entonces? ¿Vivir con una vieja mientras consumes tu juventud forjando azadas y cuchillos?

—Usted no es vieja, madre. —Nanami se arrodilló frente a ella—. Y no forjaré solo azadas y cuchillos.

—¿Qué estás diciendo?

—Los Kuroda somos armeros, siempre nos hemos distinguido por la calidad de nuestro acero samurái.

—¡Has perdido la cabeza! —le espetó su madre—. ¿Quién te ha inculcado tanta arrogancia?

—No es arrogancia, es orgullo por la tradición de mi familia. Sé que puedo llegar a forjar *katanas* de buena calidad.

—No eres más que una niña ingenua. Ningún samurái comprará el arma forjada por una mujer, y ningún horno de la región te venderá *tamahagane*.

Su madre tenía parte de razón. Estaba segura de que Daigoro compraría sus armas si las consideraba de buena calidad, pero no había forma de que los productores de *tamahagane* accedieran a vender su acero a una mujer. Sencillamente, carecería de la materia prima para fabricar armas samuráis.

Inspiró largamente y agachó la cabeza frente a Kanao. Sabía lo que tenía que hacer, pero le era tan difícil... Hasta ese momento había vivido entregada a una fantasía infantil, ambos lo habían hecho, aunque en su fuero interno supieran que no había forma de tener una vida juntos. Ahora los vientos de la guerra habían disipado esa ensoñación.

Los ojos de Nanami se humedecieron por lo que estaba a punto de decir. Se los secó antes de alzar la vista.

—Madre, le ruego que viaje por la región y busque a un artesano dispuesto a casarse conmigo. No me importa su edad o condición, siempre que acepte que sea yo quien trabaje la fragua y quien firme las piezas con el nombre Kuroda.

Kanao contempló a su hija con consternación; incluso cuando Nanami parecía dispuesta a hacer lo correcto, lo hacía por las razones equivocadas.

—El apellido Kuroda aún goza de prestigio —claudicó su madre—, puede que encuentre a alguien dispuesto a asumir tus descabelladas condiciones.

—Hay algo más. —Nanami apartó un instante la mirada, pero terminó por hablar con resolución—: Diga a los interesados que espero un niño... Quien quiera desposarme deberá aceptarlo como propio.

18
El dios de la montaña

Asaemon contempló a la criatura a través de la bruma y la distancia, y el flujo del tiempo se difuminó a su alrededor. El tremolar del viento, la niebla que anegaba el valle arbolado, los caballos resoplando, nerviosos por la muerte de sus jinetes... Todo aquello dejó de existir para Asaemon, que, de repente, confrontaba una cacería como ninguna otra. Una en la que era presa y cazador al mismo tiempo.

Durante una breve eternidad creyó que el demonio le devolvía la mirada, hasta que giró su rostro animalesco y se internó en la fronda más allá del claro.

—¡Es nuestra oportunidad! —escuchó decir a Yumiko—. ¡Pronto llegarán los demás!

En efecto, las zancadas de sus perseguidores descendían por las largas escaleras, reverberaban ya entre los árboles. El samurái asintió en silencio, pero continuó inmóvil, incapaz de apartar la vista de la penumbra que había engullido a Shika no Kōbe.

La muchacha se apresuró junto a él y lo empujó hacia la orilla del camino.

—¡Rápido, huyamos campo a través!

Le obligó a adentrarse en la espesura, hasta que el samurái reaccionó y comenzó a moverse por propia voluntad.

Siguió a Yumiko a través de la enmarañada arboleda. La joven cazadora se deslizaba entre ramas y raíces con la soltura de un zorro, y él se esforzaba por mantener el ritmo, con la voz de sus perseguidores restallando como un látigo a su espalda.

Mientras las ramas bajas le arañaban el rostro, se preguntaba qué acababa de ver. ¿Era posible que un *yōkai* habitara aquella montaña, que la hubiera convertido en su coto de caza? Siempre había vivido ajeno al reino de los espíritus: quizás estuvieran allí, imbuyendo cuanto les rodeaba, pero rara vez asomaban al mundo de los hombres, así que ¿por qué preocuparse de ellos?

Un grito congeló el aire nocturno. Sonó lejano, y ambos miraron hacia atrás sin dejar de correr. Parecía que Shika no Kōbe tampoco había abandonado la cacería. Los perros ladraron en la distancia, excitados y asustados.

—¿Hacia dónde vamos? —preguntó Asaemon.

—¡A cualquier sitio lejos de aquí! —respondió Yumiko con la voz entrecortada.

—¡Detente! No podemos seguir corriendo a ciegas.

La muchacha se obligó a aflojar la carrera hasta dejarse caer contra un árbol. Asaemon se detuvo junto a ella y se inclinó con las manos en las rodillas.

—¿Sabes de algún arroyo cercano? —le preguntó sin apenas aliento.

Yumiko miró a su alrededor, tratando de orientarse, pero estaban tan inmersos en la foresta que no tenía referencias. El cielo nublado tampoco le permitía ubicar las estrellas, así que se echó el arco al hombro y trepó por un tronco. Se enganchó a las ramas bajas y se impulsó a través de la copa. Al rato, se descolgó y se dejó caer junto a Asaemon.

—Por allí baja uno de los arroyos que cruzan el valle —apuntó, señalando al este.

—Hacia allá, entonces. Si avanzamos por el cauce, los perros no podrán seguirnos el rastro.

Se aventuraron aún más en el bosque, apoyándose en el sentido de la orientación de Yumiko hasta que el fragor del agua les mostró el camino. Cuando llegaron junto al arroyo, Asaemon se descalzó y se ató los bajos del *hakama*. La muchacha lo imitó antes de internarse en el cauce, que pronto los cubrió hasta las rodillas y les heló los pies. Mientras se afanaban en caminar contra la corriente, las piedrecillas rodaban por el lecho rozando con sus dedos.

—Haremos noche allí —dijo Asaemon cuando hubieron recorrido unos tres *cho,* indicando un espeso robledal en pendiente.

Abandonaron el riachuelo y ascendieron por la arboleda. Una gruesa capa de hojarasca cubría el suelo.

—Es peligroso hacer una hoguera —advirtió Yumiko—, podrían encontrarnos.

—No haremos fuego. Nos enterraremos entre las hojas, eso nos ayudará a mantener el calor.

Se tendieron entre las raíces de un viejo roble de ramas altas y retorcidas; se ciñeron las ropas y se cubrieron con un manto de hojas rojizas. Aquello no solo les abrigaría, sino que los ayudaría a pasar desapercibidos si había ojos cerca. Cuando se hubieron acomodado, Asaemon le tendió una bola de arroz envuelta en hojas de bijao. Ella la desenvolvió con urgencia y se llevó a la boca un buen puñado.

—Ahora que ha visto a Shika no Kōbe, ¿sigue pensando que somos unos aldeanos ignorantes? —preguntó con los carrillos henchidos de arroz.

El samurái desenvolvía su propia cena con parsimonia.

—Ojalá hubiera traído una calabaza con sake. —Suspiró—. Con el suficiente sake soy capaz de ver espectros, demonios y a toda la corte celestial. —Mordió la bola de arroz—. Y soportaría mejor toda esa cháchara tuya sobre Shika no Kōbe.

Yumiko dejó de masticar y lo atravesó con la mirada.

—No haga eso.

—¿Que no haga qué? —preguntó el otro, limpiándose la boca con el dorso de la mano.

—No hable como si fuera un borracho al que todo le da igual. Sé bien que no es así.

El samurái arrugó el ceño y dio un trago; de agua, para su fastidio.

—¿Nunca te han dicho que tienes la lengua demasiado afilada? Cualquier día te cortarás con ella.

—Respóndame en serio: ¿qué piensa de lo que hemos visto?

Asaemon exhaló por la nariz, harto de que aquella mocosa lo reprendiera como si el muchacho fuera él.

—Pienso que hay quien tiene la habilidad de hacer ver a los demás cosas que no están ahí. Y pienso que hay un engaño aún peor: el de aquellos que ven lo que ansían ver. Contra la mentira que uno mismo se cuenta hay poco que hacer, ni la verdad más evidente es capaz de rebatirla.

—¿Y los que se niegan a ver algo aunque se lo encuentren de cara? —le espetó Yumiko—. ¿Cuán malo es ese engaño?

—Si así duermes tranquila, te diré que Shika no Kōbe existe, pero aún no sé si es aquello que vosotros creéis.

—Empiezo a comprender por qué lo enviaron aquí —dijo la muchacha, asintiendo como si por fin desentrañara un misterio—. No es porque sea un gran samurái o un gran rastreador, es porque nadie debía de soportarle en Izumo.

Los labios de Asaemon estuvieron a punto de esbozar una sonrisa, pues aquel dardo era más acertado de lo que ella pretendía.

—Acábate la cena y duerme de una vez. Mañana volveremos al camino. Entonces veremos si tu demonio dejó algún tipo de rastro.

Asaemon se acuclilló y pellizcó un terrón de barro apelmazado; frotó los dedos hasta que la tierra impregnada de sangre se desmenuzó. Después levantó la cabeza y miró a su alrededor.

—Lo han limpiado todo —masculló—. Solo quedan algunas salpicaduras de sangre seca. Probablemente no las vieran durante la noche.

—¿Por qué tanto empeño en ocultar lo sucedido? —preguntó Yumiko.

—Las sectas de *yamabushi* guardan con celo sus secretos. Por eso se instalan en lugares retirados y siembran miedo y superstición a su alrededor, para que los lugareños no se acerquen. —El samurái se puso en pie y se sacudió el *hakama*—. Lo que hacen en su retiro, pocos lo saben. Se dicen maestros de viejos secretos, practicantes del budismo esotérico... Palabrería para embellecer sus depravaciones.

Yumiko se abrazó los hombros. Las palabras de Asaemon le provocaron un extraño escalofrío.

—¿Cree que esa gente se llevó a mi hermana y a las demás?

El guerrero la miró y la descubrió enferma de preocupación. Mentir nunca era un buen remedio en estos casos.

—No lo sé, es posible. —Se rascó el mentón, pensativo—. Pero deberían haber sabido que cinco crías llaman demasiado la atención. ¿Por qué hacer algo así cuando te has tomado tantas molestias para que nadie descubra tu presencia?

—Puede que Shika no Kōbe sea la respuesta a todo. A las desapariciones y a la presencia de los *yamabushi.*

Asaemon la interrogó con la mirada.

—Quizás escucharon hablar de Shika no Kōbe y también creyeron que se trataba de las supersticiones de unos campesinos —prosiguió Yumiko—. Pensaron que sería más fácil mantener a la gente alejada de una montaña que ya creían maldita.

—Y al instalarse, descubrieron que las habladurías no eran del todo infundadas —completó Asaemon—. Es posible. Desde luego, el de anoche no fue el primer encuentro entre ellos. —Levantó la vista hacia el claro al final del camino—. Parecía la enésima batalla de una vieja contienda.

—Pero todo esto sigue sin explicar las desapariciones.

—Puede que las muchachas vieran algo que no debían —aventuró Asaemon mientras se dirigía hacia el claro donde se había aparecido la criatura—. Ahora mismo solo tenemos conjeturas.

Se detuvo en el centro del claro y miró a su alrededor, a las filas de cedros y pinares que se cernían sobre ellos. Hilachos de niebla se deslizaban sobre el brocado de hojas rojas que alfombraba el suelo.

—Debemos dar con tu demonio —dijo mientras oteaba la arboleda—. Ya sabemos que los *yamabushi* prefieren matarnos a responder nuestras preguntas. Probemos suerte con la criatura.

—¿Lo dice en serio? ¿Quiere hablar con Shika no Kōbe?

—¿Por qué no? Si algo descubrimos anoche, es que no se trata de una criatura carente de raciocinio. Combatía sobre dos patas y usaba armas, como un hombre o un *tengu*[*].

---

[*] *Tengu:* criatura del folclore japonés de aspecto similar al de un ave humanizada. Habitaban en las montañas y los bosques, y se les atribuía una gran pericia guerrera.

—Cinco mujeres han desaparecido y varios hombres han muerto, seguramente a manos de ese demonio..., ¿y pretende buscarlo para conversar con él?

—Quizás «conversar» no sea la palabra —respondió distraído mientras se aproximaba a la linde por la que la criatura había desaparecido.

Durante un rato, Asaemon buscó huellas, ramas dobladas, corteza desprendida, musgo aplastado... Terminó por incorporarse con expresión contrariada.

—Un *yōkai* no es como un hombre —dijo Yumiko—, sabe moverse sin dejar rastro.

—No se trata de una criatura etérea que flota sobre el suelo. Pude verlo bien: las ramas se movían a su paso, exhalaba vaho, sus flechas eran sólidas y pesadas. Shika no Kōbe huella este mundo como cualquiera de nosotros.

Yumiko se descolgó el arco del hombro y se sentó con las piernas cruzadas. Se sentía inútil mientras vagaban de un lado a otro por aquella montaña. ¿De qué serviría buscar a Shika no Kōbe? ¿Cómo dar con una criatura a la que pocos han visto y de la que todos huyen?

—He escuchado historias sobre Shika no Kōbe desde que tengo uso de razón —comenzó a decir—, lleva muchos años en esta montaña, la ha hecho suya. —Miró a su alrededor con expresión abatida—. Si alguien sabe ocultarse aquí, es él.

Asaemon inclinó las vainas de su *daishō* para sentarse frente a ella.

—Quizás no podamos rastrearlo, pero sabemos que emergió de la espesura en este mismo punto. ¿Qué hay más allá de este claro?

—Nada. El terreno se vuelve cada vez más escarpado y el valle se eleva hacia el pico de montaña. Los pocos caminos que había quedaron sepultados hace tiempo.

El samurái quiso otear la cumbre, pero el sol le obligó a protegerse el rostro.

—Si existían caminos, es porque había algún sitio al que llegar. ¿Nadie te ha hablado nunca de lo que hay más allá?

—Nadie se interna tanto en la montaña, y menos desde que la habita un demonio.

Siguió la mirada de Asaemon hasta aquellas cumbres lejanas; se le antojaron tan inaccesibles como el mismo cielo, y ese pensamiento pareció iluminar un recoveco de su memoria.

—Los más viejos cuentan que antes era tradición peregrinar a una ermita que se hallaba cerca de la cima. Los cazadores y los leñadores subían allí al menos una vez en la vida para presentar sus respetos al *kami* de la montaña. Le pedían permiso para alimentarse de ella y le rogaban protección. Pero los desprendimientos hicieron la ruta inaccesible y el lugar quedó abandonado.

Asaemon asintió con gesto pensativo, hasta que finalmente se puso en pie, decidido.

—Vamos.

—¿Hacia dónde?

—Si hubiera de habitar durante años en esta montaña, un santuario inaccesible me parecería un buen refugio.

—¿No ha escuchado lo que le he dicho? La gente dejó de ir, ya no hay forma de llegar.

—Puede que sea cierto, o puede que los jóvenes, simplemente, perdieran interés en la tradición. Las costumbres son importantes hasta que dejan de serlo.

Daizembo cruzó el gran patio en dirección al *dojo* donde solían meditar los antiguos habitantes del monasterio. Él también meditó allí durante un tiempo, siempre en compañía de los bonzos con los que compartía arroz, penurias y el noble camino de las Ocho Vías. Recordaba sus nombres, sus rostros, la camaradería con la que lo acogieron, la hermandad que le depararon durante esos años, sin sospechar nunca que daban refugio a una serpiente. También había tallado un buda por cada uno de ellos.

No entró en el pabellón semiderruido, hacía tiempo que su oscuridad inexpugnable no le daba paz. Prefería meditar bajo el firmamento estrellado, frente a una pequeña fuente de piedra erigida a la entrada del *dojo*. Allí le aguardaba siempre una sencilla estera de juncos que nadie más ocupaba. Se sentó en la posición de loto y dejó descansar las manos sobre el regazo, la espalda bien erguida. «Camina o siéntate, pero hagas lo que hagas, no te tambalees», rezaba la vieja enseñanza. Él procuraba seguirla a rajatabla. Aunque a veces dudara de sus actos, aunque supiera que eran malvados a ojos de muchos, debía seguir su camino con paso firme, pues era la única forma de recorrerlo hasta el final.

Un canal con agua cruzaba el patio frente a él y alimentaba el molinillo de la fuente; este hacía girar una rueda de plegarias colocada en el interior de una hornacina. En el cilindro de bronce se había inscrito el mantra de la compasión, que giraba y giraba en una eterna plegaria por los difuntos.

—Maestro —dijo una voz a espaldas de Daizembo.

El abad se limitó a alzar sus facciones huesudas, sin mirar atrás.

—Acaba de llegar un cuervo a la atalaya. Trae respuesta de Izumo. Al parecer, el *karō* envió a un samurái para investigar las desapariciones. Se trata de Asaemon Hikura, maestro rastreador del castillo de Hamayama.

—Así que no es un simple *rōnin* contratado por los aldeanos.

—No, Daizembo-sensei. Eso explicaría que sobreviviera al asalto en su cabaña.

—¿Por qué habrían de enviar a un samurái de valía?

—Parece que quien lo envió no sabía de nuestra presencia aquí, ni conoce el servicio que prestamos a su señor.

Daizembo hizo chascar la lengua, harto de la torpeza de los clanes menores. Poner un territorio de la importancia de Izumo en manos de un daimio como Gendo Sugawara no había traído más que problemas.

—Quiero que respondas directamente a la corte Sugawara. Diles que el samurái no debe llegar a prestar testimonio, no puede quedar registro escrito de lo que ha visto. De lo contrario, la posición de su señoría podría verse gravemente comprometida.

Yumiko y Asaemon acometieron el ascenso cuando el sol no había alcanzado aún su cénit. Primero avanzaron hacia el este, atravesando la vasta arboleda que cubría el valle elevado, otrora caldera de un volcán ya extinto. En la cara oriental del antiguo cráter se elevaban las cumbres más altas, aquellas que la joven cazadora había señalado como inaccesibles, y la ruta no hacía sino darle la razón a cada paso.

Una vez dejaron atrás la floresta, comenzó el penoso ascenso por la pedregosa ladera, y cuanto más subían, más les hostigaban el viento y el frío. Mediada la tarde encontraron los primeros neveros, de un blanco tan prístino que molestaba a la vista. Las orejas comenzaron a dolerles y el aliento se condensaba en cuanto escapaba de sus labios, formando densas fumarolas. Avanzaban por empinadas cañadas de piedras sueltas, traicioneras, pues cada pisada podía provocar un desprendimiento que los arrastrara. Según transcurrían las horas, la nieve se iba haciendo más frecuente y cuajada, desdibujando las veredas bajo sus pies.

—No hay más huellas que las nuestras —dijo Yumiko, que apenas había abierto la boca en toda la travesía—. Si Shika no Kōbe se moviera por estos parajes, debería haber dejado algún rastro.

—¿Ahora crees que deja un rastro? —preguntó Asaemon, con el *sugegasa* tan calado que ocultaba su rostro casi por completo.

—Usted mismo lo dijo: «Huella este mundo como nosotros».

—Te aseguro que cualquiera que se oculte aquí, sea hombre o demonio, conoce rutas mejores. Nosotros no tenemos tiempo de buscarlas, así que debemos conformarnos con la más evidente.

Caía la tarde cuando descubrieron que la ruta evidente se hallaba truncada por un derrumbe. Frente a ellos, la cornisa por la que ascendían se había desprendido de la pared dejando un vano de más de dos *ken*. Asaemon se acuclilló junto al filo y observó la larga caída. No se trataba de un abismo, pero perder pie allí significaba precipitarse contra la pendiente rocosa; no debía de ser agradable rodar ladera abajo mientras la piedra filosa te quebraba los huesos y te desgarraba la piel. Preferiría reventarse contra el fondo de un precipicio como una uva henchida, sería una muerte más rápida.

—Puedo saltarlo —dijo Yumiko a su espalda.

Asaemon ni siquiera la miró por encima del hombro.

—Desandaremos el camino y buscaremos otra vía.

—He saltado ríos más anchos.

—No es lo mismo mojarte los bajos del kimono que estrellarte contra las rocas.

—No podemos volver atrás, no podemos seguir perdiendo el tiempo —le espetó Yumiko.

Asaemon se incorporó para confrontarla.

—Volveremos atrás. No seré yo quien diga a tu madre que ha perdido a sus dos hijas.

Yumiko le sostuvo la mirada, desafiante.

—Aunque consiguieras saltarlo, ¿de qué serviría? —trató de razonar el samurái—. No pienso seguirte por ahí.

Parecía que la muchacha no tenía réplica, así que se puso en marcha antes de que se le ocurriera una.

—Busquemos un sitio donde pasar la noche —dijo mientras retrocedía por la cornisa—. Con la luz del día quizás seamos capaces de encontrar otro camino.

Apenas hubo desandado un trecho, escuchó las rápidas pisadas a su espalda. Se volvió a tiempo de ver cómo Yumiko corría hacia el desprendimiento, cogía impulso antes de llegar al filo y saltaba con inusitada agilidad.

El viento agitó sus ropas durante el breve vuelo, hasta que cayó al otro lado y rodó por el suelo. Varias flechas se salieron de la aljaba y se esparcieron por la cornisa; la muchacha se incorporó al instante con la mano en el hombro. Parecía haberse lastimado al rodar sobre la piedra, pero la satisfacción le iluminaba el rostro.

—Lánceme el arco. Creo que podré llegar al santuario antes de que caiga la noche.

Asaemon blasfemó entre dientes antes de responder en voz alta:

—¿Crees que un arco te servirá de algo si te encuentras con ese demonio?

—¿Ahora cree que es un demonio? —gritó ella.

El samurái cerró los ojos e hizo por aplacar su temperamento. Ya era bastante indigno que aquella cría le desobedeciera, pero sería aún peor comenzar a discutir a voces. Sin mediar aviso, arrojó el arco al otro lado y Yumiko lo atrapó al vuelo. A continuación, le lanzó las alforjas, se ajustó bajo la barbilla la cinta del *sugegasa* y se aseguró de llevar los sables bien ceñidos.

—¿Es que piensa saltar? —preguntó Yumiko con cierta aprensión.

—¿Acaso me has dejado alternativa?

Retrocedió varios pasos para coger impulso.

—Quizás debería buscar otro camino…

Asaemon la calló con una mirada asesina. Después se concentró en el salto que tenía frente a sí. No recordaba la última vez que había cometido una insensatez como aquella. Quiso calcular la distancia, pero concluyó que daba igual; ya no podía echarse atrás. Comenzó a correr y la grava crujió bajo sus sandalias.

Su carrera se le antojó demasiado lenta; el salto, demasiado corto; la cornisa opuesta, muy lejana. «¿Por qué estoy haciendo esto?», se preguntó una vez en el aire.

Pero, para su sorpresa, sus pies tocaron suelo al otro lado, justo en el borde. Por un instante se creyó a salvo, casi eufórico, hasta que el filo se desmoronó bajo su peso y lo arrastró entre cascotes. Yumiko se abalanzó hacia él y logró asirlo por la manga, pero el peso tiró de ella y la hizo caer. Aun así, le dio al samurái tiempo suficiente para buscar un apoyo con los pies y aferrarse con los brazos al filo.

Asaemon pataleó hasta que consiguió encaramarse a la cornisa. Tenía el *hakama* desgarrado, al igual que las holgadas mangas del *haori*. Un largo arañazo le recorría el antebrazo, se había golpeado en el rostro y le sangraban las uñas tras clavarlas en la piedra. Flexionó los dedos para asegurarse de que ninguno estaba roto; los necesitaría si había de empuñar el sable.

Después alzó la vista hacia Yumiko, que lo observaba con una expresión a medio camino entre el alivio y la sorna.

—Si llego a despeñarme por tu culpa, juro por todos los *kami* que te habría arrastrado conmigo.

—¿Ve como no era un salto tan difícil? —respondió la muchacha sin evitar una sonrisa, y se echó el arco al hombro—. Continuemos. Estamos cerca de la cumbre.

Aún se toparon con un par de obstáculos más durante el ascenso, pues los desprendimientos parecían más habituales a aquella altura, donde la nieve se acumulaba durante muchos meses en salientes y cornisas. Atravesaron la gélida bruma del mar de nubes, que rompía contra la ladera como una marea serena y, al dejar la niebla atrás, divisaron por fin las últimas cumbres, coronadas con pinos de ramas blancas y raíces que libaban el agua de las rocas.

—Allí —dijo Yumiko, señalando una cresta desmochada.

La pendiente para llegar hasta ella no parecía muy pronunciada; en su cima se divisaba una arboleda entre cuyas copas despuntaba el tejado de un santuario. La muchacha corrió a encaramarse a un peñasco; oteó a su alrededor hasta encontrar el arco *torii* que marcaba el camino hacia la ermita.

—¡Estamos cerca! —anunció.

Asaemon se descolgó los bártulos y sacó de la bolsa un farol de hierro. Mientras Yumiko regresaba, se afanó en encender la mecha con pedernal, aunque el viento no dejaba de arrastrar las chispas.

—No necesitamos luz —dijo al llegar junto a él—. Por ahora la luna está descubierta, sabré guiarnos.

El guerrero se incorporó cuando hubo prendido la lámpara.

—No subirás conmigo.

Yumiko se envaró de inmediato, desafiante una vez más. A Asaemon le complacía aquella fiereza un tanto ingenua, se reconocía en ella, pero esta vez debía imponerse:

—¡Escúchame por una vez! No sé si esa criatura es humana o demoniaca, solo sé que es un guerrero excepcional. Si está ahí arriba y decide atacarme, es muy posible que acabe como los hombres que partieron en su busca..., que acabe como tu padre. —Tomó un pañuelo que llevaba doblado contra el pecho; el blasón familiar de los Hikura relucía bordado en amarillo sobre negro: dos flechas emplumadas cruzadas en un círculo—. Si no he regresado antes de la alborada, lleva esto a Izumo. Entrégaselo al señor Soju Hashiba y cuéntale lo que hemos averiguado.

Tomó la mano de Yumiko y puso en ella el pañuelo. Después se colgó la linterna del *obi* y comenzó el ascenso en solitario. Mientras se alejaba, Asaemon cerró los ojos en un ruego silencioso a Buda: esperaba haberla convencido, esperaba no escuchar sus pasos tras él. Respiró aliviado al echar la vista atrás y verla allí clavada, contemplándolo mientras la ventisca le agitaba las ropas y le enmarañaba el pelo. Si había de morir, quería hacerlo con la tranquilidad de saberla viva.

Cruzó bajo el *torii* que marcaba el paso a terreno sagrado. El rojo desvaído de los pilares parecía refulgir en la nevada. Al otro lado lo aguardaba una larga escalera de peldaños intuidos; lámparas de piedra flanqueaban el ascenso, pero aparecían desmoronadas, incapaces de albergar llama alguna. Todo allí había sucumbido al tiempo y al olvido.

Al coronar la cima, se halló rodeado por la rala arboleda que daba amparo a la ermita. Esta era un pabellón sencillo, casi tosco en su construcción, de paneles mal encajados y tejas desparramadas. Miró a su alrededor, atento el oído y afilada la mirada, pero allí reinaba la soledad más absoluta. Solo el viento infundía algo de vida al lugar al agitar las ramas y arremolinar la nieve.

Apoyó la mano sobre la empuñadura del sable y avanzó hacia el santuario. No había más luz en su interior que la exigua claridad que se colaba entre los tablones; tampoco se percibía olor a leña o incienso. Era muy probable que hubieran subido hasta allí en vano, se dijo al tiempo que apoyaba el pie en el primer escalón. Aun así, antes de aventurarse un paso más, escrutó de nuevo cuanto le rodeaba... Por fin, subió a la tarima y descorrió con el hombro la puerta de madera.

Asaemon adelantó la linterna para alumbrar la estancia. Era una ermita inusitadamente pequeña, de no más de diez tatamis de superficie; el sacerdote que la hubiera habitado había abrazado una vida verdaderamente austera. En las paredes se alineaban tablas de arcilla en las que se habían inscrito plegarias y bendiciones; muchas de ellas se encontraban despedazadas en el suelo, probablemente derribadas por el terremoto del día anterior.

Se adentró en la oscuridad. A cada paso los fragmentos de arcilla se quebraban bajo sus pies. El aire hedía a polvo y la madera, a podrido. Un manto de decadencia cubría el lugar salvo por un único elemento que resultaba incongruente: alguien había instalado un altar budista al fondo del pequeño santuario. Las tallas lucían intactas, había arroz y sake en los cuencos de las ofrendas y el incienso quemado parecía fresco.

Al aproximar la lámpara, Asaemon descubrió sobre el altar una caja lacada en rojo atada con una cuerda *shimenawa*[*]. Fue a alargar la mano cuando escuchó la tarima crujir a su espalda.

Se volvió de inmediato con la luz alzada y, por un instante, pudo vislumbrar la imponente figura de Shika no Kōbe contra la

[*] *Shimenawa:* sogas de paja de arroz trenzada que, según la creencia sintoísta, impiden el paso de los malos espíritus. Suelen colocarse a la entrada de los templos o alrededor de elementos sagrados.

entrada. La luna se enredaba en su corona de cien astas, un grueso pelaje le cubría los hombros y la espalda, y en la mano sujetaba una descomunal *nodachi*[*] cuya punta rozaba el suelo. Sobrecogido, Asaemon acertó a reaccionar lanzándole la linterna para poder echar mano a su espada. La criatura no cometió el error de apartarse, sino que avanzó dejando que el farol se estrellara contra su pecho al tiempo que blandía su arma contra el intruso.

La luz se extinguió con un chisporroteo y Asaemon logró esquivar la pesada hoja por puro instinto. El acero flameó a un palmo de su cabeza y arrasó con varias de las tallas que se alineaban en las paredes. Los fragmentos llovieron sobre el samurái, que trataba de escabullirse para desenvainar la *wakizashi*.

Todas las escuelas de esgrima enseñan a combatir con sable corto cuando existe el riesgo de que una hoja larga quede atorada en vigas o puertas. Su adversario, sin embargo, parecía ajeno a tales pormenores, y barría la oscuridad a uno y otro lado. Asaemon solo alcanzaba a entrever el fugaz reflejo de la hoja acosándolo, buscando su cuello y sus piernas. Era un arma desmesurada, concebida para blandir a caballo, pero su enemigo la enarbolaba con furia y le impedía plantear un contraataque.

Al retroceder tropezó contra el altar y varios de los cuencos y tallas cayeron al suelo. Aquello pareció espolear aún más a Shika no Kōbe, que embistió contra la sombra que identificó como su rival. Asaemon alcanzó a ver la punta de la *nodachi* cuando se hallaba a un palmo de su pecho, y logró hurtar el cuerpo lo justo para que la hoja solo le rozara el hombro. Estaba acorralado en aquella estancia, debía salir de allí si quería tener alguna oportunidad, pero su adversario siempre se movía obstruyendo la salida. Desesperado, decidió luchar como vivía: jugándoselo todo a una carta.

Así que, en lugar de escabullirse entre penumbras, armó la guardia con la punta de la *wakizashi* frente a sus ojos.

—¿¡Es que acaso no me ves!? —le espetó a la oscuridad—. ¡Estoy aquí, monstruo! —Y aguardó el embate.

---

[*] *Nodachi:* sable primitivo, más largo y pesado que la posterior *katana*, empleado habitualmente como arma de caballería.

Este fue salvaje, súbito como un golpe de mar. La gran sombra se adelantó, su contorno perfilado por la luz de la luna, y descargó un mandoble poderoso, oblicuo, que caía sobre el hombro izquierdo de Asaemon.

El samurái sonrió: por fin un ataque predecible.

Antes de que la inmensa hoja lo partiera en dos, acertó a agacharse y abalanzarse hacia delante. Cortó el vientre de Shika no Kōbe al paso, sin dejar de avanzar, pero la hoja salió repelida como si se hubiera estrellado contra la piedra.

Asaemon no se detuvo, pasó bajo los brazos de la criatura y se precipitó hacia la puerta, sintiendo aún en sus muñecas el estallido del acero contra aquella piel impenetrable. Trastabilló por los escalones que daban acceso al santuario y salió a la arboleda.

Cuando se giró con la guardia preparada, Shika no Kōbe ya se erguía junto a la entrada. Era alto, pero no tanto como le había parecido en el interior; su grueso pelaje era, en realidad, la piel de un oso que le colgaba de los hombros; su cornamenta de cien puntas era un casco samurái, y su rostro con hocico de ciervo, una máscara demoniaca.

—¡Por fin un enemigo al que puedo cortar! Estaba harto de perseguir sombras. —Asaemon se tocó la herida en el hombro y escupió al suelo, esbozando una sonrisa salvaje—. Cuando todo se reduce a matar o morir, la vida se vuelve mucho más sencilla.

Por toda respuesta, Shika no Kōbe corrió hacia él arrastrando la inmensa hoja. El samurái aguardó la embestida con los pies firmes, y solo se apartó en el último momento para cortar la espalda de su adversario, desprotegida al pasar junto a él. Este no pareció inmutarse por el tajo, pues se revolvió con inusitada velocidad al tiempo que golpeaba con la *nodachi*, arrancando la *wakizashi* de las manos del samurái.

Asaemon debió retroceder mientras desenvainaba la *katana*. En otras circunstancias el combate ya hubiera concluido, pero se enfrentaba a un adversario enfundado en una armadura de batalla, mientras que él no tenía más protección que sus reflejos y su dudosa suerte. Sus posibilidades eran ciertamente escasas.

—¡Tira la espada! —escuchó gritar a alguien—. ¡Da igual lo gruesa que tengas la piel, a esta distancia atravesaría la corteza de un árbol!

Los dos combatientes se volvieron hacia la muchacha que avanzaba entre los árboles. Yumiko sujetaba el arco en su punto de tensión, los hombros firmes, la flecha ansiando ser liberada.

—Será mejor que le hagas caso —dijo Asaemon a su adversario—. Es perfectamente capaz de atravesarte la garganta.

Pero la criatura no parecía escucharle; en su lugar, contemplaba a la recién llegada con extraña fascinación. Bajó la *nodachi,* como si esta hubiera perdido todo propósito, y se llevó la mano al cierre de la máscara. La retiró despacio, descubriendo el rostro de un hombre confuso, acaso esperanzado...

—¿Nanami? —preguntó Shika no Kōbe.

Yumiko afiló la mirada y tensó aún más el arco.

—¿De qué conoces a mi madre?

19
El gorrión en la rama

Ryō contempló con asombro el rostro de la arquera, su gesto decidido, aquella mirada inquisitiva que le era tan familiar...

—Te pareces tanto a ella —murmuró.

Era más alta y desgarbada, ahora lo veía, pero había mucho de Nanami en esa muchacha. Más que suficiente para desarmarlo, para arrastrarlo a una tormenta de recuerdos que lo zarandeaban. ¿Cuántos años hacía que no la veía? ¿Cuántos años baldíos?

Yumiko aflojó la tensión del arco y estudió al guerrero por encima de la punta de su flecha.

—¿Tú eres el demonio? —preguntó, casi decepcionada—. ¿Tú eres Shika no Kōbe?

—¿Así es como me llamáis? —Sonrió con tristeza—. No soy ningún demonio, aunque tampoco sé cuánto queda del hombre que fui. —Y mirando de reojo la heráldica que exhibía Asaemon, añadió—: Pero dime, ¿por qué la hija de Nanami Kuroda conduciría hasta aquí a un perro de los Sugawara?

—Este perro se llama Asaemon Hikura —respondió el aludido—, y ha venido desde Izumo para dar con cinco niñas desaparecidas en esta montaña. Quien se las llevó, no las ha devuelto, pero sí dejó seis cadáveres tras de sí.

La acusación quedó suspendida en el aire, pero el demonio ni siquiera hizo por sacudírsela de encima. Se limitó a asentir con gesto grave.

—No es a mí a quien buscáis, entonces. —Y sin dar más explicaciones, les dio la espalda y echó a andar—. Seguidme si queréis.

Asaemon y Yumiko compartieron una fugaz mirada, una advertencia mutua de que no podían bajar la guardia, antes de seguir los pasos de su extraño anfitrión. Aparentemente ajeno a tales cautelas, Ryō los condujo tras la ermita y se adentró por una senda oculta en la arboleda. Debieron abrirse camino por un denso ramaje reacio a franquearles el paso, hasta que la arboleda se asomó a la inexplorada cara este de la montaña. Ante ellos se desplegó el valle de Ottara, rodeado de colinas que lo ocultaban a ojos extraños. Solo el monte Daisen, lejano en el horizonte, parecía elevarse sobre ellas.

Yumiko se detuvo para contemplar todo su mundo y, al verlo desde allá arriba, comprendió cuán pequeño era. No le costó localizar la aldea hundida entre el tupido gris de los pinares, y se dijo que quizás durante el día se apreciara el humo que ascendía desde la fragua de su madre. Un poco más allá crecía el cañaveral a orillas del Kamedake, cuyo cauce resplandecía bajo el hechizo de la luna hasta perderse en lontananza. El paisaje ribereño, tan prosaico y familiar a ras de suelo, parecía una ensoñación visto desde allí.

—No te entretengas —la llamó Asaemon, y ella asintió casi por inercia.

Los dos samuráis recorrían ya el camino que descendía por la ladera externa, y Yumiko se apresuró tras ellos. Era fácil sentirse expuesta a tal altura, con la pared de piedra a la izquierda y un abismo a la derecha, así que imitó a Asaemon y avanzó con una mano siempre en la roca. El hombre que abría la marcha, sin embargo, recorría la cornisa con el paso fácil de quien ha hecho un mismo camino cientos de veces. Era alto, más que Asaemon Hikura, y les daba la espalda como si en verdad fuera invencible en aquella montaña.

Llegados a cierto punto, se detuvo para descorrer una estera de bambú que tapaba una hendidura. Se inclinó y pasó al interior. Yumiko y Asaemon permanecieron en el umbral, observando la oscuridad con desconfianza, hasta que el otro prendió varios cirios y removió las ascuas del hogar. El palpitar de las llamas ganó intensidad, desvelando una cueva adecentada con alfombras de tatami y algunos útiles cotidianos. Había incluso muebles, probablemente traídos desde la ermita. Asaemon alzó la vista al ver que el humo de las ascuas se perdía en el techo, en una grieta que hacía las veces de respiradero y chimenea.

—Acomodaos —dijo el ermitaño mientras se aflojaba las correas de la armadura—, nada os pasará bajo mi techo.

Se sacó el casco y las hombreras y los echó dentro de un baúl. Lo mismo hizo con los faldones de cuero. Tenía las manos cruzadas por un sinfín de cicatrices, probablemente de moverse entre zarzas durante años, y su cuerpo era flexible y nudoso como ramas de roble.

—Hay guiso de jabalí en la olla —dijo tras cerrar el baúl—, podéis serviros si es de vuestro agrado.

—Eres un antiguo vasallo de los Ikeda, ¿me equivoco? —le espetó Asaemon.

El interpelado se detuvo en seco, aunque no llegó a girarse.

—No lo ocultas muy bien. Tu desprecio por los Sugawara te delata.

—¿Por qué habría de ocultar que soy leal al auténtico señor de estas tierras?

«Habla como si aún quedara algún Ikeda al que servir», pensó Asaemon. Así que no estaba ante un asceta que se hubiera retirado del mundo, sino ante un samurái que aún creía en una causa. Eso explicaba su obstinación en sobrevivir.

—En Izumo no hay más señor que Gendo Sugawara. Ya nadie recuerda el nombre Ikeda. —El tono de Asaemon era hiriente—. No les quedan en este mundo ni leales ni enemigos.

—En eso te equivocas, samurái —dijo su anfitrión envarando los hombros, la mano demasiado cerca de la empuñadura—. Hay quienes jamás olvidaremos.

Antes de que la disputa fuera a más, Yumiko se interpuso entre ambos y se postró con las manos en el suelo.

—Samurái-sama, antes ha mencionado el nombre de mi madre. Le ruego que me diga de qué la conoce.

Shika no Kōbe guardó silencio, continuaba dándoles la espalda, pero sus hombros finalmente se distendieron.

—Fue en otra vida —respondió, y tras volver a ceñirse la máscara, añadió—: Una en la que aún podía vivir como un hombre.

Se volvió para confrontarlos.

—Podéis pasar la noche aquí, yo me retiraré al santuario. Os iréis al alba.

—Se lo ruego —insistió Yumiko, agachando aún más la cabeza—. Antes habló como si supiera algo sobre lo ocurrido. Si alguna vez fue amigo de la familia Kuroda, le ruego que nos ayude. Mi hermana pequeña es una de las desaparecidas, y mi padre, uno de los asesinados.

Quien una vez fuera Ryō Aratani bajó la vista para contemplar a la hija de Nanami. En su pecho crecía una compasión que no se podía permitir.

—Mi hospitalidad se limita a esta noche. Si volvéis a poner un pie en estas cumbres, no habrá tregua, ni para vosotros ni para nadie. —Y abandonó la cueva con aquella advertencia retumbando entre las paredes.

Yumiko aún se mantuvo postrada unos instantes, la cabeza hundida y las manos clavadas en el tatami raído. Finalmente crispó los puños y alzó la mirada para buscar a Asaemon.

—¡Podría habernos ayudado! ¿Por qué ha tenido que insultar a su señor?

—Ese hombre vive en el pasado —respondió el samurái, que se había acuclillado junto al fuego para remover las ascuas—, de él no obtendremos más que este guiso de jabalí. —Hundió el cucharón en la olla y olisqueó el estofado—. Y me parece bien.

Sentado en la penumbra del santuario, Ryō mantenía los ojos cerrados y meditaba frente al altar. Podía ver la caja lacada en rojo incluso a través de los párpados cerrados; también la veía cuando dormía o se alejaba de la ermita, como una llama que no dejara de palpitar en la distancia. Desde hacía años vivía en una permanente vigilia, y esa noche velaría el descanso de su señor con la compañía del viento, que aullaba entre las cumbres y estremecía las paredes de la capilla.

Cuando el alba comenzó a tintar el papel de los *shōji,* se puso en pie y caminó hasta el altar. Dio dos palmadas solemnes y se inclinó con reverencia. Por último, recogió la pértiga que solía utilizar para acarrear agua y salió al exterior.

El viento que azotaba las cumbres le removió el cabello e hizo tremolar sus ropas. Acostumbrado a tales inclemencias, Ryō dejó atrás el resguardo del santuario y se internó en el bosque, abriéndose paso entre el ramaje que se zarandeaba sin compás. Le guiaba un extraño lamento procedente del corazón de la arboleada, acompañado de tanto en tanto por tañidos sordos, como de tambores destemplados.

La inquietante melodía lo condujo hasta un claro en la espesura, tan angosto que prácticamente podía abarcarlo un hombre con los brazos abiertos. De las ramas colgaban decenas de vasijas de barro que oscilaban al antojo del viento, chocando entre sí. Los pequeños orificios perforados en la arcilla emitían sonidos lúgubres y sibilantes, como si cada vasija aprisionara un espíritu que gimiera y se sacudiera intentando liberarse.

Avanzó hasta el centro del claro y cerró los ojos, y mientras el lamento de las campanas de viento imbuía sus sentidos, pensó en la hija de Nanami Kuroda. Cada gesto de esa muchacha se le clavaba como una astilla, pues reconocía a Nanami en todos ellos, y no podía dejar de preguntarse por qué el karma la había conducido hasta él. Durante los últimos años había alcanzado cierta serenidad de espíritu, había aprendido a estar en paz con su destino. ¿No era aquello suficiente? ¿Acaso no era la razón de ser de un samurái el servicio a su señor? ¿Por qué, entonces, el mundo que había dejado atrás volvía a él?

Sujetó el bastón con ambas manos y se reprendió por atormentarse con tales preguntas. La única respuesta correcta era la ausencia de preguntas, pues estas no eran sino la manifestación de viejos anhelos y temores. El universo no conspiraba contra él, no más de lo que lo hacía contra un insecto aplastado por el pie de un viajero. Sin abrir los ojos, recorrió el asta de roble con los dedos: medía seis *shaku*[*] de largo y estaba perfectamente equilibrada, con la superficie desgastada en su tercio central. Separó las piernas, asentó su peso en las caderas y lanzó el extremo del bastón contra una de las vasijas. No la alcanzó por un palmo de distancia. Hizo girar la pértiga sobre su cabeza y buscó

[*] *Shaku:* unidad de longitud equivalente a unos 30 cm.

una de las campanas que silbaban a su espalda; el golpe también se perdió en el vacío. Poco a poco, sus movimientos se fueron acelerando hasta volverse vertiginosos, con los dos extremos del bastón girando y volando entre los recipientes que bailaban zarandeados por la tempestad.

Y mientras se entregaba al ritmo del viento, Ryō acallaba su pensamiento consciente. ¿De qué servía arrepentirse o atribularse? Ser sabio no consistía tanto en discernir las decisiones correctas de las incorrectas, como en asumir con serenidad las consecuencias de cada una. Y él había tomado su decisión hacía años.

Cuando concluyó el ejercicio, recogió el bastón al costado y abrió los ojos. No había alcanzado ni a una sola de las campanas, que seguían tañendo al arbitrio del viento. Con la respiración agitada, volvió a internarse en la espesura y avanzó hacia la ladera de la montaña. Se sentó en el mirador asomado al valle y, mientras su corazón se sosegaba, se dispuso a contemplar el sol alzándose sobre Ottara.

Pronto la fragua de los Kuroda comenzaría a exhalar su aliento. La mayoría de los días era suficiente con contemplar el humo de la forja, pero, de tanto en tanto, sentía la necesidad de bajar de la montaña y otear la aldea más de cerca. Solo buscaba un atisbo fugaz, saber de ella una última vez, quizás imaginar su aroma arrastrado por la brisa... Ahora que el viento por fin le había traído noticias suyas, le había desvelado que ella sufría, que había perdido a sus seres queridos. Que, en cierto modo, él era responsable de su sufrimiento.

Al despuntar el alba, la estera que cubría el acceso a la cueva se descorrió. La figura de Ryō Aratani, imponente aun sin los demoniacos atributos de Shika no Kōbe, se perfiló al contraluz.

—Seguidme, he de mostraros algo. —Dicho esto, los dejó a solas con su desconcierto.

Asaemon y Yumiko no tardaron en prepararse y salir de la cueva. Fuera les esperaba el ermitaño, que, sin cruzar una palabra, echó a andar por la cornisa que circunvalaba la cara este de la montaña.

La ruta rastrillada en la inhóspita ladera era traicionera como pocas que Asaemon hubiera recorrido. A simple vista, lo escarpado del terreno hacía pensar que era intransitable, pero quien los guiaba siempre sabía encontrar el sendero oculto, la vía abierta, el paso donde la nieve no cuajaba.

Lenta y metódicamente, con cuidado a la hora de elegir la vereda, los condujo alrededor de la falda oriental, hasta que la gran pared exterior se abrió en dos, hendida por un tajo que partía la roca hasta el cielo. Se asomaron al desfiladero y hallaron que era profundo, salpicado de una vegetación que anidaba entre las grietas y recorrido por un arroyo de un palmo de profundidad. Finas placas de hielo flotaban en la corriente.

Asaemon alzó la vista para estudiar la posición del sol.

—Esta garganta conduce al valle interior —observó—, no muy lejos de donde se halla el monasterio.

—Así es —confirmó Ryō, adentrándose ya en el paso.

—¿Adónde nos llevas?

—Pronto lo veréis.

—¿Por qué tanto misterio? Te seguimos a ciegas a través de la montaña cuando ni siquiera nos has dicho tu nombre.

El otro lo miró por encima del hombro.

—Nadie os obliga. Podéis marcharos cuando queráis.

Asaemon frunció el entrecejo, pero hizo el esfuerzo de acallar su lengua pendenciera. Quería saber qué tenía que mostrarles su particular guía de montaña.

—¿Por qué hacer el camino por la ladera exterior? —insistió al cabo—. Es más largo y peligroso.

—Los *yamabushi* tienen muchos ojos, pero aún no pueden ver a través de la piedra.

Sin más explicaciones, continuaron avanzando durante gran parte de la mañana: los dos guerreros, arropados en un silencio hosco; Yumiko, fascinada por la imponente verticalidad de los acantilados que se cernían sobre ellos. En algunos tramos, la garganta se cerraba tanto que debían adentrarse en el cauce y caminar de costado, cada mano contra una de las paredes de piedra. Pero el desfiladero nunca llegaba a estrangular el paso por completo, y terminaba por abrirse para permitirles seguir avanzando.

—Anoche dijo conocer a mi madre, pero en tiempos de los Ikeda ella no regentaba la forja —dijo Yumiko de improviso—. ¿Cómo es que un samurái al servicio directo de un daimio conocía a la simple hija de un herrero?

Ryō giró la cabeza, sorprendido por la noticia que se desprendía de aquella pregunta.

—¿Es que Nanami regenta ahora la herrería? ¿Qué fue del maestro Kuroda y de su hijo?

—Los mataron durante la guerra —respondió la muchacha—, no llegué a conocerlos. Mi abuela murió poco después de que yo naciera. Por entonces mi madre ya se hacía cargo del taller, y mi padre... —La voz le flaqueó por un instante—. Él la ayudaba en la forja y fabricaba arcos. —De forma inconsciente, apoyó la mano en el arco que cargaba al hombro.

—Entonces, ha perdido a muchos —dijo el *rōnin*, y su voz destilaba una pena sincera—. No se merecía tanta tristeza.

—Pareces conocer bien a los Kuroda —intervino Asaemon—, pero no has contestado a la cría.

El interpelado continuó andando en silencio y, por momentos, pareció que no respondería.

—Por aquel entonces me llamaba Ryō Aratani —dijo finalmente—. Los Ikeda solían confiar a mi familia la administración del valle de Ottara. Fui enviado aquí por mi padre para conocer las tierras que un día estarían a mi cargo. Así es como conocí al maestro Kuroda.

—Y la guerra te sorprendió aquí, lejos del castillo y de los tuyos. Perdiste la oportunidad de morir por tu señor en la batalla y eso te corroe las entrañas.

Ryō miró al samurái de los Sugawara. Era un hombre joven y, aun así, extrañamente cínico.

—A eso que tú llamas guerra, yo lo llamo traición.

Asaemon se encogió de hombros.

—Llámalo como quieras, pero fue hace mucho. ¿Por qué permanecer aquí cuando el mundo es grande?

Ahora sí, Ryō calló. Sus motivos solo le pertenecían a él... Aunque lo cierto es que aquella pregunta, formulada con aparente ligereza, le incomodó profundamente.

Al cabo de un rato, se rezagó para llenar la cantimplora. Cuando el tubo de bambú estuvo lleno, recogió un poco de agua con la mano y se la echó por el rostro. Las gotas le resbalaron por la nariz y el mentón. Se estaba engañando, lo había estado haciendo todo ese tiempo: si de verdad hubiera estado dispuesto a sacrificarlo todo, si hubiera vivido solo para su señor, no habría permanecido en aquella montaña durante tantos años, al alcance de sus enemigos.

Descendieron a las profundidades del valle interior por las sendas que seguían los animales y las escorrentías, siempre al amparo de la espesura. Parco en explicaciones, Ryō parecía conducirlos a un terreno cada vez más escarpado, hacia una loma cubierta por una arboleda de castaños.

El ascenso no fue sencillo: la tierra se desprendía bajo sus pies y debían buscar constantemente asideros en las ramas y las raíces. Cuando por fin lograron coronar la pendiente, vieron que esta se asomaba a un pequeño claro pedregoso rodeado de cerros como el que acababan de escalar. Ryō echó una rodilla a tierra y señaló hacia abajo.

—Encontré este sitio hace años, buscando el origen de una columna de humo que se extendía por el cielo nocturno. Descubrí que procedía de una pira funeraria.

Yumiko se asomó y pudo ver el cerco de tizón y cenizas que ennegrecía la tierra. En el otro extremo del claro, una cueva abría sus fauces y se hundía en las profundidades de la tierra. El acceso estaba vedado por una gruesa cuerda *shimenawa* cruzada de lado a lado.

—¿Qué es ese agujero? —preguntó.

—Una gruta que conecta con los subterráneos del Ryūji.

La joven volvió la cabeza hacia él, sorprendida.

—Es posible —intervino Asaemon—. Muchos castillos tienen pasajes secretos para huir en caso de sitio o de incendio, y ese monasterio fue construido como una fortaleza.

—En cualquier caso, los *yamabushi* le dan un uso más siniestro —dijo Ryō—. Desde hace años, de tanto en tanto, preparan un lecho de leña en este lugar. —Señaló el suelo quemado—. Traen los cadáveres a través de los subterráneos, en ocasiones solo uno, otras veces dos o tres... Siempre amortajados de blanco, siempre de mujeres jóvenes. Las queman de noche entre estas lomas para que el humo no se vea desde las aldeas.

Mientras lo escuchaba, Yumiko no halló locura en sus ojos; tampoco la indolencia del ermitaño que relativiza el valor de la vida humana. Aquel hombre era consciente de la gravedad de lo que contaba, y eso la estremeció.

—Si llevaran años raptando mujeres, lo sabríamos —dijo la joven—. La voz se hubiera corrido por Ottara, se habría denunciado a la capital.

Asaemon contempló los tejados del monasterio en la distancia, despuntando sobre las lomas arboladas. Podían hallarse a un *ri* de distancia, a algo menos quizás. Era muy factible que una gruta subterránea conectara el Ryūji con el lugar en el que estaban.

—¿Sabías todo esto y no has hecho nada por evitarlo?

Ryō lo miró de reojo. Respondió sin titubeos:

—¿Qué habría de hacer? Tengo obligaciones que me atan. Y aunque me hubiera adentrado en las profundidades del monasterio, habría sido en vano. No menos de treinta guerreros lo habitan, sin duda me llevaría a algunos conmigo, pero nada habría cambiado para esas muchachas. —Se irguió antes de agregar—: Y en última instancia, todo esto es responsabilidad de los Sugawara.

—¿Qué insinúas? —masculló Asaemon.

—Los *yamabushi* llegaron tras la caída del clan Ikeda, voraces y silenciosos como los insectos que parasitan los arrozales. Es imposible que tus amos no lo supieran.

—Si fuera así, ¿por qué habrían de enviarme a investigar?

Mientras discutían, Yumiko se echó el arco al hombro y comenzó a descender.

—¿¡Dónde crees que vas!? —la llamó Asaemon al percatarse.

—¡A buscar a mi hermana! —respondió ella mientras resbalaba por el talud, con tierra y piedrecillas rodando a su alrededor.

Asaemon confrontó una vez más la mirada acusadora del hombre demonio, reacio a dejar aquel asunto sin zanjar, pero terminó por escupir una maldición y salir en pos de Yumiko. La alcanzó cuando ya estaba abajo, cruzando el claro hacia la boca de la cueva.

—No puedes entrar ahí.

—Lo ha escuchado igual que yo —replicó ella sin dejar de caminar—. Las matan y las queman. No podemos seguir perdiendo el tiempo.

Asaemon le cerró el paso.

—No te dejes llevar por la impaciencia, muchacha. Ese camino tiene un mal final.

—Hasta ahora hemos hecho lo que ha considerado oportuno, he sido obediente, pero no cederé en esto. Entraré yo sola si no quiere acompañarme.

El samurái se movió cuando intentó rebasarlo, implacable.

—Créeme, estás muy lejos de ser obediente —gruñó Asaemon—. Quizás en tu lugar querría hacer lo mismo, pero no puedo permitirte que entres ahí, sería como dejarte saltar a un abismo.

Yumiko dio un paso a un lado, pero él volvió a interponerse. Furiosa, terminó por golpearle con los puños en el pecho. Asaemon no se defendió, dejó que se desahogara, hasta que la furia dio paso a la frustración y las lágrimas.

—Entiendo que estés dispuesta a sacrificarlo todo por tu hermana —dijo el samurái—, pero perder la vida por simple desesperación es una estupidez. Piensa, más bien, que no habrá quien ponga más empeño que tú en encontrarla. No la prives de esa baza.

Ella dio un paso atrás y se secó las lágrimas con rabia. Al apartar la mano, su mirada era decidida, casi feroz.

—¿Qué propone, entonces?

El samurái exhaló lentamente. Sabía que su decisión no le gustaría; ni siquiera le gustaba a él.

—No podemos hacer nada por nosotros mismos. He de volver a Izumo...

Ella negó.

—Si se va, no regresará.

—Te juro por todo lo sagrado de este mundo que volveré. —La sujetó por los hombros, obligándola a levantar el rostro—. Y no lo haré solo, regresaré con más samuráis. Entonces recuperaremos a tu hermana y a las demás, y quemaremos ese monasterio hasta los cimientos.

Yumiko no discutió, tampoco asintió. Se limitó a agachar la cabeza y hundir los hombros. No quedaba en ella rastro de esperanza, solo resignación.

Soju Hashiba, primer consejero del clan Sugawara, se arrodilló sobre el cojín e inspiró el frío aire de la mañana. Se hallaba en la pequeña sala que utilizaba como refugio íntimo, aislada del ajetreo cotidiano del castillo de Izumo. La cámara apenas contaba con nueve tatamis de superficie y estaba cerrada por tres paneles corredizos que él mismo había decorado con motivos florales: uno correspondía a la naturaleza incipiente; otro, a la exuberancia de la plena floración, y el tercero, a la belleza marchita del *momiji*[*]. La cuarta pared se abría de par en par al jardín interior de la fortaleza, cuyo esplendor invernal arrobaba los sentidos del castellano de Hamayama.

Mientras Hashiba aguardaba un primer rapto de inspiración, el aire gélido le erizó la piel y aguzó sus sentidos. Ligeros copos de nieve flotaban a su alrededor hasta deshacerse al contacto con la piel, y la fragancia aletargada de las hierbas aromáticas arrastraba recuerdos de días cálidos. Los ojos del viejo consejero recorrían el jardín buscando sin buscar, hasta que un gorrión bajó aleteando a posarse en la rama desnuda de un ciruelo. Una nevisca se desprendió bajo su peso.

Sonrió ante aquella visión, que consideró como un buen augurio, y abrió la cajita de madera donde guardaba la barra de tinta. Con cuidado, intentando no espantar a su invitado, vertió un poco de agua en la piedra *suzuri*[**] y comenzó a frotar la tinta sólida contra la superficie húmeda. Cuando se hubo licuado, impregnó un pincel en la tintura y lo remojó en un cuenco de agua clara. Levantó la vista hacia el pájaro y, tras escurrir el pincel, lo posó sobre la sábana de papel blanco. La tinta humedeció el pliego y las formas comenzaron a fluir. Hashiba se sintió liberado de las ataduras de la edad, de la miseria de su existencia física, y su espíritu se volvió tan ligero como ese ser de huesos huecos, tan efímero como un copo de nieve, tan al arbitrio del viento como ambos...

—Hashiba-sama —lo llamó una voz oculta tras los paneles corredizos—. Traigo un mensaje del señor Sugawara.

---

[*] *Momiji:* arce japonés que adquiere un profundo color rojo durante el otoño. El término también hace referencia a la época del año en la que el paisaje se transforma porque los bosques adquieren sus colores otoñales.

[**] *Suzuri:* tabla de piedra lisa, con cierta inclinación y reborde, que hace las veces de tintero en la caligrafía japonesa.

El pincel dejó de volar sobre el papel, la edad de Hashiba se desplomó sobre sus hombros.

—Habla.

—Su señoría ordena que el incidente de Ottara no sea investigado.

Hashiba arrugó el ceño.

—Tales instrucciones llegan tarde, hace días envié al maestro Hikura a la región.

—Ha hecho mal en darle pábulo a los rumores de unos campesinos. Encárguese de silenciar este episodio, no debe quedar registro alguno.

El consejero giró la cabeza hacia el lugar de donde procedía la voz; a ojos ajenos parecería que hablaba solo.

—Haré buscar a Asaemon Hikura para que ponga fin a su investigación, pero merezco saber a qué viene tanta premura.

La voz calló, y aquel silencio terminó por impacientar a un Hashiba que se sentía injustamente reprendido.

—¡Responda! —bramó, al tiempo que daba un manotazo sobre el muslo.

—Dicen que en las cumbres de Ottara se crían delicados gorriones. No conviene agitar el nido.

El anciano separó los labios y agachó la cabeza, consternado. Verdaderamente, ¿quién sabe leer los augurios?

—Dígale a su señoría que yo me haré cargo de todo, y traslade mis ruegos de que no se inmiscuya a nadie más en este asunto. ¿Me ha escuchado?

La voz tras el *shōji* no respondió y el gorrión había volado de la rama. Hashiba volvía a estar solo. Cuando bajó la vista hacia el papel, descubrió que el pincel había empapado el pliego hasta deshacerlo.

20
Una vieja añoranza

Asaemon y Yumiko llegaron como dos fantasmas descendidos de la montaña, al amparo de la noche y envueltos por la primera gran ventisca de la estación. Caminaban entre ráfagas de viento y esquirlas de nieve, con los arrozales a la espalda y la aldea de Ottara frente a ellos.

—¿Dónde va a pasar la noche? —le preguntó Yumiko, alzando la voz sobre la tempestad.

Sujetaba la cuerda que le ataba el *sugegasa* a la barbilla, mientras la capa de paja batía sobre sus hombros como un pájaro con las alas rotas.

—¡No te preocupes por mí, sabré cuidarme! —respondió Asaemon, casi a voz en grito.

—¡No puede volver a la choza donde le atacaron! Venga conmigo, le acogeremos de buen grado.

Asaemon se detuvo en medio del camino y miró las calles vacías a su alrededor. El viento hacía tabletear los postigos y erizaba el chamizo de los tejados; no había nadie a la vista, pero estaba seguro de que muchos ojos los observaban tras las contraventanas.

—No es la noche más indicada —dijo aproximándose a ella—, tienes mucho de lo que hablar con tu madre.

—¿Dónde va a dormir, entonces?

—¡Ya te he dicho que no te preocupes! —repitió mientras echaba a andar calle abajo—. ¡Nos veremos pronto!

La ventisca arrastró las últimas palabras del samurái. Yumiko contempló cómo se alejaba, y se dijo que, verdaderamente, debía de ser la niña ingenua que Asaemon pensaba, pues estaba dispuesta a creer que volverían a verse. Así que giró en redondo y se dirigió a su hogar, pisando sobre un manto cada vez más grueso de nieve.

Asaemon, caminando en sentido contrario, llegó a la plaza donde confluían todas las callejas de Ottara. Se echó el aliento en las manos y golpeó tres veces la puerta de Chosuke.

—¡Abre, anciano! ¡Sé que estás ahí!

Al poco, la puerta se descorrió. El jefe de la aldea se sorprendió de encontrar al samurái frente a su puerta, y se apresuró a saludarlo con una reverencia mientras se cubría los ojos para protegerse del vendaval.

—¿Quién viene a esta hora, padre? —preguntó alguien desde el interior.

—Hikura-sama ha vuelto de la montaña —respondió Chosuke por encima del hombro.

A espaldas del anciano, Asaemon pudo ver al hijo menor calentándose junto al hogar.

—No sabíamos si le veríamos de nuevo, samurái-sama.

—¿Acaso creías que regresaría a Izumo y me desentendería de esta situación?

—No..., no quería decir eso. Simplemente, hacía días que no sabíamos nada de usted, y la montaña es traicionera. —Aguardó por si Asaemon quería añadir algo; ante su mutismo, se apresuró a proseguir—: Pase, por favor. Hace una noche desapacible, no conviene hablar a la intemperie.

—No tengo tiempo para tu hospitalidad, anciano. He venido a por mi caballo.

—¿Es que piensa cabalgar esta noche?

Por toda respuesta, Asaemon enarcó una ceja con impaciencia.

—Sí, por supuesto, su caballo. —Y dirigiéndose a su hijo—: Ya lo has oído, ensilla la montura de Hikura-sama.

Takaharu se apresuró a obedecer. Mientras esperaban a que regresara, Chosuke se decidió a preguntarle:

—¿Ha podido averiguar algo?

—No he encontrado a las crías, tampoco sus cadáveres, así que mi trabajo aquí no ha concluido.

El anciano asintió, a medio camino entre el alivio y la preocupación.

—Sí he descubierto, sin embargo, que entre las ruinas del Ryūji no solo vive el abad.

Chosuke se rascó la nuca, aparentemente perplejo.

—¿A qué se refiere?

—Ya olvidaste mencionar la presencia de Daizembo —gruñó Asaemon—; si descubro que también te has callado esto, pagarás por tus mentiras.

—Le aseguro que no...

Takaharu apareció tras Asaemon. Conducía su montura por el ronzal al tiempo que, con la otra mano, se protegía de la nieve que le arañaba el rostro. El samurái tomó las riendas y puso un pie en el estribo. Antes de montar, volvió a dirigirse a Chosuke:

—¡Que nadie suba a la montaña hasta que yo vuelva! —gritó con el temporal arreciando a su espalda—. Y si algo o alguien bajara, avisad de inmediato a los *dōshin* de Toda.

Sin esperar respuesta, se acomodó en la silla y espoleó al animal. Este cabeceó y partió al galope, zambulléndose en la tempestad.

No había ninguna luz prendida en el hogar de los Kuroda. Su madre debía de estar dormida, así que Yumiko cruzó el jardín agitado por el viento y entró por la cocina. Cerró la puerta a su paso y suspiró al dejar atrás la furia del temporal. Se sacudió la nieve enredada en el *sugegasa* y lo colgó de un gancho; dejó la capa de paja contra la pared y removió las brasas que languidecían en el fogón. Estas palpitaron, perezosas, y caldearon el aire con su exiguo calor.

Yumiko se frotaba las manos sobre las ascuas cuando escuchó el crujido del suelo de madera. Al volverse, descubrió a su madre en el umbral, el cabello suelto sobre los hombros y vestida con un *nemaki* para dormir.

—¡Has vuelto! —susurró con la voz destemplada por el sueño.

Yumiko apenas tuvo tiempo de incorporarse antes de que su madre la rodeara con los brazos, la estrechara contra su pecho, llorara sobre su hombro. Se hizo evidente que no esperaba volver a verla, que la había dado por perdida, al igual que a su marido y su hija pequeña. Aquel abrazo la reconfortó de una forma inesperada: agradecía las lágrimas de alivio de su madre, que su primera reacción fuera llorar por saberla a salvo y no preguntarle por Saya.

—Hace frío —dijo Yumiko—, será mejor sentarse junto a las ascuas.

La tomó de la mano y la aproximó al hogar excavado en el suelo. Su madre podía parecer delgada, pero a Yumiko siempre le había impresionado el contacto de sus manos: fuertes, encallecidas, habituadas a sujetar tenaza y martillo. Las manos de alguien que había librado más batallas que muchos guerreros.

Se acurrucaron junto a las brasas y Nanami le desenredó el pelo con los dedos, como cuando era una niña.

—Creí que también te había perdido.

—Aún no, madre. Le dije que encontraría a mi hermana costara lo que costase.

—No a cualquier precio, Yumiko, te lo ruego.

Yumiko guardó silencio. No quería mentirle, pero tampoco podía decirle que fuego y flechas habían llovido sobre ella, que había bordeado precipicios y que en más de una ocasión la montaña había estado a punto de convertirse en su tumba.

—Hemos descubierto algunas cosas —dijo en su lugar, sin retirar la vista de las brasas—, alguien se oculta en el Ryūji. Aún no sabemos quiénes son ni por qué están allí, pero Hikura-sama cree que ellos se han llevado a Saya y a las demás.

Su madre dejó de peinarla.

—¿Creéis que puede estar viva…, atrapada en esas ruinas?

Yumiko asintió mirándola a los ojos.

—¿Dónde está ahora ese samurái? —preguntó Nanami, a punto de ponerse en pie.

Su hija la retuvo.

—Partirá hacia Izumo para volver con más hombres.

La mirada de Nanami se endureció de repente.

—¿Y tú le crees?

—Le creo, por extraño que parezca. No me sorprendería que hubiera partido esta misma noche.

—Ningún samurái de los Sugawara cabalgaría en una tormenta para salvar a un puñado de campesinas.

No quiso rebatir a su madre. Ella no lo conocía, no había recorrido la montaña con él durante días. O quizás, de nuevo, estuviera siendo una ingenua.

—En cualquier caso, no podemos hacer más que esperar, al menos por esta noche. —Volvió a tomar a su madre de la mano—. Así que siéntese junto a mí, por favor. Hay algo más de lo que quiero hablarle.

Nanami accedió, intrigada por las palabras de su hija. Yumiko observó que su madre estaba descalza y que la cocina seguía fría, así que tomó el atizador para avivar los rescoldos.

—Encontramos a un hombre en la montaña —comenzó, sin dejar de remover la leña—. Un samurái sin señor, según nos dijo, que llevaba mucho tiempo viviendo en las cumbres como ermitaño. —Miró de reojo a su madre—. Dijo llamarse Ryō Aratani..., dijo que la conocía de otra vida.

Los rasgos de Nanami se agitaron al resplandor de la lumbre. Entreabrió los labios a punto de repetir aquel nombre; ansiaba pronunciarlo, exhalarlo como una bocanada de aire largamente retenida.

—¿Estás segura? —alcanzó a preguntar.

Yumiko asintió. Sin insistir, paciente.

—El caballero Aratani era... un samurái del antiguo clan regente —dijo finalmente Nanami—. Lo conocí durante el tiempo que pasó en la aldea como administrador. —Miró a su hija e inspiró, tratando de reunir el valor suficiente—. La guerra se lo llevó de mi lado. Durante todo este tiempo le he creído muerto.

Quiso añadir algo más, pero no halló fuerzas. Su hija le acarició la mano para reconfortarla. «Cree entender lo que siento —se dijo Nanami—, que le hablo de un amor ingenuo, lejano, que no dejó más huella en mi vida que la de una cierta añoranza». ¿Qué sentido tendría sacarla de su error? ¿Qué ganaría nadie?

Apoyó su mano sobre la de Yumiko y le devolvió la caricia.

—Vayamos a dormir. Mañana elevaremos plegarias a Kagutsuchi para que proteja a tu hermana.

Nanami despertó temprano, cuando su hija aún dormitaba en el futón contiguo. La observó durante un instante al albor difuso que permeaba a través del papel de arroz. Así dormida, la joven cazadora desaparecía y daba paso a la niña que Nanami siempre había conocido. ¿Cómo era posible que se hubiera echado sobre los hombros la responsabilidad de buscar a su hermana? ¿Cómo lo había permitido ella, su madre? Pero sabía que no estaba en su mano impedírselo: desde que su padre comenzara a llevarla con él a la montaña, desde que puso un arco en sus manos y ella no lo prohibió, su hija había crecido diferente al resto de las niñas de la aldea.

O quizás la culpa fuera solo suya. ¿Acaso Yumiko no había visto a su madre empuñar el martillo como lo haría un hombre? ¿No había seguido ella los pasos de su padre? ¿Cómo impedir que su hija hiciera lo mismo? Durante años se había dicho a sí misma que había asumido el oficio de herrera por deber filial. Muertos Yashiro Kuroda y su heredero, había recaído sobre ella la responsabilidad de mantener viva la tradición familiar. Vencidas las iniciales reticencias, muchos artesanos habían terminado por confiar en los utensilios fabricados por una mujer. De igual modo, algunos samuráis de bajo rango, tras asumir que no podían permitirse las tarifas del gremio de espaderos, habían terminado por recurrir a ella para forjar sus sables. Y habían descubierto que el ojo inadvertido era incapaz de diferenciarlos de los fabricados por un hombre.

Durante años se había enorgullecido de preservar el legado de su padre, aunque el precio para conseguirlo hubiera sido alto. Pero, con el tiempo, había comenzado a preguntarse si realmente lo había hecho para que los Kuroda siguieran siendo un linaje de forjadores de *katanas*. Quizás, simplemente, hubiera dado rienda suelta a sus propios deseos y aspiraciones, al igual que su hija ansiaba salir a cazar con su padre.

Se incorporó con cuidado de no despertarla y se echó el *kosode* sobre los hombros. Así abrigada, abandonó el dormitorio y se dirigió a la forja. El aire gélido del amanecer la fustigó en cuanto salió al jardín, pero aquello no la acobardó. Por fin tenía algo que hacer más allá de esperar. Cruzó descalza el breve camino que conducía al taller; la gravilla de cantos redondeados se le clavó en los pies, y aquel dolor mínimo y punzante terminó de despejarla. Descorrió los paneles *fusuma* que cerraban la forja y la luz de la mañana se deslizó tras sus pasos, alumbrándola mientras echaba yesca al horno. Cuando las llamas hubieron prendido, se colocó frente al altar de Kagutsuchi. Tras dar dos palmadas, oró:

—Espíritus del fuego, os ruego que habitéis la fragua y no permitáis que su llama se extinga. Padre, hermano, os ruego que guieis mi brazo, pues la hoja que me dispongo a forjar ha de ser como ninguna otra.

Se postró hasta tocar el suelo con la frente. Al incorporarse, un fuego distinto, el de una firme resolución, había prendido en ella. Se recogió las mangas del kimono con un *tasuki*[*] y se dirigió al armario ubicado al fondo del taller. De su interior tomó un pequeño cofre candado, se arrodilló y lo colocó frente a ella. Guardaba la llave en una bolsa atada al cuello; el cerrojo saltó con un chasquido, dejando al descubierto un fragmento de *tamahagane* envuelto en un paño negro. Nanami apartó la tela y la roca de acero se embebió de la primera luz de la mañana. Sus tonalidades plateadas denotaban la pureza propia del *tamahagane* de mejor calidad, elaborado con el equilibrio justo de hierro: ni tanto como para que la hoja resultara rígida y quebradiza, ni tan poco como para que el acero fuera blando y maleable.

Había encontrado aquella porción de acero en bruto entre las posesiones de su padre, guardada como un pequeño tesoro. Nanami creía saber por qué Yashiro nunca se había animado a trabajarlo: era un fragmento demasiado pequeño como para fabricar un sable, pero, al mismo tiempo, su pureza era tal que emplearla en una herramienta menos noble hubiera supuesto un desperdicio. Ella, sin embargo, sabía exactamente qué uso darle.

[*] *Tasuki:* cinta de algodón que se pasaba bajo las mangas, por la espalda, y se ataba al hombro para recoger los vuelos del kimono, de forma que este no estorbara a la hora de desempeñar alguna tarea.

21
La presa más peligrosa

Asaemon voló sobre los caminos con la lluvia en el rostro y el viento en los oídos. Tendido sobre el cuello de Okoge, lo azuzó sin descanso hasta llegar a la cercana Toda antes de medianoche. Pernoctó en un templo que lo acogió a cambio de un donativo. Cenó junto con los bonzos una insulsa sopa de raíces y algo de arroz, y tras dormir en un barracón comunitario, volvió a los caminos a la mañana siguiente. Su objetivo era alcanzar Yoshida antes de que concluyera la jornada; si lo lograba, estaría en disposición de llegar a Izumo dos días después.

Por fortuna, la ira de Susano-o se aplacó en su segundo día de viaje y los cielos dejaron de tronar. Avanzó a buen ritmo por los caminos enfangados y alcanzó Yoshida cuando se anunciaba la hora del jabalí*. Asaemon refrenó a su montura al pasar bajo el pórtico de acceso y penetró en la vía principal al trote, ignorando las miradas curiosas de los extraviados que aún pululaban por las calles.

Se dirigió a la única hospedería samurái de la villa, donde podrían hacerse cargo de su caballo y tenerlo fresco para el día siguiente. Se trataba de un caserón de dos plantas rematado por tejas grises; lo rodeaba un murete blanco con un tejadillo a dos aguas, interrumpido

* Hora del jabalí: de las 21.00 a las 23.00 horas.

por un amplio portón trancado desde el interior. Sobre el mismo coleaban dos *shachihoko** para proteger el edificio de los incendios; un toque de distinción que elevaba la categoría del local sobre aquellos que lo circundaban.

Junto a la entrada colgaba una lámpara que arrojaba un círculo de luz amarillenta, y hacia allí encaminó a Okoge. Desmontó y golpeó el portón con el puño. El empleado que atendió su llamada se apresuró a abrir el portón de par en par, sin dejar de saludarle con reiteradas reverencias. Jinete y montura entraron en el patio donde se recogían los caballos de los samuráis allí alojados. Solo tres animales dormitaban bajo el cobertizo, y Asaemon reconoció uno de ellos de inmediato: un cervuno de zancas largas.

—¿A quién pertenece ese caballo? —preguntó al sirviente que le había recibido.

—A un samurái llegado de Hamayama, señor. Se alojó esta tarde.

Asaemon desmontó y le entregó las riendas.

—¿Queda algo de cena en la cocina?

—Hay una olla con estofado de faisán.

—Di que me lo sirvan en el comedor, junto con una jarra de sake. Y preparadme una habitación cualquiera, partiré mañana temprano.

El hombre se alejó con una reverencia, presto a cumplir sus instrucciones, mientras Asaemon se descalzaba para entrar en la casa. Observó los tres pares de sandalias colocados en el primer escalón antes de descorrer la puerta. Un fuego ardía en el centro de la sala que hacía las veces de recepción y comedor; varias mesas se repartían por la estancia, pero solo una estaba ocupada. Asaemon se aproximó con una sonrisa ladina y se sentó frente al samurái que dormitaba con la barbilla apoyada en el pecho.

—Nunca has sabido cuándo retirarte, viejo borrachuzo —saludó el recién llegado.

---

* *Shachihoko:* criatura mitológica con cuerpo de pez y cabeza de dragón que, según la creencia popular, tenía el poder de invocar lluvias. Era habitual que estas figuras decoraran los castillos y los templos como protección contra los incendios.

Masahiro Kasahara, quien fuera mano derecha de su padre, alzó la cabeza y tardó un instante en comprender quién lo había despertado.

—¡Asaemon, muchacho! Creí que me harías ir hasta Ottara para dar contigo.

—Y así habría sido de llegar un día antes —respondió Asaemon con una sonrisa; le alegraba aquel encuentro inesperado—. ¿Por qué vas en mi busca? ¿Está bien mi hijo? —preguntó, súbitamente preocupado.

El veterano samurái alzó una mano para tranquilizarlo.

—En Hamayama todo sigue como siempre. Tu mujer y tu hijo están bien, y el primer consejero Hashiba sigue siendo un grano en el culo. Me han enviado para ayudarte en tus pesquisas, pero me alegro de que me hayas ahorrado la mitad del trayecto.

—Así que Hashiba te ha enviado para que me hagas de niñera, como de costumbre.

En ese momento, el mismo empleado que lo atendió en la puerta depositó la cena en la mesa y se retiró tan silenciosamente como había llegado. Sin esperar a que Asaemon se sirviera, Kasahara echó mano de la jarra de sake; tuvo, por lo menos, la deferencia de llenar primero el platillo de su superior.

—Si tienes alguna queja, plantéasela al primer consejero. Yo solo obedezco lo que me mandan.

—Siempre lo has hecho, de forma diligente y con gran eficacia. Yo, sin embargo, soy un impertinente que no conoce su sitio, alguien que se cree más listo de lo que es. Si no fuera por tu consejo, ya me habrían apartado de mis responsabilidades. —Tomó un pedazo de carne con los palillos—. Probablemente para ofrecértelas a ti.

Kasahara escuchó su desahogo con el cuenco de sake en los labios. Finalmente, sonrió y dio un trago.

—¿A qué viene tanta amargura, muchacho?

—Mañana llegaré a Hamayama a solicitar algo atípico, otra veleidad del joven maestro rastreador. Costará que atiendan mis razones.

—Explícate mejor.

Asaemon se inclinaba sobre el cuenco de guiso. Con el primer bocado había descubierto que estaba realmente hambriento.

—No regreso porque el asunto de Ottara esté resuelto, vuelvo para pedir ayuda. Necesito no menos de treinta samuráis para cumplir con mi labor.

Kasahara dejó de beber para mirarle de hito en hito.

—¿Ves? —rio Asaemon—. Otra excentricidad por mi parte.

—¿Piensas pedir el mando de una compañía de treinta samuráis?

—Cincuenta sería lo ideal —añadió, y dio un sorbo de sake—. Aunque si fuesen *ashigaru,* también me servirían.

—¿Para qué? Creí que te habían enviado a investigar la desaparición de unas campesinas.

—Así es, y creo saber dónde están. Pero necesitaré a esos hombres para sacarlas de allí.

—Hashiba no movilizará una compañía de samuráis para buscar a un puñado de mujeres. Si se enteraran en la corte, incluso él tendría problemas para justificarlo.

La mirada de Asaemon se endureció. Habló con tono hosco:

—No se trata de buscar niñas extraviadas. Hay alguien que está haciendo presa de los habitantes de Izumo, que lleva haciéndolo desde hace tiempo, en el corazón de nuestro propio territorio. ¿No es la responsabilidad de un daimio proteger a los suyos?

—El señor Sugawara tiene preocupaciones más urgentes, te lo aseguro.

Asaemon hundió la vista en el cuenco y continuó dando cuenta de la cena. Aquello no era sino un anticipo de lo que se encontraría al día siguiente.

—Pero si crees que es lo justo, te apoyaré en tus demandas.

Al escuchar aquello, dejó de engullir y levantó la vista hacia Kasahara. El samurái había comenzado a mesarse la barba con gesto pensativo.

—Te lo agradezco —respondió Asaemon.

—Si de verdad me lo agradecieras, aprenderías a callar cuando toca y a ser discreto en tus funciones. —Kasahara sonrió con resignación antes de ponerse en pie—. Pediré que nos llenen unas calabazas con sake para el viaje, o el camino hasta Hamayama se me hará largo.

Ambos samuráis partieron temprano, con el sol despuntando aún sobre las colinas al este. En ocasiones, la ruta se elevaba siguiendo la curva de una loma y les permitía asomarse sobre los vastos pinares; en esos momentos podían divisar en lontananza las aguas del Sakuraorochi, destellando entre el gris de la foresta.

Comieron sin desmontar, y solo se detuvieron para aliviarse y llenar las cantimploras en alguno de los muchos arroyos que atravesaban la región. De tanto en tanto daban cuenta del sake, y aquello les soltó la lengua y les aligeró el viaje. Poco a poco el paisaje fue haciéndose más familiar, lo que parecía infundir en Kasahara una cierta euforia: «Cuando te haces viejo, no hay mayor alegría que saberte cerca de casa; el viaje, al igual que la guerra, es para los jóvenes», decía el veterano samurái, y Asaemon lo dejaba divagar. Al día siguiente estarían en Izumo, entre los suyos, y aquello disipaba el cansancio.

La noche antes de llegar a destino acamparon al raso, en medio de una llanura cubierta de mijo. El viento acariciaba el mar de espigas y el firmamento se abría sobre ellos en todo su esplendor. Asaemon dio un trago de sake y le pasó la cantimplora a Kasahara, sentado a su derecha. Ambos miraban la luna, que esa noche colgaba al alcance de la mano.

—A la muerte de mi padre muchos pensaron que tú eras el idóneo para sucederle. Sin embargo, su señoría decidió que el puesto fuera hereditario, y te encontraste a la sombra de un joven con poca sesera. Debió de ser difícil.

—¿Por qué habría de serlo? —preguntó Kasahara con tono despreocupado—. Un samurái acata las decisiones de su señor, no las cuestiona.

—Aun así, si hubieras presentado una reclamación ante su señoría, muchos te habrían secundado.

—Jamás habría hecho eso, aunque solo fuera por respeto a la memoria de tu padre. —Y le devolvió la calabaza.

Asaemon esbozó una sonrisa ebria antes de dar otro trago.

—¿Sabes? En aquel entonces era un imbécil. —Se tendió sobre el llano y cerró los ojos—. Tuviste paciencia conmigo, y eso me ayudó a ser mejor.

Kasahara lo miró de reojo y sonrió con amargura. El joven ya dormitaba. Le echó una manta por encima y alimentó la hoguera antes de irse a dormir.

Jurō Hikura hundió los dedos en las cenizas de la hoguera.

—Aún están calientes.

—Entonces, no andan lejos. Sigamos —dijo Asaemon, apoyando un pie en el estribo.

Jurō se incorporó y se sacudió el hollín de las manos. No compartía la premura de su hijo.

—Es arriesgado. Esperaremos a Kasahara y a los demás, pronto nos alcanzarán.

—Es el primer rastro que encontramos en días —protestó Asaemon al tiempo que se aupaba a la silla—. Espere aquí si lo prefiere, pero yo no dejaré que vuelvan a escaparse. —Y azuzó a su caballo en dirección al camino.

Llevaban días viajando hacia el oeste tras los pasos de aquellos *rōnin,* maleantes que se decían samuráis, pero que no mostraban escrúpulos a la hora de saquear templos y aldeas. Su última hazaña había sido asaltar una caravana de los Sugawara, matando en el intento a dos samuráis y un archivero. Aquello hacía que su captura fuera una cuestión de honor para los rastreadores del clan.

Asaemon salió del robledal y enfiló el camino en dirección a Iwami, la provincia vecina hacia la que parecían huir los prófugos. No necesitó avanzar mucho antes de encontrar huellas frescas en el barro: dos hombres a pie. Quizás simples viajeros, quizás rezagados de aquella banda de malnacidos. Resuelto a salir de dudas, puso su montura al galope.

Tras un recodo, la senda entraba en declive hasta desembocar en la llanura del monte Sanbe. Asaemon detuvo al caballo y oteó el mar de hierba alta que cubría el páramo. Tardó un instante en reparar en las dos figuras que descendían por la vereda: vestían *hakama* y sombreros *sugegasa,* y cuando se percataron de su presencia, echaron a correr pendiente abajo.

El rastreador se permitió una sonrisa antes de espolear a su montura en pos de aquellos cobardes. Los criminales miraban atrás sin detenerse, con su perseguidor devorando por momentos la distancia que los separaba. Corrieron hasta alcanzar la planicie, y aún siguieron en línea recta un poco más, incapaces de encontrar un lugar donde escabullirse. Solo cuando el caballo de Asaemon se internó en la llanura, los fugitivos decidieron abandonar el camino para adentrarse en la hierba. El pasto, sin embargo, no era tan alto como para ocultarlos por completo, y Asaemon los persiguió al galope por aquel mar glauco que oleaba en marejada.

Cuál fue su sorpresa al ver que su caballo se desmoronaba sobre las patas delanteras y lo lanzaba por los aires. Voló hasta estrellarse contra el suelo, rodó entre la hierba y quedó tendido boca abajo. ¿Qué acababa de suceder? Una punzada de dolor al respirar le indicó que, muy probablemente, se había roto alguna costilla. Escupió sangre y se incorporó a duras penas, aturdido y sin resuello.

A su alrededor, cinco figuras se habían alzado de entre la hierba alta. Un poco más allá, su caballo se agitaba con las patas cortadas. Asaemon se tambaleó intentando mantenerse en pie, y debió llevarse la mano al costado cuando se rio de su propia necedad. Había caído en la trampa como un cachorro, pero aún podía llevarse a alguno consigo. Echó mano al sable, solo para descubrir que lo había perdido entre la maleza.

El primer ataque vino desde el flanco derecho. Pudo hurtar el cuerpo y evitar la estocada. El segundo *rōnin* fue más ambicioso: quiso cobrarse directamente su cabeza; Asaemon logró retroceder y apartar el cuello, de modo que el filo solo sesgó el aire. Pero cuando estás rodeado, apartarte de un enemigo significa aproximarte a otro, así que el tercer ataque llegó por su espalda. Asaemon supo preverlo, y ya giraba cuando el tercer espadachín alzaba la *katana* para hendirle el cráneo. En esta ocasión no se limitó a esquivar el mandoble, sino que se deslizó bajo el brazo alzado de su oponente y lo envolvió con los suyos, en un intento de arrebatarle el arma. El otro trató de impedirlo, y fue durante el forcejeo cuando Asaemon sintió un restallido de dolor que le cruzó la espalda como un relámpago.

Dio dos pasos atrás, intentando llevarse las manos a la herida. La tibia humedad de la sangre le empapaba la espalda, pero aún se mantenía en pie. Logró esquivar otra acometida, pero la siguiente le alcanzó en el muslo, obligándolo a hincar la rodilla.

Sus enemigos se divertían a su costa, cerrando cada vez más el cerco. Asaemon ya solo podía observar desde abajo a aquellos que le rodeaban.

—Estáis acostumbrados a dar caza a quien solo huye. —El espadachín era una sombra con el sol a la espalda—. Pero hay presas que pueden clavarle sus colmillos al cazador.

—¡Sois perros sin amo, no tigres! —rugió Asaemon, y en un último acto de rabia, embistió contra aquel que se disponía a rematarlo.

Cayeron entre la hierba en el mismo momento en el que el suelo comenzaba a retumbar. Los *rōnin* alzaron la cabeza, sorprendidos, y apenas tuvieron tiempo de desplegarse antes de que el jinete se abalanzara sobre ellos.

Arrolló a dos en su primer embate, y se detuvo a la distancia necesaria para tornar grupas y cargar de nuevo. Desde el suelo, incapaz ya de sostenerse tras el último esfuerzo, Asaemon contempló a su padre cabalgar con el sable en ristre. Cortó a un lado y a otro al pasar entre los bandidos, y sus dentelladas sí fueron las de un tigre.

Jurō preparó una tercera acometida, pero al ver que sus enemigos ya se dispersaban, contuvo la galopada y condujo a su caballo hasta el círculo de hierba pisoteada donde yacía su hijo.

—¡Asaemon, resiste! —Envainó la espada y se dispuso a desmontar—. Ya llegan los demás.

Aquellas fueron las últimas palabras de Jurō Hikura, pues una flecha brotó en su pecho arrebatándole el aliento. Le siguió una segunda, certera y despiadada, que le atravesó el corazón.

El maestro de rastreadores se desplomó desde la silla y cayó junto a su hijo. La mirada vacua, el rostro aplastado contra el barro. Asaemon contempló la muerte de su padre desde la penumbra de la semiconsciencia. La vida se le escapaba poco a poco por la carne abierta, y la oscuridad llegaba y se retiraba en oleadas, como una marea a punto de anegarlo todo. Moría junto a su padre muerto, con la tierra y la culpa llenándole la boca.

Antes de dejarse ir a la deriva, pudo ver cómo los rodeaban más jinetes, cómo alguien desmontaba junto a ellos. Era Kasahara, que se inclinaba junto a su amigo, que lo abrazaba y maldecía. El viejo samurái gritó algunas órdenes antes de volver a encogerse sobre el cuerpo de Jurō. Cuando pudo contener su duelo, alzó la vista hacia Asaemon y le espetó:

—¿Qué has hecho, muchacho?

Aunque la mente de Asaemon ya se apagaba como un rescoldo, acusó aquellas palabras como una tercera cuchillada. Kasahara se puso en pie, el rictus entre el dolor y la ira, y tras desenvainar la *wakizashi*, clavó una rodilla sobre el pecho del joven guerrero.

—Sabes que esto ha sido culpa tuya —sentenció—. Has de pagar por ello.

Y alzando la punta del sable corto, le apuñaló la garganta.

Asaemon se incorporó con las manos en el cuello, incapaz de respirar, como si se hubiera tragado un puñado de grava. Gritó y gritó hasta que la garganta se abrió y el aire volvió a bajarle por el pecho.

—¿Qué te ocurre, muchacho? —preguntó Kasahara con voz alarmada.

Se hallaban junto a la hoguera, durmiendo a la intemperie en un campo de gramíneas.

—¡Sake! —pidió Asaemon con voz ronca.

El viejo rastreador le arrojó la cantimplora y lo miró mientras bebía.

—¿Otra vez ese sueño?

Asaemon bajó la boquilla y asintió.

—Ya ha pasado mucho tiempo —dijo Kasahara, incorporándose para alimentar la hoguera—. Deberías olvidar aquel día.

El samurái quiso dar un trago más, pero acabó por escupir el sake.

—Dime, viejo, ¿me culpaste por la muerte de mi padre?

El otro lo miró de soslayo, con el resplandor de las llamas danzándole en el rostro.

—Cazamos la presa más peligrosa que hay —contestó—. Tarde o temprano, la muerte es una certeza.

Asaemon condujo a su animal hasta la orilla del Hii, que corría caudaloso, crecido por las lluvias de los últimos días.

—No podremos vadearlo por aquí, es demasiado profundo.

—Hay un paso río arriba, a menos de un *ri* de distancia —dijo Kasahara—. Si tenemos suerte, la corriente no lo habrá arrastrado.

Sin más que hablar, tornaron grupas y comenzaron a remontar el curso avanzando por la orilla. El paso resultó ser un pontón sostenido sobre pilares hundidos en el lecho del río, sin balaustrada que salvara la caída y demasiado angosto para cruzarlo a caballo. La distancia entre ambos márgenes impedía salvar el cauce con una sola tabla, lo que había obligado a los lugareños a colocar los tablones formando sucesivos ángulos rectos hasta la orilla opuesta.

—Aquí la corriente es menos turbulenta —dijo Kasahara, alzando la voz sobre el fragor del agua—, los caballos podrán cruzarla a nado y nosotros sobre el puente.

—¿Llamas a esto puente? Más bien parece la pasarela de un estanque.

El veterano samurái rio al tiempo que descabalgaba.

—No te quejes, muchacho. Sería peor cruzar a nado y llegar empapados a casa.

—Podemos perder pie y llegar igualmente empapados —gruñó Asaemon, al tiempo que desmontaba para conducir a Okoge por las riendas.

Tiraron de los animales hasta que se adentraron en las aguas y les palmearon los cuartos traseros para que se decidieran a nadar. Cuando sus monturas ya cabeceaban en pos de la otra orilla, se dirigieron a la pasarela. Era estrecha, pero no inestable.

—Tú primero —lo invitó Kasahara.

Asaemon asintió sin discutir, como si ya anticipara que el otro no querría abrir la marcha. Una triste sonrisa asomó a sus labios antes de poner el pie en el pontón. Con el segundo paso comprobó que, por lo menos, la estructura era firme. Continuó avanzando y miró por encima del hombro a Kasahara para comprobar que le seguía de cerca. Giró en el primer ángulo recto y avanzó por el segundo tablón, sobre la zona más profunda del río. Entonces se detuvo y, dando la espalda a su compañero, le preguntó:

—¿Es aquí donde piensas matarme, Kasahara?

22
Los silencios de la corte

Reunidas en una sala a media luz, arracimadas unas contra otras como un rebaño asustado, las cinco muchachas esperaban sin saber a qué o a quién. Las habían sacado de «la habitación enrejada», como llamaban a los aposentos donde las mantenían enjauladas como a pajarillos, y las habían conducido a uno de los decrépitos pabellones del monasterio. Solo estaban ellas, las cinco de Ottara. No llevaban mucho en el Ryūji, pero ya habían aprendido a obedecer a los monjes por más humillantes o crueles que fueran sus exigencias.

Despertarse antes del alba para memorizar los sutras era la parte sencilla de su rutina. Comenzaban a acostumbrarse a la sensación constante de hambre que les perforaba el estómago, incluso a las llagas abiertas por todo el cuerpo, incapaces de sanar por el constante lacerar de la fusta. El miedo, sin embargo, era más difícil de sobrellevar. Sobre todo en presencia del abad Daizembo, que examinaba largamente a las cautivas antes de decidir cuál de ellas era apartada del rebaño.

Las otras, las que estaban allí desde antes que ellas, les decían que luego llegarían cosas peores. Mucho peores.

La puerta se descorrió y todas se sobresaltaron al unísono. Primero entraron dos *yamabushi,* ataviados con sus extraños hábitos ceñidos con cuerdas, y se colocaron a ambos lados de la entrada. Los seguía una mujer, la primera que veían en el monasterio, que pasó entre ellas hasta subir a la tarima al fondo de la sala. Deslizó los paneles de la terraza para que la luz de la mañana vaciara la estancia de penumbras. Condenadas a vivir en la oscuridad, las muchachas se cubrieron los ojos. Bajo esa luz clara, incluso los siniestros monjes *yamabushi* parecían menos temibles, más terrenales.

—Retiraos —dijo la mujer, dirigiéndose a los dos centinelas.

—El abad ha ordenado...

—Daizembo gobierna sobre cada rincón de estas ruinas, salvo aquel en el que yo me halle. Así que retiraos.

Los dos hombres titubearon, pero la imperativa mirada de aquella mujer terminó por expulsarlos. Cuando la puerta se hubo cerrado, la dama se sentó sobre la tarima con un movimiento medido y elegante. Después contempló con detenimiento a las cinco muchachas arrodilladas frente a ella.

—Levantad la cabeza.

Obedecieron y pudieron admirar la peculiar belleza de la visitante. Vestía un kimono cortesano de patrones rojos, la melena le caía larga por la espalda, y sus rasgos parecían tallados en cerámica, irreales al contraluz de la terraza.

—Os dirigiréis a mí por el nombre de dama Fuji —se presentó con voz firme y serena—. No estáis aquí por ser especiales, sino porque sois las últimas en llegar a Ryūji y, por tanto, las únicas que Daizembo no ha malogrado aún con sus métodos. —Mientras hablaba, las examinaba una a una—. No os equivoquéis, seguís estando bajo su tutela, el abad se encargará de inculcaros obediencia y capacidad de sacrificio, pero su instrucción es adecuada para formar a pordioseras, rameras y ladronzuelas. Eficientes y leales, necesarias para las labores de vigilancia, pero carentes de cualquier refinamiento. Yo necesito algo distinto. —Les regaló una sonrisa antes de preguntar—: ¿Habéis escuchado alguna vez la palabra *kunoichi*[*]?

Ninguna respondió.

---

[*] *Kunoichi:* según la tradición, eran mujeres adiestradas para ser espías y asesinas, una especie de contrapartida femenina del *shinobi*. El término procede de descomponer los tres trazos del *kanji* 女 (*onna*, mujer) y escribirlos por separado, dando lugar a la palabra くノ一 (*kunoichi*), que se lee «uno de nueve».

—Así es como algunos hombres llaman a las mías, «uno de nueve», en referencia a la novena abertura de nuestro cuerpo, aquella que ellos no poseen. Pretenden insultarnos con este apelativo, reducir nuestras habilidades a una sola: la capacidad de someter a los hombres dándoles placer. Y aunque no es un talento despreciable, las *kunoichi* sabemos que valemos más por lo que vemos, oímos y callamos —dijo señalándose los ojos, los oídos y la boca— que por lo que hacemos en el lecho. Podemos reconocer el olor del veneno en la comida, e incluso transportar mensajes ocultos dentro de nosotras —se señaló la nariz y el vientre—, podemos soportar dolor y torturas que quebrarían a cualquier hombre, y sabemos quitarnos la vida sin necesidad de más instrumentos que nuestro propio cuerpo. Yo os mostraré el camino de las *kunoichi,* os adiestraré para convertiros en amantes, confidentes y espías de los hombres más poderosos del país. Y os enseñaré a matarlos si es lo que se os ordena. —La dama Fuji recorrió con la mirada a cada una de aquellas niñas; solo una había captado su atención—. Habéis de saber, en cualquier caso, que es improbable que lo consigáis. Algunas acabaréis en las calles, recabando información para Daizembo; otras no sobreviviréis al adiestramiento en el Ryūji. Pero yo os doy la oportunidad de ser algo más. —Había orgullo en esas últimas palabras—. Ahora volved a vuestros aposentos.

Las muchachas permanecieron en su sitio, como si las hubieran clavado al suelo. La dama Fuji debió dar una palmada para romper la ensoñación en la que estaban inmersas, y las cinco se desbandaron como gorriones a la fuga.

—Tú —dijo señalando a una de ellas—, no te marches aún.

Apocada, la muchacha volvió a arrodillarse y agachó la cabeza. Al hacerlo, la dama Fuji reparó en la cinta roja con la que se recogía el pelo.

—¿Cuál es tu nombre?

—Saya —respondió con un hilo de voz, alzando la mirada con timidez.

—No eres una campesina como las demás. ¿Quién te enseñó a sentarte así?

—Mi madre.

Una fina línea entre las cejas delató la impaciencia de su interlocutora.

—Pertenezco a la familia Kuroda —se apresuró a decir—. Somos herreros y fabricantes de arcos, por lo que he de saber comportarme ante los samuráis.

Aquello explicaba las maneras de la chiquilla.

—Daizembo ha cometido un error, una chica con nombre familiar no debería estar aquí.

La dama Fuji bajó de la tarima y se detuvo junto a Saya. Le alzó la barbilla con los dedos. Su cuerpo era menudo, pero poseía unos rasgos delicados y ojos grandes e ingenuos como los de un cervatillo. Sería del agrado del señor Tokugawa*.

—¿Verdaderamente estás dispuesta a sobrevivir?

La hermana de Yumiko asintió.

—Bien. Si me demuestras esa determinación, te llevaré conmigo a Mikawa. Por ahora disimula tus modales ante los *yamabushi*, no queremos que Daizembo sospeche de ti.

Asaemon se volvió sobre el estrecho pontón y confrontó a Kasahara. Había girado la vaina del sable, pero su mano no reposaba aún sobre la empuñadura.

Bajo la pasarela corría el río Hii, fragoso y crecido; nada más fluía entre ambos, ni siquiera el tiempo.

—¿Acaso me equivoco? —preguntó Asaemon—, ¿no estás aquí para acabar conmigo?

Por toda respuesta, Kasahara llevó la mano hasta la empuñadura de la *katana*.

—¿Cómo lo has sabido?

Asaemon sonrió con amargura.

—«Nunca confíes en quien no te da la espalda» —recitó—. ¿Te suenan esas palabras?

El otro asintió en silencio.

* Ieyasu Tokugawa (1543-1616), señor de la provincia de Mikawa, era el segundo daimio más poderoso de Japón tras el regente imperial, Hideyoshi Toyotomi. Si bien ambas familias eran aliadas sobre el papel, existía una rivalidad encubierta que estallaría a la muerte del regente, arrastrando a todo el país a una guerra abierta entre los Tokugawa y los Toyotomi.

—Desde que nos encontramos en Yoshida no me has dado la espalda ni para orinar junto al camino. Tampoco bebes sake conmigo, y siempre te sientas y caminas a mi derecha, lejos de mi sable... Nunca te habías comportado así.

Kasahara se limitó a levantar la guarda con el pulgar.

—Podrías haberlo intentado anoche —prosiguió Asaemon—, te di la oportunidad. Habría sido más fácil para ambos.

—¿Matarte cuando estabas borracho, lejos de tu hogar, como un criminal al que diera caza? ¿Qué clase de hombre crees que soy? —Kasahara negó con profunda tristeza—. He esperado a que estuvieras en Izumo, la tierra donde murió tu padre. Le debo eso al menos.

—Y el cauce del Hii marca la frontera del feudo.

El viejo guerrero no respondió.

—Dime, Kasahara, ¿te han enviado a por mí, o es que al fin te has cansado de estar a la sombra de alguien como yo?

—Sabes que no te diré nada.

Asaemon rio entre dientes. Aquella negativa era tan esclarecedora como una respuesta.

—No eres un traidor. Si estás aquí, es por obediencia.

Kasahara se limitó a sostenerle la mirada.

—¡Maldita sea, viejo! No quiero matarte —se lamentó.

—Entonces, morirás sin remedio.

Asaemon apretó los dientes. ¿Tan decepcionante había sido su proceder? ¿Había fallado hasta el punto de que quisieran eliminarlo sin dejar rastro, sin necesidad de dar explicaciones? Súbitamente hastiado, devolvió la vaina a la posición de reposo y bajó ambos brazos, inerme.

—Hazlo de una vez.

La actitud adusta de Kasahara se resquebrajó:

—¡Empuña tu sable, Asaemon! No pienso ejecutarte.

—Si te han enviado a ti, es porque pensaban que bajaría la guardia, que podrías cortarme por la espalda y dejarme a un lado del camino. Así que hazlo.

El rostro de Kasahara se contrajo, sus facciones tensas bajo la barba.

—Un samurái debe obediencia a su señor, pero no hasta el punto de deshonrarse a sí mismo. —Había una súplica en sus ojos—. No me obligues a renunciar también a eso, te lo ruego.

—¿Qué sentido tiene vivir si mi propio clan me quiere muerto?

—¡Jamás te entregues dócilmente! —le advirtió Kasahara con rabia—. Aunque el destino de un samurái sea la muerte, debemos rebelarnos contra ella, luchar más allá de lo humanamente razonable. Solo así nuestra muerte cobra sentido. —Kasahara desenvainó la *katana*—. Así que lucha por tu vida, muchacho, o nadie sabrá por qué has muerto.

Asaemon aún tardó en desenvainar y, cuando lo hizo, empuñó su arma con resignación, sin la presencia de ánimo necesaria para matar. Finalmente, alzó su acero y ambos quedaron frente a frente, las piernas separadas y sus sables en una guardia media, especulares sobre la angosta pasarela.

Sin posibilidad de rodearse el uno al otro ni tantearse, fue Kasahara quien se decidió a avanzar: un paso rápido deslizando los pies sobre las tablas. Su oponente retrocedió del mismo modo, cauteloso. Ninguno parecía dispuesto a lanzar la primera estocada, así que Asaemon bajó la punta del sable hasta casi tocar el suelo, adoptando una postura defensiva desde la que difícilmente podría tomar la iniciativa. Parecía indicarle a Kasahara que no pensaba cobrarse la primera sangre, que solo reaccionaría a lo que él hiciera, y aquella actitud pasiva, impropia de un guerrero temido por su ímpetu, enfureció a Kasahara.

—Si no quieres cortarme, ¡será mejor que te arrojes al agua y te ahogues! —exclamó el barbudo, y avanzó descargando su filo contra la cabeza de Asaemon.

Este alzó la espada a tiempo de desviar el primer embate; el segundo buscó su costado y Asaemon logró defenderlo no sin dificultad; también eludió el tercero, que intentaba sajarle el vientre. Kasahara encadenaba estocadas y cortes oblicuos obligándolo a retroceder, y con cada tajo que lograba desviar, Asaemon comprendía que se acercaba al abismo, que su compañero estaba verdaderamente dispuesto a matarlo.

Era cuestión de tiempo que perdiera el equilibrio, así que clavó los pies en el suelo y se dispuso a bloquear la última acometida de su contrincante: un mandoble descendente que pretendía abrirle el cráneo. La corpulencia de Kasahara lo obligó a arrodillarse para absorber la fuerza del impacto. Con una rabia súbita, Asaemon empujó con sus piernas hacia arriba y apartó el acero de su adversario. El veterano samurái trastabilló de espaldas, sorprendido por la reacción de Asaemon, y echó la vista atrás para asegurarse de que no apoyaba el pie fuera del pontón. Comprendió su error al sentir un estallido de dolor que le aflojaba las rodillas. Al volver a mirar hacia delante, descubrió que su rival lo había empalado por el vientre.

La bilis le subió desde el estómago y, al escupirla, manó roja y densa como la última luz del día. Satisfecho, Kasahara sonrió y alzó la vista hacia Asaemon. No le sorprendió ver sus lágrimas.

—Has hecho lo que debías —murmuró, y se aferró a la hoja que lo atravesaba para no perder el equilibrio—. Tienes un hijo por el que velar, asuntos que resolver... A mí ya no me queda nada.

Entre estertores, Kasahara dio un paso atrás para liberarse y cayó al agua. Asaemon alargó la mano para impedirlo, pero en el mismo instante que lo hizo comprendió la futilidad de su gesto, de todo lo que había hecho o dicho en ese último día. Kasahara había ido allí para morir, sin la menor intención de matar al hijo de su amigo.

La corriente arrastró el cadáver, que desapareció río abajo zarandeado por los rápidos y las rocas. Cuando lo hubo perdido de vista, se sentó en la pasarela y lloró, consciente de que con aquel hombre moría el último lazo con su padre.

Asaemon escaló el promontorio de Hamayama a lomos de su caballo, seguido al trote por la montura vacía de Kasahara, cuyas riendas había atado a su silla. Cabalgaba con la mirada al frente y el ceño partido por un relámpago; tan feroz era su gesto que los guardias de la puerta se apresuraron a apartarse, pues intuían que los arrollaría si osaban cortarle el paso.

Recorrió los sucesivos anillos amurallados hasta alcanzar la torre del homenaje. Desmontó y entregó ambos caballos en el establo de los *tsukaiban*, antes de subir por la larga escalinata que daba acceso a la torre. Funcionarios y oficiales se echaban a un lado con el saludo atragantado al ver su rictus peligroso, y así fue ascendiendo por los pasillos y escaleras hasta llegar a las dependencias del primer consejero.

Los samuráis que guardaban los aposentos de Soju Hashiba, máxima autoridad del castillo en ausencia del daimio, lo saludaron con una respetuosa reverencia. Pero no le abrieron paso.

—Anunciad mi llegada.

Los centinelas se miraron de reojo.

—Lo lamento, pero Hashiba-dono* se ha retirado a su dormitorio —se disculpó uno de los centinelas—. Deberá esperar a mañana, Hikura-sama.

—He cabalgado sin descanso desde Ottara para traer noticias urgentes. ¡Anunciad mi llegada o apartaos!

Los samuráis volvieron a mirarse, cada vez más indecisos. El que había hablado volvió a tomar la iniciativa.

—Aguarde aquí, por favor.

Deslizó el panel *shōji* lo justo para pasar y volvió a cerrarlo tras de sí. El otro guardia dio un paso lateral para colocarse frente a la puerta, pero mantuvo la vista fija en el techo, evitando los ojos de Asaemon Hikura a toda costa. Este exudaba impaciencia, y no tardó en comenzar a caminar en círculos como un animal enjaulado. Miraba la puerta con expresión torva, como si de un momento a otro pudiera apartar de un empellón al samurái para irrumpir en las dependencias.

Cuando el *shōji* volvió a abrirse, Asaemon alzó la cabeza, inquisitivo.

—Hashiba-dono hará una excepción. Sígame.

Lo condujeron a través de un corredor iluminado por lámparas de pie que parecían arrojar más sombras que luces. Cuando cruzó la última puerta, se encontró en la discreta sala que el *karō* usaba para despachar con aquellos invitados que no eran tan íntimos como para ser atendidos en sus aposentos. Asaemon, que habitualmente gozaba de la hospitalidad y la confianza de Soju Hashiba, comprendió que era una forma de hacerle saber que su presencia no era deseada.

Se acomodó en el centro de la sala, colocó la *katana* a su derecha y miró por encima del hombro al guardia, que se había plantado

---

* *Dono:* fórmula de cortesía empleada con los daimios y samuráis de muy alto rango. Expresa mayor deferencia aún que *sama*.

junto a la puerta. Poco después, un sirviente entró desde el fondo de la sala, se arrodilló con ensayado protocolo y descorrió el panel lateral por el que hizo aparición el primer consejero. No vestía el *hakama* y el *kataginu*[*] preceptivos, sino un kimono holgado sobre el *nemaki* de noche. Hashiba se sentó sobre la tarima ubicada al fondo de la estancia.

—Así que ya has vuelto de Ottara —observó, reclinándose sobre el reposabrazos.

—Gracias por recibirme a una hora tan inoportuna —lo saludó Asaemon, apoyando ambas manos sobre el tatami.

—No me hagas perder el tiempo. Habla.

—Sería conveniente que nos entrevistáramos a solas.

Hashiba torció los labios. No estaba de humor para secretismos y confabulaciones, pero terminó por hacer un gesto exasperado con la mano. Tanto el samurái como el sirviente se retiraron con una reverencia.

—¿Y bien?

Con un gesto brusco, Asaemon desenvainó la *wakizashi*. Hashiba se envaró, súbitamente consciente de que se hallaba desarmado, pero antes de perder la compostura reparó en que el samurái depositaba la hoja corta frente a sí. A continuación, sacó los brazos de las mangas con un solo movimiento y dejó que el kimono le cayera sobre las caderas. Su torso, cruzado de marcas y cicatrices, quedó expuesto.

—El cadáver de Masahiro Kasahara debe de flotar ya en mar abierto, camino de las islas Oki. Si quería verme muerto, debería haber tenido el valor de ordenarme que me hiciera el *seppuku*.

—¡Comienzo a cansarme de tus desatinos, Asaemon! —estalló Hashiba—. ¿Crees que puedes venir a mis aposentos y desenvainar un sable?

—No se desacredite negándolo —prosiguió Asaemon, sereno—. Kasahara me dejó claro que obedecía órdenes.

Hashiba enderezó la espalda y lo observó con cautela.

---

[*] *Kataginu:* chaqueta sin mangas y con hombreras largas que se vestía sobre el kimono, habitual entre los samuráis de rango en la corte de los daimios.

—¿Me estás diciendo que has matado a Masahiro Kasahara? ¿Aquí, en Hamayama?

El *karō* parecía sinceramente consternado.

—Me lo encontré hace dos días en una hospedería de Yoshida. Dijo viajar hacia Ottara para asistirme en la investigación. Más tarde supe que su verdadera intención era acabar con mi vida, así me lo reconoció.

Hashiba palideció de pronto. Tomó un pañuelo de seda y se secó la frente.

—¿Quién sabe que has vuelto a Izumo?

—Cualquiera que se haya cruzado conmigo desde la puerta de Hamayama.

El anciano asintió al tiempo que se cubría la boca con el pañuelo.

—Escúchame bien, Asaemon, yo no ordené tu muerte, no me tengas en tan baja consideración —le reprochó—. Pero es obvio que hay personas en la corte de su señoría que quieren silenciar el incidente de Ottara a toda costa, aunque para ello deban asesinar a un vasallo del clan. Alguien se puso directamente en contacto con Kasahara, alguien que ostentaba la autoridad de su señoría y que le exigió discreción. De lo contrario, estoy seguro de que Kasahara me habría consultado antes de obedecer.

Asaemon negó con incredulidad.

—¿Por qué su señoría se inmiscuiría en algo así?

—¡No seas necio! Hay muchas personas en el círculo interno de un daimio, cualquiera de ellas puede hablar en su nombre o firmar un documento con su sello. Basta con que se lo propongan al oído y su señoría asienta para que no le molesten con nimiedades.

—Sea como fuere, Sugawara-sama dio su aprobación para matarme.

—Probablemente solo consintió que esto se acallara, no le incomodarían con los detalles.

Asaemon clavó los puños contra las rodillas y desvió la mirada. Podía comprender que un samurái fuera sacrificado en el campo de batalla, pero no que se le asesinara como a un vulgar criminal para zanjar un inconveniente.

—¿Cuál ha sido mi error? —inquirió finalmente, más como un reproche que como una pregunta—. Fui allá donde se me dijo a cumplir lo que se me indicó.

Hashiba lo observó con tristeza. Pese a su carácter complicado, Asaemon siempre había sido un hombre leal, tanto como su padre.

—El error no ha sido tuyo, sino mío —reconoció el consejero—. Al parecer, en los montes de Ottara hay secretos que no nos corresponde conocer. Para nuestra desgracia, lo descubrí después de ordenar la investigación.

—¿Secretos? Han desaparecido cinco muchachas, vulgares campesinas que no habrán matado un gorgojo en su vida. ¿Qué tiene eso que ver con los secretos del clan?

—Lo mejor será que olvides lo sucedido. Por el bien de todos.

—Por el bien de todos, salvo el de cinco familias —insistió Asaemon—. He estado días deambulando por esa maldita montaña, he descubierto que allí se oculta una secta de monjes *yamabushi* que ha matado a los cazadores de la aldea, a tres *dōshin* de Toda y casi acaba también conmigo. No me cabe duda de que son ellos los que han raptado a las crías. ¿Cómo puede pedirme que olvide algo así?

—No te lo estoy pidiendo, Asaemon.

—¡No! —rugió el samurái, al tiempo que golpeaba el suelo con el puño—. No hace ni un día que atravesé con la espada a Kasahara, aún tengo su sangre en mis manos. ¡Quiero saber qué está sucediendo!

Pese al desplante, Hashiba podía comprender su frustración. Terminó por exhalar un largo suspiro.

—Ni siquiera yo lo sé con exactitud.

—Dígame lo que sabe. O lo que cree saber.

El *karō* asintió con resignación.

—Las llaman gorriones de primavera. —Asaemon frunció el ceño a la espera de que Hashiba se explicara. El anciano meditó bien sus palabras antes de proseguir—: No han pasado ni seis años desde que el señor Oda fuera asesinado y Hideyoshi ocupara su lugar. Desde entonces el país vive en una paz aparente… —Parecía divagar, pero su mirada era lúcida—. Pero solo un necio se dejaría engañar. Puede que ya no se batalle a campo abierto, pero la guerra se sigue librando en las cortes de los daimios. Una guerra de secretos, confabulaciones y venenos… Una contienda para la que no sirven los samuráis.

—¿Qué tiene esto que ver con el incidente de Ottara?

—Alguien captura y adiestra a los pajarillos que libran esa otra guerra, Asaemon. Les enseñan a revolotear en las sombras, a escuchar y callar, a complacer a los hombres que se creen sus dueños y así servir a sus verdaderos amos... Eso explica lo que está sucediendo en Ottara.

Asaemon se cruzó de brazos, más suspicaz que pensativo.

—¿Por qué haría su señoría algo así? Ya ganó su guerra hace tiempo, el clan Ikeda fue exterminado y sus territorios anexionados. Solo necesita buenos guerreros que defiendan el feudo y respetar la paz impuesta por Hideyoshi Toyotomi.

Hashiba negó ante su ingenuidad. Los samuráis vivían en un mundo de reglas sencillas, de deber y obediencia, completamente ajenos a las conspiraciones de sus propios señores.

—La paz no es más que la preparación de la próxima batalla, Asaemon, y la paz del *kanpaku*[*] no es diferente. A la luz del día todos los daimios del país le rinden pleitesía, pero Hideyoshi está enfermo y sin un heredero fuerte. Cuando muera, la guerra volverá a estallar, y los dos bandos que han de librarla ya se organizan en las sombras. Los Sugawara no pueden quedarse al margen, o serán aplastados entre ambas fuerzas.

—Así que nuestro papel es dar cobijo a asesinos y conspiradores, a la escoria útil que otros daimios no quieren en sus tierras. Y su señoría consiente, además, que hagan uso de los habitantes de Izumo para sus depravaciones.

Hashiba frunció el ceño ante tal impertinencia.

—Su señoría hace lo necesario para garantizar la prosperidad del clan. ¡Tenlo en cuenta antes de abrir la boca!

Asaemon agachó la cabeza sin un ápice de arrepentimiento. Le costaba asimilar cuanto acababa de escuchar.

—Si te he contado todo esto, es para que comprendas que resulta imperativo ser discretos. Nada me obliga a darte explicacio-

[*] *Kanpaku:* título que se puede traducir como «regente imperial», otorgado por el emperador a Hideyoshi Toyotomi después de que este consiguiera unificar y pacificar la mayor parte de Japón bajo su mando.

nes, ni tú tienes por qué conocer las razones de aquello que se te ordena.

El samurái asintió sin alzar la mirada.

—Partirás de viaje y no le dirás a nadie tu destino —anunció finalmente el *karō*.

—¿Adónde he de ir?

—Tanto me da, ni siquiera yo quiero saberlo. Vete de caza si eso te ayuda a distraerte, llévate a tus hombres de más confianza contigo. Mientras tanto, yo trataré de apaciguar a la corte de su señoría. —El anciano se dejó caer sobre el reposabrazos, harto de un problema que se debería haber resuelto en un par de días—. Enviaré un mensaje explicando que el asunto de Ottara se ha dado por zanjado, que, según tus investigaciones, las desaparecidas se despeñaron por un acantilado. Los accidentes no se incluyen en el registro de crímenes y castigos, por lo que no quedará constancia alguna. Si se dan por satisfechos, acabarán por olvidarse de ti.

Asaemon guardó silencio. Era obvio que no estaba de acuerdo con cerrar aquello en falso, pero terminó por inclinarse en una reverencia.

—Le agradezco todo lo que hace por mí.

Hashiba lo miró con severidad, pero sus facciones terminaron por ablandarse. No podía negar el afecto que sentía por el hijo de Jurō Hikura.

—Ve a ver a tu esposa y a tu hijo, y parte mañana a ser posible. Cuando vuelvas, todo se habrá resuelto.

Asaemon entró en sus aposentos, ubicados en la primera planta del castillo, y se dirigió al salón principal, desde donde se distribuían el resto de las estancias. Caía la tarde y una luz tibia, oblicua, se escurría entre las lamas de bambú. Encontró al ama de cría sentada frente a la ventana, con el pequeño Danjuro en brazos.

—¿Dónde está Sayuri? —preguntó, al tiempo que colocaba la *daishō* sobre el soporte que presidía la sala.

—La señora aún no ha vuelto de los baños —respondió la muchacha—. Me ha dejado a cargo del joven señor; ya le he dado el pecho y comienza a quedarse dormido.

—Dámelo —dijo extendiendo los brazos.

—¿Está seguro, mi señor?

—Procuraré que no se me caiga.

La joven se inclinó sobre el bebé de forma instintiva, y Asaemon rio con malicia.

—Vamos, no es la primera vez que lo duermo —la tranquilizó, al tiempo que alzaba a su hijo con cuidado.

Se sentó junto a la ventana y acunó al pequeño sobre su regazo. Este hizo un par de pucheros, a punto de llorar, pero Asaemon supo calmarlo con un arrullo. Antes de marcharse, la joven les aproximó un brasero y se despidió con una reverencia.

—Estamos solos, Danjuro, los dos hombres de la familia. —Sonrió al observar cómo el pequeño se llevaba el pulgar a la boca, dormitando contra su pecho—. Tu padre se equivoca a cada paso —le susurró—, ya se encarga tu madre de recordármelo, pero al menos he hecho algo bien.

La puerta se abrió a su espalda.

—Has vuelto —lo saludó Sayuri con escaso entusiasmo.

—Esta misma tarde.

—Cogerá frío si lo duermes junto a la corriente —dijo la mujer, y pasó junto a él para cerrar la contraventana de madera.

—Tonterías. Nada le puede pasar entre los brazos de su padre.

Sayuri se volvió para observarlos, y Asaemon se dijo que había más frío en su mirada que en cien corrientes de aire.

—¿Has podido solventar lo de Ottara? —preguntó ella—. No te perdonarán muchos más errores.

—Si quieres saber si he recuperado a las crías desaparecidas, no lo he hecho, aunque sé dónde están. He regresado para solicitar el apoyo de unos cuantos samuráis, pero ni siquiera se me ha permitido exponer mis demandas. —Le sorprendió descubrir la profunda desilusión que calaba su voz—. Hashiba ha dado por zanjado el asunto.

—¿El señor *karō* está satisfecho?

—Esta vez no me culpa de nada, si es a lo que te refieres.

—Entonces, todo está bien.

—¿Eso crees? Hay cinco muchachas que no regresarán a sus casas.

—¿Qué más da? Son campesinos, si no los matan los bandidos, lo harán las hambrunas o las enfermedades.

Una sombra cruzó el rostro de Asaemon.

—Tu abuelo era un jardinero que ornamentaba templos y castillos; el abuelo de mi padre, un cazador de montaña. No venimos de la nobleza, Sayuri, ¿acaso crees que por vivir en un castillo no te alcanzará la desgracia?

—Jamás sabrás prosperar —le espetó ella—. Maldigo el día en el que me metieron en tu lecho.

Asaemon no quiso discutir con el pequeño en brazos.

—Puedes estar tranquila, mañana volveré a salir de viaje. Solo espero de ti que cuides a mi hijo durante mis ausencias.

Sayuri se inclinó y tomó al niño de los brazos del padre; con cuidado, le recostó la cabeza sobre su hombro.

—Si un día no has de regresar, procura que sea por haber caído con honor. Garantiza al menos la posición de tu hijo, pues no te daré otro.

23
Custodio de un recuerdo

Desde su encuentro con Yumiko Kuroda y el samurái que la acompañaba, Ryō no había vuelto a tener un sueño plácido. La vigilia lo acompañaba cada noche alimentando sus fantasmas, exacerbando una soledad hasta entonces mitigada por el convencimiento de que Nanami vivía una vida en paz. Ahora, sin embargo, sabía que sufría, que el destino no la había tratado mejor que a él, y aquello era como sal en una llaga mal cerrada.

Navegando las noches de insomnio, se preguntaba si Nanami también habría tenido noticias suyas. ¿Le habría dicho su hija que el demonio en la montaña no era sino un fantasma de su pasado? De ser así, muy probablemente lo despreciara por haberla abandonado, por no acudir a ella en sus horas más oscuras. Pero el deber lo ataba, lo había atado durante todos esos años como una mortaja.

Hastiado de compartir el lecho con sus tormentos, se incorporó y se guio por el mortecino resplandor del brasero. Recogió un mortero y se dirigió al pasaje que servía de acceso a la cueva; al retirar la estera de junco, el aire frío y la luz de la luna penetraron en la cámara. Ryō solía colgar a la entrada unos hatillos de hierbas y frutos silvestres, descolgó los que ya se habían oreado y se sentó en el exterior, sobre la cornisa asomada al valle de Ottara. Con el mortero entre las piernas, comenzó a desmenuzar las hierbas secas con paciencia.

Esas tareas sencillas solían apaciguar su mente, pero estaba lejos de vislumbrar la iluminación que los maestros zen decían encontrar en lo cotidiano. Si algo había aprendido en sus años de soledad era que el simple hecho de vivir en la montaña no te hacía más fuerte o más sabio, como creían los *shugyōsha**. Las vicisitudes y las privaciones no son un martillo que haga saltar las impurezas; son, más bien, como el temporal que azota un árbol solitario y revela su verdadera naturaleza: si este es fuerte y sabe adaptarse, resistirá; si es frágil, se quebrará. Pero de ningún modo fortalecerá sus raíces. No hay más fortalezas o debilidades que las que ya germinan en nuestro interior, y las arrastramos dondequiera que vayamos.

Añadió agua y resina a las hierbas pulverizadas y removió la mezcla con cuidado, evitando los grumos, hasta que se fue formando la pasta de incienso. Colocó un pellizco de pasta en la palma de la mano y le dio forma con los dedos; cuando estuvo listo, lo puso a secar sobre una hoja de papel. Repitió el proceso de forma metódica, abstraído en su labor mientras la luna evolucionaba por el firmamento. Cuando hubo terminado, su vista se perdió en la vastedad del paisaje que se extendía a sus pies.

Fue entonces cuando divisó la luz al pie de la montaña. Distante y solitaria, la llama ardía solo para él, pues nadie más podía verla en el corazón de la arboleda. La misma arboleda que Nanami visitaba cada noche de O-Bon, la misma llama que prendía en su memoria.

Yumiko cerró con cuidado el *fusuma* al salir de la cocina, procurando que la madera, un tanto abotargada por las lluvias de los últimos días, no rascara en el marco al deslizarse. Su padre solía encerar los carriles durante el otoño, y en eso, como en tantas otras cosas, comenzaba a notarse su ausencia. Decidió que ella se encargaría de hacerlo a partir de entonces.

Se calzó las sandalias y cruzó el pequeño huerto hasta llegar al terrado posterior, el rincón más alejado de la entrada y de la forja, que constituían la zona noble de la casa. Aquel espacio a la intemperie, por completo desprovisto de ornamentos o comodidades, era el

* *Shugyōsha:* guerrero que ha emprendido el *musha shugyō*, un largo peregrinaje que tenía por objeto perfeccionar la técnica y fortalecer el espíritu.

taller de su padre, el lugar donde se dedicó al oficio que había heredado de su familia.

Los arcos destensados se alineaban contra la larga empalizada, protegidos del sol y la lluvia por un pequeño voladizo. En un barril se amontonaban decenas de flechas talladas y con las puntas de acero encastradas; aquellas que ya se habían emplumado se alineaban pulcramente sobre un soporte horizontal, de modo que ninguna punta sobresaliera más que la anterior. Más allá se encontraba el bastidor donde su padre trenzaba la fibra de cáñamo, y en la esquina más soleada se secaba el bambú con cuyas láminas ensamblaba los arcos.

La austeridad del lugar, la parquedad de las herramientas, el recogimiento de su pequeño mundo… Todo ello revelaba la presencia de su padre, su personalidad silenciosa y afable, su devoción por un oficio «necesario en tiempos de guerra y en tiempos de paz». También estaba allí la sencillez con la que había asumido un lugar menor en su propia casa, a la sombra de su mujer y del apellido Kuroda. Todo aquello que Yumiko jamás había sabido ver se hacía ahora evidente en su ausencia.

En el centro del patio, sobre un bastidor, había un arco erizado de cuñas de madera. Cada punta se había insertado bajo la cuerda que lo envolvía de extremo a extremo, ejerciendo la presión necesaria para darle a la estructura la curvatura adecuada. Yumiko se aproximó con un respeto reverencial al último trabajo del arquero; retiró una de las cuñas y comprobó que la resina que unía las láminas de bambú se había secado. Con cuidado, fue retirando el resto de las palas una a una; libre de su presión, el cuerpo mantuvo la forma que el artesano había querido darle, así que aflojó con los dientes el hilo de cáñamo y comenzó a destrenzarlo con paciencia, asegurándose de que las láminas de bambú se hubieran soldado sin el menor intersticio entre ellas.

Una vez liberado de sus ataduras, el arco se desveló largo y flexible, de unos siete *shaku* de alto, mucho más que el que Yumiko había utilizado durante años. En cuanto lo sujetó entre sus manos supo que no era una herramienta de caza, sino el arma de un samurái. Aun así, tomó un hilo encerado y se dispuso a encordarlo.

Anilló el extremo superior y lo encajó contra la esquina del murete, después apoyó el segmento inferior sobre su muslo; debió emplear todo su peso para doblegar la curvatura que su padre había imprimido al bambú, pero finalmente logró pasar el lazo por el extremo libre. El arco crujió al recuperar su forma y la cuerda vibró con el acorde de un *shamisen*.

Decidida, tomó una de las flechas sin emplumar y se colocó frente a la bala de paja que usaban como diana. Colocó el proyectil en el punto de enfleche y empujó la empuñadura hacia delante, reprimiendo un gruñido por el esfuerzo. Al alcanzar el punto de máxima tensión, notó cómo los hombros y los brazos le temblaban. Respiró hondo, apretó los dientes y se esforzó por mantener la postura. Al liberar la flecha, esta le silbó al oído antes de hundirse en la diana.

Había tirado como le enseñó su padre con el último arco que él había confeccionado, y aquella idea le atravesó el corazón con la misma facilidad que su flecha había hendido la paja. Cuando la sal le humedeció los labios, se percató de que había comenzado a llorar. No se había permitido hacerlo en presencia de su madre, pues ella había perdido a un marido y a una hija; y antes, a su propio padre y a su propio hermano, y a su madre poco después. Y a alguien más de quien nunca hasta ahora les había hablado. ¿Cómo podía vivir con ello? ¿Cómo tenía fuerzas para seguir trabajando en la forja de donde no había salido en los últimos días?

De algún modo, Nanami encontraba consuelo en lo que hacía. Yumiko, sin embargo, penaba por la casa como un animal desorientado. A cada momento sentía el arrebato de partir hacia la montaña, de lanzarse en busca de su hermana y traerla de vuelta o morir en el intento. Pero trataba de recordar las palabras de Asaemon, su advertencia de que no se dejara matar en vano, su promesa de que regresaría más pronto que tarde, y volvía a confiar en un hombre al que solo había conocido durante unos días.

Se secó las lágrimas y colocó la segunda flecha. La mejor cualidad de un cazador es la paciencia, se dijo, y mientras esperaba nada le impedía lanzar una flecha tras otra. Su madre hacía tañer el acero contra el yunque y ella haría tañer la cuerda del arco. Quizás así lograran acompasar por fin sus ritmos, pues en el peor de los casos, ya solo se tendrían la una a la otra.

Nanami se adentró en los arrozales tras cruzar la aldea en tinieblas. Caminaba entre campos encharcados de barro y luna, con un farol en su mano izquierda, un hato de leña a la espalda y una caja larga abrazada contra el pecho. Cualquiera que la hubiera visto habría temido por ella: ¿quién podía aventurarse en la montaña a esas horas?, ¿quién sino alguien desesperado, en busca quizás de un lugar solitario para cometer suicidio?

Pero Nanami no huía, iba al encuentro de su última esperanza.

La montaña ya se cernía sobre ella cuando abandonó el camino y se adentró en la espesura. Atajó por el sotobosque, tirando del *kosode,* que se enganchaba en arbustos y matorrales, hasta llegar al claro donde se erigía el pequeño altar consagrado a Inari. Saludó a los dos zorros de piedra que custodiaban el lugar y colocó ante ellos la linterna. Después dispuso la leña en el centro del claro y, tras prender la yesca en el farol, comenzó a alimentar el fuego.

Había hecho aquello muchas otras veces. Cada noche de O-Bon, después de encender la hoguera en el jardín y prender tres lámparas por sus padres y su hermano, acudía a ese lugar solitario y encendía una cuarta lámpara. Nadie le preguntaba abiertamente por qué lo hacía, y Nanami sentía que a nadie debía explicaciones, ni siquiera a su marido o sus hijas. Era, sencillamente, su forma de atender el último ruego de alguien a quien había querido, su forma de no olvidarlo por completo.

Y aunque aquella noche no era O-Bon, prendió el fuego que debía invocar a un difunto, pues ahora sabía que algunos muertos no precisan cruzar el río Sanzu para regresar desde el más allá. Las llamas pronto iluminaron el claro y agitaron las sombras de los árboles. Nanami se sentó frente a la lumbre, la espalda contra el tronco de un cedro, y se dispuso a esperar cuanto fuera necesario.

La noche avanzó y, en algún momento, el sueño debió de vencerla, pues se despertó inquieta, con la sensación de no estar sola. No pudo evitar un asomo de miedo: se encontraba a los pies de la montaña maldita, de donde muchos no regresaban. Alzó la vista al cielo para buscar la posición de Tsuzumi*, y esta le dijo que habían transcurrido horas, aunque no supo decir cuántas. Intentaba interpretar

* Tsuzumi: nombre que se daba en Japón a la constelación de Orión. Procede de un tipo de tambor tradicional cuya forma recuerda a la disposición de estas estrellas.

el firmamento cuando la sobresaltó un ruido en la fronda. Se puso en pie con cautela, atenta a cualquier movimiento entre los árboles.

Lentamente, como si no quisiera asustarla, una sombra se separó de la oscuridad para adentrarse en el claro. La luz desnudó de penumbras al recién llegado, y Nanami se llevó la mano al pecho al sentir que le fallaba el aliento.

—Estás vivo... —alcanzó a susurrar, con un asombro que era júbilo e incredulidad a un tiempo.

—¿Cómo sabes que no soy un fantasma?

Ella sonrió entre lágrimas.

—Porque los fantasmas no envejecen.

Se abrazaron con fuerza, como si necesitaran confirmar que el otro estaba verdaderamente allí, que no era una ilusión conjurada por un viejo anhelo. Ryō inspiró su fragancia con la avidez del náufrago que emerge entre las olas. Las estaciones habían sido largas, los años inabarcables, pero en ese instante sintió que su ausencia había sido fugaz.

—Me prometiste regresar en las noches de O-Bon si prendía una llama —dijo Nanami—, pero no has acudido en todo este tiempo.

Ryō sabía que ese reproche llegaría. Habló sin romper el abrazo, como si temiese que ella pudiera desvanecerse:

—Cuando veía la luz arder en este claro, me decía que ojalá no acudieras el año siguiente, que ojalá me olvidaras por completo... Pero al mismo tiempo temía que se cumpliera.

Ella se retiró para mirarle a los ojos. Los años habían dejado su impronta, pero supo encontrar al joven Ryō en aquella mirada cansada. Se preguntó cómo la vería él, si sería capaz de reconocer a la Nanami enamorada e ingenua, decidida a enfrentarse al mundo por permanecer a su lado.

—¿Qué te impedía acudir a mí? Aunque solo fuera para decirme que seguías vivo.

La llama del reencuentro zozobró ante aquella pregunta, pero Ryō respondió con franqueza:

—Crees que no soy un fantasma porque puedes tocarme y sentir mi aliento, pero ya no habito este mundo. He consagrado mi vida a custodiar los restos del señor Ikeda, y como su último guardián, también yo estoy muerto.

Ella negó ante aquella idea.

—Has estado oculto todo este tiempo por lealtad a un difunto... —Debió reprimir una punzada de rabia—. Podía asumir que murieras en la batalla, así lo he hecho durante años... Pero ¿convertirte en un muerto en vida? ¿Qué clase de obligación es esa, qué clase de castigo para ambos?

Ryō buscó palabras de consuelo, pero comprendió que no las hallaría.

—No podía regresar junto a ti, habría sido cuestión de tiempo que se supiera. Todo habría terminado mal, para nosotros y para tu familia, créeme.

—¿Por qué no marcharte lejos, entonces, donde no alcanzara la mano de los Sugawara y yo no pudiera saber más de ti?

Él tomó aliento, pero no fue capaz de responder. Aun así, Nanami supo leer su silencio: aunque sirviera a un hombre muerto y a una casa extinta, aunque se dijera al margen de este mundo, sus sentimientos hacia ella seguían vivos. Y aquello solo podía ser motivo de compasión hacia él.

Nanami apoyó la cabeza contra su pecho, como hiciera cuando yacían juntos. De ser otra, de no ser madre, le habría pedido que la llevara con él al otro lado. Pero la lealtad de un samurái hacia su señor palidece ante el amor de una madre por su hija, así que la propuesta de Nanami fue bien distinta:

—Sabes que mi hija se encuentra en algún lugar de esta montaña, aún no sé si viva o muerta. Te he hecho venir para hacerte un ruego y una ofrenda.

Ella lo tomó de la mano y se arrodilló en el suelo, tirando de él. Cuando estuvieron frente a frente, con el fuego oscilando sobre sus rostros, Nanami colocó la caja entre ambos.

—Desde que nos separamos, he consagrado mi vida a la forja y a mi familia. Todo lo aprendido durante estos años, todo lo que siento por mi hija desaparecida, está en esta caja. Es mi forma de suplicarte que traigas de vuelta a Saya, ya esté viva o muerta.

Nanami destapó la caja lacada y el acero flameó a la luz del fuego. Con movimientos medidos, como en cada ocasión que mostraba la obra terminada a su destinatario, la herrera tomó la hoja de lanza con ambas manos y se la ofreció al samurái. Este se abstuvo de tocarla, consciente de lo que suponía aceptar ese presente, pero no pudo apartar la vista de aquella hoja de doble filo, tan blanca como la misma llama del alba.

Cuando por fin se abstrajo de su hechizo, se encontró con el gesto calmo de Nanami y pudo ver lo que había tras su aparente serenidad: temía que él se negara, temía fallar a Saya. Trató de comprender ese sentimiento, de imaginar cómo sería perder a una hija, sin saber si se debía alimentar la esperanza del reencuentro o iniciar la larga despedida.

Así que inclinó la cabeza y aceptó la ofrenda. Al sujetar el acero entre sus manos, descubrió que en la espiga de la hoja se había grabado «Onna Kuroda»*, la firma de la herrera. Aquellas dos palabras eran testimonio de un largo camino recorrido: Nanami ya no era la muchacha a la que se permitía afilar hachas y cuchillos en el taller de su padre, era una artesana capaz de dar vida a un arma magnífica, imbuida de los temores y esperanzas de quien la había forjado. Y ahora, él había hecho suyos esos sentimientos.

La mañana rompió clara sobre el castillo de Hamayama, con un cielo raso que anunciaba una jornada fría. En el primer patio amurallado, a la vista de cuantos llegaban a la fortaleza, se reunía una partida de seis jinetes. Aguardaban junto a sus monturas, conversando y echándose el aliento en las manos; vestían capas de viaje y sus alforjas parecían llenas, como si se dispusieran a acometer una larga travesía.

Fueron callando a medida que se percataban de la llegada del hombre que los había convocado. Asaemon apareció a lomos de su caballo negro, con la cabeza caída sobre el pecho y bamboleándose en la silla. A todos les resultó evidente que se hallaba ebrio.

—¿Estáis todos aquí? —preguntó al detenerse frente a ellos.

—Los mismos de siempre, jefe —respondió uno de sus hombres, un cazador avezado al que llamaban Kondo—. Si cuenta alguno más, es culpa del sake.

---

* La firma de Nanami significa literalmente «Mujer Kuroda». He tomado como referencia el nombre empleado por la histórica herrera Ogen Kunishige (1733-1808), que firmaba sus hojas como «Onna Kunishige».

Todos rieron la ocurrencia de Kondo. Asaemon rezongó media carcajada, aunque no estaba de humor.

—Escuchadme bien: viajaremos hacia la costa. Bordearemos el Shinji por el norte hasta llegar a los arenales de Matsue. Allí cazaremos y pescaremos durante una semana.

—¿Por qué tan lejos, jefe? —preguntó otro de los rastreadores—. Los osos comienzan a hibernar, podríamos cazar en las inmediaciones del Izumo Taisha.

—Iremos donde yo diga. A no ser que alguno quiera discutirme el puesto.

Asaemon apoyó la mano sobre la empuñadura de la *katana*. Todos callaron. Lo habían visto así otras veces, cuando bebía para olvidar las miserias de su matrimonio.

—A ese respecto —prosiguió Asaemon—, sabed que el viejo Kasahara está muerto.

Sus hombres intercambiaron miradas de desconcierto.

—Yo mismo lo maté hace tres días a orillas del río Hii. —Asaemon apretó los dientes, dolido por sus propias palabras—. Se me ha prohibido informaros de las razones de su muerte, os basta con saber que el señor Hashiba está al tanto y que ha dado por zanjado el asunto.

Un murmullo de incredulidad recorrió el grupo.

—Si alguno quiere expresar su desacuerdo, puede hacerlo clavándome una flecha en la espalda. —Y añadió con expresión torva—: Pero ni se os ocurra hablarme a la cara de este asunto.

Dicho esto, azuzó a su animal y lo puso al trote. Sus hombres quedaron atrás, consternados por lo que acababan de escuchar. Muchos consideraban a Masahiro Kasahara un líder capaz y un hermano de armas.

—Kondo, ¿crees que habla en serio? —preguntó uno de ellos.

—Eso me temo —dijo el arquero, al tiempo que se alzaba sobre los estribos—. ¡Vamos, en marcha! —ordenó, y dirigiéndose al que montaba a su izquierda—: Yoshio, cabalga junto al jefe, vigila que no se caiga de la silla.

La partida se encaminó hacia la salida del castillo.

—¡Yo cerraré la marcha! —anunció Kondo a voz en grito—. Si alguno echa mano a la aljaba, se encontrará con una de mis flechas en la nuca. Tenedlo presente.

24
A través de las tinieblas

Desnudos junto a la hoguera, abrazados bajo la manta y la capa de paja, Ryō sentía la calidez de Nanami contra su cuerpo. Ella dormitaba sobre su pecho, extrañamente en calma después de que aceptara su ruego y su presente, tal era la fe que depositaba en él. «Tan inevitable como el trueno que sigue al relámpago debe ser el compromiso de un samurái con la palabra dada», esa era la máxima que se le había inculcado desde su infancia. Pero la vida tiende a desafiar los principios formulados con simpleza, y aunque lo diera todo por cumplir su palabra, no estaba en su mano traer de vuelta a la hija de Nanami.

—¿Ya te has despertado? —preguntó Nanami con aliento tibio.

Ryō la estrechó al saberla despierta y lamentó una vez más su propensión a perderse en tribulaciones, su incapacidad para dejarse llevar.

—Pronto amanecerá. He de volver a la montaña.

Ella no respondió. Se encogió junto a él y tembló como si el frío del mundo se hubiera deslizado bajo la capa.

—El alba siempre ha puesto fin a nuestros encuentros. Cuando era una muchacha soñaba con poder dormir junto a ti sin preocuparme de la claridad en la ventana. Pero las noches son de los amantes y las mañanas de los esposos, y nosotros nunca hemos podido ser marido y mujer.

—Nunca deseé a una esposa que no fueras tú.

Nanami sonrió con tristeza.

—De poco nos han servido nuestros deseos —respondió, al tiempo que se incorporaba de rodillas.

Él contempló sus pechos desnudos, su pelo revuelto sobre los hombros. El tiempo la había cambiado por dentro y por fuera, pero a sus ojos los años no habían hecho sino acentuar todo lo que le gustaba de ella.

—Te inquieta la promesa que me has hecho, ¿no es cierto? Crees que te maldeciré si no eres capaz de traer a mi hija de vuelta.

Ryō calló, no era necesaria una respuesta. Leía sus inquietudes tan fácilmente como siempre.

—No está en tu mano devolverme a mi hija, Ryō Aratani, lo sé bien. Como también sé que harás todo lo posible por dar con ella. El mero hecho de que hayas aceptado ayudarme me consuela, porque demuestra que el hombre al que quise sigue vivo.

Le acarició la mejilla con dedos ásperos, cálidos.

—Vuelve a tu montaña, yo regresaré a mi vida. Haremos lo que esté en nuestras manos y lo demás se lo dejaremos al destino. Como hemos hecho siempre.

El fantasma de Nanami lo acompañó durante su acenso a la cumbre. A cada paso, Ryō evocaba sus gestos, la inflexión de su voz, su sonrisa transida de años y sinsabores... Los recuerdos de esa noche se le enredaban en la mente y lo distraían de la penosa escalada, de modo que las sendas que conducían a su refugio, de normal empinadas y tortuosas, se tornaron por una vez livianas bajo sus pies.

¿Había actuado con sensatez al aceptar su petición? Sabía bien que no, como también sabía que el hilo del karma lo unía a ella de forma inexorable. No podría haber rehuido aquel fuego en la noche, aunque este terminara por consumirlo como a una polilla.

Las sombras se acortaban cuando alcanzó sus dominios, y los halló más lóbregos que nunca: un páramo de soledad oculto entre cumbres neblinosas. Se encaminó a su refugio y se adentró en aquella penumbra que tan bien conocía. Abrió el cofre al fondo de su cueva y depositó en su interior la lanza que Nanami había forjado para él. Aún no había llegado el momento de empuñarla. De hecho, esperaba que ese momento no llegara, pues una confrontación directa significaría que había fracasado en su propósito.

Si debía averiguar qué había sido de la hija de Nanami, no lo haría empuñando el arma de un samurái, sino convirtiéndose en un demonio. Así que extrajo del cofre la máscara y acarició con el pulgar el largo hocico, el rictus demoniaco. Por fin, se cubrió con el rostro de Shika no Kōbe.

El manto de nubes que cubría Ottara preludiaba tormenta, y esta se desató apenas Ryō abandonó su refugio para aventurarse por las cornisas de la cara este. Los relámpagos resquebrajaron el cielo e hicieron retumbar los acantilados, y el aguacero volvió intransitable muchos de los senderos. Ryō se vio obligado a avanzar con cautela por los caminos más resguardados, que solían ser también los más largos y retorcidos.

Era noche cerrada cuando por fin llegó al valle secreto y se sumergió en la espesura. Se abrió camino por el bosque, vadeando los riachuelos que la tormenta hacía correr por las veredas. Sobre su cabeza, la lluvia azotaba las copas de los árboles con frenético redoble. Solo descansó al llegar al último crestón que había de superar; al otro lado se encontraba el lugar donde los *yamabushi* habían erigido su tétrica pira.

Se sentó entre las raíces de un alcanforero y comprobó que el contenido de su bolsa no se hubiera mojado: abrojos, paños con cataplasma, pólvora y mecha, una pequeña linterna de hierro, antorcha, yesca y pedernal... Todo envuelto en pellejo de tripa. Cerró el morral y se lo cruzó a la espalda, bajo la capa de paja. Después comenzó a escalar.

El fango le corría entre los dedos y bajo las suelas de caña, le salpicaba la máscara y se le metía en la boca. Cada pocos pasos perdía pie y debía asirse a las raíces para no resbalar, pero logró emerger de la arboleda y coronar la cresta. Al erguirse en la cima, la lluvia le enjuagó el barro. A sus pies se abría el claro, los huesos quemados, la garganta de piedra.

Se aseguró de llevar la *daishō* bien sujeta a la cintura y se descolgó por el talud. En cuanto pisó terreno firme, se aproximó a la pira mortuoria. Aquellos restos eran recientes, no estaban allí la última vez que visitaron el lugar. Se acuclilló entre los leños y la ceniza apelmazada por la lluvia, desenvainó el *tantō*[*] y removió los tizones hasta encontrar lo que buscaba: un fémur humano, tan calcinado que costaba distinguirlo de la madera quemada. Por su longitud era evidente que pertenecía a un niño o a una mujer joven. Sostuvo el *omamori*[**] que llevaba al cuello y continuó removiendo las cenizas en busca de más huesos. Halló varias piezas pequeñas, probablemente falanges de los dedos, y dos mandíbulas quebradas por el calor. Así que habían incinerado dos cuerpos al menos.

Musitó una breve plegaria por las difuntas y rogó a Kagutsuchi por que la hija de Nanami no fuera una de ellas. Después se puso en pie y miró hacia la boca de la gruta. Había llegado el momento de atravesar las tinieblas.

Se aventuró en la oquedad hasta que dejó de sentir la lluvia a su espalda. Las paredes de la caverna rezumaban una humedad iridiscente; parecía profunda, pero no muy amplia a juzgar por la escasa reverberación. Se arrodilló y, tras rebuscar en la alforja, prendió la antorcha impregnada de brea y cal. La llama floreció como la *higanbana* en otoño, espléndida y furiosa.

Precedido por la tea, Ryō se adentró en aquella oscuridad obstinada, reacia a diluirse al contacto con la luz. Poco a poco la oquedad se fue abriendo; pronto se ensanchó tanto que pudo erguirse, y más adelante su amplitud era tal que el techo de roca se perdía en la penumbra. Esa inmensidad le traería problemas, pues era cuestión de tiempo que el camino no fuera tan evidente, como descubrió al desembocar en un nudo de pasadizos.

Se detuvo en la encrucijada, contemplando las cuatro hendiduras tocadas por la luz trémula de la antorcha. En alguna debía de haber marcas, rastros que delataran el paso de personas, se dijo mientras escrutaba las gargantas de piedra que serpenteaban hacia la ne-

---

[*] *Tantō:* daga de un solo filo, frecuentemente de hoja curva. Podía sustituir al sable corto *wakizashi* como acompañante de la *katana*.

[**] *Omamori:* pequeño colgante de tela o madera que contiene en su interior una plegaria inscrita por un monje. Servía como protección contra el infortunio y los malos espíritus.

grura. En algún lugar se filtraba un rítmico goteo, único testimonio allá abajo del aguacero desatado en la superficie. Se aproximó a cada una de las hendiduras, intentando decidirse, hasta que le pareció atisbar un reflejo blanco en la penumbra. Aguzó la mirada y se internó por aquella grieta con la antorcha extendida frente a él.

A los pocos pasos, el destello tomó la forma de un pañuelo blanco atado al extremo de una cuerda de cáñamo; esta colgaba de un gancho anclado en la roca. Ryō tiró de la cuerda y escuchó cómo se arrastraba por el suelo, larga y pesada. Sonrió al descubrir el sencillo método empleado por los monjes para no perderse: siempre que caminaran junto a aquel cabo, podrían encontrar la salida incluso sin luz.

Con la cuerda en una mano y la antorcha en la otra, comenzó a avanzar a buen paso. La gruta se desveló enorme, abierta a profundas simas y altas bóvedas de piedra; según se adentraba en ella, debió atravesar pozas donde el agua le cubría hasta la cintura y desviarse en nuevas encrucijadas donde se habría perdido sin remedio. Comprendió lo ingenuo que había sido al creer que podría cruzarla por sí solo, y agradeció a los *yamabushi* la involuntaria guía que le habían facilitado. Enfrentados a un enemigo que consideraran peligroso, sin duda habrían vigilado aquel acceso, pero ¿qué temer de un puñado de aldeanos asustados?

Supo que ascendía cuando los truenos volvieron a retumbar por los corredores de roca. Finalmente, la cuerda lo llevó hasta un andamiaje de madera que se elevaba hacia una bóveda cavernosa. Ryō comenzó a subir por los tablones en pendiente mientras se preguntaba por la razón de aquella estructura, más compleja de alzar que una simple escalera. La única lógica era la de los cadáveres que debían cargar de tanto en tanto hasta la pira funeraria... Pero si tan frecuente era aquella tarea, ¿quiénes eran sus víctimas? No había tantas muchachas en las aldeas de Ottara.

El último pontón lo condujo hasta una trampilla excavada en el techo de roca. Estaba a punto de encaramarse a la escalerilla cuando un trueno hizo que el andamiaje se estremeciera bajo sus pies; debía de encontrarse muy cerca de la superficie. Escaló hasta la trampilla y empujó la portezuela de madera, apenas un palmo para entrever qué había sobre su cabeza. El lugar estaba a oscuras, pero intuyó bultos y formas apiladas a su alrededor. De repente, un relámpago barrió la oscuridad e iluminó decenas de barriles, sacos, tinajas y balas de paja y cáñamo que se amontonaban por doquier. El fogonazo había penetrado a través de un tragaluz en el tercio alto de la pared; al poco, la luz se desvaneció y tronaron los cielos.

Lo que tenía sobre él era un almacén semienterrado, probablemente la alacena donde guardaban los alimentos y otros productos perecederos. Un buen lugar para ocultar una salida secreta, se dijo Ryō, al tiempo que abría la trampilla por completo con la mano que sujetaba la antorcha. Se aupó hasta el suelo del almacén y encajó la antorcha entre los peldaños de la escalerilla. La llama aún ardería durante gran parte de la noche y probablemente la necesitara para salir de allí, pero no podía infiltrarse con una tea ardiente delatando su posición. En su lugar, prendió la pequeña linterna de hierro, se la colgó de la cintura y la cubrió con la capa de paja.

Cerró la trampilla muy despacio, hasta que la luz de la antorcha quedó atrás, después apartó la capa con el antebrazo, lo justo para que la lámpara lo guiara en la oscuridad. Avanzó entre los bultos hasta la angosta escalera que conducía a la salida. Los peldaños de madera concluían en una portezuela encastrada en la pared; al empujarla con el hombro, descubrió que estaba cerrada con candado por el otro lado.

Murmuró una maldición y volvió a empujar hasta que pudo deslizar la mano por el quicio; tanteó hasta encontrar la cerradura. Después se sentó en la escalera, respiró hondo para sosegar sus pulsaciones y aguardó. El siguiente relámpago se hizo de rogar, pero el fulgor blanquecino terminó por invadir de nuevo la sala. Ryō comenzó a contar sus latidos: uno, dos, tres… ¡Trueno! La tormenta aún estaba próxima.

Sacó del morral la mecha que él mismo solía preparar. Contó seis dedos —dos por cada latido— y cortó. Tomó una ampolla de arcilla rellena de pólvora y, tras perforar el tapón de corcho, introdujo el extremo de la mecha. Con el artefacto preparado, volvió a empujar la portezuela y colocó el pequeño contenedor de arcilla en el quicio, a la altura del candado. Destapó la linterna de hierro y aguardó un nuevo relámpago. Cuando la luz inundó el almacén, prendió la mecha y se retiró hasta el primer peldaño. Dos, tres… el trueno llegó antes que la explosión, pero se prolongó lo suficiente como para acallar la breve detonación. Aún seguía retumbando cuando el olor a pólvora quemada bajó por la escalera.

Ryō guardó silencio y esperó, atento a alguna voz de alarma o movimiento apresurado. Nada. Así que subió hasta la trampilla y volvió a empujar; escuchó el sonido del candado al golpear el suelo y abrió la puerta con cautela. Emergió a un corredor desierto en el que la escasa luz procedía de su izquierda: un reflejo azulado que barnizaba el suelo de madera. La tormenta volvió a rugir, iluminando con furia aquel tramo. Era evidente que allí la galería se abría a algún claustro o terraza; la dirección opuesta, sin embargo, se sumía en la penumbra.

No sabía en qué parte del monasterio se hallaba ni dónde podían retener a las desaparecidas. Tenía una idea aproximada de cómo se distribuían los distintos pabellones, pues en no pocas ocasiones había oteado las ruinas desde la distancia, pero necesitaba salir a cielo abierto para orientarse. Así que optó por recorrer el pasillo hacia su izquierda, en dirección a la exigua luz de aquella noche nublada.

En cuanto aventuró el primer paso, percibió el chirrido bajo sus pies. «Suelo de ruiseñor*, como en el castillo de un gran daimio» , se dijo. Quienquiera que hubiera construido aquel lugar lo concibió como una fortaleza, así que se obligó a avanzar muy despacio, deslizando los pies, de modo que la lluvia y los truenos acallaran el trino de los ruiseñores. Era aquella una artesanía costosa, y quiso pensar que si se había instalado en esa ala, es que iba por buen camino.

Giró en la esquina al final del corredor y descubrió la fuente de luz: los paneles *fusuma* que componían la pared se hallaban abiertos de par en par, de modo que la lluvia y el fulgor nocturno encharcaban la tarima. Ryō se parapetó tras los paneles descorridos y se asomó al umbral. Al otro lado se extendía un gran patio abierto a la intemperie. El suelo estaba empedrado con grandes losas irregulares, y sobre aquellas viejas piedras se había erigido un tétrico cadalso, tan

---

* En algunos templos y fortalezas se instalaba un mecanismo denominado *uguisubari* o «suelo de ruiseñor». Era un sistema de planchas y clavos ubicado bajo la tarima de madera, y hacía que esta emitiera un característico chirrido al caminar sobre ella. Su función era delatar la presencia de intrusos.

rudimentario que parecía improvisado. Se estremeció al descubrir el cuerpo que colgaba del madero, girando y oscilando al compás de la tempestad.

La noche y la distancia le impedían distinguir los rasgos, pero su complexión se le antojó menuda, en ningún caso la de un hombre adulto. Solo cuando un relámpago expuso la escena, atisbó que se trataba de una muchacha de la edad de Yumiko, si no más joven. La habían desnudado y colgado de las muñecas, no del cuello, así que quizás siguiera viva. Eso explicaría que los cuervos posados sobre la viga no hubieran comenzado a picotearle la cara.

Recorrió con la mirada el claustro y los tejados que rodeaban el patio, pero no halló movimientos sospechosos ni sombras al acecho. Trató de convencerse de que nadie había podido anticipar su incursión, que no tenía por qué temer una trampa. Aquello era, simplemente, la escenificación de un castigo ejemplar.

Abandonó la galería y cruzó el patio sin dejar de otear la oscuridad sobre los voladizos; cuando llegó junto al cadalso, echó un último vistazo a su espalda y se encaramó a las tablas.

Le impresionó la delgadez del cuerpo lacerado, la lividez del rostro bajo los cabellos empapados. Veía ahora que los golpes se concentraban en la zona de los muslos, allí donde no solían quedar marcas permanentes, y que un pañuelo le rodeaba las muñecas, de modo que la soga no mordiera tan profundamente. La cabeza le caía sobre el pecho, y solo cuando le tocó el cuello para buscar el pulso, la chica dio señales de vida. Musitó algo, delirante, y Ryō se apresuró a cortar la cuerda y a recogerla en su caída. Se arrodilló junto a ella y cubrió su desnudez con la capa de paja. La lluvia continuaba abatiéndose sobre ellos, pero aun así la muchacha tenía los labios cuarteados. Le aproximó la cantimplora de bambú y ella bebió un par de sorbos antes de romper a toser.

Al abrir los ojos y ver la máscara de Ryō sobre ella, se sacudió aterrada, convencida de que un *shinigami*[*] había acudido para llevársela al otro mundo.

---

[*] *Shinigami:* criatura demoniaca del folclore japonés que se aparece en el momento de la muerte, o que induce deseos de muerte en los vivos.

—Tranquila, no te haré ningún daño. —Ryō se apartó la máscara y le mostró un rostro compasivo—. ¿Puedes moverte?

Ella negó.

—Está bien, encontraremos la forma de salir de aquí. —Le sujetó la barbilla para que no volviera a vencer la cabeza—. No te duermas, necesito saber si eres Saya de la familia Kuroda.

La muchacha volvió a negar, incapaz de articular palabra.

—¿Sabes dónde puede estar?

Alzó la mano con dificultad para señalar a espaldas de Ryō. Este se volvió en aquella dirección, pero solo halló la negrura que anegaba el claustro.

Reclinó a la muchacha contra el poste y descendió del patíbulo con cautela. Sin dejar de caminar, descolgó la linterna que llevaba al cinto y la adelantó, tratando de anticipar qué había más allá. La lluvia giraba a su alrededor arrastrada por las corrientes cruzadas, le adhería la ropa como una segunda piel y se filtraba bajo la máscara. A medida que la oscuridad le abrió paso, comenzó a distinguir el largo enrejado de madera que cubría el ala opuesta del patio. Puso un pie sobre la tarima y subió a la galería cubierta; la luz pronto desveló los detalles: tras los barrotes se apiñaban decenas de muchachas cubiertas con andrajos, abrazadas unas a otras intentando infundirse calor. ¿O acaso era el miedo lo que las estremecía?

Ryō se aproximó a las rejas y alzó la linterna. Ellas se apartaron del círculo de luz y se refugiaron en la penumbra. Contó más de veinte, quizás treinta, ninguna de más de dieciséis años. Le contemplaban mientras se aplastaban contra los recovecos de la celda. No había nada más en la estancia enrejada, ni cojines ni braseros que espantaran el frío, tan solo los jergones de paja esparcidos por el suelo. ¿De dónde las habían traído? ¿Por qué las tenían allí? Descubrió que algunas estaban embarazadas, tan pleno el vientre como vacías sus miradas. Otras, las más niñas, mantenían el miedo intacto, señal de que aún no les habían quebrado el espíritu. No halló marcas evidentes que desvelaran golpes o azotes, tan solo el pánico en sus ojos.

—¿Quién de vosotras es Saya?

Silencio.

—Vuestra compañera me ha dicho que se encuentra aquí.

Más silencio.

—He venido a ayudaros, pero debo asegurarme de que Saya está viva —insistió—. Es su madre quien me...

Una flecha le arrancó la linterna de la mano y la arrojó contra el suelo. La llama chisporroteó antes de extinguirse.

Cuando el segundo proyectil surcó el aire, el intruso ya se había desvanecido como un fantasma en la niebla. La flecha quedó clavada en la tarima, vibrante ante la atónita mirada de las prisioneras.

Ryō se escabulló por la galería que recorría el perímetro del patio. Lo hizo tras ubicar al arquero según la trayectoria de sus flechas. Había tirado desde una posición elevada, probablemente desde un tejado al suroeste, de modo que Ryō tuvo buen cuidado de mantenerse en su ángulo ciego. Sopesó por un instante la posibilidad de intentar sacar a la muchacha que yacía en el cadalso, la única que estaba a su alcance. Pero si se exponía a cielo abierto, ambos acabarían asaeteados antes de poder resguardarse.

No tenía más opción que rodear el patio e intentar huir por el corredor que había atravesado para llegar allí. Una campana comenzó a batir en algún lugar lejano, tan nítida y vibrante que su tañido acalló el aguacero. Pronto otras respondieron, y Ryō supo que sus posibilidades de huir comenzaban a mermar.

Se lanzó a través de los paneles *fusuma* y corrió en dirección al almacén. El suelo de ruiseñor trinaba bajo sus pies, y no tardó en percibir el retumbar de otros pasos sobre la tarima, precedidos por la luz oscilante de una linterna que se proyectaba desde la siguiente esquina. Un breve vistazo a su alrededor le dijo que no había lugar donde ocultarse. Podía retroceder, pero ¿adónde huir? Así que apoyó la mano sobre la empuñadura de la *nodachi* y continuó corriendo hacia lo desconocido.

Al girar la esquina se topó con dos guerreros embozados con pañuelos blancos. Ryō pudo ver el desconcierto en sus ojos, el súbito temor de hallarse cara a cara con Shika no Kōbe. Él, sin embargo, no titubeó: con el mismo gesto de desenvaine le abrió el pecho a aquel que sujetaba la linterna. Antes de que esta golpeara el suelo, volteó la hoja con ambas manos y descargó un segundo corte que lo descabezó.

La ferocidad del ataque habría hecho retroceder a cualquiera, pero no a un fanático de la doctrina *shugendō**. Lejos de acobardarse, el otro monje esgrimió su temible *kanabō* buscando las costillas del intruso. El impacto de aquella maza tachonada habría destrozado a cualquier guerrero sin armadura, así que Ryō solo pudo rodar por el suelo con la esperanza de eludir la pesada inercia del mandoble. El arma pasó sobre su cabeza, y el samurái vio la oportunidad de incorporarse en cuclillas y tentar un corte contra la rodilla de su adversario.

Pese a que fallar un golpe con el *kanabō* suele ser fatal para quien lo ejecuta, el *yamabushi* demostró una gran pericia al leer las intenciones de su adversario y voltear el extremo del arma para protegerse. El filo de Ryō se estrelló contra la maza forrada de metal, y el retroceso le arrancó el sable de las manos. Consciente de su súbita ventaja, el monje alzó el bastón y se dispuso a aplastar el cráneo del intruso. Este no trató de evitar el segundo golpe, sino que echó mano del *tantō* y se abalanzó hacia su enemigo. Logró clavarle el puñal en el vientre antes de que completara su terrorífica parábola.

La maza se desprendió de las manos del bonzo como una rama seca, pero el árbol se negaba a caer. El samurái, acuciado por su necesidad de escapar, retorció el puñal y empujó a su adversario contra la pared. Clavó la hoja dos, tres veces más, mientras el otro trataba de apartarlo. Cuando las fuerzas del *yamabushi* por fin flaquearon, Ryō lo sujetó por la nuca y lo degolló sin contemplaciones. Limpió el acero en el hueco del antebrazo, recogió su espada y continuó corriendo.

No tardó en escuchar nuevos pasos, más luces bailando en la oscuridad, voces a su espalda al hallar los cadáveres. Cuando consiguió embocar el pasillo que daba al almacén, comprobó que una multitud de guerreros surgía desde el extremo opuesto. Corrió al mismo tiempo que sus perseguidores y, por un instante, pareció la carga de uno contra muchos. Afortunadamente, la entrada del almacén se encontraba más próxima a él, así que Ryō se abalanzó por la portezuela y la cerró tras de sí.

---

* *Shugendō*: Tradición espiritual que amalgama el budismo esotérico, el sintoísmo y el taoísmo. Era la doctrina profesada por los yamabushi, y tenía por objeto alcanzar la iluminación a través de la práctica ascética y el entrenamiento físico.

Tropezó por las escaleras y continuó corriendo en la oscuridad, apartando los bultos que se interponían en su camino. Alzó la trampilla del suelo y tomó la antorcha encajada entre los peldaños. Con los ojos encendidos por la urgencia, prendió fuego a cuanto le rodeaba. No tardó en escuchar a los *yamabushi* abriendo la puerta del almacén, aventurándose escalones abajo, pero quiso pensar que, por más que ansiaran atraparlo, antes deberían ocuparse de extinguir el incipiente incendio.

Sin tiempo para comprobar que las llamas hubieran prendido con fuerza, se precipitó por la trampilla que conducía a los subterráneos. Descendió y descendió hacia las tinieblas, con el rebato de su corazón imponiéndose a los sonidos que llegaban desde arriba.

Cuando por fin alcanzó la cuerda guía, comenzó a correr sin soltarla. Las voces de sus perseguidores resonaron en la gruta, sus antorchas pronto lo hostigarían. Así que Ryō volvió a empuñar el *tantō* y cortó la cuerda. Un extremo quedó atrás, el otro continuó en sus manos, adentrándose cada vez más en la oscuridad.

25
Honrar la palabra dada

Los cazadores avanzaban junto al cauce del Hii con la vista al frente, oteando la orilla del lago Shinji, cuya vastedad iridiscente estallaba bajo el sol de la tarde. Se aproximaban al último puente previo a la desembocadura cuando Asaemon tiró del bocado y rezagó a su caballo. Se colocó en paralelo a Kondo, que cerraba la marcha.

—Aquí me separo de vosotros —le anunció.

El que ahora era su segundo lo miró sin comprender.

—¿Qué quiere decir? ¿Regresa a Izumo?

—No, he de ausentarme durante unos días. Nadie debe saberlo en el castillo.

Kondo frunció el entrecejo.

—¿Nos ha traído hasta aquí solo para encubrirle?

—Así es —dijo Asaemon, sin molestarse en ofrecer una excusa—. Asegúrate de que todo siga tal como está planeado. Cazad, pescad y bebed sake... Disfrutad del viaje. Si no vuelvo en seis días, regresad a Hamayama y decid que abandoné la expedición durante la noche sin avisar a nadie. Que decidisteis volver con la esperanza de que yo os hubiera precedido.

El arquero sacudió la cabeza, incrédulo.

—Pensarán que le hemos matado para vengar a Kasahara.

—Quién sabe... —Rio con un gruñido—. Lo más probable es que os lo agradecieran.

—¿A qué viene todo esto, jefe?

—Una última cosa, Kondo. —Sopesó sus próximas palabras—: Si no regreso y Sayuri no encuentra marido, hazte cargo de mi hijo. Sé que serías un buen padre para él... Mejor que yo, probablemente.

El interpelado abrió la boca para argumentar, pero solo logró asentir. Antes de que Asaemon partiera, alcanzó a preguntar:

—¿Qué piensa hacer?

—Cumplir con la palabra dada, aunque solo sea por una vez.

A continuación, tiró de las riendas y se desvió en dirección al puente.

Kondo lo vio marchar al galope, convencido de que no se volverían a encontrar. Para su sorpresa, aquel pensamiento lo entristeció.

El abad Daizembo avanzaba entre pilares de madera deslucida, tan combados que apenas sujetaban el techo del pabellón. Marcaba cada paso con un golpe de cayado, y sobre el *samue* blanco vestía una túnica que se agitaba a su espalda como las alas de un cuervo. Otrora el lugar había albergado la biblioteca del monasterio, y aún se encontraban entre las ruinas algunos tomos de papel cosido, rodillos de oraciones y viejas tablillas de madera con sutras inscritos. Ahora el edificio solo lo ocupaban los gorriones que revoloteaban en la luz oblicua de la mañana.

Cuando llegó a la última sala del pabellón, se encontró con que las niñas guardaban silencio y miraban hacia la entrada, esperando su llegada. Eran las más jóvenes de aquella nidada y aún estaba por ver cuántas de ellas sobrevivirían al primer invierno.

Solo una de las presentes no se encogió bajo su mirada: la dama Fuji. Una mujer inquietante, de una belleza extraña acentuada por la lividez de su rostro y por una melena negra, tan larga que, sentada, le rozaba los talones. La habían enviado desde Mikawa para encargarse de la instrucción de las primerizas; eso la convertía en alguien molesto y, al mismo tiempo, intocable.

—Fuji-sensei —la saludó Daizembo—, lléveselas, por favor.

La mujer se puso en pie y aguardó a las niñas. Todas la siguieron, salvo una muchacha menuda que se recogía el pelo con una cinta roja, al estilo de la *miko*. Sabía bien que el abad estaba allí por ella.

—Así que tú eres Saya —dijo el hombre cuando la sala se hubo vaciado.

La cría, arrodillada con las manos sobre el regazo, se negaba a agachar la cabeza pese al miedo que asomaba a sus ojos. Daizembo sonrió.

—Si vas a erguirte, hazlo con orgullo.

Clavó el cayado tras ella, obligándola a enderezar los hombros y a alzar aún más la cabeza.

—Ya sabes por qué estoy aquí.

Ella apartó la vista, sin atreverse a mirarlo a los ojos. Terminó por asentir.

—¿Quién era?

—No lo sé —balbuceó.

—Pero él sí sabía quién eras tú. Dijo ser enviado por tu madre.

Saya guardó silencio.

Daizembo pisó la estera de tatami y se situó ante ella. Le alzó el mentón para obligarla a mirar su rostro macilento, sus ojos hundidos.

—¿Por qué tu familia cuenta con semejante aliado? ¿Qué hay de especial en ti, niña?

—Nada, solo soy la hija de un cazador.

—Quienquiera que estuviese aquí anoche, no era un simple cazador.

El bonzo desvió la mirada hacia el brasero que ardía en el centro de la sala. Una tetera colgaba sobre las ascuas y seis cuencos se apilaban sobre una bandeja.

—Así que la dama Fuji os enseñaba a preparar y servir el té. Es algo esencial en la corte de un daimio, muéstrame cómo lo haces.

Aliviada por que el interrogatorio hubiera concluido, Saya avanzó sobre las rodillas hasta la bandeja elevada. Con movimientos medidos, destapó el recipiente que contenía el té pulverizado y tomó un pellizco con el extremo de la espátula. Lo tamizó sobre uno de los cuencos de arcilla y, a continuación, vertió el agua caliente de la tetera. Removió la tisana con una brocha de bambú, con más empeño que pericia.

Giró la taza entre las manos y la depositó frente al abad con una reverencia.

—Bebe —le ordenó este.

Saya titubeó un instante, pero no podía negarse. Dio un sorbo y apoyó el cuenco sobre la estera de tatami. Después levantó una mirada expectante hacia Daizembo. Este se limitó a contemplarla con expresión beatífica. La muchacha no comprendía qué más se esperaba de ella, hasta que la primera arcada le estremeció el cuerpo. La segunda la obligó a apoyar las manos en el suelo, y con la tercera vació el estómago entre estertores.

Las náuseas continuaron llegando como las olas de un temporal, violentas e irremisibles, pese a que ya no escupía más que hiel. Esta se le agolpaba en la boca y se le escapaba entre los labios. Se tumbó de costado, llorosa y con la piel impregnada de un sudor gélido.

—Veneno de *ajisai* mezclado con el té —dijo Daizembo, que continuaba contemplándola impasible—. Tranquila, no te matará, aunque durante un par de días no podrás retener nada en el estómago. —Sonrió al verla a sus pies, como un pajarillo quebrado—. Fuji-sensei no está aquí para enseñaros simples modales, esto no es el gabinete de una cortesana. Si no aprendéis a identificar un veneno en cuanto os toque los labios, o mejor aún, por su simple aroma, viviréis poco.

Daizembo alargó el extremo del cayado y le abrió la pechera del kimono.

—Aún eres una niña, con la menarquia llegarán lecciones peores. —Apoyó la punta metálica del bastón contra el hombro de Saya—. Pero si tienes el firme propósito de sobrevivir, llegará el día en el que puedas servir a quienes gobiernan estas tierras. ¿No es acaso un privilegio para gente tan insignificante como vosotros?

Y empujó con el cayado hasta clavarle el hombro contra el tatami.

—Ahora dime: ¿quién es tu madre? —rugió—. ¿Por qué la mencionó el intruso?

—Nanami... —alcanzó a articular Saya entre lágrimas—. Nanami Kuroda.

—¿Kuroda? ¿La herrera de Ottara? —Daizembo aflojó su presa—. He escuchado hablar de ella. ¿De qué conoce a ese hombre? —insistió, y volvió a perforarle el hombro con el extremo del cayado.

Saya se retorció bajo la punta de metal mientras negaba con la cabeza, incapaz de resistir el dolor.

—¡No lo sé! ¡Le juro que no lo sé!

El abad terminó por retirar el bastón. No por piedad, sino por temor a marcarla de forma irremediable.

—Haz memoria, mañana volveré a preguntarte.

Y dejó a la muchacha atrás, tosiendo y llorando sobre su propio vómito.

Regresaba entre los pasillos de estantes derruidos cuando se topó con una figura que le cortaba el paso. Daizembo alzó la cabeza, la rabia a punto, pero debió apaciguar el temperamento al comprobar que era la dama Fuji quien lo aguardaba.

—Hay formas más sutiles de interrogar a una niña.

El abad forzó la sonrisa.

—Quizás mis métodos sean bruscos, pero sin duda son menos crueles que los suyos.

—No debió traer aquí a muchachas de las aldeas próximas. Y cinco, nada menos. Ha sido una torpeza por su parte.

—No olvide su lugar aquí, Fuji-sensei —masculló el hombre—. Es una simple invitada.

—No soy su invitada, abad, mi presencia le ha sido impuesta desde Mikawa. Respondo ante aquellos que tutelan los pasos del señor Sugawara, anfitrión y protector de su siniestra secta. Le convendría no olvidarlo.

Daizembo la escrutó con indisimulado desprecio.

—Recuérdele a los Tokugawa, entonces, que ellos también se sirven de mí cuando les es necesario. Y que la nueva paz del *kanpaku* dificulta en gran medida mi labor. La guerra llena los campos y las ciudades de huérfanas, fáciles de recoger y sin hogar al que regresar, las más propicias para ser instruidas. Ahora, sin embargo, no hay niñas deambulando por los puertos de Osaka o los arrozales de Kansai, y los caminos están llenos de centinelas. Hago lo que puedo con lo que tengo.

—No se humille con excusas —le espetó la dama Fuji—. Busque, más bien, cómo resolver esta situación. Su torpeza ya ha atraído hasta nosotros a tres *dōshin* y a un samurái de los Sugawara. Me aseguró que había resuelto el problema, pero ahora un nuevo intruso ha llegado hasta las niñas.

—Este hombre nada tiene que ver con los anteriores —dijo Daizembo, molesto por tener que explicarse—. No es el enviado de ningún clan, sino un anacoreta que habita la montaña desde mucho antes de que llegáramos. Un demonio, según los lugareños, más animal que hombre en cualquier caso. Creímos que lo más sencillo sería ignorarlo, un error al que pronto daremos solución.

Ryō se arrodilló frente al altar consagrado a los restos de Akiyama Ikeda. Prendió un puñado de incienso en un cuenco y unió las manos para rezar:

—*Tono,* he venido a rogaros perdón, pues me ha llegado la hora de abandonar este mundo. —Se inclinó a modo de disculpa—. Antes de partir, ocultaré vuestra cabeza y prenderé fuego a este santuario, de modo que vuestros restos permanezcan a salvo del enemigo. —Apoyó las manos en el suelo con gran reverencia—. Si el apellido Ikeda ha de pervivir, será vuestro hijo quien dé con la última morada de su padre.

Concluida la oración, se incorporó con ademán decidido y salió de la ermita. Cruzó la arboleda en dirección a la ladera de la montaña, y a cada paso parecía despedirse de los parajes que habían sido su hogar. Le embargaba una poderosa sensación de fatalidad, seguro de que se encaminaba al desenlace de sus días. Había sido así desde que huyera del Ryūji hostigado por los *yamabushi.* Desde un principio sospechó que su propósito era imposible; ahora que había constatado su fracaso, solo lamentaba abandonar este mundo sin haber podido reunir a la madre con la hija.

Retiró la estera de juncos y se adentró en la cueva. Reinaba una penumbra atemperada por el único cirio prendido; junto a la luz aguardaba el cofre de madera lacada. Al levantar la tapa, el acero atrapó el reverbero de la vela. Sostuvo la magnífica hoja y deslizó los dedos por la espiga hasta acariciar la firma cincelada por la armera: «Onna Kuroda».

Él empuñaría la lanza, pero sería su hoja la que segaría la vida de aquellos que le habían arrebatado a su hija. Esa era la única reparación que estaba en su mano proporcionarle: llevarse consigo a tantos como pudiera, hacerles pagar con sangre el dolor que habían ocasionado.

Yumiko se sentó en la terraza con las piernas cruzadas, una posición indecorosa que sus padres habían intentado corregirle desde pequeña, pero que ella terminaba por adoptar cada vez que se abstraía en una tarea. Colocó frente a sí el hato y deshizo el nudo; las varillas de flecha se esparcieron con un delicado repiqueteo. Cada astil ya había sido enderezado, ahumado y lijado por su padre. Aquel era otro de sus pequeños legados: objetos cotidianos que iba encontrando aun sin buscarlos, y en cada uno de ellos hallaba un poco de él. Yumiko tomó una de las varillas y la colocó sobre su dedo índice. Sonrió al comprobar su perfecto equilibrio.

A su derecha había dispuesto un pañuelo con las puntas de flecha que su madre fabricaba para ella; a su izquierda, un cubo lleno de plumas de ganso salvaje. Tomó la primera pluma, la cortó en dos y deslizó las mitades en las ranuras practicadas en el astil; cuando estuvieron bien fijadas, las aseguró con hilo y recortó las barbas hasta darles un perfil afilado. Después engastó la punta de acero en el otro extremo y sopesó el resultado. Asintió antes de pasar a la siguiente flecha.

Era un trabajo metódico que precisaba concentración, justo lo que necesitaba para distraer la mente. De tanto en tanto levantaba la vista hacia la puerta al final del jardín, pero avanzaba la tarde y nadie cruzaba el umbral. Al parecer, tampoco ese día vendrían visitantes a la forja Kuroda.

Fue su madre, no obstante, quien llegó para hacerle compañía. Se sentó en la tarima junto a ella y se acomodó con aire distraído, recogiendo los pies a un lado. La observó mientras trabajaba, sin censurarle la postura.

—Yumiko, sé por qué esperas frente a la puerta, pero quizás…

—Volverá —zanjó la muchacha.

—Has depositado tus esperanzas en ese samurái, pero no somos importantes para ellos.

—Solo ves el blasón Sugawara bordado en sus ropas, pero yo le conozco. Es un hombre honesto, más de lo que él mismo se considera.

Nanami tomó aire, pero contuvo el suspiro. No quería tratar a su hija con condescendencia. Aun así, las palabras le amargaban en la lengua:

—Descubrirás con el tiempo que hay pocos hombres honestos.

Su hija no respondió. Continuó entregada a su labor, cortando y recortando cada pluma, rematando cada flecha. Nanami se abrazó los tobillos, se inclinó un poco más hacia ella.

—Aunque regresara, no deja de ser un forastero. No conoce la montaña ni a los enemigos que afronta. Poco puede hacer por nosotras.

Yumiko dejó sobre su regazo la flecha que estaba emplumando y la miró de soslayo.

—¿Qué hemos de hacer, entonces? ¿Rendirnos?, ¿dar a Saya por perdida?

—Sabes que jamás renunciaría a ella, pero me preocupa mi otra hija, la que aún tengo frente a mí. Temo que vuelvas a marcharte con ese hombre, que al intentar recuperar a una hija, pierda a la otra.

La expresión de Yumiko se suavizó.

—Lo lamento, madre, pero no es su elección. No puedo permanecer aquí mientras haya una posibilidad de encontrarla. Aunque tuviera que ir sola, volvería a la montaña para averiguar qué ha sido de ella. Al menos le debo eso.

Nanami apartó la mirada, preocupada por la resolución que veía en los ojos de su hija.

—Hay quien puede ayudarnos mejor, alguien que ya me ha prometido intervenir.

Yumiko arrugó la frente, tratando de interpretar aquellas palabras.

—Se refiere al *rōnin* —comprendió finalmente—. ¿Cómo ha conseguido...?

Un relincho lejano interrumpió la conversación, acompañado del repicar de los cascos entre las calles de Ottara. El galope se fue aproximando hasta que las pezuñas rascaron la tierra al detenerse frente a la casa.

Madre e hija contemplaron el muro que rodeaba el jardín, como si pudieran ver a través. Escucharon al jinete descabalgar, sus pasos junto a la tapia, hasta que la puerta se abrió y la campanilla se agitó para dar la bienvenida al recién llegado.

El rostro de Yumiko se iluminó. No pudo evitar ponerse en pie.

—Ha vuelto —dijo, casi para sí.

—¿Acaso lo dudabas? —respondió Asaemon Hikura.

26
Una estrategia tan vieja como la guerra

Asaemon ocupaba el lugar de los invitados en el salón principal de la residencia Kuroda. Y aunque habían dispuesto un reposabrazos para su comodidad, se removía constantemente sobre el cojín, sin saber dónde posar la vista, que deambulaba de un lado a otro de la estancia. En contraste, Nanami mantenía la posición de *seiza** con admirable quietud, dominando la escena con la solemnidad de quien está habituada a recibir visitas de todo rango y condición. Su mirada parecía perderse en algún espacio indeterminado entre ambos, pero al samurái no le cabía duda de que escrutaba hasta el último recoveco de su alma, como las estatuas de Niō que guardan la entrada de los templos.

Yumiko, que había cambiado sus ropas de trabajo por un kimono formal, entró en la sala con pasos cortos y apresurados. Traía consigo una bandeja en la que había dispuesto un juego de té, y los distintos utensilios restallaron cuando la joven tropezó con el borde de una de las esteras de tatami. Hizo equilibrios con la bandeja hasta que logró recuperar la compostura.

Cuando estuvo segura de que nada se había derramado, se arrodilló junto al invitado y le sirvió una taza. Lo mismo hizo con su madre, que observaba sus evoluciones con resignación.

---

* *Seiza:* manera formal de sentarse: de rodillas, con la espalda recta, el peso del cuerpo descansando sobre los talones y las manos sobre el regazo.

—Gracias, ya puedes retirarte —le indicó cuando hubo concluido.

—Yo esperaba poder...

—Te avisaré si necesitamos más té.

La muchacha no se molestó en ocultar su fastidio. Hizo una reverencia desganada y se retiró en dirección a la cocina. Cuando el *fusuma* se hubo cerrado por completo, Nanami tomó la palabra:

—Ha llegado el momento de que explique el motivo de su presencia aquí, caballero Hikura.

Asaemon asintió, agradecido de que la incómoda espera hubiera concluido.

—He venido a solicitar su permiso para que Yumiko me acompañe a la montaña. Sin ella no podré completar la tarea que me he propuesto.

—¿Mi permiso? ¿Desde cuándo los Sugawara piden permiso? Creí que, simplemente, tomaban lo que necesitaban.

—No me envía el clan Sugawara, estoy aquí por mi cuenta y riesgo.

Nanami entrecerró los ojos, sorprendida y suspicaz a un tiempo.

—¿Por qué, Hikura-sama?

El hombre tomó la tisana y dio un sorbo. Contrajo el rictus cuando el amargor le llenó la boca; la cría debía de haber empleado todo el té que su madre guardaba para un año. Carraspeó antes de hablar:

—No hace mucho, alguien me dijo que un samurái no debe obediencia hasta el punto de deshonrarse a sí mismo. —Devolvió el cuenco a la bandeja—. Intento seguir ese consejo.

—Palabras peligrosas en boca de un samurái.

—¿Usted cree? A mi modo de ver, un buen samurái debe tener discernimiento. La lealtad no consiste en obedecer como un perro, sino en hacer lo mejor para aquellos a quienes se sirve.

—Mucho me temo que un daimio no lo vería así.

—Es posible. —Asaemon esbozó media sonrisa—. La cuestión es que prometí a su hija que la ayudaría a encontrar a su hermana, y creo que esa promesa vale más que la orden de unos burócratas que no han puesto un pie fuera de la corte.

Nanami lo contempló largamente, sopesando la sinceridad de quien le hablaba.

—Aunque valore sus intenciones, me temo que su intervención ya no es necesaria. Hay quien ha accedido a ayudarnos.

—Así que ha pedido ayuda a su viejo amigo, ¿me equivoco?

Ella no respondió de inmediato, pero su simple silencio ya era una confirmación.

—No, no se equivoca.

—He luchado contra Shika no Kōbe... O contra Ryō Aratani, si lo prefiere. Es ciertamente un guerrero hábil, pero no puede tomar al asalto el templo Ryūji.

—¿Y usted sí podrá?

—Quizás. Pero necesitaré la ayuda de su hija y de ese hombre.

Y el samurái esgrimió una sonrisa desafiante, tan temeraria como esperanzadora a ojos de Nanami.

Partieron antes del alba, cuando los labriegos aún no habían acudido a los arrozales y los pájaros todavía picoteaban entre los cultivos. Yumiko abría la marcha y Asaemon la seguía a pie, guiando a Okoge por las riendas.

Cuando se hubieron alejado lo suficiente de la aldea, la muchacha planteó la duda que le rondaba desde la noche antes:

—¿Cómo ha convencido a mi madre?

El samurái no respondió hasta que ella se volvió con expresión inquisitiva.

—¿Quién sabe? —dijo con malicia—. Quizás fuese la idea de no beber tu té durante unos días lo que terminó por convencerla.

Yumiko lo atravesó con la mirada y Asaemon rio entre dientes.

—¿Y su ejército de samuráis? —preguntó ella, devolviendo la vista al camino—. Creí que lo acompañarían más hombres, «los suficientes como para tomar esa fortaleza» —le recordó en tono hiriente.

—Tendremos que arreglárnoslas nosotros solos.

La cazadora calló, su ánimo de disputa pareció aplacarse de repente.

—¿Lo cree? ¿De verdad cree que podremos sacarlas de allí?

—Ya veremos. Primero hemos de hablar con ese demonio vuestro que habita en la cumbre.

—No podremos llegar allí con el caballo —le advirtió.

—No será necesario. Basta con dejarlo en un sitio con agua y pasto, donde nadie lo encuentre. Lo necesitaré tras reunirme con el *rōnin*.

Yumiko asintió y no dijo nada más. Pero era evidente que aquel silencio traería más preguntas. No tardaron en llegar:

—¿Por qué ha vuelto si el clan pretendía dar el asunto por zanjado? —Miró de nuevo hacia atrás—. Sabe bien que es muy posible que no salgamos con vida.

—Comienzo a aburrirme de que todos me preguntéis lo mismo —gruñó él.

—Necesito que me responda. Necesito saber que está dispuesto a llegar hasta el final.

Asaemon palmeó el cuello del animal antes de responder.

—Muchos guerreros dicen no querer morir de viejos, se les llena la boca clamando que es la peor de las muertes. Sin embargo, a la hora de la verdad, se aferran a sus vidas por más miserables que estas sean.

Ella lo miró de reojo, sin poder disimular cierta aprensión.

—No temas —rio Asaemon—, no he venido aquí a que me maten. Pero si he de matar o morir, que sea por algo que merezca la pena.

—Y cree que nosotros merecemos la pena…

El samurái torció los labios.

—En su momento se me ordenó poner fin a estos crímenes. A todos en Izumo les parecía algo necesario. A mi entender, nada ha cambiado, así que me dispongo a cumplir con mi deber. Eso es todo.

Alcanzaron el valle interior de la montaña después del mediodía. Tras las tormentas de las jornadas anteriores, el cielo les sonreía con un clima benévolo que Asaemon tomó por un buen augurio, pues era justo lo que precisaban sus planes.

Se adentraron en la foresta y avanzaron hacia las cumbres por caminos tan borrosos que solo Yumiko podía hallarlos. Tras vadear un arroyo crecido por las últimas lluvias, condujo la marcha hacia un riscal que, desde la distancia, parecía impracticable. Cuando se aproximaron a los peñascos, Asaemon descubrió que el lugar estaba cruzado por multitud de riachuelos que bajaban desde los picos nevados. Entre los riscos crecía un pasto abundante al que solo accedían los ciervos salvajes.

—Servirá —confirmó el samurái, al tiempo que llevaba al animal junto a un pino solitario.

Descargó las alforjas y las ocultó entre los arbustos, después ató al caballo con mucha cuerda. Entre los bultos había uno inusitadamente largo, tanto que Asaemon lo había llevado colgado de la cincha de la silla, como si de una lanza se tratara. Yumiko ya había reparado en él, pero solo al ver cómo cimbreaba al descargarlo comprendió lo que era.

—¿Es un arco destensado? —preguntó sorprendida.

El samurái sonrió como si anticipara aquella pregunta.

—Es tan alto como un hombre a caballo —observó la joven—. ¿Qué sentido tiene?

—Es un arco de asedio. No está hecho para cazar, sino para disparar en parábola sobre las murallas.

La muchacha se inclinó y retiró el paño.

—Está construido en madera, no en bambú. Costará mucho encordarlo.

—No te preocupes por eso.

—Y tensarlo. Yo no podría usarlo, y creo que usted tampoco...

—¿Siempre tienes que decir todo lo que se te pasa por la cabeza?

Ella se encogió de hombros.

—Prefiero avisarle antes de que lo descubra en un mal momento.

—Aunque no lo creas, niña, he usado un arco otras veces. —Se anudó el morral al pecho y se ajustó la *daishō* sobre la cadera—. De hecho, fue un lanzamiento excepcional lo que me trajo hasta aquí. —Y no se privó de reír su propia broma, pese a que Yumiko lo mirara como a un desquiciado.

Cargaron las cantimploras y las provisiones indispensables antes de reemprender la marcha. Desde ese punto el camino ganaba pendiente, por lo que pronto encontrarían nieve cuajada; no convenía que la puesta de sol los sorprendiera lejos de la cumbre.

Durante el resto del día, Asaemon volvió a comprobar que Yumiko tenía buen instinto como exploradora: leía bien el entorno y sabía improvisar veredas allí donde las escarpaduras más abruptas cortaban el paso. Avanzaban a buen ritmo, y fue mientras ascendían por una arboleda de arces rojos cuando Yumiko se detuvo en seco.

—¿Tú también lo has notado? —susurró Asaemon.

—Es como si el bosque contuviera el aliento.

La muchacha miró a su alrededor, buscando alguna huella o indicio. El suelo estaba cubierto por un mar de hojas rojas entreverado de nieve. La hojarasca comenzaba a reblandecerse y el empalagoso aroma de la descomposición lo impregnaba todo. El ojo de Asaemon, adiestrado en el rastreo, fue el primero en encontrar la hierba aplastada por pies humanos.

—Alguien ha pasado por aquí hace poco. Avanzaban en esa dirección y eran más de uno, eso seguro. —Señaló hacia un punto en la espesura—: ¿Qué hay por allí?

—No lo sé, pero en esa parte la ladera es demasiado escarpada, no se puede escalar. Probablemente haya alguna cueva y poco más.

—Debemos ocultarnos —decidió el samurái.

Yumiko miró a su alrededor hasta que divisó lo que buscaba.

—Esos árboles aún tienen fronda y las ramas bajas están al alcance.

Asaemon enarcó una ceja. Tenía en mente algo más digno que trepar entre las ramas como una ardilla, pero su guía no le dio la oportunidad de plantear objeciones, pues se colgó el arco al hombro y corrió hacia los árboles. El samurái observó admirado cómo la muchacha apoyaba un pie en el tronco, se impulsaba hacia arriba y lanzaba una soga sobre la rama más baja. Yumiko quedó colgada de la cuerda un breve instante, lo justo para estabilizarse antes de izarse con ligereza, pasar una pierna sobre la rama y quedar sentada a horcajadas.

Lo miró desde arriba con expresión triunfal.

—Cuando cazamos jabalíes, lo hacemos desde las copas de los árboles —explicó sonriente—. Así nos ahorramos una buena embestida si la bestia se revuelve.

—Si tienes la ventaja del primer ataque y fallas, el pobre animal se merece la oportunidad de revolcarte.

—Ya veo que nunca le ha perseguido un jabalí enfurecido —replicó mientras anudaba la soga alrededor del tronco—. De lo contrario, la última rama del árbol más alto le parecería insuficiente.

Asaemon atrapó el cabo que ella le arrojó con desdén. Se aferró a la cuerda mientras apoyaba los pies en la corteza, trepando de forma eficaz pero carente de toda gracia.

—Sigamos subiendo —dijo Yumiko cuando llegó a su altura—. Aquí aún pueden vernos.

Se abrieron paso entre el ramaje hasta una posición que les permitía otear los alrededores, después se dispusieron a esperar en silencio. El tiempo transcurrió sin que hubiera señales de vida, y eso era, en sí mismo, una anomalía. Los pájaros parecían haber abandonado el lugar, tampoco se escuchaba el esporádico correteo de los animalillos entre los arbustos.

—Están cerca, pero no logro verlos ni escucharlos —susurró Yumiko cuando hubo transcurrido un buen rato.

Asaemon se llevó el dedo a los labios para pedirle silencio y, con el mismo gesto, señaló el cielo. Los sobrevolaba un halcón peregrino como el que habían abatido días antes, aunque esta vez la rapaz no volaba en círculos cerrados sobre ellos, sino que planeaba a lo largo de toda la ladera pedregosa.

—No nos ha visto —murmuró el samurái.

Un silbido largo y penetrante reverberó por los acantilados, y el ave comenzó a descender en respuesta a la llamada. Quien fuera su amo no debía de andar muy lejos. Yumiko, de forma instintiva, tomó una flecha del carcaj y empuñó el arco, pero Asaemon la tranquilizó con la mirada. Ambos se mantuvieron inmóviles y contuvieron el aliento, tal como hacía el resto del bosque.

El cetrero apareció al cabo con el halcón al hombro; vestía armadura ligera de cuero bajo sus hábitos de *yamabushi* y se envolvía el rostro con un embozo de tela blanca. Yumiko hizo amago de tensar, pero el samurái le bajó el arco con la mano. Desde su posición elevada veían el claro abierto entre los arces; si había alguien más, pasaría por allí.

No debieron esperar mucho hasta que un segundo monje cruzara el calvero con un arco al hombro. Lo seguían otros dos, y otro más rezagado, todos ataviados para la batalla; pese a ello, se desplazaban con un sigilo casi espectral. Asaemon estudió sus movimientos con ojos fascinados, y comprendió por qué algunos eruditos creían que los *shinobi* habían aprendido sus artes de aquellos monjes ascetas.

Mucho después de que la partida hubiera abandonado el lugar, Yumiko se decidió a hablar:

—Saben que hemos vuelto a la montaña —musitó.

—No nos buscan a nosotros. Es una partida de rastreo, como las que se encargan de batir los bosques para buscar enemigos huidos tras una batalla. Lo sé bien porque he comandado varias.

—Cree que están buscando a Shika no Kōbe.

Asaemon asintió.

—¿Por qué ahora? Por lo que él nos dijo, llevan años sin internarse en esta cara de la montaña.

—Algo ha roto el equilibrio.

Yumiko miró hacia las cumbres, lejanas aún.

—Si lo buscan aquí abajo, jamás lo encontrarán.

—Mejor así. No tenemos otro aliado en esta guerra... Y que él lo sea aún está por ver. —Asaemon aguzó el oído para asegurarse de que el bosque había recuperado su pulso. Después comenzó a descender—. Vamos, hemos perdido demasiado tiempo.

Bajo el cielo nocturno, la cumbre; sobre la cumbre, la arboleda. Y en el centro de la arboleda, sentado en un calvero nevado, Ryō Aratani.

Meditaba con los ojos cerrados, al arrullo de las corrientes que volaban entre los árboles y le envolvían, que silbaban a través de las campanas de viento y las empapaban de aguanieve. Las piezas de arcilla oscilaban con el vaivén de las ramas y tañían al chocar entre sí, entregadas a un desenfreno en el que el guerrero hallaba orden.

Abrió los ojos y contempló el arma cruzada frente a él. El asta de seis *shaku* estaba completa, pues en su extremo refulgía la magnífica hoja forjada por Nanami. Empuñó la lanza y se puso en pie. Cerró de nuevo los ojos y separó las piernas, listo para entregarse a su particular entrenamiento. Acompasó sus sentidos con el oscilar de las campanas antes de hacer girar la lanza. Despacio primero, buscando el ritmo adecuado, más rápido después, hasta que la hoja voló entre las cerámicas con el vértigo de una golondrina, cambiando de dirección a cada aleteo.

Al cabo, Ryō abrió la mano y desplazó el agarre un palmo hacia atrás. Desde ese momento, lo que eran delicadas esquivas se convirtieron en certeras dentelladas, y el filo hizo estallar las campanas una tras otra, sin fallar una sola acometida.

Cuando detuvo su danza, las ramas se zarandeaban liberadas del peso de la arcilla. Abrió los ojos y exhaló satisfecho, sintiéndose preparado para lo que estaba por venir. En ese momento percibió que el viento arrastraba algo más que copos de nieve. «Me han encontrado», fue su primer pensamiento, y empuñó la lanza para adentrarse en la espesura.

Se deslizó entre la fronda con la cautela de un depredador, atento a cualquier sonido ajeno a aquel paraje que tan bien conocía. Los helechos y arbustos del sotobosque dieron paso a la fina capa de musgo que rodeaba el santuario, y se detuvo en la linde para estudiar a los intrusos. No eran aquellos que esperaba.

Asaemon Hikura aguardaba sentado en los escalones de acceso a la ermita, limpiándose las uñas con una caña seca. La hija de Nanami, por su parte, caminaba en círculos sin apartar la vista de las muchas sombras que se cernían sobre ellos. Sujetaba el arco en la zurda y mantenía la diestra cerca del carcaj.

—¿Hasta cuándo vas a permanecer en la penumbra? —preguntó el samurái sin alzar la vista.

—¿Qué hacéis aquí? —respondió Ryō, avanzando desde la oscuridad del bosque.

—Estábamos cerca y hemos decidido pasar a saludar al Santo Demonio Azote de *Yamabushi* que habita en las cumbres. ¿Lo has visto por casualidad?

Yumiko se adelantó para tomar la palabra, consciente de lo exasperante que podía ser su compañero.

—Aratani-sama —saludó con una reverencia—, hemos venido a solicitar su ayuda para rescatar a las cautivas del Ryūji.

El interpelado apoyó la lanza en el suelo y suspiró con resignación.

—Ya os dije todo lo que sé, no esperéis nada más de mí.

—No te hagas de rogar, *rōnin* —le espetó Asaemon, señalándole con la paja de arroz—. De camino aquí nos hemos encontrado con una partida de rastreo. Esos monjes están levantando cada piedra para ver si te ocultas debajo, es evidente que algo has hecho para molestarlos.

—Sabemos que mi madre le pidió ayuda —dijo la muchacha con respeto—. Solo queremos que nos escuche antes de actuar por su cuenta.

—No creo que poner en riesgo a su otra hija fuera lo que la dama Kuroda tenía en mente cuando me pidió que interviniera.

—¿Y qué tenía en mente? —preguntó Asaemon—. ¿Que empuñaras tu lanza y mataras a cuantos bonzos te salieran al paso? Un bonito gesto, pero bastante fútil.

Ryō hizo girar la lanza y la recogió bajo el brazo con la punta hacia el suelo.

—Mataría a muchos, pero ciertamente no a los suficientes —dijo aproximándose a ellos—. Estuve allí hace dos noches, penetré hasta el corazón del monasterio y encontré a las muchachas que habían raptado. No son solo cinco, sino más de veinte, y aún más guerreros las custodian.

—Entonces... ¿están vivas? —preguntó Yumiko dando un paso al frente.

La esperanza había estallado en sus ojos como una mañana de verano, y aquello no hizo sino preocupar más a Ryō, que conocía los peligros de una ilusión vana.

—No sé si tu hermana estaba entre ellas, pues tuve que huir en cuanto las descubrí —lamentó—. Quienes las guardan son hábiles en el combate y en las labores de vigilancia, me temo que no hay forma de liberarlas y salir de allí con vida. —Y dirigiéndose a Asaemon, añadió—: Así que no te equivocas, samurái, mi intención es empuñar la lanza y matar a tantos de ellos como pueda antes de que me maten. Si quieres unirte, tienes un lugar a mi lado, pero de ningún modo permitiré que la otra hija de Nanami Kuroda nos acompañe.

—Tu determinación es encomiable —respondió Asaemon—, pero servirá de poco a las familias de esas crías. Nosotros, sin embargo, venimos a proponerte algo menos honorable pero más astuto.

—Eres un ingenuo si crees que dos samuráis enemigos y una muchacha tienen alguna posibilidad de asaltar esas ruinas.

—Por favor —intervino Yumiko, hincando la rodilla en el suelo—. Dele la posibilidad de explicarse. El caballero Hikura puede parecer impertinente y desconsiderado, pero confío en él. Y mi madre también, de lo contrario yo no estaría aquí.

Ryō la contempló mientras inclinaba la cabeza frente a él, después alzó la mirada hacia el samurái de los Sugawara. Terminó por resoplar, hastiado por tanta insistencia.

—Acompañadme bajo techo. Molestamos al *kami* hablando a las puertas del santuario.

Los condujo hasta su cueva y prendió las linternas y los cirios. Yumiko encontró el refugio más acogedor que en su primera visita, acaso porque el hombre que lo habitaba ya no le parecía una amenaza. La muchacha dejó la capa en un rincón y se descolgó el arco y el morral. Mientras se acomodaban junto a las ascuas, Ryō Aratani se enjuagó el sudor y se aseó en un recoveco que debía de hacer las veces de baño.

Volvió junto a sus invitados con el torso desnudo y el moño samurái deshecho, el cabello húmedo sobre los hombros. Aun sin los atributos de Shika no Kōbe, su presencia seguía resultando imponente. Era más alto que la mayoría de los guerreros y su cuerpo se hallaba endurecido por una vida de entrenamiento y privaciones.

Cuando se sentó frente a ellos, Asaemon no perdió la oportunidad de estudiar sus posibles debilidades: buscó cicatrices y lesiones que delataran viejos temores, vicios en el combate o errores a la hora de protegerse.

—Está bien, contadme cuál es vuestro plan. Tengo curiosidad por saber cómo pretendéis asaltar un monasterio-fortaleza guardado por más de treinta guerreros.

—Solo hay una forma de salir bien parados de esta —respondió Asaemon.

—Así que hay alguna —se burló Ryō.

El samurái le devolvió una sonrisa enigmática.

—Una tan vieja como la guerra: poner frente a tu enemigo lo que espera ver y, a su espalda, lo que no se espera.

Y extendiendo un pliego de papel sobre el suelo, se dispuso a explicar su plan.

Yumiko despertó en mitad de la noche. O quizás el alba estuviera ya cerca, cómo saberlo. Abrió los ojos y halló a Asaemon en la misma postura: sentado con las piernas cruzadas, la espalda contra la pared y la cabeza caída sobre el pecho. Mantenía la *daishō* cruzada sobre el regazo, y pudo admirar una vez más la bella factura de las vainas de madera: lacadas en el color de la noche, estaban pinceladas a todo lo largo con unas garzas blancas que alzaban el vuelo.

No había nadie más en la cueva, pero creyó saber adónde había ido su anfitrión. Retiró las mantas y se calzó los calcetines y las sandalias. Se incorporó con cuidado y se encaminó hacia la salida.

Al pasar frente al samurái, este murmuró:

—Cuidado con lo que haces.

Yumiko se detuvo con un sobresalto. Asaemon mantenía la cabeza baja y los ojos cerrados. ¿Habría hablado en sueños?

—No conocemos de nada a ese hombre —le advirtió.

Ella asintió en un gesto inútil, pues su interlocutor seguía con los ojos cerrados. Al poco, la respiración del samurái recuperó la cadencia profunda del sueño. Su peculiar advertencia, en cualquier caso, resonaba aún entre las paredes de la cueva.

Yumiko salió del refugio con paso furtivo y cubrió la entrada con la estera. La noche la recibió con el aliento gélido del invierno. Se encogió bajo su escaso abrigo y se echó el vaho en las manos; pese al frío, se entretuvo un instante en otear las oscuras profundidades del valle. En algún lugar allí abajo se encontraba su hogar. ¿Dormiría su madre o, incapaz de conciliar el sueño, contemplaría la montaña desde la terraza? Quizás sus miradas se estuvieran cruzando en aquel preciso instante.

Reconfortada por esa idea, retomó el paso en dirección a la ermita. Retales de fina niebla cubrían la arboleda, y parecían espesar cuanto más se acercaba al santuario, como si la bruma manara de las entrañas mismas del sagrario. Se aproximó a la entrada con pasos cautelosos, casi reverenciales, y se estremeció al poner el pie sobre el primer escalón. La madera crujía bajo su peso y los decrépitos pilares parecían a punto de vencerse; aun así, el lugar le resultó extrañamente apacible.

Penetró en la sala con la respiración contenida, y no le sorprendió encontrar al caballero Aratani arrodillado frente al pequeño altar. Un cuenco con incienso ardía en la bandeja de las ofrendas e impregnaba la estancia con el aroma de la planta *yomogi*.

—Pasa, eres bienvenida —la saludó el eremita sin dejar de darle la espalda.

—Lo siento, no era mi intención importunarle —respondió Yumiko con una reverencia.

—Oraba antes de la batalla, pero ya está todo dicho entre mi señor y yo.

La muchacha se aventuró unos pasos mientras contemplaba las pequeñas tallas de la divinidad que poblaban las paredes.

—¿Por qué hay un altar budista dentro del santuario de un *kami*?

—Lo construí al llegar aquí. Guarda los restos del señor Ikeda. —Reparó en que la mirada de la muchacha se había detenido sobre la caja sellada con cuerda *shimenawa*—. ¿Sabes quién fue?

—Mi madre me ha hablado de los Ikeda, los antiguos regentes de Izumo. Me contó cómo los Sugawara usaron malas artes para asesinarlos a todos en una sola noche.

—Los Sugawara no tuvieron suficiente con su traición, clavaron la cabeza de Ikeda-dono en una pica y la exhibieron a las puertas del castillo que había sido su hogar. Hace mucho, alguien me encomendó recuperar los restos de su señoría y protegerlos de sus enemigos.

Yumiko asintió sin apartar la vista de la caja.

—El caballero Hikura es un samurái de los Sugawara. ¿Cree que...? —Se arrepintió de verbalizar aquel pensamiento.

—¿Me preguntas si profanaría los restos de un antiguo enemigo? ¿Si se los llevaría como trofeo para su señor? Dímelo tú.

La joven cazadora guardó silencio, pero terminó por negar con la cabeza.

—Él no es así.

—Me fiaré de tu buen juicio, entonces.

Terminó por arrodillarse frente al samurái, con cuidado de mantener la compostura en todo momento. Sopesó muy bien sus siguientes palabras:

—¿Es por esto por lo que nunca regresó junto a mi madre? —preguntó en voz baja—. Es evidente que ella aún alberga sentimientos...

Ryō sonrió ante la franqueza de la muchacha. Decía lo que creía que tenía que decir, en eso era idéntica a Nanami.

—Ni tu madre ni yo hemos tenido una vida fácil. Ella ha debido cumplir con sus obligaciones y yo con las mías. Es inútil luchar contra el ciclo del karma. —Calló un instante, solo para añadir—: Quizás en otra vida.

—Sin embargo, está dispuesto a dejar este santuario y morir porque ella le pidió ayuda.

El samurái debió asentir. ¿Cómo negar esas palabras?

—Los Kuroda fueron buenos vasallos de los Ikeda. Su lealtad los llevó a caer en desgracia, y tu madre ha pagado por ello durante toda su vida. —Sostuvo la mirada de aquella joven que lo obligaba a confrontar sus propias dudas, sus propias contradicciones—. Como último samurái del señor Ikeda, es mi obligación proteger a quienes lo dieron todo por él, demostrar que su gratitud va más allá de la muerte. Como hombre que hirió los sentimientos de tu madre, es mi obligación intentar devolverle a su hija.

La desnuda honestidad de Ryō Aratani conmovió a Yumiko, que comenzaba a comprender cuán estrechos eran los lazos que unían a ese hombre con su madre.

—Pese a todo, sigue siendo muy posible que no regresemos —lamentó Yumiko—. Es injusto para ella.

—Por eso es tan importante que no pongas tu vida en peligro. Las intenciones de Asaemon Hikura pueden ser buenas, pero no tienes por qué asumir el riesgo. Si en algún momento sientes miedo o, no lo quiera el Buda Amitabha, te cruzas con el enemigo, huye sin dudarlo. Regresa junto a tu madre sin mirar atrás.

Ella retiró un instante la mirada. Cuando habló, lo hizo con una templanza que desmentía su juventud:

—Sé lo que está pensando. ¿Cómo es posible que mi madre haya permitido que me arriesgue de este modo? ¿Cómo ha sido capaz de ponerme en manos de un samurái enemigo? Usted cree conocerme porque la conoce a ella, pero no es así. —La expresión de Yumiko se fue endureciendo a medida que hablaba—. Asaemon

Hikura también tardó en entenderlo. Quizás yo no sea un samurái, y es obvio que tampoco soy un hombre, pero mientras exista la posibilidad de que mi hermana siga viva, nada ni nadie me apartará de esta montaña.

27
La certeza de lo inesperado

Yumiko dejó atrás la tibia oscuridad del refugio y se cubrió los ojos con el antebrazo. La nevada caída durante la madrugada había cubierto de blanco la ladera, y el sol incidía sobre la nieve con un fulgor hiriente. La muchacha vestía sus ropas de montaña, a las que había añadido la capa de piel de ciervo que Ryō Aratani le había regalado. De su hombro colgaba el último arco fabricado por su padre, más largo y exigente en el tensado, pero también mucho más poderoso.

Cuando su vista se adaptó, se acuclilló sobre la nieve y se asomó a la cornisa. Al igual que hiciera la noche antes, oteó la aldea en busca de su hogar.

—Seguirá ahí cuando regreses con tu hermana —dijo Asaemon a su espalda.

—Si es que regresamos.

Asaemon se colocó a su altura, a un paso del abismo.

—No hay mañana en la que, al abrir los ojos, tengamos la certeza de ver el final del día. Aun así, seguimos adelante como si supiéramos lo que el karma nos depara. Es la única forma de vivir.

Ella sonrió ante la solemnidad de aquellas palabras.

—Hikura-sama, no sabía que fuera un erudito.

—En ocasiones yo mismo me sorprendo —se burló el samurái.

Yumiko se incorporó y se sacudió la nieve de las rodillas. Se cruzó el arco a la espalda y, durante un momento, no alzó la vista del suelo. Trataba de demorar la despedida cuanto fuera posible.

—¿Volveremos a vernos? —preguntó al fin.

—No es eso lo que te debe preocupar.

—Pero me preocupa.

Ella mantenía la mirada hundida en la nieve. El samurái la sujetó por los hombros y le habló con afecto:

—Para mí solo hay una derrota posible en el día de hoy, y es que tú no regreses. Júrame que, si las cosas se tuercen, darás la vuelta y saldrás de esta montaña.

—Si no cumplo mi parte, todo esto habrá sido en vano.

—¡Aun así! —insistió él apretándole los hombros—. El deber de dos samuráis es morir en la batalla, el de una cría es volver junto a su madre. —Inclinó la cabeza para obligarla a no apartar la mirada—. Al menos tú debes regresar, ¿lo entiendes?

Ella asintió con más pesar que convicción.

—Solo le ruego que también tenga cuidado. —Y mirando a Ryō, que aguardaba en la distancia, añadió—: Y que cuide de él.

—No te preocupes por nosotros, mocosa. Hachiman sonríe a los insensatos.

Yumiko negó ante el infundado optimismo de Asaemon, pero no pudo evitar un asomo de sonrisa. Lo cierto es que la reconfortaba tener cerca a aquel extravagante samurái. Se pasó la mano por los ojos para asegurarse de que no lloraba. Después, sin que mediaran más palabras, hizo una reverencia y se alejó por la cornisa nevada.

Los dos guerreros emprendieron el descenso hacia el valle interior de la montaña. Tal como Asaemon sospechó en su primera subida, había caminos menos intrincados y peligrosos, caminos que Ryō Aratani conocía bien.

El antiguo vasallo de los Ikeda abrió la marcha y, durante gran parte del día, no tuvieron nada que decirse el uno al otro. Fue en una parada para rellenar los tubos de bambú, asomados a un arroyo de aguas límpidas, cuando el eremita decidió romper su silencio:

—Debes de tener la conciencia muy tranquila para inmiscuir a una muchacha en tus planes.

Si el comentario buscaba provocar algún tipo de reacción, no lo consiguió, pues Asaemon continuó bebiendo sentado sobre una roca.

Ryō insistió:

—Si algo malo le sucede, tú serás el único responsable.

El interpelado se colgó la cantimplora al cinto antes de responder.

—Si tanto te preocupa, ¿por qué no la hiciste cambiar de opinión cuando fue a hablar contigo anoche?

—No soy yo quien ha perpetrado un plan que requiere de su participación —le reprochó el otro, mirándolo desde la orilla mientras la cantimplora barboteaba bajo el agua—. Lo sensato habría sido dejarla en su casa, junto a su madre.

—Quizás conozcas a la madre, pero es evidente que no conoces a la hija.

Ryō frunció el entrecejo. Era la segunda vez que escuchaba ese reproche.

—Precisamente porque conozco a la madre, temo cómo es la hija.

Asaemon rio entre dientes.

—Entonces ya deberías saber que dejarla al margen habría sido aún peor. Así, al menos, sabemos que no cometerá ninguna locura.

Y dando por zanjada la discusión, se echó la bolsa al hombro y continuó descendiendo.

El sol comenzaba a declinar cuando llegaron al riscal donde habían dejado el caballo de Asaemon. Para alivio del samurái, el animal continuaba atado al mismo árbol, cabeceando entre peñascos mientras buscaba hierba que mordisquear. Se aproximó para palmearlo y comprobó que no tenía los belfos secos, prueba de que había estado abrevando en el arroyo próximo. Después se dirigió a los arbustos donde había ocultado sus pertenencias y alzó aquel hato de tela tan largo como una lanza. Descubrió el extremo y se lo mostró a Ryō.

—¿Serás capaz de dispararlo?

El interpelado dejó caer su fardo, que golpeó el suelo como una losa, y tomó el arco. Probó a flexionarlo apoyándolo en el suelo y comprobó la enorme resistencia que ofrecía la madera.

—Es un arco pesado, pero no mucho más que el que uso en la montaña.

—Tampoco es necesario que aciertes a un pájaro al vuelo, tan solo debes tirar sobre las murallas.

Ryō le pidió la cuerda encerada y anilló el extremo superior. A continuación, lo encajó en el hueco de un peñasco y dobló el arco sobre su muslo; no sin esfuerzo, consiguió anillar la otra muesca antes de que la madera recuperara su torsión con brusquedad.

—Si has conseguido encordarlo tú solo, podrás dispararlo —concluyó Asaemon.

Cargaron en el animal los utensilios que necesitarían aquella noche y se tomaron tiempo para comprobar el resto de las armas. Cuando el sol caía ya hacia la puesta, Ryō abrió el fardo que había cargado consigo y dispuso sobre la tela las piezas de su armadura.

Fue enfundándoselas con una meticulosidad ritual, como si honrara una antigua ceremonia que siempre debe ejecutarse en el mismo orden y con la misma calma. Cuando hubo asegurado cada pieza de cuero y cada placa de acero, se colgó sobre los hombros la piel de oso y se cubrió la cabeza con el casco de astas de ciervo, aquel que una vez perteneciera a Akiyama Ikeda.

Asaemon presenció en silencio la paulatina transformación de aquel hombre: el *rōnin* caído en desgracia había desaparecido ante sus ojos y el demonio ocupaba su lugar.

—Ha llegado la hora —dijo por fin Ryō Aratani.

Y se cubrió el rostro con la máscara de Shika no Kōbe.

Yumiko avanzaba sobre la espesa capa de nieve que cubría las cornisas y desfiladeros. Tal como le había aconsejado Ryō, tomaba la precaución de ayudarse con un cayado que apoyaba antes de pisar, de forma que, si había un desprendimiento, la nieve no la arrastrara al abismo.

Recordaba el trayecto de la vez que lo habían recorrido tras los pasos del eremita. Y aunque el paisaje parecía transformado bajo el manto de nieve cuajada, su buena memoria unida a las indicaciones del montañero parecían mantenerla en el camino. Al menos por el momento.

Pasaba del mediodía cuando alcanzó la quebrada que se adentraba en el valle interior, y quiso pensar que ya había cubierto lo más duro de la travesía. Caminó junto al gélido arroyo que humedecía la garganta de piedra, hasta que, medio *ri* después, el desfiladero se zambulló en el inmenso bosque de montaña.

Como un roedor al que no le gusta la intemperie, se sintió aliviada al saberse al amparo de la foresta. Volvía a pisar territorio conocido, aunque normalmente llegaba a ese bosque desde el extremo opuesto, a través de las veredas que subían desde la aldea. Observó el sol entre el ramaje y calculó un par de horas hasta el ocaso. No podía demorarse si quería alcanzar la gruta antes del anochecer.

Caminó sin descanso durante el resto de la tarde, bebiendo y comiendo pequeñas porciones durante la marcha. Avanzaba con la mirada atenta y el oído aguzado, el arco de su padre siempre en la izquierda y la diestra cerca del carcaj. Pero no escuchó sonido próximo o lejano que revelara la presencia de aquellos extraños bonzos.

Caía la tarde cuando por fin divisó las lomas cubiertas de castaños que rodeaban el acceso a la cueva. Dio gracias a los *kami* por no haberse perdido y se dispuso a escalar el mismo cerro que ya recorrieran días atrás, cuando Ryō les mostró el lugar.

Coronó la subida con la ropa embarrada y las manos entumecidas de hundirlas en la nieve. Quiso sentarse a recuperar el aliento, pero debió tenderse de inmediato a ras de suelo. Abajo, entre la boca de la gruta y la extinta pira funeraria, dos monjes guerreros montaban guardia.

Asaemon dejó su caballo al resguardo de la arboleda y avanzó hasta la posición de Ryō. Este se acuclillaba en la cima de una larga pendiente desde donde se dominaba el templo Ryūji. Asaemon reconocía aquel declive pedregoso que venía a morir junto a las ruinas: era el mismo lugar al que lo había conducido Yumiko cuando, por vez primera, atisbaron una luz solitaria entre esos muros supuestamente abandonados. En esta ocasión era la luz del ocaso la que incidía sobre los tejados derruidos y los patios empedrados.

—¿Estás seguro de que tienen armas de fuego? —preguntó Asaemon al llegar junto al *rōnin*.

Este asintió sin apartar la vista del monasterio.

—Las he visto. No las usan para cazar, pues podrían escucharlas desde la aldea, pero las tienen aquí.

—Si hay arcabuces, hay pólvora. La cuestión es dónde la guardan.

—Apostaría a que ocultan la armería en ese granero. —Ryō señaló una estructura apartada de los edificios nobles—. Está elevado sobre pilastras para protegerlo de la humedad, y es el único tejado que se han molestado en reparar.

Asaemon gruñó un asentimiento quedo.

—¿Funcionará tu artefacto? —preguntó.

—Sí, si sabes prender una mecha. —Y mirándolo de reojo, añadió—: Recuerda, cuenta uno por cada dos dedos de mecha.

—Así que cuento dos por cada dedo de mecha —dijo el otro, burlándose de su insistencia.

Su interlocutor le dedicó una mirada cortante, en absoluto divertido por aquella broma.

—No lloraré si vuelas por los aires, samurái.

—Ni tú ni nadie —respondió Asaemon con voz distraída mientras oteaba los edificios—. ¿Dónde tienen a las crías?

—¿Ves aquel pabellón, el que alberga un patio entre sus galerías? —Ryō indicó el punto más apartado y profundo del monasterio-fortaleza, allá donde el bosque de arces amenazaba con engullir las ruinas—. Ahí es donde las retienen, en una gran sala enrejada que da al interior.

Asaemon asintió mientras hacía sus cábalas.

—Debemos apartarlos de allí, entonces. Céntrate en los tejados de chamizo más próximos a esta muralla. Cuando vean desde dónde vuelan las flechas, saldrán por el pórtico y avanzarán sobre tu posición. —Señalaba la única puerta de acceso al complejo, ubicada en la muralla meridional, frente al bosque de arces—. Si todo va bien, yo estaré dentro esperándote.

—¿Estás seguro de que saldrán a campo abierto? Quizás se recluyan si piensan que los ataca un batallón de samuráis.

—No lo harán. Tienen la certeza de que el clan Sugawara no intervendrá, se han asegurado de ello. —A medida que hablaba, la tormenta crecía en los ojos de Asaemon, y un súbito relámpago le quebró el ceño—. Pensarán que se trata de un puñado de aldeanos desesperados, e intentarán acabar con ellos como ya hicieran con los cazadores.

—Espero que no te equivoques. Todo dependerá de que abran esa puerta.

El sol estaba a punto de ponerse tras las cumbres y ambos guerreros callaron a la espera de que el último resplandor se desvaneciera. Cuando Amaterasu dejó de bendecir el mundo con su luz, Asaemon se cruzó el morral a la espalda y echó a andar hacia las ruinas.

—Es una lástima que vayamos a morir esta noche, Ryō Aratani —se despidió—. Empezabas a caerme bien.

Yumiko se incorporó sobre una rodilla y echó la mano al carcaj lentamente, como si temiera espantar a una liebre entre la hierba alta. Colocó la pluma en el punto de enfleche y tensó poco a poco, percibiendo en sus muñecas la torsión del arco, la ansiedad de la cuerda por ser liberada. Exhaló e intentó visualizar el vuelo de la flecha.

«Es como disparar contra un animal», se dijo.

Pero no lo era. El corazón le batía acelerado y el pulso comenzaba a fallarle. Cuando las lágrimas le nublaron la vista, tuvo que bajar el arco y enjugarse los ojos. Qué idiota había sido al creer que podría matar a un hombre a sangre fría. Tensar la cuerda y apuntar era una cosa; liberar la flecha, otra bien distinta.

Sacudió la cabeza y se reprendió con un gemido: «No son personas como las que conoces, no quieren ni son queridos, son demonios despiadados», trataba de convencerse. Pero cómo saber si aquello era cierto. Todo el mundo es hijo de alguien, hermano de alguien... Y hasta el animal más abyecto cumple su función en el ciclo del karma, ¿no es eso lo que dicen los budas?

Se obligó a recordar por qué estaba haciendo aquello. No era por venganza, ni porque esos hombres se merecieran morir; era porque aún existía una posibilidad de que Saya siguiera con vida, aún albergaba la esperanza de traerla de vuelta. Y para que esa esperanza no se desvaneciera, debía pasar entre esos dos *yamabushi*.

Aquella verdad, sencilla e inapelable, se abrió camino en su mente como un haz de luz tras la tormenta: matar para que su hermana siguiera viva. Así que volvió a colocar la flecha y descubrió que esta vez la mano no le temblaba. El primer disparo debía ser limpio y certero. El siguiente sería más complicado, pues su segunda presa ya habría comenzado a moverse.

Tensó hasta sentir el roce de la pluma contra la mejilla. Vació el pecho de aire y de dudas; abrió los dedos de la mano derecha y la cuerda tañó junto a su oído. Antes de que el proyectil alcanzara el blanco, Yumiko Kuroda supo que había matado a un hombre.

La flecha atravesó de lado a lado la garganta del *yamabushi*. El cuerpo no había tocado aún el suelo cuando la arquera ya colocaba el segundo proyectil en la cuerda. El otro guerrero, sin saber desde dónde los atacaban, buscó el resguardo de la gruta, pero ella tiraba desde una posición elevada y su padre guiaba su mano. Lo alcanzó en la pierna y el monje forzó el paso, tan cerca se veía del amparo de la roca. La siguiente flecha se clavó en su espalda y lo hizo caer de bruces.

Yumiko se colgó el arco al hombro y comenzó a descender por el talud. Llegó al suelo envuelta en una nube de polvo y corrió hasta el segundo enemigo caído. Para su horror, seguía con vida, respirando entre estertores; la flecha debía de haberle perforado un pulmón. El hombre la miraba a través del embozo, incapaz de moverse.

Ya había visto antes aquellos ojos asustados, y el recuerdo la asaltó con claridad: la mañana de otoño, el cielo raso, su padre hablándole mientras se arrodillaba junto al ciervo malherido. «Las flechas matarán a los animales pequeños, pero solo lograrán derribar a los más grandes. Cuando des caza a un ciervo, es tu obligación correr junto a él y clavarle aquí el cuchillo. —Su padre señalaba el punto donde se encontraba el corazón del animal—. Debes hacerlo rápido, hija. Ahorrarles sufrimiento».

Aquel hombre también sufría, así que Yumiko echó mano del cuchillo de caza que llevaba a la cintura. Al ver la hoja, el *yamabushi* comenzó a respirar con agitación mientras trataba de arrastrarse lejos de ella. La muchacha no sabía cómo clavarle el cuchillo en el corazón, así que hizo lo único que se le ocurrió: apoyó la punta del puñal sobre la nuca y empujó con todo el peso de su cuerpo.

Las piernas temblaron espasmódicas hasta que el hombre expiró con un último estertor. Cuando todo hubo terminado, Yumiko se incorporó y se limpió las lágrimas.

Asaemon corrió pendiente abajo, sorteando las grietas que salpicaban la ladera al tiempo que se deslizaba entre grava y guijarros. Continuó corriendo al pisar el llano, consciente de lo expuesto que se hallaba bajo la luna clara, y no cejó hasta alcanzar el tosco basamento de piedra sobre el que se erigía el Ryūji. Este lo formaban capas y capas de roca apilada para nivelar el terreno y cimentar las altas murallas. El paso de las estaciones había suavizado el canto de las piedras y las había compactado sin dejar resquicio entre ellas.

Caminó alrededor del perímetro hasta dar con un punto donde las losas apiladas aparecían descolocadas, quizás desplazadas por algún temblor. Palpó con la mano en busca de un intersticio lo suficientemente ancho, y cuando lo halló, deslizó la hoja del cuchillo. Se alzó ayudándose de aquel asidero y volvió a tantear hasta insertar entre las piedras el estilete que empuñaba en la otra mano. Así fue ascendiendo, sirviéndose de ambas herramientas y del impulso de sus pies, que por momentos resbalaban en la pared casi vertical.

Fue una escalada lenta y penosa, pese a que la base tenía poco más de tres *ken* de altura. Al coronarla, se encontró cara a cara con el imponente lienzo de muralla, y comenzó a recorrerlo hacia el oeste, en busca de la grieta que había divisado en su primera visita al Ryūji. Apenas hubo avanzado unos pasos cuando una llamarada voló sobre su cabeza, dibujando un fulgor flamígero contra el cielo nocturno. Ryō había disparado la primera flecha.

Se volvió hacia la ladera y descubrió que el samurái de los Ikeda ya había prendido las doce antorchas que cargaron consigo. Repartidas por toda la pendiente, verdaderamente daban la impresión de que un grupo de asaltantes se había congregado para asediar el monasterio.

Una segunda flecha voló desde la ladera y superó la muralla. No tenía tiempo que perder, así que continuó caminando en busca de la fisura que debía franquearle el paso. No podía estar lejos, lo lógico era que la grieta se hubiera producido allí donde el basamento se había desplazado. Si tardó en encontrarla fue porque la grieta ya no era tal: había sido sellada con piedras amontonadas.

Maldijo su mala fortuna. Estaba convencido de que los ocupantes del monasterio dejaban las ruinas intactas para no llamar la atención de aquellos que se aventuraban en la montaña. ¿Por qué reparar ahora una quiebra que podía llevar así años? La respuesta le sobrevino de inmediato: la incursión de Shika no Kōbe. Los *yamabushi* habían fortalecido sus defensas al descubrir entre sus propios muros a aquel demonio que los atormentaba.

Se alzaron gritos de alarma desde el interior, y un resplandor rojizo inflamó el firmamento. Las flechas de Ryō habían conseguido iniciar un incendio, se dijo, justo cuando otra flecha de fuego volaba sobre su cabeza. Una campana comenzó a llamar a rebato desde el corazón de la fortaleza, pronto las puertas se abrirían y él continuaba en el exterior.

Debía entrar y solo se le ocurría una forma de hacerlo. Tocó la argamasa vertida entre los cantos que sellaban la grieta: aún estaba fresca, lo que le permitió deslizar el cuchillo entre las piedras amontonadas. Rascó con insistencia, ayudándose con los dedos para desprender el mortero, hasta abrir un orificio de un palmo de profundidad. Quiso convencerse de que sería suficiente.

Sacó del morral la tinaja de barro preparada por Ryō. La vasija era pesada, tan gruesa la capa de arcilla que dentro no habrían cabido ni tres dedos de agua. No era agua, en cualquier caso, lo que contenía. La colocó en el hueco que había escarbado e introdujo la mecha por la boquilla. El artefacto debería haberle servido para volar la armería, pero tendría que improvisar sobre la marcha.

La campana seguía batiendo y cada vez más voces parecían arremolinarse en el interior. Cortó la mecha con el cuchillo, apenas seis dedos, y tiró de pedernal para prenderla. Después corrió junto a la muralla para alejarse de la deflagración.

Esta no fue tan estrepitosa como la de una bomba de hierro, pero la explosión hizo saltar por los aires parte del improvisado remiendo de piedra y mortero. Asaemon se aproximó a la oquedad y comenzó a retirar cascotes, ensanchando el agujero con sus propias manos mientras las piedras se desprendían bajo sus pies. Se abrió paso entre los escombros hasta que asomó al otro lado. Estaba dentro.

La punta de la flecha, envuelta en estopa, brea y aceite, flameó al alzarla contra el cielo. La llama le quemaba los dedos y le molestaba en los ojos; aun así, Ryō no se apresuró al tensar el arco y estimar la altura. Por fin, liberó la saeta y acompañó con la vista su larga parábola hasta caer sobre un cobertizo. Las llamas no tardaron en propagarse, y el arquero inclinó la mano hasta que el arco le colgó de los dedos.

Fue al bajar la vista cuando reparó en que las grandes puertas de madera comenzaban a abrirse. «Así que no se equivocaba», murmuró, y sin detenerse para observar al enemigo, giró sobre sus talones en dirección a la arboleda. Recogió la lanza que descansaba junto al resto de sus pertenencias y desnudó la hoja con un golpe de brazo. Después montó en el caballo de Asaemon y lo dirigió hacia la ladera.

Se detuvo al filo de la pendiente. Un puñado de guerreros corría ya a campo abierto; empuñaban lanzas *naginata*[*] y avanzaban con tal ímpetu que ni siquiera la cuesta arriba refrenó su acometida. Pronto descubrieron el ardid de las antorchas, y cuando no hallaron aldeanos a los que masacrar, buscaron a su alrededor al atrevido arquero. Ryō no los hizo esperar: espoleó a su montura y se lanzó colina abajo.

El batir de los cascos tomó por sorpresa a los bonzos, pero estos demostraron su adiestramiento al abrirse en dos grupos para flanquear la carga del caballo. Su intención era cortar las patas del animal al paso, una maniobra que el jinete ya había previsto, pues comenzó a desviar la galopada incluso antes de que los *yamabushi* dividieran su unidad.

Ryō arremetió sin dificultad contra una de las dos alas, arrollándolos al galope mientras barría con su lanza a los más alejados. No se detuvo para confrontar a los que quedaron en pie, sino que voló ladera abajo como el viento de montaña. Cuando llegó al llano, hizo cambiar de dirección a su montura para asaltar la entrada.

Ascendía por la escalinata cuando las grandes puertas comenzaron a batir, pero estas eran macizas y sus goznes herrumbrosos, de modo que las hojas no habían encajado aún cuando Ryō galopó bajo el pórtico techado y lanzó su caballo contra el portón. Los cascos patearon la madera y las puertas se abrieron con violencia, arrojando contra el suelo a los dos *yamabushi* que habían intentado atrancarlas.

---

[*] *Naginata:* lanzas de hoja curva.

Los guerreros trataron de desenvainar sus sables para destripar al animal, pero Ryō hizo que su montura coceara la cabeza del primero mientras clavaba la lanza en el pecho del segundo. Aun herido, el monje fue capaz de aferrar el asta en un intento de descabalgarlo, pero el samurái retorció la hoja clavada, la arrancó y la dejó caer de forma definitiva sobre el rostro del infeliz.

Cuando hubo acabado con los dos centinelas, contempló el patio empedrado y los hombres que comenzaban a congregarse frente a él. Alzó la vista y contó un par de arqueros apostándose sobre los tejados. Había llegado el momento ansiado, el momento de matar hasta morir.

28
Matar hasta morir

Encontró la cuerda donde Ryō Aratani le había indicado: atada a un gancho anclado en la roca. Yumiko agarró la soga y, adelantando la antorcha, continuó adentrándose en la vasta oscuridad de la gruta.

Vadeó pozas y se deslizó por hendiduras, caminó junto a acantilados que se asomaban a las entrañas de la roca y dejó atrás las constantes bifurcaciones. Avanzaba con la advertencia de Ryō en mente: «Llegará un punto en el que la cuerda se interrumpa. Al cortarla, me llevé ese extremo conmigo durante unos cien pasos para que no lo encontraran fácilmente. Puede que hayan vuelto a atarla; al fin y al cabo, también ellos la necesitan para cruzar la gruta. Pero si no es así, recuerda que la salida estará cerca. Hallarás una sola encrucijada más adelante, busca la marca que hice para señalar el camino si había de volver».

Perdió la noción del tiempo y de la distancia recorrida, pues su mundo se había reducido al pequeño círculo de luz que proyectaba la llama. Finalmente llegó al extremo cortado, y se sobresaltó como si le hubieran cortado su propia mano. Sin soltar la cuerda cercenada, se aventuró en la oscuridad sin guía y la embargó el vértigo de saberse a la deriva.

Descubrió, no obstante, que las indicaciones de Ryō eran precisas, y cuando hubo cubierto algo más de cien pasos, se encontró con la última encrucijada. Exploró la entrada de cada una de las gargantas:

la antorcha arrancaba destellos de la roca húmeda mientras palpaba en busca de la marca. ¿Y si esta era menos visible de lo que pensaba el eremita? ¿Y si la cal se había acumulado hasta ocultarla? Fue en la tercera grieta donde la encontró: una cruz rayada con la hoja de un cuchillo. Acarició la cicatriz en la roca antes de proseguir.

Cuando la garganta se abrió a una cueva más amplia, vio por fin el andamiaje de madera que se elevaba hacia la superficie. Soltó la cuerda y corrió en pos de la salida, pero al poner el pie en la pasarela recordó a los dos guardias que custodiaban el acceso a la gruta. Así que refrenó la carrera y pisó con cuidado, tratando de no arrancar ningún crujido a la madera.

Ascendió hasta la escalerilla y abrió la trampilla superior con precaución. Se hallaba en la despensa que Ryō le describiera: a su alrededor había bultos quemados y madera calcinada, pero al parecer habían logrado apagar el incendio antes de que afectara a las vigas. A través de los tragaluces, no obstante, penetraba el resplandor de un fuego más voraz, al tiempo que el repique de una campana alertaba de un enemigo desconocido.

Asaemon había cumplido su parte, se dijo Yumiko, ahora ella debía encargarse de la suya. Cruzó la despensa y se deslizó al exterior tras asegurarse de que nadie recorría los pasillos. Contempló las galerías desiertas y tomó la de la izquierda, tal como le habían indicado. El suelo de ruiseñor chirriaba bajo sus pasos, pero no parecía haber nadie para atender su trino.

Percibía la atmósfera más tibia a medida que avanzaba, hasta que, al girar la esquina, sintió una bocanada de aire caliente en el rostro y se halló caminando entre pavesas. Estas danzaban en la brisa que penetraba a través de los *shōji*. Con cuidado, se asomó tras el primer panel descorrido para contemplar el patio interior: la oscuridad sobre los tejados se diluía en el albor del incendio y miles de estrellas incandescentes cruzaban la noche. Aunque en el exterior resonaban voces de alarma y el redoble de pies a la carrera, el patio permanecía desierto.

Lo cruzó con la emoción contenida del posible reencuentro, pero al alcanzar la galería opuesta, una punzada de dolor le atravesó el corazón. Ascendió a la tarima y enredó los dedos entre los barrotes de madera.

—¡¡Saya!! —gritó desesperada—. ¡Hermana! —se lamentó, pese a saber que nadie iba a responderle.

Apoyó la cabeza contra el enrejado y lloró lágrimas de frustración. La celda estaba vacía, lo más probable es que las hubieran sacado de allí en cuanto comenzó el asalto.

Asaemon se movía al amparo de la oscuridad, deslizándose por ese espacio difuso que, atisbado solo por el rabillo del ojo, se desvanece en cuanto vuelves la cabeza para observar con detenimiento.

Le complacía la confusión que habían provocado. Los ocupantes del monasterio no esperaban un ataque directo, por más rudimentario que este fuera, y no sabían si acudir a las llamas o buscar a los causantes del incendio. Y mientas los cubos de agua pasaban de mano en mano y las campanas repicaban, él no perdía la oportunidad de echar más leña al caos reinante: arrojó bolas de estopa ardiente sobre los chamizos o a través de las ventanas, vació las caballerizas y espantó a las monturas, y agujereó los depósitos de agua que encontraba por el camino.

No menos de doce fuegos amenazaban las ruinas cuando por fin divisó el granero. Buscó resguardo entre la maleza de un jardín muerto y oteó su objetivo. La estructura se alzaba sobre columnas que la mantenían a salvo de la humedad del suelo, las escorrentías y los animales rastreros. Si necesitaba una confirmación de lo que allí guardaban, se la dio el centinela plantado frente a la escalera a pesar de que el mundo ardía a su alrededor.

Intentó decidir un plan de asalto efectivo, pero, de repente, aquel simple granero se le antojó inexpugnable: no había forma de llegar a la escalera sin ser visto por el lancero, y trepar por uno de los pilares posteriores sería lento y complicado, se exponía a que alguien lo descubriera y le clavara una flecha en la espalda. Quizás no tuviera más remedio que enfrentarse al guardia y encomendarse a Hachiman para ser más rápido con el sable que su adversario con la *naginata*... Pero aquellos *yamabushi* solían ser combatientes diestros, y si además lograba pedir ayuda, todo podía complicarse en un instante.

Entre su posición y el granero se cruzaba una galería que conectaba dos edificios; quizás pudiera ocultarse tras el pretil y, desde allí, correr directo a por el centinela. Mientras sopesaba sus alternativas, reparó en las linternas de bronce que colgaban del tejadillo de la galería. Viejas y oxidadas, en su día debieron de iluminar el paseo nocturno de los monjes, pero él podría darles un uso más imaginativo.

Corrió encorvado hasta la galería y saltó sobre el pasamanos para aterrizar en el interior. El suelo de madera estaba hundido en varios tramos y las malas hierbas del jardín asomaban por los huecos. Se asomó sobre el pretil para comprobar que nadie lo había descubierto; cuando se hubo asegurado, se apoyó en la balaustrada para descolgar una de las lámparas y se ató la cadena alrededor del pecho.

Volvió a otear los alrededores: la pasarela conectaba dos edificios tan abandonados como el resto, y el de su izquierda parecía bastante próximo al granero. Desde allí abajo no le pareció un plan descabellado, así que se encaramó hasta el tejado y echó a correr por el improvisado pontón. La luz cruzada de los incendios hacía tremolar su sombra y el fino hollín en suspensión le tiñó el rostro de negro; aceleró antes de que la galería se terminara y saltó hasta el tejado del pabellón contiguo. Las tejas de arcilla gris se desplazaron bajo su peso, pero ninguna llegó a desprenderse. Sin dejar de mirar a su alrededor, caminó sobre el voladizo hasta alcanzar el extremo más próximo al granero.

Descubrió que, desde aquella posición, era visible el patio de entrada al recinto, y pudo ver a Ryō Aratani batiéndose sobre el empedrado. Espoleaba constantemente a su montura sin dejar de aguijonear a los *yamabushi* con la lanza, siempre en movimiento para que sus enemigos no lo rodearan, letal e imprevisible en sus acometidas. Asaemon se permitió admirar durante un momento la soberbia técnica a caballo que demostraba el vasallo de los Ikeda, y agradeció no tener que confrontarlo en el campo de batalla.

De repente, una flecha voló en parábola descendente y pareció acertar a Ryō en la cabeza. Asaemon temió verlo caer de la silla, pero se mantuvo sobre su montura como si verdaderamente fuera un demonio del Yomi. Una segunda flecha lanzada desde el mismo punto le indicó que había un arquero muy próximo a su posición, probablemente en el tejado al otro lado del jardín.

La mejor forma de ayudar a Aratani, en cualquier caso, era cumplir con lo que se proponía, así que avanzó hasta el filo del voladizo y calculó la distancia que necesitaba cubrir: podía encontrarse a unos quince pasos del tejado de chamizo; imposible alcanzarlo de un salto, pero tampoco era esa su intención. Soltó la cadena que se había ceñido alrededor del cuerpo y comprobó el interior de la lámpara: el aceite se había secado hacía tiempo, pero le bastó con cebar la linterna con estopa y prenderla con el pedernal. Cuando la llama hubo cobrado fuerza, Asaemon sujetó la cadena con una mano y balanceó el farol de adelante hacia atrás, cada vez con más ímpetu, hasta que la llama restalló contra el viento y los giros trazaron un círculo flamígero en la oscuridad. Por fin, liberó la cadena y el farol voló entre ambos tejados.

Cayó sobre la techumbre de paja y rodó vertiente abajo. Por un momento temió que se estrellara contra el suelo, pero la lámpara terminó por enredarse entre el chamizo y se detuvo sobre la paja seca. Asaemon aguardó, impaciente por ver el fuego prender, pero nada sucedió a continuación.

—Kagutsuchi no Kami —masculló el samurái—, nos jugamos la vida para ayudar a quien te honra cada día en la fragua. ¡No es tanto pedir que un maldito fuego prenda en la paja!

Al *kami* le debió de divertir su impertinente plegaria, pues varias chispas se liberaron de su prisión de bronce y salpicaron el cañizo. Al principio se extendió poco a poco, pero pronto el fuego ganó virulencia hasta cubrir toda aquella vertiente del tejado.

Sintiendo el calor a su espalda, el centinela que guardaba la puerta se alejó unos pasos para averiguar qué sucedía, solo para descubrir espantado la cubierta en llamas. El bonzo se alejó a la carrera, quizás para buscar ayuda, quizás para salir de allí antes de que la armería saltara por los aires.

Sin detenerse a comprobar los resultados de su sabotaje, Asaemon regresó sobre sus pasos y cruzó de nuevo la pasarela que atravesaba el jardín. Desde allí se encaramó con sigilo a la techumbre del otro edificio y buscó al arquero apostado en las inmediaciones. Fue el tañido del arco lo que le reveló su posición: se hallaba en la vertiente opuesta del tejado a dos aguas, de modo que ninguno era visible para el otro. Lo más sensato habría sido rodear el tejado por el hastial, pero, apurado por las circunstancias, optó por escalar hasta el vértice y descender por la otra cara.

Lo hizo con sumo cuidado, procurando que ninguna teja se desprendiera bajo su peso. Cuando se aproximó al caballete, se tendió sobre el pecho y se asomó con cautela: el arquero se había ubicado en la esquina que se proyectaba sobre el patio principal; junto a él descansaba una aljaba de la que iba tomando flechas. Se demoraba en cada disparo, pues las constantes galopadas de su adversario le impedían fijar un blanco fácil.

Antes de pasar al otro lado, Asaemon echó un vistazo atrás, hacia el granero en llamas. El chamizo era ya una inmensa tea que se alzaba contra el cielo nocturno; se había hundido allí donde el fuego había comenzado y amenazaba con desplomarse por completo. Quizás no fuera la armería que sospechaban, sopesó el samurái, pues aquella temperatura ya debería haber reventado los barriles de pólvora. Aún tuvo tiempo de ver cómo el centinela regresaba con un nutrido grupo que transportaba cubos de agua. Era imposible extinguir aquel incendio, así que probablemente trataran de recuperar lo poco o mucho de valor que hubiera en el interior.

Nada de eso importaba ya, resolvió Asaemon, que se descolgó al otro lado y se encorvó para no ser visto desde abajo. Descendió por el declive del tejado con movimientos lentos, deslizando los pies para evitar el crujido de las tejas al pisar. El arquero, concentrado en el enemigo que tenía enfrente, no parecía percatarse del que acechaba a su espalda. El samurái desenvainó la *wakizashi* cuando ya se cernía sobre él, dispuesto a abrirle el cuello desde atrás; en ese momento una de las tejas cedió, resbaló vertiente abajo con estruendoso traqueteo y se precipitó por el filo hasta despedazarse contra el suelo.

El *yamabushi* se volvió al tiempo que tensaba el arco en busca del intruso; lo halló a escasos pasos sobre él, así que liberó la flecha a bocajarro. Asaemon intuyó el disparo antes de que la cuerda vibrara: el proyectil silbó sobre su cabeza cuando él ya se había agachado para cortar el muslo de su adversario. Este se venció sobre la pierna acuchillada, pero se mantuvo en pie en un intento de sacar su propio sable. El samurái empujó con la zurda la empuñadura del *yamabushi*, impidiéndole desenvainar, mientras que, con la diestra, le encajaba la *wakizashi* bajo la barbilla. Al retirar la hoja, su contrincante se desplomó cadáver.

Aliviado de seguir con vida, el samurái se sentó sobre el tejado y respiró hondo. Abajo, Ryō Aratani continuaba batiéndose con una docena de enemigos; debía ayudarle, se dijo, y alargó la mano hacia el arco que había dejado caer el bonzo. Comenzaba a ponerse en pie cuando la explosión atronó los cielos y arrancó las tejas a su espalda. Estas volaron a su alrededor y llovieron sobre el empedrado como un granizo de hielo gris. El impacto hizo que Asaemon perdiera el arco y el aliento, pero logró aferrarse al voladizo antes de caer al vacío.

Cuando el estruendo cesó, un extraño silencio llenó la noche. No hubo que esperar mucho antes de que el entrechocar de las armas volviera a elevarse desde el patio.

«Así que finalmente hemos despertado la ira de Kagutsuchi», sonrió Asaemon, aún colgado del filo.

Ryō alzó las patas del caballo y las dejó caer sobre uno de sus atacantes; el poderoso embate derribó al *yamabushi* y los cascos del animal lo clavaron contra el suelo, hundiéndole el pecho y haciéndole esputar sangre.

Un segundo guerrero intentó lancear el costado del samurái, pero Ryō se revolvió en la silla para eludir el filo de la *naginata* y contraatacó con una poderosa estocada que se clavó en el hombro de su adversario. Retiró la hoja empapada en sangre y trazó con ella un amplio arco que terminaba en el flanco opuesto del caballo, por donde se aproximaba un tercer *yamabushi*. Este logró evitar el tajo descendente y aferró la lanza por el astil; tironeó intentando derribar al jinete, pero Ryō echó mano de su *katana* y, sin soltar la lanza que empuñaba con la izquierda, desenvainó cercenando el antebrazo del infeliz.

Volvía a envainar cuando una flecha le golpeó en la cabeza y le descolocó el casco. El magnífico yelmo de Akiyama Ikeda le salvó la vida, pero durante un instante se sintió aturdido, incapaz de ubicar a sus adversarios. Así que espoleó al animal y lo puso de nuevo al trote, girando y revolviéndose para no ofrecer un tiro fácil.

Otra flecha se estrelló en el empedrado; había volado desde el mismo tejado que la anterior, pero nada podía hacer para defenderse del arquero, solo moverse y continuar arremetiendo contra los enemigos que iban llegando. Combatió durante una eternidad; cada vez le costaba más alzar la lanza o intuir las sombras a su espalda, tarde o temprano terminarían por matarlo, pero les haría pagar un alto precio por ello.

Había perdido ya la noción del tiempo cuando el cerco a su alrededor pareció menos estrecho. Tornó grupas y contempló el patio mientras recuperaba el aliento: trece guerreros se cernían aún sobre él, torva la mirada tras los embozos. Seguían siendo muchos, más que suficientes para acabar con un único jinete y su montura. Palmeó al animal con agradecimiento, era un magnífico ejemplo de caballo samurái: noble en sus reacciones, fácil de guiar con las piernas y acostumbrado al estruendo de la batalla y al olor de la sangre. Por un momento se permitió pensar que, quizás, si lograba mantenerse sobre la silla…

La explosión iluminó la noche y la onda expansiva le golpeó en el pecho. Su montura corcoveó y alzó las manos, encabritada, hasta que logró descabalgar a su jinete y huir al galope.

Ryō se incorporó dolorido; el peso de la armadura no había hecho sino empeorar la caída. Al menos no había perdido la lanza, se alentó, mientras se preparaba para confrontar la carga de los *yamabushi*. Sabiéndole débil, estos se habían lanzado como una jauría sobre una presa herida. Querían despedazarlo, verlo muerto cuanto antes; una pretensión legítima, se dijo el guerrero Ikeda, pero ejecutada de forma torpe.

Aguardó con los pies plantados en el suelo al que corría en vanguardia, y lo recibió hundiéndole el extremo romo de la lanza en el vientre; después volteó la hoja sajándole el pecho de abajo arriba.

Desde ese momento no dejó de moverse, esquivar y cortar. Hacía girar la lanza a su alrededor como en aquel claro de montaña, apartando las cuchilladas enemigas y mordiendo con su filo los brazos y las piernas de quienes se aventuraban dentro del círculo. La hoja forjada por Nanami subía y bajaba, avanzaba y retrocedía en una danza vertiginosa que parecía demorar lo inevitable.

Ryō sintió el primer corte en la pierna izquierda, cuando una *naginata* le alcanzó en la greba y le hizo perder pie. La armadura le evitó un corte profundo, pero había perdido la inercia de sus movimientos, momento que un *yamabushi* aprovechó para balancear su mazo y descargarle un golpe sobre el costado izquierdo. Lo evitó por poco, pero al retroceder sintió la punzada de una lanza sobre la pieza del hombro.

El temible Shika no Kōbe se revolvía como una bestia herida, pero un lobo es aún más peligroso cuando está acorralado. Los bonzos parecían haberlo aprendido por las malas, y ahora le rodeaban y tentaban sus sucesivos ataques con cautela.

No podían imaginar, sin embargo, que aquella noche el lobo solitario cazaba en manada, y se sorprendieron al ver caer de rodillas a uno de los que cerraban el círculo. Cuando se desplomó por completo, descubrieron la estocada que le había atravesado la nuca. Miraron atrás y hallaron a su inesperado adversario: vestía el blasón Sugawara, pero sus ropas, polvorientas y desgarradas, le hacían parecer más bien un guerrero vagabundo. El hollín que le ennegrecía el rostro destacaba sus ojos desquiciados.

Antes de que ninguno reaccionara, el guerrero alzó el sable y descargó un mandoble que desgarró la garganta de otro de ellos. Empujó al siguiente con el hombro y lanzó una estocada contra otro más, provocando la confusión en lo que hasta ahora había sido una fila compacta.

Lo tenían encima, demasiado cerca para atacarle con un arma larga como una *naginata,* así que trataron de retroceder para ganar distancia, pero a sus espaldas aguardaba la afilada lanza de Shika no Kōbe. Este no perdió la ocasión de barrer con su hoja un círculo amplio que cortó las corvas de dos de los que retrocedían.

Los *yamabushi* se separaron y la confusión volvió a reinar en el patio central. Ambos samuráis, enemigos por naturaleza, combatían mano a mano, cada uno guardando la espalda del otro. Su inferioridad numérica los condenaba, pero a sus enemigos les afligía tener que volver a combatir cuando ya se creían victoriosos.

En un momento de la disputa, al hallarse espalda contra espalda, Asaemon alzó la voz:

—¡No desfallezcas! Cuanto más aguantemos, más tiempo tendrá ella.

—No te preocupes por mí —respondió Ryō—, no pienso caer antes que un guerrero Sugawara.

La explosión estremeció el edificio y una nube de polvo llovizno sobre su cabeza. Súbitamente despierta de su aflicción, Yumiko negó para sacudirse el llanto. Fuera luchaban para darle una oportunidad y ella la estaba desperdiciando entre lamentos. Aunque Saya no estuviera allí, quizás pudiera encontrarla, averiguar al menos qué había sido de ella.

Empujó el enrejado entreabierto y se deslizó al interior de la celda. Buscó entre los jergones algún indicio de que su hermana había estado allí: una prenda o un amuleto, cualquier cosa que reconociera como suya. Fue en vano, así que regresó al pasillo para examinar las posibilidades. Enfrente tenía el patio, pero si se las hubieran llevado por donde ella había venido, habría visto o escuchado algo: pasos apresurados, o huellas sobre la capa de hollín que se iba asentando sobre las superficies. No, lo más lógico era que las hubieran sacado por esa galería, pero ¿en qué dirección?

Reparó entonces en un elemento disonante: a su izquierda, en las profundidades del corredor, alguien había atado una cinta alrededor de una lámpara de pie. Todos los cirios estaban apagados, pero el rojo vivo de la tela resaltaba en la oscuridad. Se aproximó con pasos recelosos, y constató que se trataba de una cinta como las usadas por las *miko* para recogerse el pelo; tiró del extremo y el lazo se deshizo con facilidad.

Sostuvo en la mano la cinta de Saya, aquella que tantas veces la propia Yumiko le había anudado sobre la nuca. Su hermana debía de haberla dejado allí como seña y prenda para aquel hombre que había venido en su busca. Cuando las sacaron de su encierro, debió de imaginar que él había vuelto a por ella, y tuvo la astucia de indicarle así el camino.

Yumiko ató la cinta alrededor de la empuñadura del arco; después tomó una flecha, la colocó en la cuerda y echó a andar por aquel corredor. Según avanzaba, le sorprendió vislumbrar unos puntos incandescentes muy al fondo del pasillo. No flotaban en el aire, sino que permanecían estáticos, como luciérnagas posadas en la pared. Al cabo descubrió que la galería concluía en un *shōji,* y que aquellas luciérnagas eran en realidad agujeros en el papel de arroz.

Cuando descorrió el panel, se encontró cara a cara con el incendio que consumía las ruinas. Una gran columna de humo cegaba las estrellas y el fuego parecía haberse extendido por cuantos edificios conformaban el complejo. Por todos excepto por uno, el único construido en piedra: la capilla del sacerdote Daizembo. Supo entonces dónde se habían llevado a las cautivas, y echó a correr sobre el empedrado cubierto de barro y cenizas.

Ascendió por la escalinata a grandes zancadas, solo refrenó su carrera al pasar bajo el umbral y adentrarse en aquella atmósfera siniestra. Recordó de repente cada uno de los detalles: el techo semiderruido por donde penetraba la luz de la luna, los cientos de tallas de Buda atestando el suelo y los altares, el penetrante olor del incienso… Parecía revivir sus recuerdos, incluso Daizembo la contemplaba desde el mismo lugar al fondo del templo. Excepto porque, en esta ocasión, no estaba solo, sino que decenas de niñas se apretaban a su espalda, asustadas y temblorosas. Y porque no era una figurilla de madera lo que sujetaba entre sus manos, sino el cuello de Saya, con el punzón de tallar apoyado sobre su garganta.

—Reconozco que no es a ti a quien esperaba —dijo el bonzo casi con decepción.

—¡Hermana! —exclamó Saya, por un momento más sorprendida que asustada.

—Así que es a ella a quien buscabas.

Yumiko no respondió. Se limitó a tensar el arco y alzar la punta de la flecha.

—Suéltala.

—¿O qué? —se burló Daizembo—. ¿De verdad estás dispuesta a disparar? ¿Tan buena arquera te consideras?

La cazadora titubeó. Debía asegurar el tiro, así que se aventuró a dar un paso.

—Quieta ahí o le abro el cuello.

Pese a que la amenaza detuvo el avance de Yumiko, la actitud de esta era de máxima tensión. Daizembo no controlaba la situación, y lo sabía.

—Lanza el arco a un lado y descuélgate la aljaba.

—No voy a hacerlo.

—Oh, sí. Lo harás. —Y apretó la gubia contra la yugular de Saya. Un hilo de sangre se deslizó por la piel blanca, impregnándole el cuello del kimono—. Suelta el arco de una vez. —Pero Yumiko no deponía el arma—. Sabes que lo haré, aún hay muchas más dispuestas a protegerme. —Y señaló con la mirada a aquellas que permanecían a su espalda—. ¡Te juro que si no lo sueltas...! —explotó de repente, clavando aún más el punzón.

Yumiko arrojó el arco a un lado. Después, lentamente, se desprendió del carcaj y lo dejó caer al suelo.

—También el cinto —ordenó el bonzo.

Ella deshizo el nudo que le ceñía el *obi* y este se deslizó junto con su cuchillo de caza.

—Ya puedes aproximarte.

Lo hizo despacio, apretando los dientes y los puños.

—Crees que soy un monstruo por retener aquí a estas niñas, crees que las vejo y las torturo a mi antojo, pero en realidad les estoy dando un sentido a sus vidas.

—La vida de mi hermana ya tenía sentido.

—Oh, quizás no todas estuvieran desahuciadas, pero ¿qué me dices de esas huérfanas? —preguntó Daizembo con voz compasiva—. Son niñas de la guerra, hijas de mercaderes arruinados o de campesinos masacrados. De no ser por mí, deambularían por los campos baldíos hasta que el hambre las matara. O sus familiares, incapaces de mantenerlas, las venderían a burdeles que las prostituirían hasta ser devoradas por los herpes. —El bonzo contempló con gran misericordia los cientos de tallas que le rodeaban—. Yo, al menos, les doy una esperanza. Quizás sea un monstruo, pero uno que ha encontrado su lugar en un mundo monstruoso.

—No disfraces de piedad lo que no es más que lascivia y crueldad, bonzo —le espetó Yumiko, plantada ya frente a él. Y al escucharse, le pareció que era Asaemon Hikura quien hablaba por su boca.

—¡¡Basta!! —gritó Daizembo, y tras arrojar a Saya a un lado, descargó un puñetazo contra el rostro de Yumiko.

La muchacha cayó de espaldas con el labio abierto. Antes de que pudiera reaccionar, el abad ya se había sentado sobre ella para estrangularla contra el suelo.

—¡Te enseñaré cuál es tu lugar, pequeña puta! —le escupió a la cara, y ella apartó el rostro, mareada por el golpe y asqueada por su fétido aliento.

Daizembo alzó la gubia y Yumiko supo que no era la primera vez que hacía algo así. Se lo dijo su mirada satisfecha, su boca cruel, la palpitante dureza entre sus piernas... ¿A cuántas habría apuñalado con el mismo punzón con el que luego tallaba sus efigies? La silenciosa respuesta se la dio el sinfín de budas que la contemplaban.

Pero la cuchilla no llegó a bajar, pues la pequeña Saya se lanzó sobre el brazo que amenazaba a su hermana y mordió la mano que tantas veces la había castigado. Mordió hasta sentir la sangre llenándole la boca, hasta llegar al hueso y notar cómo se quebraba, hasta arrancar el pulgar de aquel hombre deshecho en un grito perplejo.

Y como si aquello hubiera reventado una suerte de dique, el resto de los gorriones de Daizembo se abalanzaron sobre él para arañarle la piel, picotearle la carne, acuchillarlo con su propio instrumento. La furia de aquellas niñas desmadejó el cuerpo del abad como una tormenta desguaza un bote en alta mar, y mientras Yumiko lo contemplaba, no podía sino arrastrarse por el suelo para apartarse de aquel horror.

Pese a ello, no volvió el rostro en ningún momento. Ni siquiera lo hizo cuando la tormenta amainó dejando tras de sí a un náufrago cubierto de sargazos sanguinolentos. Las muchachas se retiraron a la oscuridad con las ropas manchadas de rojo, conmocionadas por lo que acababan de hacer, y Yumiko alzó una mano hacia su hermana.

—¡¡Saya, ven aquí!! —la llamó con la voz rota.

Y acudió tan ensangrentada y llorosa como el resto. Yumiko se arrodilló frente a su hermana y apoyó su cabeza contra la de ella.

—¿Estás bien? ¿Puedes caminar?

—Puedo hacerlo —respondió Saya con voz ausente.

—Vámonos, entonces. —Y obligándose a erguirse, tembloroso aún todo el cuerpo, alzó la voz—: ¡Seguidme, os sacaré de aquí!

—Podéis seguirla —respondió alguien desde las sombras—, o podéis venir conmigo.

—¿Quién anda ahí? —preguntó Yumiko, que ya buscaba su arco con la mirada.

La mujer avanzó hasta el claro de luz que proyectaba el techo hundido.

—Soy la única que puede ofrecerles un porvenir —dijo la dama Fuji—. ¿Qué puedes darles tú una vez que las saques de aquí?

Yumiko se inclinó para recoger el arco, sin apartar la mirada de aquella mujer de largos cabellos y extraña belleza.

—No permitiré que se las vuelvan a llevar. Ni a mi hermana ni a ninguna.

—No pienso obligarlas, niña. Solo me llevaré conmigo a aquellas que quieran seguirme. —Y extendió la mano hacia ellas.

—¿Por qué querrían ir con usted? —preguntó Yumiko, al tiempo que se interponía entre aquella mujer y las cautivas.

Empuñaba ya su arco con la primera flecha orientada hacia el suelo... Por el momento.

—Porque me conocen y saben que, aunque mis métodos puedan ser crueles, soy justa. —Fuji-sensei dedicó una mirada de desprecio al cadáver del abad—. A diferencia de Daizembo, yo no soy un monstruo. —Y mirando de nuevo a sus discípulas, añadió—: Y porque no les queda nada en esta vida más que lo que yo les ofrezco.

Yumiko se sorprendió cuando la primera muchacha pasó junto a ella en dirección a la dama Fuji. La siguió otra, y después otra, hasta que la mayoría de ellas rodearon a la mujer. A espaldas de Yumiko solo quedaron las cinco chicas de su aldea.

—Vámonos —les dijo, y tomó la mano de su hermana para conducirlas fuera de la capilla—. Seguidme tan rápido como podáis.

Las guio hacia el pabellón donde las mantenían encerradas, cruzaron el patio que veían desde su celda y llegaron a la despensa subterránea por la que Yumiko se había infiltrado. Levantó la trampilla con ambas manos y les mostró la escalerilla que descendía hasta la gruta.

—Escúchame bien, Saya: una vez lleguéis abajo encontraréis una soga en el suelo. Agarraos las cinco y no la soltéis. Si la seguís, os conducirá a la salida.

—¿Es que no piensas venir con nosotras? —preguntó Saya.

—Haz caso a lo que te digo. No os separéis de la cuerda en ningún momento. Una vez en el exterior, caminad hacia el sur. Guíate por las estrellas, ¿recuerdas cómo se hace?

—Hermana... —quiso interrumpirla, la voz rota de preocupación.

—Dime que podrás orientarte con las estrellas, Saya —insistió Yumiko, sujetándola por los hombros—. Padre nos enseñó a hacerlo, ¿lo recuerdas?

Ella asintió con lágrimas en los ojos.

—Bien. Si vais siempre hacia el sur, llegaréis a la ladera que baja hasta la aldea. No os separéis y ocultaos si escucháis ruido. —Abrazó a su hermana para despedirse de ella—. Sé que puedes hacerlo.

Cuando se disponía a marcharse, Saya la retuvo.

—¿Por qué no vienes?

—He de regresar —se disculpó Yumiko—. He de hacerlo o lucharán hasta que los maten.

La joven corría entre las ruinas consumidas por las llamas. A su alrededor se desplomaban tejados y colapsaban cobertizos y pabellones, calcinados los cimientos que los apuntalaban. Se asustó al escuchar el batir de unos cascos contra el suelo y se apresuró a buscar un lugar donde ocultarse.

Antes de que pudiera reaccionar, sin embargo, los caballos doblaron la esquina y pasaron a su alrededor. Galopaban sin jinetes, desnudas sus grupas salvo aquel que cerraba la manada, un zaíno ensillado y embridado. Yumiko lo reconoció de inmediato: era el caballo de Asaemon, y pareció robarle el aliento al pasar junto a ella. Se llevó la mano al pecho y se le ensombreció el ánimo, pero trató de convencerse de que aquello no tenía por qué ser anuncio de nada. Así que empujó la angustia garganta abajo y echó a correr de nuevo.

Avanzaba con la gran columna de humo como referencia y, a medida que se aproximaba a ella, comenzó a llegarle el rumor de la batalla: gritos de muerte y de arrojo, pasos apresurados y entrechocar de aceros. Aún estaban vivos, se dijo. Al menos uno de ellos lo estaba.

Se ciñó a la pared del adarve y recorrió el tramo que la separaba del patio principal. Se parapetó junto a la esquina y desde allí pudo divisar a los dos samuráis batiéndose entre no menos de diez enemigos. Era difícil asegurar su número, ya que no dejaban de moverse alrededor de ambos guerreros, hostigándolos con cuidado de mantenerse lejos de sus filos. Por insensato que fuera, a Yumiko el combate se le antojó equilibrado, pues los dos samuráis, sirvientes de viejas familias enfrentadas, luchaban como uno solo: acometiendo y retirándose, defendiendo y contraatacando. La lanza de Ryō Aratani obligaba a sus enemigos a mantener la distancia, mientras que el sable de Asaemon castigaba a cualquiera que lograra burlar la hoja astada.

Fascinada, habría seguido contemplando aquella danza de muerte de no ser por la flecha que voló junto a Asaemon y se clavó en el barro. Alzó la vista y localizó al arquero de inmediato, apostado sobre uno de los tejados que rodeaban el patio. Lo vio preparar un segundo proyectil y mantener la tensión del arco, indeciso, pues no debía de ser sencillo enfilar a un blanco imprevisible entre una multitud de enemigos.

Yumiko no había ido hasta allí para combatir, tenía la esperanza de que bastaría con avisarlos para que se retiraran. Pero ahora comprendía que solo saldrían de allí luchando, así que levantó el arco y disparó sin ningún titubeo, con una resolución que a ella misma le sorprendió.

La flecha se clavó en la pierna del arquero. Este no gritó, tampoco se desplomó desde el voladizo o se echó mano a la herida, se limitó a girar hacia ella el tiro que ya preparaba, como si siempre hubiera sabido que estaba allí. «Debería ocultarme», pensó Yumiko mientras colocaba una segunda saeta en la cuerda. «Él tira desde arriba, tiene ventaja», se dijo al tiempo que tensaba hasta apoyar la pluma contra la mejilla.

Ambas flechas volaron al unísono y se cruzaron en pleno vuelo. La del *yamabushi* vino a estrellarse contra el muro, a un palmo de su cabeza. La de Yumiko se hundió hasta el penacho en el cuello del arquero.

No se tomó un instante de respiro, se puso en pie de inmediato y caminó sobre el empedrado para ganar posición de tiro. Debía aproximarse para asegurar los blancos. Su primer proyectil se clavó entre los hombros de uno de los bonzos. El segundo voló hasta hundirse en el muslo de otro; el monje echó la rodilla al suelo, momento que aprovechó Asaemon para descabezarlo con brutal precisión. Las miradas de ambos se cruzaron y, aun desde la distancia, Yumiko pudo leer nítidamente la blasfemia en los labios del samurái.

Ya tendría tiempo de discutir con él, se dijo mientras volvía a tensar. Pero no era Asaemon el único que había reparado en su presencia: un *yamabushi* echó a correr en su dirección, obligando a Yumiko a reorientar la flecha que estaba a punto de liberar. Esta cimbreó en el aire buscando el pecho de su adversario, pero era un tiro precipitado, previsible, y el bonzo quebró el proyectil en pleno vuelo con un golpe de *naginata*.

Asustada, la hija de Nanami trató de preparar otro tiro, pero ya era demasiado tarde: su enemigo aprovechó la inercia del primer corte para voltear la lanza y descargar el extremo romo contra el arco, arrancándoselo de las manos. Inerme, Yumiko quiso retroceder, pero el guerrero proyectó su brazo hacia delante y le clavó la hoja curva de la *naginata*.

El grito de Ryō Aratani retumbó entre las ruinas y ahuyentó a los cuervos que contemplaban la matanza. Desentendiéndose de cuantos enemigos le rodeaban, cambió el agarre de la lanza, la alzó sobre su cabeza y la lanzó empujando el movimiento con todo el cuerpo. En su vuelo, la hoja reflejó el firmamento embebido de sangre y fuego hasta caer sobre la espalda del guerrero *yamabushi*, y lo hizo con tal peso que lo empaló de lado a lado.

Después, como si de un auténtico demonio se tratara, desenvainó la *nodachi* y corrió hacia Yumiko. Sus adversarios trataron de cerrarle el paso, pero él descargaba la hoja a uno y otro lado, cortando carne y aplastando huesos al tiempo que soportaba un aguacero de cuchilladas. El golpe de un mazo le descolgó la protección del hombro, pero tampoco logró derribarlo; una lanzada le arrancó el yelmo astado y otro tajo le quebró la máscara. Aun así, Ryō Aratani siguió abriéndose paso entre unos enemigos que comenzaban a apartarse de él, temiéndole verdaderamente inmortal. Cuando por fin llegó junto a Yumiko, la protegió con su cuerpo exánime.

Asaemon, que había asistido con asombro a aquella carga de un solo hombre, se golpeó el pecho y avanzó sobre los bonzos que quedaban en pie. Estos hicieron ademán de confrontarlo, pero la duda asomaba ya a sus ojos; no así a los del samurái, que alzó su *katana* y gritó enfebrecido mientras corría hacia ellos. Uno de los *yamabushi* adelantó la hoja de su lanza en un intento de empalarlo, pero Asaemon supo eludirla y cortar el asta de un poderoso mandoble.

Después lanzó un tajo abriendo el brazo que sajó la mandíbula y la nariz de su adversario.

Dos monjes de las montañas quedaban en pie, cara a cara con aquel samurái demente que parecía inhalar fuego y exhalar cenizas. Como si el espíritu de Shika no Kōbe lo hubiera poseído, limpió la hoja ensangrentada en la corva del antebrazo y volvió al alzar el sable. Los *yamabushi* levantaron la punta de sus armas hacia él, pero no para atacar, sino para retirarse sin darle la espalda. Retrocedieron poco a poco hacia las profundidades del monasterio-fortaleza, hasta que el humo y el fuego ocultaron su huida.

Cuando se supo solo, Asaemon corrió hacia sus dos compañeros caídos. Volteó el cuerpo de Ryō, que se abrazaba a Yumiko, y, con un gruñido, lo arrastró hasta dejarlo tumbado boca arriba. Después se inclinó sobre la muchacha y le examinó la herida. Esta le había perforado el pecho bajo la clavícula, pero la hoja curva no había llegado a atravesarla de lado a lado, así que no había perdido tanta sangre.

Yumiko gimió quejumbrosa cuando Asaemon la incorporó.

—¡Despierta! —le dijo—. Necesito que te mantengas sentada para poder hacerte un vendaje.

Arrancó el embozo del monje que yacía empalado, y le envolvió la herida pasando la tela alrededor del hombro y bajo la axila. Ajustó el nudo con tal fuerza que la muchacha se despertó con un grito.

—Estoy viva... —masculló entre dientes, sorprendida.

—¡Eres una mocosa con suerte! —respondió Asaemon, y le sostuvo el rostro entre las manos—. Mírame, te necesito despierta. ¿Podrás moverte?

Ella asintió con el rostro lívido.

—Bien, no te muevas de aquí.

A continuación, corrió junto a Ryō y cortó las cinchas y correas que le ceñían la armadura. Fue retirando las piezas y descubriendo el sinfín de heridas que le laceraban el cuerpo. Había perdido mucha sangre, pero, de algún modo, aún respiraba. Quizás llegara con vida a la aldea.

Se puso en pie y silbó con fuerza varias veces, ante la mirada confusa de Yumiko. Al poco, el repicar de unos cascos sobre el empedrado anunció la llegada de su caballo. Este cabeceó mientras se aproximaba junto a su amo, y Asaemon le palmeó el cuello en señal de agradecimiento.

—Buen chico, Okoge, buen chico —le susurró.

A duras penas logró cruzar a Ryō sobre la grupa y asegurarlo con cuerdas. Recogió su casco y su lanza, después subió a Yumiko a la silla y él montó detrás. La joven se inclinó a punto de caer desde el caballo, pero Asaemon la sostuvo en el último momento. Deshizo el nudo del *sageo*[*] y lo utilizó para rodear el torso de la muchacha y atársela contra el pecho.

—Vamos, mocosa —le dijo al oído—, no te vas a librar tan fácilmente de la reprimenda que te espera.

Dicho esto, azuzó al animal en dirección al bosque.

[*] *Sageo:* cuerda de algodón con la que se ataba la vaina del sable al cinto. Dada su longitud, próxima a los dos metros, se le daba todo tipo de usos alternativos.

29
Una postrera tarde de otoño

Nanami abrió los ojos en la soledad de su dormitorio. Creía haber escuchado el repiqueteo del martillo contra el yunque, como si hubiera vuelto a su infancia, cuando la despertaba el trasiego de su padre en la fragua. Pero ya nadie trabajaba en la fragua de los Kuroda; nadie salvo ella. Y ni siquiera eso en los últimos días, pues la angustia le consumía las fuerzas.

Los golpes, no obstante, volvieron a resonar, y desde el duermevela comprendió que alguien estaba llamando al portón de su casa. Se incorporó y buscó el reflejo del alba entre las contraventanas. Seguía siendo de noche, y eso no hizo sino preocuparla aún más. Se echó el *kosode* sobre la ropa de dormir y cruzó la casa con pasos dubitativos, temerosa de lo que pudiera encontrarse. Los golpes sonaron una vez más, así que se apresuró a cruzar el sendero empedrado del jardín. Se calzó las *geta* junto a la entrada y descorrió el portón.

—¡Señora Kuroda, han vuelto! —le anunció con excitación la mujer al otro lado del umbral.

—¿Quiénes han vuelto? —preguntó con perplejidad—. ¿Te refieres a Yumiko y el samurái?

—¡Las desaparecidas! El hijo de Shirobe ha bajado hoy temprano a los arrozales y se las ha encontrado. Las cinco llegaban por el camino de la montaña, ¡todas están vivas!

Sin mediar palabra, Nanami echó a correr por la calle que conducía a los campos de labranza. Las *geta* la hacían tropezar, así que las abandonó en el camino y corrió descalza sobre la tierra prensada, más y más rápido, tanto como le permitían sus piernas y su aliento.

Llegó sin resuello al camino de los arrozales, donde un grupo de personas se arremolinaban con gran excitación. Muchos otros vecinos se habían aproximado a comprobar la buena nueva, y Nanami se abrió paso entre ellos hasta divisar a las muchachas, algunas reunidas ya con sus familias.

Saya se encontraba en medio de la vorágine, atendiendo las preguntas de sus vecinos mientras buscaba con la mirada a su madre. Cuando la vio llegar, se echó a llorar con desconsuelo. Nanami la abrazó y le secó las lágrimas, hundió la nariz en su pelo e inspiró el olor a bosque y a sudor, y por debajo, la fragancia de su hija, aquella que le era propia. Estaba viva, y se avergonzó al percatarse de que se había negado aquella esperanza, que había preferido darla por perdida para no sufrir más.

Lloraron juntas y sin recato, indiferentes a la presencia del resto, y solo cuando hubieron drenado el miedo y la zozobra fueron capaces de mirarse otra vez a los ojos. Nanami reparó entonces en la sangre, en la ropa desgarrada, la piel lacerada y las uñas rotas.

—¿Te encuentras bien? ¿Es tuya toda esta sangre?

Saya negó.

—Estoy bien, todas lo estamos. Yumiko nos sacó de allí.

—¿Dónde está tu hermana? —preguntó Nanami, sintiendo reverdecer la angustia que se le enredaba en el pecho.

—Nos mostró el camino y volvió al monasterio. Dijo que tenía que ayudar a alguien más.

Nanami frunció los labios, que volvían a temblarle. No podía perder a una para recuperar a la otra, pensó desesperada, ¡no era justo! Y solo al reparar en la expresión asustada de Saya, al percatarse de que le estaba clavando las uñas en los hombros, comprendió que estaba infundiendo sus temores a una niña que necesitaba protección y consuelo.

—Yumiko estará bien —dijo su hija—. Estoy segura de que volverá con nosotras.

Nanami asintió tratando de serenarse. Le acarició el pelo con dulzura.

—Tienes razón, tu hermana es fuerte. No nos dejará solas.

—¿Y padre? —preguntó entonces Saya—. ¿No le han avisado aún de que hemos vuelto?

El corazón de Nanami volvió a quebrarse. Cerró los ojos para contener las lágrimas y tomó a su hija de la mano.

—Ven, volvamos a casa. Allí hablaremos con calma.

Amanecía cuando Asaemon alcanzó por fin los arrozales que rodeaban la aldea. Montaba con la cabeza caída sobre el pecho y la mirada perdida, bamboleándose como si estuviera a punto de desmoronarse de la silla. Los labriegos enderezaron la espalda al reparar en la presencia del jinete, y ahuecaron la mano sobre los ojos para distinguir el cuerpo que llevaba cruzado sobre la grupa y a la muchacha que se sentaba entre sus brazos. Según pasaba frente a ellos, se fueron inclinando ante el jinete en profunda reverencia; una muestra de respeto que Asaemon no comprendió, pues nunca se la habían deparado y él nunca la había exigido.

Al internarse en la aldea se encontró con un trasiego mayor de lo habitual, y no tardó en comprender el motivo: las niñas habían regresado y los vecinos de Ottara se debatían entre el alivio y el temor de lo que pudiera sobrevenir. Pese a la excitación que se respiraba en el ambiente, los aldeanos también guardaron silencio a su paso y les abrieron camino con solemne respeto. Una madre hizo salir a su hija del hogar para inclinarse ante los recién llegados; la mirada ausente de la muchacha y su forma de abrazarse los hombros le corroboró que era una de las cautivas del Ryūji.

Alguien se aproximó al caballo y sujetó las riendas, obligando a Asaemon a despertar de su confusa contemplación.

—Samurái-sama, yo los conduciré hasta el hogar de los Kuroda.

El jinete negó. Le costaba fijar la vista en quien le hablaba y descubrió que tenía la boca pastosa al responderle:

—Adelántate mejor y anuncia a la madre que le traigo a su otra hija.

El hombre asintió con una reverencia y se apresuró a dar el aviso.

Asaemon continuó recorriendo la aldea en medio de aquel estruendoso silencio. Debería alegrarse por el retorno de las crías, pero en ese momento solo sentía cansancio y un profundo desasosiego. Se detuvo por fin junto a la puerta abierta de la residencia Kuroda.

—Vamos, muchacha —le dijo al oído—. Por fin estás en casa.

Yumiko murmuró algo con voz febril, pero ni siquiera hizo ademán de abrir los ojos.

—¡Gracias a los cielos! —exclamó alguien.

Aún tuvo tiempo de desviar la mirada hacia la mujer que corría desde el interior de la casa. Creyó reconocer a Nanami, acaso sentir sus manos mientras trataba de sujetarlo, pero Asaemon Hikura ya no tenía fuerzas para sostenerse sobre la silla. Por primera vez en esa noche, se entregó a la oscuridad sin presentar batalla.

Asaemon abrió los ojos a una estancia en penumbras. El sopor lo mantuvo desorientado durante unos instantes, hasta que la exigua luz comenzó a despejar aquella oscuridad que le abotargaba la mente. No sabía cómo, pero había conseguido llegar a la residencia de los Kuroda; debía de encontrarse en una de sus habitaciones. Miró a la derecha y encontró su *daishō* junto al jergón, ambas vainas enlazadas con un paño azul. Alargó la mano sobre el tatami, pero no alcanzaba los sables, así que hizo el esfuerzo de incorporarse. El movimiento debió de abrirle algún corte, pues se encogió de inmediato sobre el costado; apretó los dientes y se obligó a sentarse con las piernas cruzadas.

Vestía un *nemaki* para dormir, y se le ocurrió que la única ropa de hombre que podía haber en esa casa era la del difunto marido de Nanami Kuroda. Se abrió un poco el kimono para examinarse el costado y descubrió un apósito ajustado con vendas. No era el único: tenía decenas de cortes y contusiones repartidas por el cuerpo, pero alguien había atendido diligentemente sus heridas.

Gruñó al ponerse en pie, y tuvo que apoyarse en el único mueble de la estancia para mantenerse erguido. Durante un momento sopesó la posibilidad de agacharse para recoger la *daishō*, pero decidió que el esfuerzo no merecía la pena, así que se apartó de la cajonera y avanzó con pasos tambaleantes hasta el panel *shōji*.

Se adentró por el pasillo que conducía a la sala principal de la planta baja. Desde el otro lado llegaba el bisbiseo de una conversación y eso lo animó a seguir caminando. No separaba la mano de la pared por miedo a perder el equilibrio y, al descorrer la puerta que daba al salón, debió apoyar el hombro contra el marco para descansar.

Las mujeres callaron al descubrir su presencia, por lo que se vio obligado a saludarlas inclinando la cabeza. Nanami se sentaba frente a una anciana de pelo cano y gesto apacible; junto a la herrera se encogía una cría de no más de doce años, menuda y de grandes ojos, como su madre.

—Así que tú eres Saya —dijo el samurái con voz ronca.

La muchacha asintió con timidez.

—¿Qué hace levantado, señor Hikura? —lo reprendió Nanami a modo de saludo—. Debería estar descansando.

—Gracias por su preocupación, pero quien me haya remendado sabía lo que se hacía. Me temo que sobreviviré.

—Me complace ver que uno de mis pacientes ya mejora —dijo la anciana con una reverencia.

Nanami extendió la mano hacia la mujer.

—Esta es la dama Eiko. Fue *miko* en Iwami y ahora cuida de la gente del valle.

—He visto vendajes de campaña peor ajustados que los suyos, señora.

—No son las primeras heridas de batalla que atiendo —respondió Eiko mientras se ponía en pie—. Me retiro por hoy, mañana volveré a ver cómo está tu hija. Respecto al otro samurái..., procura que no pase la noche solo.

Nanami asintió con gravedad y la acompañó a la salida. Asaemon se quedó a solas con Saya. Era tan parecida a su hermana y tan distinta al mismo tiempo.

—Tienes una hermana valiente, ha puesto del revés esa maldita montaña para dar contigo.

—Lo sé. Ahora soy yo la que debe cuidar de ella —respondió con absoluta seriedad, y aquello pareció divertir a Asaemon.

—¿Cómo se encuentra?

—El vendaje evitó que se desangrara —dijo Nanami, que ya regresaba del jardín—. No sé si debería agradecérselo o clavarle uno de mis cuchillos por llevarse a mi hija a la guerra.

—Sin duda, apuñalarme le procurará más satisfacción —bromeó el samurái—. Aun así, ¿me permitirá verla?

—Ahora descansa, no conviene molestarla.

—Despertó hace una hora y me preguntó por el caballero Hikura —intervino Saya—. Creo que descansaría mejor si supiera que se encuentra bien.

Nanami frunció el ceño, pero finalmente claudicó.

—Acompáñalo a vuestro dormitorio. Después encárgate del almuerzo, yo iré preparando los ungüentos que ha recetado la señora Eiko.

Saya se puso en pie y, con una reverencia, indicó al invitado que la siguiera. Lo condujo con pasos cortos a través de uno de los angostos corredores de la planta baja, moviéndose con una elegancia que denotaba su buena educación.

La muchacha se arrodilló junto a la entrada y descorrió un palmo la puerta.

—Hermana, ¿estás despierta?

—¿Qué quieres ahora? —gruñó Yumiko, con unas formas mucho menos exquisitas.

—El caballero Hikura desea verte.

Se escuchó el roce de la colcha al deslizarse.

—Hazlo entrar.

Saya descorrió un poco más el panel y lo invitó a pasar. Se encontró a Yumiko sentada sobre el jergón; por el cuello del kimono asomaba el vendaje que le envolvía el hombro.

—Conozco doncellas de la corte menos diligentes que tu hermana —dijo mientras se sentaba junto a su lecho.

La hermana mayor sonrió.

—Ella es así, le divierte atender a los samuráis cuando vienen a recoger sus encargos. Yo prefiero tratar con Satomi, la socia de mi madre que se ocupa de la mercancía que enviamos a Yonago.

—¿Cómo está tu herida?

—Mejor. —Se rozó el hombro—. La verdad es que ni siquiera recuerdo qué sucedió.

Asaemon, sin embargo, jamás olvidaría aquel instante.

—Él te salvó la vida. —La escena volvió a relampaguear en sus ojos—. Se abrió paso entre una jauría de perros hasta llegar a ti.

Yumiko asintió y bajó la mirada. Halló sus manos crispadas sobre el regazo.

—Nadie me ha dicho si el caballero Aratani… —No se atrevió a concluir la pregunta.

—¿Quieres saber si está vivo? Por ahora sí, pero no he visto a nadie que sobreviviera a tales heridas.

—Puede que él lo haga —respondió esperanzada—. No parece un guerrero como cualquier otro.

—Quizás tengas razón.

Callaron por un instante, cada uno perdido en sus pensamientos, hasta que Yumiko no pudo contener un sollozo. El llanto se le agolpaba en la garganta.

—Cada vez que cierro los ojos, veo la expresión de Daizembo —dijo con voz temblorosa—. Murió mirándome a la cara. No con odio, sino con miedo… Creo que me imploraba ayuda.

—Ese gusano no se merece tu conmiseración.

—No lloro por él. —Se enjugó las lágrimas con frustración—. Sino por ellas, por lo que debieron hacer para protegerme…

Asaemon aguardó a que se desahogara antes de hablar.

—No estaba allí, pero no creo que nada de lo que esas crías hicieran te incumba en modo alguno. Era algo entre ellas y el miserable que las sometió. Tus actos provocaron una pequeña grieta, y a veces eso es suficiente para que el dique se quiebre.

Yumiko levantó la vista.

—Ojalá nada de esto hubiera sucedido.

—No podemos elegir qué nos sucede, solo aprender a vivir con ello.

El samurái se puso en pie.

—¿Se marcha?

—Descansa. Aún hay gente en esta aldea con la que tengo que hablar.

Asaemon cruzó la calle rodeado de cuchicheos. Vestía el *nemaki* de un hombre muerto, sobre sus hombros descansaba el *haori* con el blasón Sugawara y ceñía la *daishō* a la cintura. Su aspecto era ciertamente extravagante, pero su mirada no invitaba a bromear al respecto.

Se detuvo frente a la puerta del jefe Chosuke y llamó con el puño. Fue el propio anciano quien se presentó para recibirle, y lo hizo en breve, como si llevara tiempo esperando su llegada.

—Hikura-sama, me alegra verle recuperado. Los que le vieron llegar por la mañana dijeron que parecía más espectro que hombre.

—Hablemos dentro, viejo —fue el lacónico saludo del samurái.

El hombre se hizo a un lado para dejarle entrar, y a Asaemon no le pasó desapercibido el hecho de que no hubiera nadie más en la casa.

—¿Y tus hijos, Chosuke? Siempre tienes a alguno cerca.

—Están ocupados esta tarde.

—¿Tanto me temes, anciano, que quieres mantener a tu familia lejos de mí?

—No veo por qué habría de temerle —respondió Chosuke con inocencia—. Le considero un hombre justo.

Cerró la puerta tras de sí y pidió a su invitado que se sentara. Él lo hizo con un gemido lastimero, cruzando las piernas sobre el cojín.

—Disculpe si no me siento como es debido ante un samurái, pero mis rodillas ya no aguantan mucho.

—Basta de rodeos —zanjó Asaemon, depositando sus sables a la izquierda—. Dime desde cuándo sabías que una secta *yamabushi* había anidado en vuestra montaña.

El anciano arrugó la frente, aparentemente confuso ante semejante pregunta, pero le delató la breve mirada que soslayó hacia las espadas del samurái.

—Haces bien en vigilarlas, porque si vuelves a insultarme con una de tus mentiras, será mi *katana* la que te responda.

El jefe de la aldea encorvó la espalda con un suspiro. Cuando volvió a mirarle a los ojos, su expresión se había transfigurado.

—Llegaron hace más de diez años, tras la caída del clan Ikeda.

«Por fin un poco de verdad en esos labios», pensó Asaemon.

—¿Sabes qué hacen aquí?

—Nunca he querido saberlo —respondió Chosuke—. El abad vino a verme, me aseguró que si mantenía a mi gente alejada de las ruinas, no teníamos nada que temer.

—Y tú le creíste. Pensaste que podrías dejar vivir a una serpiente en tu jardín y que esta no te mordería. —Asaemon se inclinó hacia él, aplastándolo con la voz—: ¿Por qué no informaste de la presencia de esos hombres? ¿Qué te prometieron a cambio de tu silencio?

—¿Mi silencio? —se revolvió el anciano—. ¿Cree que denunciarlo a Izumo habría servido de algo, que los Sugawara no sabían quién se ocultaba en su propio territorio? Decidí considerarlo uno de tantos males, otra carga más ante la que callar y agachar la cabeza. —Negó con gesto hastiado—. Solo rogamos la intervención del clan cuando se llevaron a nuestras hijas y mataron a aquellos que fueron en su busca. Y aun así, no han hecho nada. —Miró de hito en hito a Asaemon—. ¿O acaso me equivoco? De estar aquí por mandato de los Sugawara, ¿no habría venido con más samuráis?

El viejo no era ningún idiota, desde un principio había sabido leer la situación mejor que él. No culpó a Shika no Kōbe por superchería, sino para lograr la atención de las autoridades, pues, de haber acusado a los *yamabushi*, todo se habría silenciado de inmediato. Asaemon comprendió que, de hecho, esa había sido su torpeza: el consejero Hashiba le envió a investigar porque no estaba al tanto de lo que verdaderamente sucedía en Ottara; en cuanto lo supo, le ordenó retirarse.

—No sé por qué nos han castigado de esta forma —se lamentó el anciano—. Hace años que nadie se interna más allá de la ladera sur, nadie se atreve a mencionar el templo Ryūji y sus ruinas... Todos sabíamos que algo malo sucedía allá arriba, aunque nadie supiera qué.

—Este mal habría caído sobre vosotros tarde o temprano, no hay nada que pudierais haber hecho por evitarlo.

—¿Qué viste en las ruinas, samurái? ¿Qué les han hecho a esas niñas?

Asaemon torció el gesto, no le apetecía hablar de lo poco que sabía y de lo mucho que imaginaba. Finalmente, recogió sus sables y se puso en pie.

—Dile a sus familias que los responsables han pagado por ello, que las crías pueden dormir tranquilas. No necesitan saber más.

Nanami veló a Ryō durante toda la noche, aliviándole la fiebre con paños húmedos, sosegando sus pesadillas con caricias y susurros. En algún momento el sueño debió de vencerla, pues despertó tendida sobre la estera de tatami. Él le había tocado la mano y ahora la miraba desde su almohada, con ojos febriles pero brevemente lúcidos.

—Estás conmigo —susurró.

Ella se apresuró a incorporarse para arrodillarse junto a él.

—Lo estoy. —Le enjugó el sudor con un paño—. ¿Qué necesitas?

—Que sigas aquí —le pidió con voz débil, alargando los dedos hacia ella.

Recogió la mano de Ryō entre las suyas y se la llevó a la mejilla. Le sonrió con tristeza, no quería que su llanto fuera lo último que se llevara.

—Has de saber algo sobre Yumiko, algo que no debería haberte ocultado.

Él negó con la mirada.

—No vas a decirme nada que ya no sepa.

Nanami cerró los ojos, aliviada.

—Todo podría haber sido tan distinto —murmuró.

—Está bien así —dijo él con escasa voz, y alcanzó a regalarle una última sonrisa—. Desde que nos separamos, no he sido más que un cadáver capaz de respirar. Hoy, sin embargo, vuelvo a estar vivo.

Murió con ella sujetándole la mano, su aliento enredado entre sus dedos, y al expirar supo que no había mejor muerte que aquella.

Los funerales por Ryō Aratani se celebraron a orillas del Kamedake una postrera tarde de otoño. Las estrellas lo hallaron tendido sobre un lecho de ramas, alzado el mentón orgulloso hacia el firmamento. El blasón del clan Ikeda le cubría el cuerpo; a su derecha descansaba la lanza forjada por Nanami; a su izquierda, el yelmo de su señor.

Cuando las llamas hubieron consumido la carne y ennegrecido los huesos, los vecinos de Ottara fueron regresando a sus hogares. Solo las tres mujeres Kuroda permanecieron frente a la pira funeraria, juntas y silenciosas mientras esperaban a que las llamas se apaciguaran. Como si fueran su mujer y sus hijas, recogieron las cenizas en una urna y las mezclaron con los pequeños huesos que, candentes como ascuas, aún ardían entre el polvo gris.

Se disponían a retirarse cuando descubrieron que alguien más honraba al samurái: aquel que debería haber sido su enemigo. Yumiko se apartó de su familia y se aproximó para despedirse.

—Gracias por asistir a su funeral.

—Durante una noche fuimos compañeros de armas —dijo Asaemon, como si no cupiera mayor motivo que ese. Dudó antes de añadir—: Aún puedo hacer algo más por él. Quedan en Izumo familias que fueron leales a los Ikeda, viejos vasallos que acogerían con orgullo a la hija del último guardián de Akiyama Ikeda... Tendrías un futuro próspero.

Quiso averiguar si aquellas palabras le estaban revelando algo, pero Yumiko se limitó a asentir en señal de agradecimiento.

—El valle necesita cazadores ahora que tantos hombres han muerto. Este es mi lugar, junto a mi madre y mi hermana.

Asaemon asintió satisfecho. Había hecho la propuesta que debía y había escuchado la respuesta que esperaba.

—Que tengas una buena vida, Yumiko Kuroda.

Y tras despedirse con una breve inclinación, se encaminó hacia su caballo.

—¡Hikura-sama! —lo llamó al verle montar—. Gracias por última vez. —Se inclinó con más formalidad que nunca—. Espero que todo esto no le suponga un inconveniente a su regreso.

—¿Por qué habría de serlo? Simplemente he atendido mis obligaciones. —Sonrió con desdén—. Aunque siempre habrá quien no lo vea así. —Tornó grupas y alzó la mano para despedirse—: Quizás volvamos a vernos, mocosa. Será señal de que los *kami* nos sonríen.

Epílogo
Lo que los hombres dejan atrás

Kondo encabezaba la partida de jinetes que vadeaba el paso del río Hii. Regresaban a la fortaleza de Hamayama tras seis días cazando y pescando en la costa de Matsue, por lo que sus hombres cabalgaban con el estómago lleno de carne y el ánimo colmado de sake. Pero no había chanzas, cantos o carcajadas que lograsen suavizar el rictus serio de Kondo, a quien preocupaban las consecuencias de volver al castillo sin su jefe. Corrían el riesgo de que alguien concluyera que se habían tomado la justicia por su mano, aprovechando la cacería para castigar a Asaemon por la muerte del viejo Kasahara.

La belleza de la travesía, no obstante, fue permeando poco a poco en su ánimo, y se sintió ligero cuando los caballos alzaron una llovizna clara con las acometidas de sus patas. Se permitió sonreír al sentir el agua salpicándole el rostro. ¿No era aquello estar vivo? Ya habría tiempo de preocuparse al llegar a Izumo.

Justo en ese momento, como si aquel pensamiento lo hubiera convocado, reparó en el jinete que los observaba desde la orilla opuesta. Vestía ropas raídas y polvorientas como las de un *rōnin,* y se dejaba caer sobre la silla de montar con actitud despreocupada. Reconoció antes al caballo que a su dueño.

—¡Jefe! —exclamó, y todos fueron callando a su espalda, pues ninguno esperaba verlo allí de vuelta.

Kondo azuzó al animal y se aproximó al jefe de rastreadores, aliviado de encontrarlo sano y salvo.

—Había conseguido preocuparme —confesó al detenerse junto a Asaemon—. ¿Qué ha hecho tanto tiempo fuera?

—¿Qué quieres decir? —respondió el interpelado—. He estado todos estos días con vosotros, cazando y bebiendo en Matsue.

Sus hombres intercambiaron miradas de desconcierto, pero Asaemon no les permitió más preguntas.

—¡Vamos! Hay una posada más adelante. —Y alzando un saquillo de monedas, exclamó—: ¡Yo pago la primera ronda!

Todos jalearon su generosidad.

Llegaron al castillo de Hamayama a media tarde y, tras entregar la montura a los caballerizos, Asaemon se dirigió a sus aposentos. Su esposa no estaba allí, cosa cada vez más frecuente, y halló al pequeño Danjuro al cuidado del ama de cría. Ya había tomado el pecho, así que Asaemon lo cogió en brazos y salió a pasear por el jardín ubicado junto a la torre del homenaje.

El samurái se internó por un sendero a la sombra de las glicinas, allí donde el sol del ocaso no deslumbraba, y el bebé se frotó los ojos somnolientos, adormecido por el vaivén del paseo y los arrullos de Asaemon:

—Al final tu padre ha logrado volver, pequeño —le susurró mientras lo sujetaba contra el pecho—. Parece que podremos pasar algo más de tiempo juntos.

Se sentó en un mirador orientado al noroeste, dispuesto a sumergirse en la puesta de sol. Desde la cima de Hamayama la vista era amplia y clara y se alcanzaba a ver el Izumo Taisha en lontananza, acunado en la montaña boscosa. Allí había comenzado su viaje, por una flecha tirada un palmo más alto de la cuenta. Su hijo rezongó contra su cuello y el samurái lo acunó. Si debía ser honesto, sus problemas iban más allá de una flecha mal lanzada. Quizás fuera hora de enmendar algunas actitudes.

—Hikura-sama —dijo una voz a su espalda, y Asaemon se volvió para hacer callar al recién llegado.

—Mi hijo duerme.

—Lamento importunarle —se disculpó el hombre con una reverencia. Asaemon lo conocía bien, era el asistente de cámara de Soju

Hashiba—. El *karō* desea verle cuanto antes. Le esperan en la sala del consejo.

El samurái suspiró, aunque nada de aquello le sorprendía. Tomó el *tasuki* que guardaba bajo la faja y se ató el bebé al pecho.

—Estoy listo.

El hombre titubeó.

—¿Pretende…?

—Creía que al *karō* le urgía verme.

El hombre asintió con otra reverencia y se puso en marcha.

Anunciaron la presencia de Asaemon Hikura con la habitual solemnidad; a continuación, el sirviente descorrió la puerta y le indicó que podía acceder a la sala del consejo.

Hashiba y otros tres consejeros ya aguardaban sobre la tarima, sentados sobre sus ostentosos cojines de seda. Intercambiaron miradas perplejas cuando vieron que el maestro rastreador acudía con su hijo en brazos, pero el viejo Hashiba no pudo evitar una sonrisa.

—¿Qué sucede, Asaemon? ¿Acaso tu estipendio no te permite pagar a una doncella?

Asaemon sujetó el cuerpecito del bebé antes de arrodillarse sobre el tatami. No quería despertarlo con el movimiento.

—Donde mejor duerme es en brazos de su padre —explicó—. Si lo despierto ahora, nadie descansará en el castillo durante toda la noche, créame.

Hashiba rio con afecto, para mayor escándalo de los tres consejeros que lo acompañaban.

—¿Dónde ha estado los últimos días, maese Hikura? —preguntó uno de ellos.

—En la costa de Matsue, cazando con mis hombres durante seis días. Conviene hacerlo de vez en cuando para mantener el olfato afilado.

—¿Y por qué no informó a los administradores de su ausencia?

—¿Desde cuándo el jefe de cazadores ha de pedir permiso para salir a cazar? No era ningún secreto, salimos a plena luz del día por el pórtico principal.

—Lo que de verdad desea saber el señor Ishioda es si tienes algo que ver con los recientes acontecimientos acaecidos en el monasterio Ryūji —intervino Hashiba.

—¿A qué acontecimientos se refieren sus señorías?

—¡No se haga el tonto, caballero Hikura! —exclamó otro de los consejeros, plegando su abanico con un golpe de muñeca—. Según nuestros informes, tres días atrás un grupo de guerreros asaltó el monasterio y prendió fuego al complejo. No quedan más que cimientos ennegrecidos.

—No estaba al tanto. Como les he dicho, acabo de volver de Matsue. Si duda de mí o de mis hombres, puede interrogar a los agentes de los puestos de paso entre Hamayama y la costa norte.

Su indiferencia soliviantó aún más a los consejeros, pero Hashiba se apresuró a reconducir el interrogatorio:

—Quizás en tu reciente viaje a Ottara descubrieras algo que pueda arrojar luz sobre este asunto —indicó el primer consejero, y en su mirada se leía la advertencia de que no removiera más las ascuas—. Sabemos que el monasterio estaba habitado por una pacífica congregación de monjes mendicantes, ¿crees que los aldeanos tenían algo contra ellos?

—Los aldeanos son del todo pacíficos —respondió Asaemon, y tras meditarlo con ademán exagerado, añadió—: Pero durante mis pesquisas averigüé que un antiguo guerrero de los Ikeda se ocultaba en las montañas. Los lugareños lo llamaban Shika no Kōbe y le atribuían facultades sobrenaturales. Un pobre diablo enloquecido por la guerra, a mi entender. No me extrañaría que en su delirio atacara a esos... monjes mendicantes y prendiera fuego al lugar.

Hashiba asintió con gesto grave antes de consultar con la mirada al resto de consejeros. Cada uno de los presentes sospechaba de las mentiras del otro, pero se había acordado una verdad plausible y conveniente para el clan, así que el asunto podía darse por zanjado.

—Ya puede retirarse, maese Hikura —anunció el *karō*.

Asaemon sujetó la cabeza de su hijo, que continuaba dormitando contra su pecho, y se inclinó en profunda reverencia.

Una ventisca de afilados copos ceñía la cumbre. Yumiko la atravesó protegiéndose el rostro con el brazo, mientras el viento le enredaba el pelo y zarandeaba a su espalda la capa de piel de ciervo. Sonreía ante el desafío, sintiéndose en consonancia con la naturaleza indómita de aquel paraje.

Pasó bajo el *torii* hundido en la nieve y enfiló el camino que conducía hasta el santuario. Lo halló aún más marchito, como si hubiera decaído súbitamente, vacío ya del propósito de quien lo habitaba. El temporal había desparramado un puñado de tejas junto a la entrada y cubierto de blanco la galería. La puerta estaba un palmo entreabierta, lo suficiente para que la ventisca soplara en el interior hasta dejar una capa de escarcha sobre el tatami.

Yumiko cerró el *fusuma* a su espalda, confinando fuera el temporal. Después dejó el farol de hierro junto a la entrada y se adentró en la penumbra de la ermita. Se le antojó más pequeña que en otras ocasiones, apenas ocho pasos hasta detenerse frente al altar consagrado a Akiyama Ikeda. Se arrodilló con la solemnidad que merecía el último gran daimio de Izumo.

—Ikeda-dono, soy la única hija de Ryō Aratani. Lamentablemente, él ya no se halla en este mundo y su última morada ha dejado de ser un lugar seguro. Como leales vasallos del clan Ikeda, la familia Kuroda se encargará de salvaguardar sus restos.

Se inclinó hasta tocar la frente con el suelo. A continuación, envolvió la caja que contenía la cabeza de Akiyama en un paño blanco y se la ató a la espalda.

Antes de marcharse, esparció aceite sobre el sagrario y sobre las esteras de tatami y recogió la linterna de metal que había dejado junto a la puerta. Extrajo la mecha del cubículo de hierro y la lanzó sobre uno de los charcos de aceite. El fuego prendió con la voracidad que le es propia.

«Quizás la maldición de las mujeres Kuroda sea sobrevivir a sus hombres, y nuestro sino, demostrar que podemos hacernos cargo de aquello que dejan atrás». Le parecieron palabras tristes en su momento, pero ahora, mientras descendía con el incendio flameando a su espalda, comprendía el consuelo que su madre encontraba en ellas.

Habían pasado casi diez meses desde la última vez que Nanami visitara el pequeño oratorio oculto en la arboleda. Saludó a los dos zorros que custodiaban el lugar y depositó sobre el altar un cuenco de arroz fresco. Oró tras dar una palmada, y solo cuando se sintió congraciada con la divinidad, se permitió extender en medio del claro la estera que había llevado consigo. Distribuyó sobre ella el papel y los distintos utensilios de escritura. Por último, prendió la lámpara y se perdió en la contemplación de la llama sobre el cirio.

La noche de O-Bon aún distaba en el calendario y aquella lucerna apenas espantaba la oscuridad; aun así, estaba segura de que era más que suficiente para que él la encontrara.

Humedeció el bloque de tinta y lo estregó hasta que se fue licuando. Impregnó el pincel y se recogió la manga del kimono.

—Va siendo hora de que retomemos las lecciones —dijo a la noche—. Aunque algo he aprendido desde la última vez.

Posó la brocha sobre el papel y comenzó a trazar los caracteres que él le enseñara tanto tiempo atrás: «niño», «hombre», «mujer»… Concluyó con el *kanji* de «ruido», y sonrió al recordar sus bromas.

—Solo has traído luz a mi vida, lo has seguido haciendo incluso tras tu marcha. —Cerró los ojos para retener las lágrimas incipientes—. Prometo no cometer el mismo error; sabrá de ti y crecerá orgulloso.

Y continuó escribiendo los nombres de sus hijos: «Yumiko», «Saya», «Ryō».

Agradecimientos

El oficio de escritor es rutinario en el día a día, pero imprevisible cuando intentas anticipar qué sucederá en el largo plazo. Al concluir el manuscrito de *Ocho millones de dioses* tenía claro que mi siguiente historia no transcurriría en el Japón feudal. Así se lo comuniqué a mi agente y a mi editor, e incluso les esbocé la premisa y la trama central de esa nueva novela. Y, sin embargo, acabamos de recorrer las sendas de Ottara tras los pasos de Asaemon y Yumiko.

De algún modo, cada historia elige su momento, así que mientras tomaba notas para esa otra novela no japonesa, mi imaginación insistía en arrastrarme a paisajes y personajes que me eran conocidos, quizás buscando refugio de la pandémica realidad de estos dos últimos años.

A este impulso de evasión debe sumarse cierto personaje histórico con el que me topé por casualidad, y que alentó mi imaginación hasta hacerme decidir que esta debía ser mi siguiente novela. Me refiero a Kunishige Ogen (1733-1808), la única forjadora de katanas de la que se tiene constancia, y de la que hoy día apenas se conserva alguna que otra referencia y una pequeña parte de su producción. Y es que, aunque todos los personajes de este relato son ficticios, *Forjada en la tormenta* no hubiera sido igual sin la figura de esta mujer perdida en los márgenes de la historia.

Huérfana en la adolescencia, hija de herrero, Ogen debió ejercer una profesión reservada a los hombres para sacar a su familia adelante. Poco más se sabe de ella, pero fue suficiente para empujarme a escribir el personaje de Nanami Kuroda. Si algo me fascinó desde el principio en la figura de Ogen es que firmaba sus hojas con la inscripción «Onna Kunishige» (女國重), «Mujer Kunishige». Es decir, lejos de ocultar su condición femenina, la exhibía como un desafío en cada una de sus obras, haciendo saber a sus poseedores que empuñaban el arma forjada por una mujer. ¿No revela este sencillo detalle a un personaje arrebatador, como lo es la propia Nanami?

Esto me da pie a comenzar con los agradecimientos, el primero de los cuales va para el historiador Antonio Clemente, presidente de la Asociación Española para la Preservación de la Espada Japonesa, que fue quien me descubrió la historia de Kunishige Ogen. Ha sido, además, mi asesor en todas las escenas relativas al arte de la forja y el cuidado de los sables samuráis. Vaya por delante que, si existe alguna imprecisión al respecto, no se debe a su asesoramiento, sino a las necesarias licencias literarias a la hora de reflejar un proceso sumamente complejo.

Continúo agradeciendo a mis lectores «beta», que en esta ocasión han sido Antonio Montilla, Vori García, Laura Rodríguez, Mamen Sosa, Lluís Salart, Àlex Bartolí, Neus Torres, de Japonés en la Nube, y Jordi Noguera, de Caja de Letras. Como siempre, vuestros comentarios me han ayudado a darle un poco más de filo a cada hoja.

Mención especial a los responsables de un inesperado regalo: el *booktrailer* de *Forjada en la tormenta*, una deliciosa pieza audiovisual dirigida por Aritz Moreno, con la fotografía de Javier Agirre, la voz de Natsuko Okazaki y el grafismo de Jose Peña (de Wallijai Estudio). Una enorme cantidad de talento y muy pocos recursos para cuarenta segundos que presentan la novela de forma magistral. Echadle un vistazo en internet si no me creéis. A Aritz y Natsuko debo agradecerles también que me prestaran (quizás de forma involuntaria) el nombre de su gato.

No me puedo dejar atrás a las dos personas y los dos equipazos que han arropado cada una de mis novelas: mi agente, Txell Torrent, de MB Agencia Literaria; y mi editor, Iñaki Nieva, junto con el resto del equipo de Suma de Letras. Mi más profundo agradecimiento por el respeto y el cariño con el que tratan mis historias.

Y, por último, a mi mujer, Gracia, y a mis padres, Ana y Octavio. Sin la insistencia de mi madre, que siempre recordaba esos relatos que escribía en el instituto, probablemente no hubiera empezado una carrera como novelista. Y sin el aliento de Gracia no hubiera podido perseverar hasta concluir mis obras y verlas publicadas. No solo son las primeras en leer mis historias, sino que son, en gran medida, responsables de las mismas.

Glosario

Ashigaru: soldadesca que formaba el grueso de los ejércitos samuráis. La componían, principalmente, levas de campesinos a los que se armaba y se obligaba a acudir a la batalla.

Daishō: literalmente, «largo y corto». Era el nombre con el que se designaba a la pareja de sables, *katana* y *wakizashi,* que los samuráis portaban a la cintura.

Dōshin: agentes locales de justicia que dependían de la administración del feudo.

Fūrin: pequeña campana de la que pende una tira de papel inscrita con una plegaria. Solían colgarse en los sitios de paso para que las corrientes las hicieran tintinear, espantando así a los malos espíritus.

Fusuma: panel deslizante de madera (u otro material opaco) que servía como puerta o separador de ambientes. Su función era similar a la de los *shōji,* aunque estos últimos eran de factura más refinada y solían reservarse para zonas nobles.

Geta: sandalias con suela de madera elevada sobre dos cuñas. Evitaban que los pies se ensuciaran al pisar el barro o la nieve.

Hada: en la forja tradicional japonesa, trama que subyace bajo la superficie del acero.

Hakama: pantalón muy holgado, hasta el punto de parecer un faldón, utilizado frecuentemente por los samuráis. Mostraba siete pliegues que en la tradición marcial simbolizaban las siete virtudes del guerrero, y en la religiosa, los cinco elementos más la dualidad del yin y el yang.

Haori: abrigo de mangas holgadas que se vestía sobre el kimono.

Heimin: la casta social mayoritaria en el Japón feudal. A ella pertenecían los campesinos, artesanos y comerciantes.

Hotoke: un buda, una persona que ha alcanzado la iluminación.

Kagutsuchi: divinidad del fuego en el panteón sintoísta y patrono de los herreros.

Kanji: ideogramas utilizados en la escritura japonesa. Constan de un solo carácter que expresa un concepto.

Kanpaku: título que se puede traducir como «regente imperial», otorgado por el emperador a Hideyoshi Toyotomi después de que este consiguiera unificar y pacificar la mayor parte de Japón bajo su mando.

Ken: unidad de medida equivalente a 1,8 metros.

Kodama: criaturas del folclore japonés que se ocultaban en la espesura. De apariencia espectral, podían adoptar forma humana o monstruosa según las circunstancias. Se les atribuía un carácter benévolo, pero se convertían en terribles enemigos de aquellos que dañaban la santidad del bosque.

Kosode: pieza de ropa más holgada y con mangas más cortas que el kimono. Era habitual vestirlo sobre el resto de las prendas.

Miko: monjas que asistían a los sacerdotes sintoístas en los ritos y se encargaban de las tareas cotidianas en los templos.

Naginata: lanza de hoja curva.

Nemaki: sencillo kimono de algodón vestido tanto por hombres como por mujeres. Solía usarse en el interior del hogar, sobre todo como ropa para dormir.

Nodachi: sable primitivo, más largo y pesado que la posterior *katana*, empleado habitualmente como arma de caballería.

Obi: faja ancha de tela (normalmente de seda o algodón) que tanto hombres como mujeres usaban sobre el kimono para ceñir la cintura.

Ri: unidad de longitud equivalente a 3,9 kilómetros.

Rōnin: samurái sin señor y, por tanto, sin residencia estable ni estipendio asignado. Solían malvivir empleándose como sicarios o guardaespaldas.

Samue: túnica de uso cotidiano vestida habitualmente por los monjes budistas zen.

Seppuku: suicidio ritual consistente en la evisceración con un sable corto o puñal.

Shaku: unidad de longitud equivalente a unos 30 cm.

Shimenawa: sogas de paja de arroz trenzada que, según la creencia sintoísta, impiden el paso de los malos espíritus. Suelen colocarse a la entrada de los templos o alrededor de elementos sagrados.

Shinobi: término que se puede traducir como «hombre del sigilo». Era el nombre que recibían aquellos guerreros especializados en la infiltración, el asesinato y el espionaje.

Sugegasa: sombrero de ala muy ancha fabricado con caña de arroz, de uso común entre los viajeros.

Tamahagane: tipo de acero fabricado a partir de arena de hierro y carbón natural. El proceso de obtención era largo y costoso, pero garantizaba un acero de notable calidad, cuyos mejores fragmentos eran destinados a la fabricación de armas samuráis.

Tantō: daga de un solo filo, frecuentemente de hoja curva. Podía sustituir al sable corto *wakizashi* como acompañante de la *katana*.

Tasuki: cinta de algodón que se pasaba bajo las mangas, por la espalda, y se ataba al hombro para recoger los vuelos del kimono, de forma que este no estorbara a la hora de desempeñar alguna tarea.

Tono: fórmula de cortesía empleada con los daimios. Equivaldría a «mi señor» o «milord».

Tsukaiban: samuráis que actuaban como mensajeros para transmitir las órdenes en el campo de batalla. En periodos de paz, se les confiaba aquellos correos que eran de gran importancia para el clan.

Wakizashi: sable corto que, junto con la *katana,* forma la pareja llamada *daishō*.

Yamabushi: se puede traducir como «guerrero de la montaña» o «el que se postra en la montaña». Se llamaba así a los monjes ascetas que se recluían en zonas aisladas y de difícil acceso. Pertenecían a sectas practicantes del budismo esotérico, y consideraban el aislamiento y las privaciones una vía para alcanzar la iluminación. Al vivir retirados del mundo y envueltos de un gran misterio, la imaginación popular les atribuyó poderes místicos y extrañas técnicas de lucha.

Yōkai: criaturas sobrenaturales del folclore japonés. Los había tanto benévolos como malvados.

Yomi: tierra de los muertos en la religión sintoísta.